U0724034

陈为艳 著

冲突与协调：论纳博科夫小说的艺术与伦理

本研究是 2018 年临沂大学博士科研启动基金项目『冲突与协调：论纳博科夫小说中的艺术与伦理』的结项成果，项目编号为 18LUBK16

CHONGTU YU XIETIAO：
LUN NABOKEFU XIAOSHUO DE YISHU YU LUNLI

新华出版社

图书在版编目（CIP）数据

冲突与协调 ： 论纳博科夫小说的艺术与伦理 ／ 陈为艳著 .
-- 北京 ： 新华出版社，2023.10
 ISBN 978-7-5166-7009-5

 Ⅰ . ①冲… Ⅱ . ①陈… Ⅲ . ①纳博科夫（Nabokov,
Vladimir 1899-1977）－小说研究 Ⅳ . ① I712.074

中国国家版本馆 CIP 数据核字（2023）第 180177 号

冲突与协调：论纳博科夫小说的艺术与伦理

作　　者：陈为艳

责任编辑：丁　勇　　　　　　　　封面设计：魏大庆

出版发行：新华出版社
地　　址：北京市石景山区京原路 8 号　邮编：100040
网　　址：http://www.xinhuapub.com
经　　销：新华书店
购书热线：010-63077122　　　　　中国新闻书店购书热线：010-63072012

照　　排：唐山雨滴图文设计有限公司
印　　刷：河北赛文印刷有限公司

成品尺寸：170mm×240mm　　1/16　　字　　数：247 千字
印　　张：16.5
版　　次：2023 年 10 月第 1 版　　　印　　次：2024 年 1 月第 1 次印刷

书　　号：ISBN 978-7-5166-7009-5
定　　价：78.00 元

目　录

绪　　论

符拉基米尔·纳博科夫（Vladimir Nabokov，1899—1977）是诗人、小说家、翻译家、文学教授、批评家、鳞翅目昆虫学家。他出生并成长于俄国，对祖国和祖国文学抱有深厚情感，却流亡欧洲20年，后移民美国，最终在瑞士度过晚年。他精通俄、英、法三种语言，前半段用俄语创作，在俄国流亡文学圈内赢得盛名；后半段却不得不面对陌生的美国读者转向英文写作，在英语文学界获得了卓越声誉。他的成就最终也受到祖国的高度认可：2014年索契冬奥会的宣传片中，每一个字母代表一份俄国文化的骄傲，纳博科夫荣列其中；与普希金、托尔斯泰、陀思妥耶夫斯基、契诃夫等人同成为俄国文学的代表，这对喜爱纳博科夫的读者来说，无疑是份称心的评价。

深爱的父亲在他23岁时为了保护政治对手挺身而出被刺杀身亡，这种痛苦绵长久远，但纳博科夫谨遵父亲的教导，高贵地承受、勇敢地克制。他一生深受父亲影响：维护个体自由、反对独裁和残酷是他作品中一个常见主题；克制情感也成为他文学上的追求，对代入式阅读体验嗤之以鼻，主张读者阅读时要冷静克制。他的现实观也与众不同，首先他否认有所谓公认的"现实"，其次他强调"现实"实质是个人体验，最后他认为"现实"有待于一步步发现但无法真正到达。他成熟时期的文学创作方式是奇特的绘画式的，期待理想读者能像欣赏一幅完整的画一样阅读自己的作品，那就是说，一再重读，以发现不同部分之间的细细对应——这种独特的创作方式赋予作品的"共时性"和"并置性"特征，使纳博科夫成为"空间理论"钟爱的研究对象。

他一生饱受争议。他推崇艺术的独立，终身追求文学的"艺术性"，因此从在俄国流亡文学界产生影响开始，就被视为"形式主义者""空心艺术家"，批评界围绕他的"非俄罗斯性"展开了激烈争论；他从20世纪20年代首次接触弗洛伊德就非常不满，终身在作品中予以激烈抨击或尖锐讽刺，也不可避免地遭到弗洛伊德追随者的反攻；他对自己的文学天赋充满自信，坚持贵族式的文学品位毫不妥协，公开场合褒贬几近无所忌惮（特别是对陀思妥耶夫斯基的批判），因此落得一个恃才傲物、自大傲慢的恶名，这与他生活中地道的绅士作风颇有偏差；他的文学技巧别出心裁、花样翻新：《洛丽塔》（*Lolita*, 1955）是对忏悔录式自传文体的戏拟，《微暗的火》（*Pale Fire*, 1960）以"正文与评注"的方式结构全篇，《爱达或爱欲：一部家族纪事》（*Ada, or Ardor: A Family Chronical*, 1968）中精心设计了"箭矢"结构，《透明》隐秘的叙述人竟然是作品中死去了的一位作家……因此又被看作一个热衷于炫技的、对读者充满恶意的作家。

凡此种种，铸就了纳博科夫独特的文学魅力。他是20世纪流派纷呈、你方唱罢我登场的喧闹中特立独行的一位。从三四十年代起英美文学界中就不乏"文学将死"的论调，他却宣称"文学还是个婴儿"，并以自己的文学创作证明了这种观点的正确。一位给文学艺术的未来带来无数希望和可能性的作家，纳博科夫，无疑将在世界文学史上留下重要一章。

一、英美纳博科夫研究综述

纳博科夫于20世纪20年代在欧洲的俄国流亡文学圈内成名（其时笔名西林），他创作上的"非俄罗斯性"引起了激烈争论，但还是凭借闪耀的艺术才华获得了很多作家和评论家的高度认可。1940年纳博科夫偕妻带子流亡美国，正式改用英语写作，之前在俄语界的文名不为英美读者所知，一切从头开始，因此20世纪四五十年代关于他的批评文章较少，但也渐渐在文学圈内部受到一些颇有见地的人物的认可，如批评家爱德蒙·威尔逊（Edmund Wilson）、作家玛丽·麦卡锡（Mary McCarthy）、《纽约客》主编凯瑟琳·怀特

(Katharine White）等。1955 年《洛丽塔》首先在法国出版，英国作家格雷厄姆·格林（Graham Greene）偶然看到后，撰文称该书是当年最优秀的三部小说之一。随着《洛丽塔》1958 年最终在美国出版，以及纳博科夫以前的俄语作品被介绍进英美文学（大部分经由纳博科夫和他的儿子德米特里·纳博科夫译成英语），再加上纳博科夫陆续推出新作《普宁》《微暗的火》《说吧，记忆》等，英美读者才不再将《洛丽塔》的成就视为偶然，激赞纳博科夫独特的风格印记，包括令人惊叹的描述力量与想象力、语言的高度精确性、花样繁多的语言游戏，等等，渐将纳博科夫与乔伊斯等经典作家等同视之。阿尔弗雷德·阿佩尔（Alfred Appel）如此评价纳博科夫："未来的小说史家也许会宣称是纳博科夫，而不是他同时代的其他作家，使得被穷尽的艺术形式重新具有了生命力。"[①] 就此，美国的纳博科夫批评虽经历过小的沉寂，但总体来说日益繁荣，专著、期刊文章、学位论文、电子论坛、学术会议等形式层出不穷，为我们理解纳博科夫奠定了广博而深厚的基础。下面分别将 21 世纪前与 21 世纪以来的纳博科夫研究进行综述，以作为正文的学术背景。其中 21 世纪之前的纳博科夫研究状况国内外已有不少总结，刘佳林在专著《纳博科夫的诗性世界》、王青松在专著《纳博科夫小说：追逐人生的主题》中都有非常细致全面的评述，因此本文只简要予以介绍，为重点介绍世纪之交以来的纳博科夫研究做铺垫。

（一）20 世纪的纳博科夫研究

大体来说，学术界基本形成了共识，认为 20 世纪的纳博科夫研究经历了艺术批评（始自欧洲流亡时期）、伦理批评（兴盛于 80 年代中期）与形而上学批评（繁荣于 90 年代）三个阶段。有趣的是，纳博科夫批评史的这个发展过程，与一般读者认识纳博科夫的过程基本一致，如果读者能响应作者本人的号召一再重读的话。最初直接打动读者的，是其无法忽视的耀眼的艺术才华；再次细读，才认识到亨伯特之流不是纳博科夫真正关心的人，洛丽塔等

[①] Vladimir Nabokov and Alfred Appel, Jr., *The Annotated Lolita* (London: Weidenfeld & Nicolson, 1993), "Introduction" XX .

人才是；继续重读，发现他作品中到处渗透着来自彼岸世界的种种信息——才意识到纳博科夫的世界其实是多维立体的。下面对这三种批评及其他值得关注的相关研究分别予以简要述评。

1. 艺术批评

艺术批评侧重研究纳博科夫的艺术至上理念、突出的艺术成就、对艺术家形象的塑造、对艺术创作主题的反映几个方面，早期的代表是弗·费·霍达谢维奇（他本人与纳博科夫同在 20 世纪 80 年代回归俄罗斯文学），他在 1937 年的文章《关于西林》①中提出，"西林主要是形式上的、写作手法上的艺术家"，与陀思妥耶夫斯基等千方百计伪装和隐藏自己写作手法的作家不同，西林将自己的手法"表露出来，就像是一个魔术师，让观众大吃一惊之后，马上展示自己创造奇观的实验室"，并认为"这就是打开整个西林的一把钥匙"。他还提出纳博科夫的所有主角都是伪装下的艺术家，如《斩首之邀》中的辛辛那提斯，《防守》中的卢仁，《绝望》中的赫尔曼等，这些人身处艺术幻想世界而无法适应现实，在夹缝中唯有一死。霍达谢维奇最终总结道："艺术家的生命和艺术家思想中写作技巧的生命——这就是西林的主题。"②他对纳博科夫的这些判断在后来的英语批评界不断回响。美国纳博科夫研究的第一部专著——佩奇·斯特格纳（Page Stegner）出版于 1966 年的《逃入美学：弗拉基米尔·纳博科夫的艺术》（*Escape into Aesthetics: The Art of Vladimir Nabokov*）就属此范畴。纳博科夫曾经指定的传记家安德鲁·菲尔德（Andrew Field）也继承了霍达谢维奇的观点，认为"艺术与艺术家"主题贯穿于纳博科夫的全部创作，如在《弗拉基米尔·纳博科夫的艺术和生活》（*The Life and Art of Vladimir Nabokov*，1986）中分析《洛丽塔》时菲尔德说："读者也许认为，不会有比《绝望》中用谋杀寓言艺术创作过程更奇怪的作品，但《洛丽塔》恰恰通过情欲和恋童癖，表现了艺术的悲剧性痛苦和惊人之美，以及要实现这点

---

① 欧洲流亡时期，纳博科夫不想自己的写作事业要依凭父亲的名望，特意为自己起了笔名"西林"，意为"神奇的天堂鸟"。

② ［俄］弗·霍达谢维奇：《摇晃的三脚架》，隋然、赵华译，东方出版社 2000 年版，第 251—261 页。

所应付出的巨大代价。"①20 世纪 70 年代，朱利娅·巴德（Julia Bader）出版的《水晶地：纳博科夫英语小说中的技巧》（*Crystal Land: Artifice in Nabokov's English Novels*，1972）是该研究范畴必会被提到的一本专著。该书认为纳博科夫的所有作品都是关于"艺术"和"艺术创作过程"的，对该主题的考察可以将纳博科夫小说中的很多特点集中在一起，如映像、叠置、学究的乡愁，假装严肃的嘲讽，疯狂和反常，死亡与永恒等。如在分析《洛丽塔》时她提出，最好将亨伯特的痴迷理解为"艺术性"的：亨伯特在他的洛丽塔身上所寻求的也是纳博科夫在《洛丽塔》中所寻求的，即非常接近于"狂喜"的艺术美。

纳博科夫否认模仿外在现实是艺术的应尽职责，带着充分艺术自觉致力于艺术性的绽放。时至今日，纳博科夫作品中创造性的艺术魅力，仍是吸引广大读者和批评家的重要因素。正如有批评家指出的，即使没有伦理与形而上维度，喜爱他的读者仍然会热爱纳博科夫，其根由便是纳博科夫杰出的艺术性。但追求艺术性的个性化做法招致各种非议，造成纳博科夫艺术批评走向两个极端，有极端推崇，也有严厉贬斥。

2. 伦理批评

1970 年阿尔弗雷德·阿佩尔在《注释本〈洛丽塔〉》（*The Annotated Lolita*）中就已从伦理学角度提出《洛丽塔》的主题是关于"超越唯我主义"的。到 20 世纪 70 年代后期，纳博科夫是艺术至上主义者还是人道主义者的争论日益激烈。艾伦·皮弗（Ellen Pifer）出版于 1980 年的《纳博科夫和小说》（*Nabokov and the Novel*）一书即是对该问题的个人表达，堪称伦理学方面的标志性论著。艾伦·皮弗提醒研究者注意片面强调纳博科夫的艺术性可能带来的误解，因为从俄国流亡文学时期开始，"过分富有艺术性就是缺乏生活性""对语言魔力的充分发挥表明了作家对现实生活的冷漠"等论调不绝如缕。她对当时纳博科夫研究局限于探讨形式技巧的状况感到不满，意图说明纳博科夫"即便是那些最精巧的艺术作品，也反映了作家对人类的永久兴

---

① Andrew Field, *The Life and Art of Vladimir Nabokov* (New York: Grown Publishers, Inc., 1986), p.330.

趣，不仅是作为艺术家和造梦家，还作为遵守道德律法的伦理个体"①。而之前读者对纳博科夫"冷漠"的指责，主要源于将作者与作者创造的形象混为一谈。

在此之后伦理学角度一直是纳博科夫研究中的一个重要角度。这扭转了单纯的艺术批评造成的纳博科夫理解上的单维化，深化了对纳博科夫艺术世界的理解，甚至之前很多结论被彻底倾覆，争议面进一步扩大。

3. 形而上学批评

在伦理学批评展开的同时形而上学批评也渐渐发展壮大。1981年，纳博科夫后来的传记家及卓有成就的研究者布赖恩·博伊德（Brian Boyd）发表了《纳博科夫的哲学世界》（*Nabokov's Philosophical World*）一文，非常有说服性地提出在纳博科夫的世界中还存在超出人类意识和时空概念的维度，一时之间颇有影响。同年威廉·伍丁·罗威（William. Wooding Rowe）出版的《纳博科夫的幽灵世界》（*Nabokov's Spectral Dimension*）一书则将隐隐若存的另一世界降格为鬼魂和幽灵，认为在纳博科夫的作品中，很多角色虽然死亡了，但并没有简单消失，其精神、魂灵仍然在文本中回荡，是彼岸世界在此岸世界的显现。因其立论与论述都颇为简单直接，该书刚出版时常被视为无稽之谈，但随着时间推移他的观点被接受和沿袭，比如后来博伊德在解释《普宁》中无处不在的松鼠意象时，认为这实际是被迫害致死的米拉在看顾着曾经的恋人、而今孤独的流亡者普宁；此研究范畴的领军人物亚历山大洛夫（Vladimir E. Alexandrov）也认为洛丽塔的母亲夏洛特去世后变成了超自然的存在，最终帮助洛丽塔逃离了亨伯特的掌控。亚历山大洛夫1991年出版的《纳博科夫的彼岸世界》（*Nabokov's Otherworld*）是形而上学方面的代表论著。他在导言部分提出："本书的目标是消解那种认为纳博科夫首先是一位元小说家的广为流传的错误观念，而建议以另外一种认识替代它：植根于对超验世界的直觉中的

---

① Ellen Pifer, *Nabokov and the Novel* (Cambridge, Massachusetts: Harvard University Press, 1980), "Preface". (原文无页码)

美学才是纳博科夫艺术的基础。"① 亚历山大洛夫将"彼岸世界"视为纳博科夫隐而不宣、但在作品中时时悄然流露的形而上信仰，认为纳博科夫相信在此岸世界之外还存在着一个超验的、非物质的、永恒的、仁慈的、井井有条的王国。它似乎是为个人永生准备的，并对尘世产生影响，个体"死亡"后继续"存在"于其中，相亲相爱的人可以在那里重聚。②

　　虽然博伊德是最早提出形而上学维度的研究者之一，但他不认同亚历山大洛夫对"彼岸世界"的过分展开。1992 年他就发表评论对后者的论著提出质疑，2001 年的文章《回顾与展望》(Retrospects and Prospects) 继续强调纳博科夫的主要主题是意识在宇宙中的位置。他引用纳博科夫的原话说："尝试表达一个人在为意识所拥抱的宇宙中的位置，是从古至今的强烈欲望。"③ 这当然也包含对意识之外或意识之后的东西的叩问，但在纳博科夫看来超出意识本身的东西作为小说家的主题太缥缈太难以把握了，所以博伊德更强调纳博科夫的"此岸世界"。也有学者对形而上研究整体持反对和质疑态度，如法国学者莫里斯•库第里耶（Maurice Couturier）认为，形而上批评基本只是从纳博科夫妻子的一句评论中生发出来的，根基不稳，甚至还会带来负面效应，遮蔽掉作品的一些真实的状况。④

　　以上就是对这三种批评的简要评价。关于这三个研究阶段的具体分期并无定论，米歇尔•伍德（Michael Wood）甚至认为其实不存在明显的分歧，因为细查具体的研究成果，美学研究中实质包裹着伦理学研究，伦理学研究常结合美学研究，形而上研究也要倚重前两者，所谓的研究趋势与三阶段论是我们对某种倾向的夸张，这种简化驳杂事实的思维方式恰是纳博科夫本人不

①　Vladimir E. Alexandrov, *Nabokov's Otherworld,* (Princeton: Princeton University Press, 1991), p. 3.

②　Vladimir E. Alexandrov, *Nabokov's Otherworld (Princeton: Princeton University Press, 1991)*, p.5.

③　Brian Boyd, *"Retrospects and prospects",* in *Stalking Nabokov: Selected Essays,* (New York: Columbia University Press, 2011), pp.57–65.

④　Leland de la Durantaye, *Style is Matter: The Moral art of Vladimir Nabokov* (Ithace &London: Cornell University Press, 2007), p.17. 这里指的是，纳博科夫本人并未对"彼岸世界"有过明确的论述。他去世后，他的妻子薇拉在 1979 年为他的俄语诗集撰写前言时首次提出"彼岸世界"是纳博科夫的主要主题，是他灵魂中的一个秘密。这句话几乎是整个纳博科夫形而上研究的源点与动力。

会赞赏的。[①] 另外有学者反思纳博科夫研究中的这两次转向，认为其中有些动机值得再辨明，如 D.B. 约翰逊认为："现在广为传播的关于纳博科夫的形而上转向，可能与当时的伦理学转向一样，都是迫于将纳博科夫从一个冰冷的、审慎的技巧大师向温暖、感伤的道德主义者转变的社会压力。"[②] 但不管怎么说，总体来看大家都认可纳博科夫研究确实主要在这三个方面延展，而且这三个维度的出现确实依次是艺术批评、伦理批评与形而上批评，当然彼此之间并非取代关系，而是互相叠加、共存的关系。接下来的纳博科夫研究也基本都在这三个维度之内，兼顾三者或其中二者的趋势越来越明显，纳博科夫作为一名作家的形象也变得多维立体，如博伊德在 1990 年出版的纳博科夫传记中非常有代表性、权威性地评论道："实际上，他是一个非常严肃的思想家——一个认识论者，一个形而上学论者，一个道德哲学家，一个美学家。"[③]

4. 其他方面的研究

除这三种维度之外，另外一些研究成果也值得给予介绍。

从 20 世纪 60 年代开始到 20 世纪末，对纳博科夫单部作品进行注解、细读的专著已颇有规模，其中最受偏爱的就是《洛丽塔》，如 1968 年 C.R. 普鲁弗（Carl R.Proffer）的《〈洛丽塔〉入门》（*Keys to Lolita*）、1970 年阿佩尔的《注释本〈洛丽塔〉》（1991 年出了修订版）等。《普宁》《天资》《微暗的火》《爱达或爱欲：一部家族纪事》《斩首之邀》也是批评家钟爱的对象，如 1985 年博伊德出版的《纳博科夫的〈爱达〉：意识之域》（*Nabokov's Ada: The Place of Consciousness*），1999 年他又出版了《纳博科夫的〈微暗之火〉：艺术发现的魔力》（*Nabokov's Pale Fire: The Magic of Artistic Discovery*）；1989 年根纳第·巴

① Michael Wood, "The kindness of cruelty", in *Transitional Nabokov*, ed. Will Norman and Duncan White (New York: Peter Lang AG, International Academic Publishers, 2008), pp.229–230.

② D. Barton Johnson and Brian Boyd, "Prologue: the otherworld", in *Nabokov's World: The Shape of Nabokov's World*, eds. Jane Grayson et al. (New York: Palgrave Macmillan, 2002), p.21.

③ [新西兰] 博伊德：《纳博科夫传》（俄罗斯时期），刘佳林译，广西师范大学出版社 2009 年版，第 3 页。

拉布塔罗（Gennadi Barabtarlo）出版的《事实的幻象：纳博科夫〈普宁〉指南》（*Phantom of Fact: A guide to Nabokov's Pnin*）；1999 年斯蒂芬·H. 布莱克威尔（Stephen H. Blackwell）则出版了研究《天资》的专著《济娜的悖论：〈天资〉中塑造的读者》（*Zina's Paradox: The Figured Reader in Nabokov's Gift*）。这些解读性专著除了对纳博科夫作品中诸多的文学典故、互文、细节对应予以剖解之外，还体现了艺术批评、伦理批评及形而上批评的影响，或在专著中总结相关研究成果，或借鉴其中某个角度对作品的情节、主题、人物等进行剖析。

从 20 世纪 60 年代开始就有纳博科夫研究的论文集出现，这些论文集侧重点各有不同，其中一些颇有代表性。如 1982 年诺曼·佩奇（Norman Page）主编的《纳博科夫：批评遗产》（*Nabokov: the Critical Heritage*）收集了从西林时期到纳博科夫最后一部作品的相关批评文章中最有影响力的代表作，时间跨度达 43 年，如霍达谢维奇 1937 年的《关于西林》、玛丽·麦卡锡 1962 年的《论〈微暗的火〉》，还有厄普代克、爱德蒙·威尔逊、马丁·艾米斯等人的相关文章，实际效用等同于勾勒了纳博科夫的接受史。V.E. 亚历山大洛夫在 1995 年编辑出版了论文集《纳博科夫研究加兰指南》（*The Garland Companion to Vladimir Nabokov*），近似于纳博科夫研究中的百科全书，文章内容几乎涉及纳博科夫所有出版和发表的文字，包含了各种各样的研究角度，而且为该书撰文的是来自 9 个国家的 42 位著名纳博科夫研究专家，其中除了对纳博科夫本身的研究，还有 23 篇文章探讨了纳博科夫与其他作家的关系，如别雷、柏格森、勃洛克、契诃夫、陀思妥耶夫斯基、福楼拜、莎士比亚、塞万提斯、普希金、果戈理、托尔斯泰、普鲁斯特、弗洛伊德、卡夫卡、乔伊斯、柯南·道尔、坡、厄普代克等，在一个开阔的文学视野中从不同角度和方位考察了纳博科夫，是了解纳博科夫研究全貌非常有用的论文集。但总体来说该文集的引介性质重于学术研究性质，较为通俗易懂。1999 年丽莎·尊舍因（Lisa Zunshine）主编出版的论文集《边缘上的纳博科夫：重绘批评边界》（*Nabokov at the Limits: Redrawing Critical Boundaries*），是跨学科的纳博科夫研究的代表性论文集，分别从音乐、芭蕾舞剧、绘画等方面分析了纳博科夫文学中的其他艺术要素。这一方面的研究其实最早可追溯到 20 世纪 60 年代初。当时的戴安娜·巴特勒（Diana Butler）就纳博科夫的蝴蝶研究与文学创作间的关系撰文进行了分析；之后阿佩尔 1974 年出版的专著《纳博科夫的黑暗电影院》（*Nabokov's Dark Cinema*）则展示了纳博科夫小说中所渗透的电影意象和技术，并分析了纳博科夫使用这种方法丰富小说的策略。跨学科的纳博科夫研究在 21 世纪持续增长，成为一个研究热点。

在传记方面，菲尔德曾经是纳博科夫和薇拉认可并充满期待的青年学者，得到二人的同意撰写纳博科夫传记，但在具体写作过程中，菲尔德的粗枝大叶、恣意妄断引起了纳博科夫的不满，最后纳博科夫与之彻底决裂，甚至对簿公堂。纳博科夫后来的传记作家、新西兰学者博伊德在菲尔德的三部评传中找出大量原本可以避免的错误，既有事实上的不清晰，也有菲尔德本人用意可疑的揣测。而博伊德本人的《纳博科夫传》在 20 世纪 90 年代初出版后旋即受到领域内专家学者的高度评价。这是一部典型的评传，在事实方面，因纳博科夫一生辗转多个国家，博伊德耗费多年时间收集整理无数资料，力求准确无误；在对纳博科夫作品的评述方面，因为博伊德还是位成就卓著的纳博科夫研究者，所以他对传主的心灵世界有非常准确、深入的认识，对纳博科夫每个时期的作品都有非常精准的诠释与评价。

在对纳博科夫进行文学史归类的研究方面，从 20 世纪 60 年代后期始，虽然纳博科夫还在推出新作，已有研究者试图将他与当代美国文学的关系进行梳理。有人认为他是当代美国小说家中最出类拔萃的，如朱利安·莫伊纳罕（Julian Moynahan）；有人认为他的作品带有鲜明的外来文化和文学因素，如安东尼·伯吉斯（Anthony Burgess）。还有人将他与西方后现代主义思潮联系在一起，认为纳博科夫与贝克特、博尔赫斯是并驾齐驱的后现代主义作家，但纳博科夫本人对此开玩笑地说，与其他两位作家齐名的自己就像一个强盗身处两个耶稣中间；1988 年一位法国批评家幽默地提出了 10 条鉴定后现代主义作家的标准，其中最后一条是"崇拜纳博科夫，并庆幸他已经死去了"；佩卡·塔米（Pekka Tammi）则反对将纳博科夫视为后现代主义作家："纳博科夫始终强调文学想象的优先地位（比如他将艺术家与上帝都作为创造者而等同视之），所以，我们发现，将纳博科夫与巴思、博尔赫斯和贝克特等作家直接归类到后现代阵营中的时髦倾向颇为可疑，因为毕竟后三位作家是把他们的事业建筑在小说创作的终极不充分性上。"[①]亚历山大洛夫对佩卡·塔米的看法深以为然。另外有评论将纳博科夫的艺术放到现代主义与后现代主义的连接与发展中去认识，如1987年布赖恩·麦克黑尔（Brian McHale）在专著《后现代主义小说》中提出，纳博科夫经历了从现代主义向后现代主义的转变，尤其是他写作《洛丽塔》《微暗的火》《爱达或爱欲：一部家族纪事》期间；我国出版于21世纪初的《新编美国文学史》中则沿用了布拉德伯里（Bradbury）在《现代美国小说》（*The Modern American Novel*,1994）中的观点："纳博科夫对小说语言及形式的革新恰好与20世纪60年代美国小说的实验精神相吻合，使他成为现代主义运动的欧洲早期阶段与美国后现代文学之间的'一个连接点'。"[②]

总之，在进入21世纪前，纳博科夫研究已经在主要维度上奠定了坚实的基础，为确定纳博科夫在文学史上的经典地位定下了基调。

（二）世纪之交至今的纳博科夫研究综述

从世纪之交到现在这二十几年间，纳博科夫批评在之前的基础上又有了新的动向和突破，对此尚缺乏专门的、全面的研究综述。本书在此试图从"重要论文集"和"重要专著"两个方面予以总结，完成这一必要的工作。

首先，重要的论文集集中反映了纳博科夫研究的高水准与新趋势。

1998年，纳博科夫生前曾执教12年（1948—1959）的康奈尔大学为纳博科夫举办了纪念性活动，后选取了25篇论文形成文集，即2003年出版的《纳博科夫在康奈尔》（*Nabokov at Cornell*）。该校在1983年曾举办过一场类

[①]　Vladimir E. Alexandrov, *Nabokov's Otherworld* (Princeton: Princeton University Press, 1991), p.12.

[②]　王守仁：《新编美国文学史·第四卷，1945—2000》，上海外语教育出版社2002年版，第169页。

似的活动，出版文集《弗拉基米尔·纳博科夫的成就》（*The Achievements of Vladimir Nabokov*）。作为《纳博科夫在康奈尔》的编者，加夫瑞尔·夏皮罗（Gavriel Shapiro）认为纳博科夫的创作是一个复杂的文化现象，他评价纳博科夫为最后一个"文艺复兴"式的人物，并恰当地指出这部跨世纪的文集展示了纳博科夫研究的多样性。本文集涉及了诸多领域，收录有不少纳博科夫研究界知名学者的文章，如博伊德、V.E. 亚历山大洛夫、J.W. 康奈利、D.B. 约翰逊、艾伦·皮弗、扬·帕克（Stephen Jan Parker）等，较为全面地反映了纳博科夫研究的总貌。文集中讨论最多的论题是纳博科夫与俄国文学之间的关系，涉及普希金、屠格涅夫、果戈理、安德鲁·别雷、彼得·乌斯宾斯基等众多俄国作家、评论家与哲学家，其中普希金与纳博科夫文学关系的研究最引人注目：有的评论家认为，普希金对纳博科夫的影响始自他流亡时期的诗歌，直到他美国时期的作品仍存在，方式有潜文本、与主题密切相关的"直接引语""抽象的结构花样"等多种；另有批评家认为，普希金曾吸收了大量西欧的伟大文学进入俄罗斯，如古代辉煌的希腊文学、但丁、莎士比亚、歌德等，如今纳博科夫带着兴趣又回归了这个丰富的文学之源——这似乎也间接印证了纳博科夫的"西欧性"特征。其他论文有的研究纳博科夫的题材来源，有的研究纳博科夫文学与经典童话的关系，有的对纳博科夫的"残酷"主题进行反思，有的将《洛丽塔》与改编的两个电影版本予以比较（1962 年库布里克版本、1998 年莱恩版本），还有研究分析了古典神话在纳博科夫作品中的回响，认为短篇小说《符号与象征》（*Signs and Symbols*）、长篇小说《庶出的标志》（*Bend Sinister*）、《微暗的火》中都有"代达罗斯—伊卡洛斯"主题，即父亲尝试挽救孩子的生命，及孩子的夭折对父亲造成的忧郁与痛苦。纳博科夫对鳞翅目昆虫的热爱在文学理念与创作中的表现也仍然是一个研究热点。另外，达尔文进化论对纳博科夫作品的影响、荷兰绘画艺术在纳博科夫作品中的呈现等也进入研究的视野。通过以上举例我们可以发现，切入纳博科夫文学世界的角度越来越多，这是纳博科夫研究富有生机活力的典型表现。

爱德华·维斯本（Edward Waysband）后撰文指出了该文集反映出的一个问题，即纳博科夫本人的艺术好恶仍控制着后人对他的研究："这部文集的大部分文章仍然避开了大师本人厌恶的一些阐释形式，比如女性主义、精神分析学、后结构主义等。"[①] 但并非整个纳博科夫研究界都是这种情况，如2002 年出版的文集《纳博科夫散文作品中的话语与意识形态》（*Discourse and Ideology in Nabokov's Prose*，来源于 1995 年一次学术会议）就从意识形态、同性恋、女性主义、流行文化等方面对纳博科夫进行研究，但总体来说影响较小，并未引起其他研究者的关注与热情。

2002 年出版的论文集《纳博科夫的世界》（*Nabokov's World*）也来自为纪念纳博科夫举行的学术会议。该论文集大量涉及纳博科夫与其他作家的比较，及纳博科夫文学与芭蕾、电影、绘画等的跨学科研究，反映出 21 世纪以来纳博科夫研究的一个发展趋势。但同时呈现出对纳博科夫文学本身的忽略与冷落，造成了纳博科夫的核心问题已经垦拓完毕，后人只能在边缘问题上做做文章的假象。像 D. 巴顿·约翰逊这样资深的纳博科夫研究者仍坚持关注纳博科夫的艺术美，他反问道："让我们假设纳博科夫有时候真会迎合读者的淫秽欲望，假设他的思想有时候够不上人道主义，他的彼岸世界哲学只是货架上的陈旧货色，是否承认这些真会削弱我们从他作品中得到的快乐？纳博科夫是否真会因此变得不那么完美？"[②] 对此博伊德答道："纳博科夫的形而上方面和伦理方面如果浅薄和贫瘠一些，他的写作会完全不同，但是我们仍然认为巴顿是对的，我们仍然会阅读纳博科夫。"[③]——在强调纳博科夫艺术本身的永久魅力方面二人持论相同。

似乎是对 D. 巴顿·约翰逊与博伊德的回应，2005 年由 J.W. 康奈利（Julian

[①]　Edward Waysband, "Nabokov at Cornell(review)" ,*Partial Answers: Journal of Literature and the History of Ideas*, Vol.2, No.2(2004), pp.219-225.

[②]　D. Barton Johnson and Brian Boyd, "Prologue: the otherworld", in *Nabokov's World: The Shape of Nabokov's World*, eds. Jane Grayson et al. (New York: Palgrave Macmillan, 2002), p.21.

[③]　Brian Boyd, "Nabokov as storyteller", in The Cambridge Companion to Nabokov, ed. Jullian W. Connolly (Cambridge: Cambridge University Press, 2005), p.31.

W. Connolly）编辑的《剑桥纳博科夫指南》（*The Cambridge Companion to Nabokov*）更多聚焦于纳博科夫文学创作中的具体问题，有深度有立场，代表了21 世纪以来纳博科夫研究的最高水准。该文集规模不大，只有 14 篇文章，主旨是"将纳博科夫放在一个多姿多彩的文化语境中"，"提供给好奇的读者一些新的研究路径以进入纳博科夫丰富的创造性的世界中"。[①] 其中亚历山大·多里宁（Alexander Dolinin）的文章探究的是"纳博科夫对俄国文学伟大遗产的态度"，论者对比了纳博科夫的俄语作品与英语作品，认为纳博科夫的自身定位经历了从"俄国文学继承人"向"世界性作家"的转变。博伊德则分析了纳博科夫"讲故事"的技巧，包括纳博科夫对情节的重视，对人物思想意识的倚重，具有强大召唤能力的场景描写及场景之间迅速且诗意的转化等。苏珊·伊丽莎白·斯威尼（Suan Elizaberth Sweeney）聚焦于纳博科夫转变为"美国作家"后笔下呈现出的"美国"。她认为纳博科夫在作品中以新祖国代替了失去的家园，但带着一些颇有意味的失真、调整和置换，以弥补他失落的故土。艾伦·皮弗以《洛丽塔》为例，继续了她的伦理学探讨，其他研究则探究了纳博科夫的短篇小说、诗歌、自传、创作语言从俄语转变为英语的影响、他的人物在"唯我主义"上的困扰与突破等问题。

2008 年出版的由威尔·诺曼（Will Norman）与邓肯·怀特（Duncan White）合编的《过渡中的纳博科夫》（*Transitional Nabokov*）也值得关注。文集分三部分，分别是"纳博科夫与科学""过渡中的纳博科夫""纳博科夫与伦理学"。两位编者在导言中提出，当前的纳博科夫研究存在僵化与积滞的情况，将活生生的纳博科夫弃置一旁，而只研究空空的茧壳。他们欲在这部文集中重新恢复纳博科夫学术研究的活力。本文集既有资深的纳博科夫研究专家做出的新思考新探索，也有与编者一样年轻的研究者带着自己崭新的视角加入进来。其中博伊德主要从科学角度（进化论与认知分析学）入手分析纳

---

① Julian W. Connolly, "Introduction: the many faces of Vladimir Nabokov", in *The Cambridge Companion to Nabokov*, ed. Julian W. Connolly (Cambridge: Cambridge University Press, 2005), p.1.

博科夫小说中的高级花样（pattern）[①]，认为这有助于解决纳博科夫何以能如此娴熟地抓住读者的注意力与想象力的问题。苏珊·伊丽莎白·斯威尼在同一个话题上开拓，力图展示纳博科夫是如何让读者接受作品中那些不可能的事件与情节的。她认为没有作家像纳博科夫这样对意识的工作原理把握得如此准确，而我们对认知过程的科学研究可以帮助理解纳博科夫的作品，反之亦然。另有一些研究运用弗洛伊德与社会学的相关理论来解读纳博科夫，以改变库蒂里耶 2007 年指出的一个状况，即"纳博科夫的专家们过于频繁、过于长时间地受到纳博科夫的'顽固意见'的摆布"[②]。纳博科夫的伦理学研究也仍是热点，主要涉及纳博科夫作品中的残酷、责任、集权、自由、痛苦等母题。还有一些研究涉及他作品中的戏剧性因素、他与法国文学的关系、他作为流散作家的影响力、他作品中人物在某个特殊时刻的姿势动作的深度解读，等等。

其次，十几年来相关的专著也层出不穷。

对纳博科夫单部作品进行阐释、注解的热情仍在持续，《洛丽塔》仍然是单部作品中最受关注的。2009 年朱利安·W. 康奈利的《纳博科夫之〈洛丽塔〉指南》（*A Reader's Guide to Nabokov's "Lolita"*）几乎盘点了《洛丽塔》所有热点话题，呈现出将前人的研究成果与个人思考相结合的特点。著者呼吁将作者与主人公区别理解，并就亨伯特的说服术，最后的忏悔是真是假，他与洛丽塔的再次相见及杀死奎尔第是不是幻想，该作是否关涉道德，纳博科夫的真实意图到底是什么等问题进行了深入研究，尤其值得注意的是第四章，康奈利试图在亨伯特掌控全篇的叙述中复原真实的洛丽塔，如亨伯特靠近她自慰及二人首次发生性关系的场景中她的真实想法与态度，她是否真的是消费

---

① "花样"（pattern）是纳博科夫本人及其研究者都喜爱使用的一个词语，中文也有译成"图案""模式""样式"等。纳博科夫提到过 rhythmic patterns、每个艺术家特有的 special pattern，甚至认为"事物的花样优先于事物本身"（The pattern of the thing precedes the thing.）。但对于这个词的具体所指并没有明确定义，大概来说，本义是指事物或事件中独具一格、反复出现的图案、组合、样式，纳博科夫进而将之延伸到指称具体艺术家最喜爱使用的意象、组合手法或者特有的节奏等。——该注释参看 Nabokov, *Strong Opinions* (New York: McGraw-Hill Book Company, 1981), p.44, p.63, p.99.

② Maurice Couturier, "Annotating vs. interpreting Nabokov: The author as a helper or a screen?" See Z Kuzmanovich, "Vladimir Nabokov: Annotating vs. interpreting Nabokov", Cycnos 1 (2007), pp.1–13.

文化的牺牲品，最后见面的场景中她对亨伯特的情感反应代表了什么，等等。
2007年利兰·德·拉·杜兰塔耶（Leland de la Durantaye）出版的《风格是关键：
弗拉基米尔·纳博科夫的道德艺术》（*Style is Matter: The Moral art of Vladimir Nabokov*）虽然涉及其他作品，但核心也是围绕《洛丽塔》，力图回答"我们该
如何理解《洛丽塔》"的问题。除了这种紧扣作品的内部研究，还有的涉及了
《洛丽塔》的传播学研究，如2008年格雷厄姆·维克斯（Graham Vickers）出
版的《追逐洛丽塔：流行文化如何再次腐蚀了纳博科夫的小女孩》（*Chasing Lolita: How Popular Culture Corrupted Nabokov's Little Girl All Over Again*）。该
书考察了从维多利亚时代到现代社会各类媒体（电影、戏剧节目、文学副产
品、手工制品、时尚、艺术、照相、小报等）对于性、儿童、流行娱乐的表
达，深入研究了媒体是如何歪曲《洛丽塔》这部作品的，还涉及了一些如洛丽
塔一样成为他人变态情欲牺牲品的年轻女孩的真实案例。该书认为，《洛丽
塔》写的是主观上的狂喜，而不是客观上的性吸引力，塑造的洛丽塔也不具有
一般的性吸引力，但媒体似乎对这一点视而不见，最终使"洛丽塔"成为一个
标签性的指代。

除《洛丽塔》以外，《微暗的火》与《天资》也是研究者们所喜爱的作品，
如2011年尤里·列夫（Yuri Leving）出版的专著《〈天资〉导读》（*Keys to The Gift: A Guide to Vladimir Nabokov's Novel*），2013年雷内·厄拉代（Rene Alladaye）出版的《〈微暗的火〉的更深阴影：对一个文学秘密的调查》（*The Darker Shades of Pale Fire :an Investigation into a Literary Mystery*）等。

更常见的则是从某个角度切入的对纳博科夫的整体研究，电影、游戏、
戏剧、翻译等都进入了研究者的视野，表现出研究视角的多样性。在2003年
出版的《电影中的纳博科夫：小说中的电影视角》（*Nabokov at the Movies: Film Perspectives in Fiction*）一书中，芭芭拉·威利（Barbara Wyllie）有意识地延
续了阿佩尔关于纳博科夫与电影艺术问题的探讨，但反对后者在《纳博科夫
的黑色电影院》中的很多观点，特别是阿佩尔认定纳博科夫只是一个"囫囵吞
枣看了过多电影的一般观众"，他的作品中出现与影视作品有关的指涉一定是

16

嘲讽和戏拟。威利认为将电影视为"通俗的、廉价的"更多是阿佩尔本人的态度，而不是纳博科夫的态度。纳博科夫对电影的喜爱与他热爱绘画艺术有密切关系，若通过电影来探讨他对记忆、永恒、想象力的表现，而不是局限于在其作品中寻找有关电影的参考与暗示，就会看到纳博科夫对电影的兴趣十分有意义。本论著探讨了苏联默片、德国表现主义电影、美国好莱坞电影等对纳博科夫不同作品的影响，认为纳博科夫的场景描写、叙述风格、结构安排都与电影艺术有相通之处，尤其是叙述人以"旁观者"的立场对故事本身的观察、讲述，更类似于电影制作者的体验。2011 年托马斯·卡珊（Thomas Karshan）的专著《纳博科夫与游戏艺术》（*Vladimir Nabokov and the Art of Play*）则探讨了游戏在纳博科夫艺术中所发挥的作用，从纵向（游戏作为一种文学理念及艺术主题的历史）与横向（纳博科夫作品中的游戏主题及其与其他主题之间的关系）两个方向进行了深入挖掘，认为游戏是纳博科夫非常重要的一个主题，是文学史上对该主题呈现得最细致、最复杂的，且与纳博科夫作品中的其他主题密切相关。2012 年西格·弗兰克（Siggy Frank）的专著《纳博科夫的戏剧想象》（*Nabokov's Theatrical Imagination*）探讨了纳博科夫的几个剧本及小说中的戏剧化因素，认为戏剧化主题贯穿纳博科夫艺术和生活的核心，甚至表现在他对自己公众形象的塑造上，即认为访谈合集《独抒己见》（*Strong Opinion*）中呈现出来的 V.N. 并非就是纳博科夫本人。纳博科夫与绘画艺术的关系也被重点探讨，有两部专著值得注意，一部是 2006 年热拉尔·德·弗里耶（Gerard de Vries）与 D.B. 约翰逊共同著写的《纳博科夫与绘画艺术》（*Vladimir Nabokov and the Art of Painting*），另一部是 2009 年加夫瑞尔·夏皮洛的《艺术大师的画室：纳博科夫与绘画》（*The Sublime Artist's Studio：Nabokov and Painting*）。这两部论著或从纳博科夫家族性的联觉能力及所受过的专业绘画训练入手，或从纳博科夫作品中反复出现的视觉意象入手，探讨了纳博科夫作品中涉及的巨量画家与画作，及绘画艺术对他的文学创作、主题呈现的具体影响。还有研究者专注于纳博科夫的翻译，如 2015 年出版的《"译者的疑虑"：纳博科夫与翻译的含糊性》（*"The Translator's Doubts": Vladimir Nabokov and the Ambiguity of*

Translation)，作者茱莉亚·图北哈娜（Julia Trubikhina）主要研究了纳博科夫的翻译活动，如他的《爱丽丝漫游仙境记》（英译俄）、《叶甫盖尼·奥涅金》（俄译英）及他将自己的小说《洛丽塔》转化为电影脚本的创作。

2013 年出版的《绝对解决方案：纳博科夫对残酷的反应，1938》（*The absolute solution: Nabokov's Response to Tyranny*,1938）充分表现了纳博科夫研究不断细致化的倾向。该书主要研究了纳博科夫创作史上的 1938 年，作者安德鲁·卡尔顿（Andrew Caulton）之所以选中这一年进行深入研究，是因为 1938 年是纳博科夫从俄语转向英语的关键一年，且在这一年中他的创作包含了他尝试过的所有样式，如小说、戏剧、短篇故事、诗歌，他还写了大量棋题，甚至发现了一个新的蝴蝶亚种；但著者最看重的是，纳博科夫作品中的反残酷主题在 1938 年是最"鲜明"的：他的 3 篇短篇、1 部喜剧及《天资》的结尾，都有对恶劣时局的反应，著者还认为该年他创作的第一部英文小说《塞巴斯蒂安·奈特的真实生活》虽然表面上跟时局没有关系，但文本下隐藏了秘密的反应，是他职业生涯中反极权主义主题最煞费苦心的作品。

以纳博科夫的文学创作为主要内容的传记也出了两部，一部是 2012 年加拿大的戴维德·兰普顿（David Rampton）的《纳博科夫：文学生活》（*Vladimir Nabokov: A Literary Life*），另一部是芭芭拉·威利 2010 年出版的《纳博科夫评传》（*Vladimir Nabokov*，该书已由我国纳博科夫研究者李小均译成了中文）。罗伯特·罗珀（Robert Roper）则在《纳博科夫在美国：去往〈洛丽塔〉之路》（*Nabokov in America: On the Road to Lolita*，2015）中截取了纳博科夫在美国的这段文学生活，记录并评述了他与威尔逊的友谊，他在康奈尔的时光，他在哈佛比较动物学博物馆中的工作，特别是他沿着美国西部的高速公路捕蝶、在汽车旅馆与咖啡馆的市井生活中塑造出了洛丽塔这个典型的美国女孩形象的过程。

纳博科夫还常因为这样或那样的特点而被拿来与其他作家相比较。如2001 年哈娜·皮丘娃（Hana Píchová）出版的《流亡记忆的艺术：纳博科夫与昆德拉》（*The Art of Memory in Exile: Vladimir Nabokov and Milan Kundera*）；

2005 年凯文·大井（Kevin Ohi）出版的《天真与狂喜：佩特、王尔德、詹姆斯与纳博科夫笔下的色情儿童》（*Innocence and Rapture: The Erotic Child in Pater, Wilde, James, and Nabokov*）；2010 年瑞秋·特鲁兹代尔（Rachel Trousdale）出版的《纳博科夫、拉什迪及跨国别想象：流亡小说与替换性世界》（*Nabokov, Rushdie, and the Transnational Imagination: Novels of Exile and Alternate Worlds*）；2011 年安东尼·乌尔曼（Anthony Uhlmann）出版的《在文学中思考：乔伊斯、伍尔夫与纳博科夫》（*Thinking in Literature: Joyce, Woolf, Nabokov*）；同年贾斯汀·韦尔（Justin Weir）的《作为主角的作者：布尔加可夫、帕斯捷尔纳克与纳博科夫作品中的自我与传统》（*The Author as Hero: Self and Tradition in Bulgakov, Pasternak, and Nabokov*）；2012 年马丁·哈格隆德（Martin Hägglund）出版的《渴望时间：普鲁斯特、伍尔夫与纳博科夫》（*Dying for Time: Proust, Woolf, Nabokov*），等等。

　　得益于 20 世纪的坚实基础，这十几年来的纳博科夫研究在粗壮的树干上开枝散叶，虽然其中有些角度稍显偏颇，其价值未必经得起检验，但为纳博科夫研究增添了很多不一样的图案与色彩。研究者们深深浸润在纳博科夫的艺术世界中，试图描绘出自己独见的纳博科夫供人阅读理解，这是对纳博科夫艺术成就的最大认可。如此生机勃勃、容量庞大、角度多样的研究充分证明了纳博科夫文学世界具有的活力、吸引力与号召力。这些海量的研究成果既是当下理解纳博科夫的财富，也构成了新晋纳博科夫研究者需要克服的"影响"。

二、国内纳博科夫译介与研究综述

　　国内纳博科夫的译介始自 20 世纪 80 年代，至今约 35 年，下面分三个阶段予以综述。

　　（一）第一个阶段：1981—1990 年

　　1981 年上海译文出版社推出一套外国文艺丛书，其中有梅绍武先生译

的《普宁》，是国内第一部纳博科夫译作。梅先生的翻译兼备信、达、雅，精
到地传达了纳博科夫的文体风格，为纳博科夫在中国的传播奠定了一个高起
点。就此，纳博科夫正式进入中国，回声是《世界文学》于1982年发表的薛
鸿时译的《论契诃夫》一文（选自纳博科夫《俄国文学讲稿》），及《当代外国
文学》于1983年发表的王汉梁翻译的短篇《云影·古堡·湖光》。之后一直沉
寂到1987年，出现持续两年的小高潮：首先是漓江出版社出版了龚文庠翻译
的《黑暗中的笑声》，而后的10月《世界文学》推出"纳博科夫专辑"，发表
了《微暗的火》片段（梅绍武选译），《文学讲稿》中的《优秀读者与优秀作家》
部分，一篇《纳博科夫访谈录》，还有梅绍武的论文《浅论纳博科夫》。1988
年，《外国文学评论》发表了沈蕙翻译的《〈文学讲稿〉序言：作为文学评论
家的纳博科夫》（厄普代克作）；董鼎山先生发表了《洛丽泰四十二岁了》一
文，对该书的出版过程及引起的争议进行了介绍，并有力批驳了所谓"色情
小说"的观点，力证《洛丽塔》是一部堪载史册的经典之作；同年洛黛发表了
论文《象征：读〈洛丽塔〉》，认为"亨伯特对洛丽塔的理想主义正是纳博科夫
对美国的理想"，将亨伯特的悲剧看作欧洲文化与美国文化冲突的结果。[①] 这
种解读在美国不鲜见，但该文发表于第一部《洛丽塔》中文译作出版前，为
国人了解纳博科夫开了一扇窗。1989年出现了5种《洛丽塔》译本，达到了
这个小高潮的顶点。其中黄建人译本颇为突出，该译本虽未追求一字一句的
忠实，但传神地转达了原文聪明、自嘲、轻盈的风味。但这些译本普遍存
在宣传上的低俗状况，封面上诱惑媚态的女郎，及"异乡变态情""国外开
禁小说"等充满噱头的宣传用语，体现了纳博科夫在中国的传播中的商业性
因素。

（二）第二个阶段：1991—2000年

1991年，申慧辉等翻译的纳博科夫《文学讲稿》出版，对于国内了解纳博
科夫的文学理念大有帮助，作为一种批评，《文学讲稿》中对七部经典作品的

---

① 洛黛：《象征：读〈洛丽塔〉》，《外国文学评论》1988年第3期，第61—64页。

解读也开阔了国内学人的视野。纳博科夫的《俄国文学讲稿》则以另一种途径进入中国：从 20 世纪 80 年代中期开始，俄国出现了侨民文学回归热，纳博科夫也终于被祖国文学所接受，出现了一个翻译、传播、研究的热潮。他的《俄国文学讲稿》就是通过在俄国文学中的影响传播进中国的。如 1994 年我国出版的一本陀思妥耶夫斯基研究文集中收录了纳博科夫评论陀思妥耶夫斯基的片段，1995 年一夫据苏联《文学报》编译发表了《纳博科夫论陀思妥耶夫斯基》一文，同年刘平清也据同报刊翻译发表了《纳博科夫论〈安娜·卡列尼娜〉》一文。

此阶段最重头的翻译当属 1998—2000 年时代文艺出版社推出的一套纳博科夫译作，包括 12 部作品、1 部访谈录、1 本自传。这原本应是纳博科夫在中国规模性传播的大好契机，但因翻译水平参差不齐而饱受王青松、刘佳林等研究者的诟病。刘佳林对此措辞严厉，认为其"在相当程度上限制并延迟了真正的学术研究"①。有些译者对纳博科夫的文学理念和整体创作状况不甚了解，个别译者态度草率随意删减，如潘小松的《固执己见》、潘源的《梦锁危情》（现译为《透明》）。但其中收录的梅绍武的《微暗的火》、龚文庠的《黑暗中的笑声》等仍属难以超越的优秀译作。

本阶段的相关论文约有 46 篇，一部分是翻译介绍性的，如于晓丹的《纳博科夫其人及其短篇小说》、陆道夫的《纳博科夫长篇小说述评》等，纳博科夫的诗歌、蝴蝶研究，以及英、美、俄、法关于纳博科夫的研究动态和纪念活动等也都被介绍进国内。另一部分主要的还是研究性论文。20 世纪 90 年代初高尚的《一幢造在高处的多窗的房间：纳博科夫及其〈洛丽塔〉》一文颇为抢眼，文章既未跟风国外的研究成果，也不限于简单的阅读体验，从"好小说与神话的交际"之文学观念，到"语言：现实的液化剂""揶揄式模仿：拒绝恒定"两个显著的文体特征，高尚的分析触摸到了纳博科夫艺术的神秘线条。②聂丽珠的《〈文学讲稿〉和纳博科夫》一文本欲为纳博科夫正名，但从反面集

---

① 刘佳林：《纳博科夫的诗性世界》，上海人民出版社 2012 年版，第 18 页。
② 高尚：《一幢造在高处的多窗的房间：纳博科夫及其〈洛丽塔〉》，《外国文学评论》1991 年第 3 期，第 60—64 页。

中体现了当时对纳博科夫的误解："他（纳博科夫）那些'独具一格'的小说和各种即兴式、炫耀式、似大有深意又似是而非的讲话很能将读者笼罩在一个他预设的格式内，这个格式既清晰又狭隘、既祖露又伪饰地向人们呈现着一位'形式主义者''唯美主义者''纯艺术论者'，以及多少还是一位冷酷无心肝者的形象。"[①] 另外 1997 年刘佳林的论文《论纳博科夫小说的主题》，以及1998 年由曹雷雨翻译的谢尔盖•达维朵夫的《在普希金的天平上称纳博科夫的〈天资〉》一文，都是此阶段值得关注的研究成果。

到了 1999—2000 年，伴随着纳博科夫译作在中国的繁荣，学术研究明显推进到一个更深入、更规范的阶段，如陈平的《火焰为何微暗——纳博科夫小说〈微暗的火〉评析》运用了罗兰•巴特的理论阐释《微暗的火》，将单部作品的阐释带到了一个新高度，但也开启了 21 世纪纳博科夫研究中"理论套文本"的解读模式。在后现代主义视域下考察纳博科夫的论文也出现了，如孙靖的《〈洛丽塔〉的后现代性阐释》、肖谊的《水晶宫、梦境与现实——论〈洛丽塔〉的表现艺术》等均属此类。俄罗斯文学研究者也加入进来，1999 年寇才军发表了《漂洋过海的俄罗斯蝴蝶——纳博科夫和俄罗斯白银时代》一文，将纳博科夫"俄国作家"的一面呈现给中国读者，纳博科夫的"俄罗斯性"随之成为一个研究热点，弥补了国内纳博科夫研究的不足。

（三）第三个阶段：2001—2015 年

此阶段翻译出版方面的盛事是，上海译文出版社从 2005 年开始推出纳博科夫作品的重译和再版。这次的译本较时代文艺出版社的丛书来说，已经有了较大提高，多数翻译质量都有保证，如梅绍武译的《普宁》《微暗的火》，逢珍译的《防守》，王家湘译的《玛丽》与《说吧，记忆》，龚文庠译的《黑暗中的笑声》等，都是难得的精品。但也不乏争议之译作，如主万译的《洛丽塔》在文风上略显沉重拖沓，黄勇民翻译的《王，后，杰克》在准确性上有值得进一步推敲之处，也缺乏纳博科夫那种明晰、轻快的行文风韵。陈安全翻译的《透

---

① 聂丽珠：《〈文学讲稿〉与纳博科夫》，《广西师院学报》1994 年第 3 期，第 38—43 页。

明》译本（2013 年版）也有多处值得商榷。^①

除了译文出版社，其他出版社也积极展开相关译介，如上海三联书店金绍禹译的《〈堂吉诃德〉讲稿》及丁骏等译的《俄罗斯文学讲稿》，广西师大出版社刘佳林译的《尼古拉·果戈理》，上海文艺出版社韦清琦译的《爱达或爱欲：一部家族纪事》，浙江文艺出版社唐建清译的《独抒己见》等，与译文出版社在书目方面形成了互补。特别值得一提的是，广西师大出版社出版了刘佳林译的新西兰学者博伊德所著《纳博科夫传》（分《俄罗斯时期》与《美国时期》两部，分别出版于 2009 年和 2011 年）。在国内纳博科夫研究的关键时期，此部传记的出版具有非同寻常的意义。刘佳林自博士阶段开始，十几年一直在从事纳博科夫研究，对纳博科夫非常热爱和熟悉，而且还具有深厚的中英文语言和文学功底，所以译文准确流畅、文采斐然，再次证实了专业的翻译还需要专业的研究相助。

研究方面，2002 年才出现第一部博士论文，即刘佳林的《纳博科夫的诗性世界》，之后则呈稳定增长势头。据不完全统计，到现在为止共有约 20 部；2007 年前没有相关论著出现，2007 年出现了两部，之后持续增长。这些成果多出于青年学者之手，角度可谓多样：许原雪的博士论文从女性主义入手分析了纳博科夫小说中的女性形象；吴娟研究了纳博科夫的道德思想；马红旗研究的是纳博科夫的政治意识；郑燕则从纳博科夫自身特有的哲学、美学以及文化气质三方面，探讨了"在言之我"在纳博科夫文本世界中的表现；喻妹

---

① 如译文的第 24—25 页，纳博科夫在这里布置了同一个房间相隔 93 年的两个不同场景，第一重场景是 93 年前一个年轻的俄罗斯小说家在此逗留（纳博科夫后来在访谈中明确说写的是陀思妥耶夫斯基），当晚他冒雨而来，湿透了的鞋子放在门外（译文将指代"鞋子"的 they 译成了"他们"，令人困惑），他在房间内的松木桌（deal table 被译为了交易台）上查看稿件；第二重场景是主人公休第一次召妓，二人在这房间里"交易"，妓女的硕大手包放在了松木桌上。松木桌成为两个场景并置的关键道具，在叙述者 R 先生的幽灵看来，93 年前的稿件与当下这个妓女的包叠置在一起，同时显现了出来。所以第 25 页第三行理解有误，此包并非是小说家的"背包"，而是指妓女的手包。小说家被自己的手稿吸引住了，"他打开便携式墨水，朝桌子挪动了下身子，手里拿着笔。但这时屋门发出欢快的'砰'的一声，飞快地打开，又飞快地关上了"。这一句话是指休和妓女完成了交易出门而去（下文紧接着提到了他们的去处），打断了 R 先生的幽灵对 93 年前的小说家的观察，也终止了两个场景叠置的叙述，并非可有可无，但不知为什么译者却删去未译。

平研究纳博科夫的叙事伦理；谢明琪运用符号学研究纳博科夫；莫传玉则分析了纳博科夫的文学心理学思想。

一是因为纳博科夫创作与时代的文学文化思潮确实具有千丝万缕的联系；二是国外研究成果在国内的影响和延伸，纳博科夫的现代性或后现代性成为一个研究热点，詹树奎、吴剑萍、张婷的博士论文及赵君的专著都是从这个角度入手的。此类研究在现代与后现代的大思潮大背景下理解纳博科夫，或者认为他具有"明显的现代主义和后现代主义艺术特征"，或者认为他经历了"从最初现代主义小说的创作实验转为后现代主义小说家"的过程。纳博科夫本人非常反对"文学流派"一类的一般概念："我欣赏的不是一般的理念，而是个体艺术家的贡献。"① 当然我们不能由此就放弃对一般概念的梳理，这毕竟是掌握文学史最有效的方式之一，但这种做法的弊端应引起我们的注意：我们也许抓住了纳博科夫在文学史上的身影，但也容易与真正的纳博科夫擦身而过。

纳博科夫的"俄罗斯性"是另一个热门论题：邱静娟、王卫东、刘文霞的博士论文都涉及对纳博科夫的"俄罗斯性"的考察。此论题之所以在纳博科夫研究中占有较大比重，一方面是因为当下"流散文学"（Diasporic Literature）的研究热潮；另一方面也是纳博科夫研究的需要——不清楚纳博科夫与俄国文学的关系，就难以准确理解纳博科夫。这些研究都强调纳博科夫与俄国文学间的密切关系，如刘文霞从俄侨评论界对纳博科夫毁誉参半的评论入手，揭示了当时"非俄罗斯性"争论产生的深层原因，而后分阶段对纳博科夫从1926—1940 年的俄语作品中的"俄罗斯性"进行了论述，并专门分析了纳博科夫的艺术理念及"彼岸世界"观念与白银时代的象征主义诗歌之间的关系。邱静娟也认为，纳博科夫早期俄语长篇小说与俄罗斯文学传统有血肉联系，但又指出他最终走出传统，创新和超越，从而开创了自己的天地。

---

① ［美］纳博科夫：《独抒己见》，唐建清译，浙江文艺出版社 2012 年版，第 34 页。从 20 世纪60 年代起，功成名就的纳博科夫不断被提议获得各种荣誉博士学位或一些著名学会的成员资格，但他均予以拒绝。他唯一同意参加的是鳞翅目昆虫学家协会。

　　数量最多的还是对纳博科夫文学思想、艺术创作的研究。作为国内最早的两部研究论著，2007年出版的王青松的《纳博科夫小说：追逐人生的主题》、李小均的《自由与反讽——纳博科夫的思想与创作》，都显示出了扎实的批评功底及对纳博科夫文学世界的深入理解。王青松对纳博科夫的文艺美学观进行了深入、全面的分析论述，并在此基础上细致分析了《普宁》《微暗的火》等四部代表性作品，研究视野开阔，有概念与理论但又不限于概念与理论；李小均则从理查德·罗蒂对纳博科夫的分析出发，借助刘小枫的"拯救—逍遥"理论架构，对纳博科夫进行了颇具个性化的解读，认为"纳博科夫本质上并不是逍遥的唯美主义者，也不是提供拯救方案的救世主义者，他介于逍遥与拯救的相切点，是个'自由主义反讽者'"。[①]2010年王霞出版了《越界的想象——纳博科夫文学创作中的越界现象研究》，对纳博科夫创作上的"越界"这种独特现象进行了研究，基本涵盖了纳博科夫艺术创作中最主要的问题。2012年刘佳林出版了《纳博科夫的诗性世界》。该书反对从现实主义、现代主义或后现代主义等先入为主的立场出发理解纳博科夫的"惰性批评"，而是聚焦于纳博科夫小说创作和理念中强烈的诗性，在俄国文学与欧美文学的大背景下理解纳博科夫的艺术，从具体的文学观念到整体的诗性追求，从艺术气质上强烈的诗性到作品中深度的哲性，从纳博科夫个体研究到与文学传统的关系探寻，进行了绵密而又逻辑清晰的论述。2013年王安出版了《空间叙事理论视域中的纳博科夫小说研究》，开拓出了"空间叙事理论"这个崭新的视角。2014年陈辉出版的专著《纳博科夫早期俄文小说研究》虽然研究的是纳博科夫的俄文小说，但并不是延续"俄罗斯性"的话题，而是从叙事学角度对纳博科夫20世纪40年代前的作品进行了深入细腻的分析，文学背景是整个欧洲文学，为纳博科夫的俄语作品研究进一步拓展了空间。

　　这十几年内发表的期刊文章有400多篇，博士论文和研究专著中总结的几个研究方面在其中都有反映，更常见的则是针对某一部（篇）或几部（篇）

　　[①]　李小均：《自由与反讽——纳博科夫的思想与创作》，百花洲文艺出版社2007年版，第35页。

作品的研究。除此之外，在研究内容上还有值得注意的拓展，比如对纳博科
夫的翻译进行的专门研究，1993 年梅绍武先生的《纳博科夫和文学翻译》是
20 世纪唯一以纳博科夫的翻译为论题的文章，这个论题在 21 世纪继续延伸，
李小均在这方面的工作引人注意；还有以纳博科夫为一端的比较研究，如郭
建友的《〈吉姆爷〉与〈洛丽塔〉中对抗性人物的引入》、童明的《梦蝶·应和·
变形：现代异化和美学经验》等。此类论题也发端于 20 世纪 90 年代，王璞的
《〈围城〉与〈普宁〉的艺术手法比较》是 20 世纪唯一与纳博科夫有关的比较研
究论文。

　　总体来说，纳博科夫在中国的译介与研究经历了 30 多年，其间受过商
业化潮流的冲击，但最终坚守住了艺术的阵地；误入过翻译与批评上的歧径，
但最终拨开云雾见坦途。进入 21 世纪后，尤其是近几年，中国的纳博科夫研
究取得了突破性进展，前期的偏差与失误正在得到勘正，流于表面的跟风式
解读正在被抛弃，热爱纳博科夫的青年学者真正走进了纳博科夫的艺术世界
去理解纳博科夫。

三、本书的起点、主要内容及结构安排

（一）研究起点

　　纳博科夫研究发展至今已约一个世纪，依次出现的艺术、伦理、形而
上三个维度各自展现了纳博科夫经典魅力的一部分。当下的纳博科夫研究则
呈现出三个维度或前两个维度并重的趋势，不少批评家对此有共识，如巴拉
布塔罗提出："我确信，未来研究最有成效的方法——或许是唯一有效的方
法——是要综合地考虑彼此相叠的三方面，在此暂定义为艺术的（或感知的、
修辞的、'外部的'）、心理的（或道德的、'内在的'）和形而上的（或宗教
的、神秘的、彼岸的）。"[①] 还有一些批评家已然在批评实践中对三者或前两者

[①] Gennady Barabtarlo, "Nabokov's trinity (on the movement of Nabokov's themes)", in *Nabokov and His Fiction*, ed. Julian W. Connolly (Cambridge: Cambridge University Press, 1999), p.136.

予以兼顾：最早、最有代表性的是 20 世纪 90 年代初，亚历山大洛夫在《纳
博科夫的彼岸世界》中、博伊德在《纳博科夫传》中都兼顾了三种维度的研
究，前者明确提出："美学、伦理、形而上三者最好以一个统一体的名义紧密
结合在一起理解。"①　因形而上研究本身存在大量争议且与本论题无关，此处
暂且不议，就批评史中的艺术批评与伦理批评来说，二者毋庸置疑呈现出互
相抵制的状态：艺术研究认为纳博科夫是一位艺术至上主义者，从伦理学考
察纳博科夫没有价值；而伦理批评认为艺术批评造成了纳博科夫"冷酷"的假
象，一心要为之恢复名声。纳博科夫本人的相关言论更强化了这种冲突。一
方面，纳博科夫强调艺术至上："使一部文学作品免于蜕变和腐朽的不是它的
社会重要性，而是它的艺术，只是它的艺术。"②　另一方面，又邀请读者从"伦
理道德"的角度来认识他："我相信，有朝一日会重新鉴定并宣告：我并非一
只轻浮的火鸟，而是一位固执的道德家，抨击罪恶，谴责愚蠢，嘲笑庸俗和
残忍——崇尚温柔、才华和自尊。"③　但巴拉布塔罗对这三个层面的具体表述
把可能存在的矛盾给模糊掉了：因为"坚持艺术至上"还是强调"艺术的伦理
责任"，这二者之间明显是有逻辑冲突的，但"感知的、修辞的、'外部的'"
与"道德的、'内在的'"完全可以彼此结合而毫无嫌隙。亚历山大洛夫与博伊
德等人对艺术与伦理的结合也只是叠加、并置，忽视了艺术性与伦理性在纳
博科夫作品中的复杂关系，既置纳博科夫作品中艺术与伦理表面上的冲突于
不顾，更未深究纳博科夫对于二者的考量如何影响了他艺术上的转折与发展，
自然也不可能在拂去表面的矛盾之后，就其艺术性本身的伦理价值予以探讨。
21 世纪最有代表性的是 2007 年利兰·德·拉·杜兰塔耶在《风格是关键：弗
拉基米尔·纳博科夫的道德艺术》中的观点，著者认为，"艺术批评"与"道德
批评"在纳博科夫的作品中并不像看起来那样彻底对立，二者实质是结合在
一起形成螺旋，共同致力于纳博科夫的艺术风格。但至于二者是如何结合在

---

① Vladimir E. Alexandrov, *Nabokov's Otherworld* (Princeton: Princeton University Press), 1991, p.5.
② [美]纳博科夫：《独抒己见》，唐建清译，浙江文艺出版社 2012 年版，第 34 页。
③ [美]纳博科夫：《独抒己见》，唐建清译，浙江文艺出版社 2012 年版，第 199 页。

一起而不互相削弱的，也就是说，纳博科夫创造自身风格的关键秘密是什么，著者却未曾涉及。放眼当下的纳博科夫研究，强调其艺术性的研究者一般也不否认他的伦理维度；从伦理学角度研究纳博科夫的人也承认他具有闪耀的艺术性。但如果据此下结论，判定纳博科夫是一位兼具艺术性与伦理性的经典作家，看似不偏不倚完全正确，但又等于一句空话——文学史上哪一位经典作家，不是兼具这二者？即便是王尔德那么高调的"唯美主义"作家，作品中也充满用心良苦的劝导与指正。事实正如威尔·诺曼（Will Norman）与邓肯·怀特（Duncan White）所说："关于纳博科夫彼此交叉叠印的伦理学与美学的争论，还远未尘埃落定，而且目前也未见这种可能性。"[①]

　　而这正是本论题的出发点，也是本论题的创新之处。全书除了绪论与结语之外，主体内容分为三章内容，三章之间在逻辑上是层层递进的关系。第一章分析出纳博科夫的艺术观与伦理观，这是后文展开的基础；第二章分析了纳博科夫观念中艺术与伦理二者的冲突关系如何影响了其创作发展轨迹；第三章表面看起来是对第二章内容的否定，但实际是转折之后的深化，分析了在更深层次上艺术与伦理在其创作中的协调。本书通过以上三个层次的研究内容，深入纳博科夫艺术世界内部做出研析判断，他创作中一些悬而未决的问题可在此中找到根由，如他在成熟时期为何执着于塑造与他本人完全相反的人物形象，是什么触动了他艺术上的发展，他在文本中如何协调安排艺术与道德两个维度等。

（二）研究思路与结构安排

　　第一章从"不同"与"反对"辨析纳博科夫独特的艺术理念与伦理观念，因为这二者是后文展开论述的基础。本部分拟运用比较研究的方法分四节论述：（1）纳博科夫的"非俄罗斯性"。主要内容包括：纳博科夫研究史上所说的"非俄罗斯性"的具体所指；纳博科夫实际创作与"俄罗斯性"背离的程度与具体体现；在概述前人相关论点的基础上对纳博科夫的"非俄罗斯性"做出

[①] Will Norman and Duncan White, "Introduction", in *Transitional Nabokov*, ed. Will Norman and Duncan White (New York: Peter Lang AG, International Academic Publishers, 2008), p.9.

艺术上与伦理上的判断。（2）纳博科夫为何反对陀思妥耶夫斯基的艺术。纳博科夫的"非俄罗斯性"集中体现为他对陀思妥耶夫斯基艺术的不满，在纳博科夫对陀氏艺术进行批判的具体文字中，可以更清晰地看到他本人的艺术理念（与陀氏殊为不同），及对道德说教、泛化思想（generality）的强烈反感。（3）纳博科夫为何反对弗洛伊德。纳博科夫对弗洛伊德的反对贯穿整个创作历程，这是因为弗洛伊德引领的精神分析批评理念与纳博科夫本人的艺术理念和伦理观念有重大分歧。纳博科夫反对弗洛伊德，既是为了保卫艺术阵地，更是为了捍卫自己的文学理想。（4）纳博科夫对《堂吉诃德》的批评。纳博科夫认为《堂吉诃德》是一本"残酷"的书，主要因为作者对堂吉诃德持戏弄嘲谑态度，这鼓励和煽动了读者对堂吉诃德的嘲弄，在纳博科夫看来这不公正，甚至残酷。在纳博科夫对《堂吉诃德》的批评中，可看出他本人对残酷行为（现实生活中及虚构作品中）的反对、对他人（现实生活中的人们及艺术作品中的虚构角色）的伦理关怀。通过本章的分析，可以归纳出纳博科夫对艺术与伦理鲜明的态度与主张：一方面推崇艺术至上，反对作品中的思想灌输与道德说教；另一方面又深具伦理关怀与道德意识。

　　第二章分析推崇艺术至上与反对道德说教对纳博科夫艺术创作的影响。本章第一节从《洛丽塔》引起的纷争说起，以论证如下观点：纳博科夫认为道德说教不同于伦理关怀，作品中任何说教气息都将"分散"和"毒害"他极为看重的艺术的自由属性。在纳博科夫的文学观念中，艺术的想象世界是独立自主的，甚至比现实世界更值得倾注热情。纳博科夫推崇艺术性、反对道德说教就是为了解放艺术性，实现艺术自由。对艺术自由的强烈追求促使纳博科夫艺术上不断突破自我与传统。接下来三节内容以时间为序，分析纳博科夫在具体创作过程中对艺术自由的孜孜追求。纳博科夫艺术上的成长在早期尚未完全成熟的作品中表现得最为明确，因此第二节以他最早的三部长篇小说为例，分析其中的艺术变化及这种变化的初衷，包括题材方面对作者的"自我"有意识的摆脱与超越，艺术形式与技巧方面不断的变化与创新，价值判断方面（包括伦理道德与美学价值）作者立场在文本内的悬置等。《天资》一作是纳博科夫俄语时期最后、最重要的一部作品，也是他对自己的文学发展进行反思的一部作品，标志着纳博科夫在艺术上的一次关键性蜕变，第三节将对此进行详细分析。纳博科夫沿着艺术自由的道路不断前行，在他最成熟的作品《洛丽塔》《普宁》《微暗的火》中又有进一步的发展与体现，本章最后一节将对此进行深入探讨。

第三章则在第二章的基础上，分析在排除了说教意味之后，纳博科夫作品中艺术与伦理的相通与协调。本部分主要分四节，第一节集中论述纳博科夫的"越艺术越道德"的艺术伦理观，包括其具体可能性、实际内涵等。第二节分析纳博科夫作品中不断发展出来的大量次级人物，以论证纳博科夫对普通人、小人物非同一般的伦理关怀。第三节则主要从纳博科夫个人对家庭生活的赞美与作为艺术家对日常生活的挑剔之间的矛盾性入手，分析纳博科夫艺术主题上的发展变化，论证成熟时期的纳博科夫对普通人的日常生活的尊重与认可。第四节则主要论述纳博科夫作品中的"发现"母题，纳博科夫在作品中安排大量"情节下的情节"供好奇的读者发现，最终目的是训练读者在现实生活中的"发现"能力，以确认世界、人生的精妙与美好。

结语部分拟归述全篇：表面上艺术的自由属性与说教功能在纳博科夫作品中无法并存，但深层次上他又在艺术自由之中赋予了伦理维度的追求，如同一条密码中同时携带了两条重要信息。正如康德所说："美是道德的象征。"越是自由的艺术，越容易与自由的道德相沟通。

本书主要通过以上三个层次的研究，探讨纳博科夫为解决他创作中的矛盾，在艺术与伦理之间如何取舍、如何运筹、如何施展腾挪，为纳博科夫研究提供新的视角与思路。

第一章 "不同"与"反对"：
论纳博科夫的艺术理念与伦理观念

纳博科夫对其时代颇有影响的人物或作品直截了当地指摘一直是研究热点。本书认为，比较基础上呈现出来的"不同"与"反对"，正可以作为理解纳博科夫艺术理念与伦理观念的切入口。他的"非俄罗斯性"是评论家们观察与分析的结论。他对陀思妥耶夫斯基的反对随着自身艺术的成熟而日益明确；他对弗洛伊德的反感伴随一生；他对《堂吉诃德》则毁誉参半。正是因为他自身理念的完整、坚定与独特，所以才有了这些备受争议的外在表现。抛弃简单的外在价值判断，深入这些区别的缝隙中探究根源，是本文理解纳博科夫独特艺术理念与伦理观念的基本思路。

第一节 纳博科夫的"非俄罗斯性"

纳博科夫艺术上的独特之处从他创作的一开始就展露了出来，当时的俄国流亡文学圈冠之以"非俄罗斯性"。

一、"非俄罗斯性"的具体所指

纳博科夫于 20 世纪二三十年代在流亡欧洲的俄国文学圈子里初获文名，

从诗歌、短篇小说、翻译到长篇小说，"西林"逐渐得到认可：他23岁时翻译的《艾丽丝漫游仙境记》被认为是该书各语种译本中最好的；诗人西林才华横溢，但还比不过小说家西林受人瞩目。1926年他的第一部长篇小说《玛丽》（Mary）出版，1929年《防守》（The Defense）在《当代纪事》上发表，他卓越的艺术才华让人无法忽视，就此受到俄国流亡文学评论界的密切关注。尼娜·别尔别洛娃读过《防守》后评论道："呈现在我面前的是一位了不起的现代作家，一位伟大的俄罗斯作家，成熟而又高超……从此以后，我们的存在获得了意义。"[1] 蒲宁是当时侨民文学界的大师，他对《防守》的反应颇有危机感："这小子抓起一把枪，把整个老一辈包括我在内都干掉了。"[2]

后随着一系列作品的面世，批评界注意到了纳博科夫明显的西欧倾向、卓越的想象力、反讽的叙述语调，及作品灼灼自华的艺术性。也许正是因为这个圈内的作家与批评家被迫离开了自己的家园故土，反而尤为看重精神上对俄国文化和文学的传承，所以针对纳博科夫的这些特点产生了不同看法——格列勃·司徒卢威（Gleb Struve，纳博科夫流亡期间的朋友）从20世纪30年代开始关注纳博科夫，在50年代的一篇文章中回顾俄国两代流亡作家时提出："纳博科夫是（其中）最富有原创性的作家，大多数批评者都承认他们是在与一个具有伟大原创性、完全在俄国文学传统之外、没有任何文学前辈的作家打交道。"[3] 阿达莫维奇与伊万诺夫则指责纳博科夫背叛了以描写心灵与民族苦难为主旨的俄国文学传统，认为纳博科夫的人物、叙述者、最严重的是作者本人，都缺乏"灵魂"。但阿达莫维奇也无法回避纳博科夫的才华，在30年代中期读到《斩首之邀》后激动地评论道："西林创作中的非俄传统，让我一直无法适应；正是这个影响我公正地评价他的非凡才

---

① ［新西兰］博伊德：《纳博科夫传》（俄罗斯时期），刘佳林译，广西师范大学出版社2009年版，第443页。

② ［新西兰］博伊德：《纳博科夫传》（俄罗斯时期），刘佳林译，广西师范大学出版社2009年版，第444页。

③ Phyllis A. Roth "Introduction", in *Critical Essays on Vladimir Nabokov*, ed. Phyllis A. Roth (Boston: G.K. Hall & Co., 1984), p.5.

华。尽管这才华值得商榷，但不应置疑。"① 索尔仁尼琴高度认可纳博科夫的文学成就，曾举荐他为诺贝尔文学奖候选人，但对其"非俄罗斯性"感到非常遗憾，写信给纳博科夫说："借向您表达我对您巨大、细腻天才之钦佩的机会，我也要表达受到的深刻伤害，甚至要责备您，因为您这样一个伟大的天才却没有奉献于我们痛苦、不幸的命运，没有奉献于我们昏暗、扭曲的历史。也许，您将来会找到这种奉献的兴趣、力量和时间？"② 在回忆录《说吧，记忆》中纳博科夫也描述了自己引起的争议：反对者谴责他"缺乏宗教上的洞察力和道德上的关注"，崇拜者则强调他"与众不同的风格、出色的精确、有效的意象"。③ 这就是当时围绕纳博科夫产生的"非俄罗斯性"的争论。

那么，文学上的"俄罗斯性"到底指的是什么？从一般的意义上进行分析对理解纳博科夫批评没有帮助，且很难有结论性答案。我们要弄清楚的只是当西林的创作引起注意时，评论家们所说的"俄罗斯性"是什么？尼古拉·安德烈在评论纳博科夫的另类时曾描述了他所理解的"俄罗斯性"："技巧完美带来的表面光彩对俄国文学来说总是格格不入。我们过去和现在爱的都是坚硬、朴素、深入，以及可怖的思想与悲伤的灵魂所带来的平静火苗。我们不欣赏矜持，反讽对我们来说也是外来品。我们热爱先知和圣歌歌唱者，他们的可怕预言越是缺乏形式，越是令人激动、热血沸腾，我们接受他们的时候就越迅速越紧密。"④ 我们还可以借鉴纳博科夫的支持者之一司徒卢威（Gleb Struve）1934 年的一篇文章，其中罗列了西林"非俄罗斯性"的具体表现。具体包括：（1）对艺术手法异乎寻常的重视；（2）俄国传统小说特别强调思想内容与社会背景，而西林对这二者表现出罕见的淡漠；（3）俄国文学以对"人"

① 陈辉：《纳博科夫早期俄文小说研究》，四川大学出版社 2014 年版，第 21 页。
② 刘文霞：《"俄罗斯性"与"非俄罗斯性"——论纳博科夫与俄罗斯文学传统》，博士学位论文，中央民族大学，2010 年，第 71 页。
③ [美]纳博科夫：《说吧，记忆》，王家湘译，上海译文出版社 2013 年版，第 343 页。
④ Nikolay Andreyev, "On Vladimir Sirin(Nabokov)", in *Critical Essays on Vladimir Nabokov*, ed. Phyllis A. Roth (Boston: G.K. Hall & Co., 1984), p.53.

的关注与悲悯而著名，但西林不具有此特征，他对自己笔下受苦难的人物表现得冷漠，有时似乎是非不分；(4) 西林是一个不信"上帝"也不信"魔鬼"的作家，从宗教角度考察纳博科夫基本没有意义。[①]

考量以上一正一反两个例子可知，"俄罗斯性"在当时的批评语境下，基本可理解为俄国流亡文学界对俄罗斯文学传统的概括：对俄国现实的密切关注，对民族命运的深切忧怀，对人民大众悲惨命运的热切同情，对灵魂与精神苦难的不懈探索。以此对应检验 19 世纪俄国的伟大作家，一向被认为是俄国文学奠基人的普希金并不是典型代表，陀思妥耶夫斯基才是具备这些特征最鲜明和最全面的[②]。终其一生纳博科夫都十分推崇普希金，认为普希金的传统应永获传承。他耗费十年之久翻译注释的《叶甫盖尼·奥涅金》就是这种热情结出的最厚重的果实。相反，纳博科夫对陀思妥耶夫斯基的艺术评价非常低：1932 年他宣称喜欢乔伊斯而不喜欢陀思妥耶夫斯基，惹恼了流亡同胞；1939 年萨特曾评论《绝望》，认为陀思妥耶夫斯基是纳博科夫的精神导师[③]，十年之后纳博科夫回敬萨特，说《恶心》"远处闪现着最糟糕的陀思妥耶夫斯基的身影，更远处是老欧仁·苏，他对那个专写情节剧的俄国人贡献大着呢……"[④] 纳博科夫 1940 年来到美国，1941—1942 年得到机会在威尔斯利大学做系列公开讲座，普希金、莱蒙托夫、果戈理、屠格涅夫、托尔斯泰、丘特切夫、契诃夫都是他引以为傲的授课内容，陀思妥耶夫斯基却不在其列。1946 年再次有机会讲授俄国文学时，他才开始准备陀思妥耶夫斯基的相关讲稿，重读其作品的结果是，他给其时好友爱德蒙·威尔逊写信说，陀思妥耶夫

[①] Norman Page (ed.), *Nabokov: The Critical Heritage* (London: Routledge & Kegan Paul Ltd, 1982), p.55. 原文未提供文章题目。

[②] 尤其是在"对灵魂与精神苦难的不懈探索"方面，陀思妥耶夫斯基堪称代表，妮娜·赫鲁晓娃（尼基塔·谢尔盖耶维奇·赫鲁晓夫的孙女）甚至称其为"精神受苦哲学的本源"。载 Nina L. Khrushcheva, *Imagining Nabokov: Russia between Art and Politics* (New Haven & London: Yale University Press, 2007), p.6.

[③] See Sergej Davydov, "Despair", in *The Garland Companion to Vladimir Nabokov*, ed.Vladimir E. Alexandrov (New York & London: Garland Publishing, INC., 1995), p.89.

[④] [新西兰] 博伊德：《纳博科夫传》（美国时期），刘佳林译，广西师范大学出版社 2011 年版，第 150 页。

斯基"是三流作家，他的声名让人不可思议"①。课堂上他的学生也被他给陀思妥耶夫斯基打出的 C 减甚至 D 加的分数呆住了。尽管如此，在 1950 年家庭经济紧张的情况下，他曾试图翻译《卡拉马佐夫兄弟》并撰写导言和注释，虽然我们知道他最终把这种意愿转移到了《叶甫盖尼·奥涅金》上。因《洛丽塔》在英美文学界一举成名后，纳博科夫多次在访谈中表达对陀思妥耶夫斯基艺术的不满，如 1964 年接受托夫勒访谈时说："他是一个先知、一个哗众取宠的记者、一个毛躁的滑稽演员。我承认，他作品的一些场景、一些精彩和滑稽的争吵写得很有趣，但他的神经质的凶手和凄婉的妓女让人受不了——反正本读者受不了。"②

二、"非俄罗斯性"的辩护者

"非俄罗斯性"的提法本身就含有否定与批判的意味，如同判决了西林艺术上的大逆不道。但从西林在俄国流亡文学圈内引起争议到纳博科夫在英美广受赞誉，他也从未缺乏支持者。司徒卢威主要从两个方面发表了维护性意见：首先，纳博科夫之所以对人物表现得缺乏同情，原因在于："他不允许同情干扰了他的艺术创作态度。'只是观察，不要下结论'，这是他的艺术格言。""就很少在作品中表露自己而言，西林是一个非常洁身自好、沉默寡言的艺术家。……（但）卢仁悲剧命运中流露出的真诚和悲悯还是打动了我们。如果一个作家打动了我们，自己却保持绝对超然的态度，这难道不是最伟大的成就？"③纳博科夫作品中情感上的克制确实是一大特点，司徒卢威试图证明作者本人在文本中的情感克制并非冷漠的表现，而是纳博科夫独特的艺术追求。其次，司徒卢威还指出了西林身上有一种难得的特质，有别于当时以

---

① ［新西兰］博伊德：《纳博科夫传》（美国时期），刘佳林译，广西师范大学出版社 2011 年版，第 117 页。

② ［美］纳博科夫：《独抒己见》，唐建清译，浙江文艺出版社 2012 年版，第 42 页。

③ Norman Page (ed.), *Nabokov: The Critical Heritage* (London: Routledge & Kegan Paul Ltd, 1982), pp.55–56. 原文未提供文章题目。

"失落的故国家园、归乡的诗意冲动"为主题、情感基调一律为灰色的流亡文学，即他的乐观态度、富有生机的创造性和对生活的热爱："西林善于观察的敏锐的眼睛有时很无情地挑拣出荒唐的细节，并将他的人物在最令人不快的光线下呈现出来，然而你感觉到西林根本不悲观，他热爱生活，从生活中得到很多快乐，他知道创造的乐趣是什么，他有能力将之传达给读者。"① 这一点在他的首部长篇小说《玛丽》中已充分显露，小说主人公加宁有着与流亡生活不相称的强壮、健康，他寻找和争取生活的努力令人印象深刻。20 世纪末 J.W. 康奈利在文章《纳博科夫对陀思妥耶夫斯基的（再）审视》中比较了陀思妥耶夫斯基《白夜》中的做梦人与《玛丽》中的做梦人，其中最主要的一个区别即在于，陀思妥耶夫斯基的做梦人是以逃避的姿态做与世隔绝的白日梦，一旦破灭，更显现出现实生活的丑陋与残酷、做梦人精神上的脆弱与畸形。而纳博科夫笔下的加宁以过往的美好记忆为素材，辅之以艺术上的剪裁与加工形成一个美好的梦，并非与现实完全隔绝，且最终渐渐演化为一种力量，使得他有勇气走出记忆，发现现在，希冀将来。② 纳博科夫本人的乐观、自信与快乐也引起其他评论家的注意，如 1929 年的一篇评论文章写道："西林经历的残酷经验没有毒害他，相反，他几乎没必要地强调他的快乐。"③ 艾伦·皮弗在 20 世纪 80 年代也曾评价说："纳博科夫能够以不寻常的方式将 20 年流亡的孤独与漂泊转化为艺术优势。"④

　　或许天性上就令人嫉妒地配备了相当的自信与乐观，或许是成长时期贵族家庭背景给予了生存上的优越感（积极意义上的），或许是父母馈赠给了强大的精神支持，或许是他在艺术道路上对自己天分与目标有充分认知，总之，

---

　　① Norman Page (ed.), *Nabokov: The Critical Heritage* (London: Routledge & Kegan Paul Ltd, 1982), p.56. 原文未提供文章题目。

　　② Julian W.Connolly, "Nabokov's (re)visions of Dostoevsky", in *Nabokov and His Fiction*, ed. Julian W. Connolly (Cambridge: Cambridge University Press, 1999), pp.142−144.

　　③ Phyllis A.Roth (ed.), *Critical Essays on Vladimir Nabokov* (Boston: G.K. Hall & Co., 1984), p.48. 原文未提供文章题目。

　　④ Ellen Pifer, "Nabokov and the art of exile", in *Critical Essays on Vladimir Nabokov*, ed. Phyllis A.Roth (Boston: G.K. Hall & Co., 1984), p.215.

不光是在俄国流亡文学中独树一帜，纳博科夫在20世纪从现代主义到后现代主义以颓丧、哀吟、伤痛、绝望、破碎为主的欧美文学世界中，也独具这种闪光的乐观主义，以及打造自己艺术想象世界的积极愿望。从他的作品中很难想象他经历过的苦难：失去家园、财产、社会地位、父亲，被迫地一再流亡，法西斯势力兴起时因为妻儿具有犹太血统而担惊受怕……也许在纳博科夫看来，文学史上类似的苦难书写已经足够，他凭着艺术家创造性的本能，避开因手法老套致使苦难主题也成为陈词滥调的危险，从普遍性话题转入个人独立的精神世界，以秩序、诗意、精确作为自己艺术世界的准则，天性上的乐观也保证了这一选择的彻底成功。正是因为这种精神，西林与当时的流亡文学圈颇有隔阂，但也因此被一些人视为新锐的代表、珍贵的希望。

霍达谢维奇则从文学本身革新的规律和动力来回答反对者的质疑，直接肯定纳博科夫对传统做出变革的必要性和正确性："任何文学都想延续自己，对此别无他法，只能保持永恒的内在运动。只要文学能够维系一定的、有点类似于新陈代谢和血液循环的进程，它才会具有活力并保持其生命力。周期性地更换形式和思想不仅是文学保持生命力的特征，也是必不可少的条件。停滞会引发血液凝固和死亡，随之而来的就是整个机体的崩溃。"[1]从此理论视点出发，他充分认可和高度评价独具"非俄罗斯性"的纳博科夫。

后来人对此问题有新的认识与突破，如很多研究者强调纳博科夫与俄国文学之间其实存在着密切的关系，从19世纪黄金时代的普希金、果戈理、托尔斯泰、契诃夫，到19世纪末20世纪初白银时代的勃洛克、别雷、古米廖夫等，俄国传统文学的血液与现代文学的精神在纳博科夫的文学中都有体现。得益于这些扎实、有说服力的研究成果，现在纳博科夫作品中的"俄罗斯性"已得到充分确认。还因为纳博科夫在美国写就的《尼古拉·果戈理》、翻译注释的《叶甫盖尼·奥涅金》，及在高校课堂大力弘扬俄国文学（后讲稿出版，即《俄国文学讲稿》），《俄罗斯侨民文学史》编写者由此进一步提出："纳博科

---

① ［俄］弗·霍达谢维奇：《摇晃的三脚架》，隋然、赵华译，东方出版社2000年版，第266—267页。

夫和俄罗斯文化的联系不仅表现在他自己的文学创作上，同时还表现在，他完成了一些极其严谨的论述俄罗斯文学史的著作……在向英语读者介绍俄罗斯经典作品这一方面，俄罗斯侨民中没有谁能与纳博科夫媲美。"[1]

苏联领导人赫鲁晓夫的孙女妮娜·赫鲁晓娃（Nina L.Khrushcheva）非常喜爱纳博科夫。20 世纪 90 年代初她来到美国，对美俄两种文化的差异有了切身体会，在 2007 年的专著《想象纳博科夫——艺术与政治之间的俄罗斯》（*Imagining Nabokov: Russia between Art and Politics*）中，赫鲁晓娃正面肯定纳博科夫的"非俄罗斯性"本身就是对俄国文学、文化的特殊贡献。赫鲁晓娃首先从人物塑造方面重申了纳博科夫的"非俄罗斯性"，认为他"创造了一类与读者在俄国文学中所期待的形象完全不同的人物，那些受苦的人、革命分子、疯子、屈从于命运的男男女女、试图逃跑和寻求救助的人、已准备好原谅脆弱（尤其是他们自己的）并寻求毁灭和死亡的人，在他的作品中都不见踪影"。[2] 而后从切身体验谈起纳博科夫的人物对她本人的影响："当我在美国生活后，我不再仅仅是纳博科夫的读者，而是变成了他的一个人物，尝试理解在没有稳定的理念为你的生活提供形式和意义的时候，如何变成一个个体，为自己的行为负责。纳博科夫和他的作品教会我如何直接地'西方化'，或者说，如何以独立的'我'取代'我们'中的一员。"最终高度评价道："尽管他——'不习惯展示我的政治信条'，纳博科夫却变成了一位理解当代俄国政治和社会发展不可或缺的作家。他成功地为我们'重写'了俄国文学。他彻底改造了俄国戏剧化的人物，调整他们以适应新的西方现实——也许更少情感性，但是更为明智。"[3] 在赫鲁晓娃看来，纳博科夫将俄国宗教、文化、文学中群体的"我们"转变为英语中大写的个体的"我"，是其"非俄罗斯性"最典型、最突出的表现，也代表了俄罗斯民族文化的未来之路。

---

① ［俄］阿格诺索夫：《俄罗斯侨民文学史》，刘文飞、陈方译，人民文学出版社 2004 年版，第 439 页。

② Nina L. Khrushcheva, *Imagining Nabokov: Russia between Art and Politics* (New Haven & London: Yale University Press, 2007), p.1.

③ Nina L.Khrushcheva, *Imagining Nabokov: Russia between Art and Politics* (New Haven & London: Yale University Press, 2007), p.19.

三、"非俄罗斯性"与陀思妥耶夫斯基

以上这些争论基本立足于外在角度进行价值判断，主要包括两部分：纳博科夫是否具有"非俄罗斯性"；他的此种特征对俄国文学发展进程是好的还是坏的。但是纳博科夫的艺术创作是一个相对独立的文学世界，他的"非俄罗斯性"更多是他内在艺术追求自然而然的外在表现，从其创作的内部进行分析评判，对于我们理解纳博科夫将更有意义。作为批评家纳博科夫常从个人好恶直接臧否，也许有失公正，但他个性化的批评文字却也直接表达了他本人关于艺术的具体观念。梳理纳博科夫类似的言论会发现，无论是对博尔赫斯、罗伯—格里耶的欣赏，还是对康拉德、海明威、托马斯·曼等人的排斥，都能从他别具一格的艺术观念中找到根由，由此分辨纳博科夫自身的艺术精神将是很好的切入口。前文已有提及，陀思妥耶夫斯基是当时评论家所言的"俄罗斯性"的典型代表，而纳博科夫对陀思妥耶夫斯基艺术的反对也是他身上的热门话题之一。

纳博科夫多次明确地表达了对陀思妥耶夫斯基的不满，有人认为他狂妄，有人认为他偏执，如休·麦克林（Hugh Mclean）认为纳博科夫所依据的原则本身有自我矛盾之处，在具体批评过程中不能完整、公正地对待陀思妥耶夫斯基的艺术，只偏执于问题而忽视了其伟大成就，有负纳博科夫本人盛名。[①]还有的研究者转而研究了纳博科夫所受到的陀思妥耶夫斯基的影响，如乔治·尼瓦（Georges Nivat）在分析了《绝望》《斩首之邀》《王，后，杰克》《荣耀》《洛丽塔》等作品中存在的陀思妥耶夫斯基回声后提出："尽管他明显地厌恶陀思妥耶夫斯基，但经过仔细考察我们可以说，纳博科夫的作品表明，他不仅对陀思妥耶夫斯基的主题和花样知之甚多，而且还受到他隐秘的影响。"[②]康奈利则通过细致分析纳博科夫作品中的"做梦人""双重人格"母题的发展变化，

---

① Hugh Mclean, "Lectures on Russian Literature", in *The Garland Companion to Vladimir Nabokov*, ed. Vladimir E. Alexandrov (New York & London: Garland Publishing, INC., 1995), pp.264–267.

② Georges Nivat, "Nabokov and Dostoevsky", in *The Garland Companion to Vladimir Nabokov*, ed. Vladimir E. Alexandrov (New York & London: Garland Publishing, INC., 1995), p.398.

认为纳博科夫确实经历了从受陀思妥耶夫斯基启发与刺激，到逐渐发展出自己独创性的花样，使相关母题为自己的主题服务的过程。自然还有不少学者从"影响的焦虑"说做出判断，认为这是叛逆的儿子与权威的父亲之间的恩怨斗争，如 L. 萨拉斯奇纳（L.Saraskina）认为，"对陀思妥耶夫斯基本人的攻击和对其美学的挑剔，只是一种伪装罢了，为的是掩饰纳博科夫对陀思妥耶夫斯基及他那满是疯子的艺术世界的依赖"。[①] 但将纳博科夫艺术的丰富性及发展性全部简化为与陀思妥耶夫斯基的关系（影响、对抗、决斗、怀念），则不免偏执且有将"影响焦虑说"陈词滥调化的嫌疑。[②]

联系与相似，自然是探索纳博科夫艺术世界的一个重要方面，但在本书看来，批评家们一直忽略的"反对"本身才是最值得研究的对象：纳博科夫为什么如此反对陀思妥耶夫斯基的艺术？分别从哪些方面反对？是基于本身的什么艺术理念而反对？通过梳理纳博科夫本人的言论及作品，会发现他与陀思妥耶夫斯基在艺术追求、艺术观念上的不同才是导致不满的根本原因。

第二节　纳博科夫对陀思妥耶夫斯基的质疑

纳博科夫对陀思妥耶夫斯基艺术的评价经历过一个发展过程，但即使在早期的肯定中，也已见出未来决裂的征兆。

一、西林时期对陀思妥耶夫斯基艺术的态度

1931 年，流亡在柏林的纳博科夫在俄国作家联盟举办的一个关于陀思

---

① Alexander Dolinin, "Nabokov, Dostoevsky, and 'Dostoevskyness'", *Russian Studies in Literature*, Vol.35, No.4(1999), p.44.

② 刘佳林：《纳博科夫的诗性世界》，上海人民出版社 2012 年版，第 180—191 页。

妥耶夫斯基的晚会上宣读了论文《不带陀思妥耶夫斯基的陀思妥耶夫斯基》（*Dostoevsky without Dostoevskyness*），后该文发表于俄国流亡文学界非常有影响的报纸《航舵报》上[①]，集中反映了此时的纳博科夫对陀思妥耶夫斯基艺术的观点态度。

文章指出，现在的陀思妥耶夫斯基批评片面看重思想方面，奉其为思想家或先知，却将艺术家和作家陀思妥耶夫斯基"活活埋葬"。作为一种纠正，纳博科夫从叙事技巧与语言艺术这个角度细致解读了《卡拉马佐夫兄弟》，指出作者成功引导读者追随自己的叙述的方法既受到俄国传统文学的影响，又有西方侦探小说的启发；赞赏其展开情节并以看似松散的方式将人物挽系在一起的技巧；认为德米特里这个人物被塑造得富有活力；另外作品中的一些细节得到纳博科夫的赞赏，如德米特里在老卡拉马佐夫被杀当夜来到父亲家的花园的情景："他站在灌木丛后面的黑影里，树丛的前面一部分被窗内的灯光照亮着。'雪花球果，红莓果，多么红呀！'他喃喃地说。自己也不知道为什么这样说。"[②] 纳博科夫评论道："我个人总是容易心动和着迷于被窗户散射出的灯光突然戏剧化照亮的雪球荚蓬，德米特里竟然注意到了它的浆果，这打动了我。那浆果在灯光下一定像涂了漆一般，看起来预示着将要发生的流血事件。"通过对此类细节的收集与解读，纳博科夫认为陀思妥耶夫斯基"有深刻的洞察力"。值得注意的是，十几年之后纳博科夫在《俄国文学讲稿》中再次提及了这个场景，但只是为了介绍情节上的漏洞，并未再对这个细节给予展开。

彼时的西林将这个细节明显西林化了：原文中德米特里对灯光下的雪花球果和红莓果的注意是在非常紧张的情绪之下发生的，描述也只有一个非常急促和一般化的"红"字，"红"与"鲜血"之间的对应对于营造紧张的氛围非

---

① 该篇文章现在在纽约公共图书馆内保存，难以找到全文，对该文的相关介绍主要来自以下论文：Alexander Dolinin, "Nabokov, Dostoevsky, and 'Dostoevskyness'", *Russian Studies in Literature*, Vol.35, No.4(1999), p.42–60. 亚历山大·多里宁是威斯康星大学麦迪逊分校斯拉夫语言与文学系的俄国文学教授，自 20 世纪 80 年代末就颇影响力的专著文章面世，关于纳博科夫、普希金、19 世纪和 20 世纪的俄国文学、俄国文学与英国文学的关系等方面的论文共有 100 多篇，世纪之交他还帮助编辑和注释了纳博科夫文集的俄语与法语版本，是纳博科夫研究领域的知名专家。

② 译文采用耿济之译《卡拉马佐夫兄弟》，译林出版社 2012 年版，第 442 页。

常有帮助，可以说是陀思妥耶夫斯基在此处最明显的用意，西林很轻易地把握到了，但他在解读中还添加了自己的视觉记忆与想象——"被窗户散射出的灯光突然戏剧化照亮的雪球荚莲"，这是非常典型的纳博科夫式的、具有召唤性的视觉细节，在他成熟之作中此类描写散见各处熠熠生辉。如纳博科夫在《荣耀》（Glory）前言中说自己的故事达到高潮后，最终却没有发生什么特别的事，"只是在一个潮湿晦暗的日子里，一只鸟儿停在栅门上而已"。[①]这来自于作品结尾，主人公马丁的好友在一个雨雪天给马丁的妈妈送去马丁的死讯，他在栅门前留下了深深的脚印，室内死讯到达时的场景留给了读者的想象力，作品只是写道："过了些时候，一股湿润的劲风刮来，达尔文未关牢的栅门发出'吱'的一声，猛地摇晃一下，打开了。一只山雀飞落到栅门上，发出一阵'吱吱吱'和'因恰因恰'的啼鸣，然后又飞跃栅门落在冷杉树枝上。一切都很潮湿晦暗。"[②]主人公追求自己的荣耀而去，独留下母亲在未来的大片日子里，看栅门上一只暂时歇脚的鸟儿，心境是可想而知的潮湿与晦暗。一个短短的句子，场景已然完整，人物的心境、读者心中被唤起的情感和想象，都已饱满。但通读《卡拉马佐夫兄弟》会发现，通篇主要由各种各样的对话组成，能召唤起如此生动的记忆与想象的视觉描写少而又少，这压根不是典型的陀思妥耶夫斯基艺术特征——在纳博科夫对陀思妥耶夫斯基的认可中，就已显现出二人的巨大分歧。

20 世纪 30 年代初纳博科夫虽然已有《玛丽》《王，后，杰克》《防守》等作品发表，《眼睛》《荣耀》《绝望》《黑暗中的笑声》等也陆续完成，但可以确定的是，此时的西林虽以继承 19 世纪俄罗斯辉煌的文学传统为己任，展现出了惊人的艺术才华，但与后期典型的纳博科夫作品相比，尚存在风格摇摆不定、手法与主题不够突出的状况，表明典型的纳博科夫还未完全化蝶。如纳博科夫 20 世纪 50 年代的英语成名作《洛丽塔》使用了《绝望》的叙事手法及《魔法师》的题材，后两者在与《洛丽塔》的对比中明显可见纳博科夫式特征的

---

① [美]纳博科夫：《荣耀》，石国雄译，浙江文艺出版社 2012 年版，"美国版作者前言"第 6 页。
② [美]纳博科夫：《荣耀》，石国雄译，浙江文艺出版社 2012 年版，第 228 页。

不足，以及艺术上无法回避的瑕疵。康奈利所阐明的"纳博科夫受陀思妥耶夫斯基刺激与影响"也主要体现在这个阶段。后随着纳博科夫自身文学世界的成熟和丰富，他与陀思妥耶夫斯基之间的艺术分歧越来越明显，彻底的决裂就无法避免。

二、纳博科夫时期对陀思妥耶夫斯基艺术的强烈反对

这种决裂在十几年后纳博科夫为授课准备的《俄国文学讲稿》（*Lectures on Russian Literature*）中有了明确表现，之后就一直坚持近乎决绝的否定态度。多里宁认为这其中有一些值得注意的外部动因，首先当时美国文坛兴盛一时的存在主义文学将陀思妥耶夫斯基追认为先驱，尊崇他为时代的先知、世界文学的完美天才，针对这种"将所有的俄国文化遗产缩减为《地下室手记》《罪与罚》和《卡拉马佐夫兄弟》"[①] 的粗暴简化，纳博科夫试图予以反击；其次多里宁认为这也跟纳博科夫新的文学定位有关。在西林时期他主要认同于自己作为俄国光辉文学传统的继承人所负有的责任，但在美国时期他更多强调作为世界文学中的最后一个贵族[②] 应具有的艺术品位，尤其是在《洛丽塔》成功后，他不懈地强调自己作为一个真正的艺术家已超越了民族界限、文学传统、前辈作家的影响。但本书认为，多里宁过分强调了这些外部因素，忽略了典型的纳博科夫艺术与陀思妥耶夫斯基艺术之间的巨大分歧，而这些分歧才是造成纳博科夫强烈反对的主要原因。

讲稿中纳博科夫首先开宗明义亮出了自己的判断准则及对陀思妥耶夫斯基的总体评价："在我的课堂上，我只推崇那些吸引我的文学作品——也就是说，

---

① Julian W.Connolly, "Nabokov's (re)visions of Dostoevsky", in *Nabokov and His Fiction*, ed. Julian W. Connolly (Cambridge: Cambridge University Press, 1999), p.157.

② 关于纳博科夫的贵族出身对他艺术品位的影响这一点，福德森·鲍沃斯（Fredson Bowers）认为："在美学中，艺术性当然就与贵族性相去不远，纳博科夫如此反感陀思妥耶夫斯基的虚假感伤主义，也许正是他自己体内的这两种强大气质使然。"见［美］纳博科夫：《俄罗斯文学讲稿》，丁俊、王建开译，上海译文出版社 2018 年版，福德森·鲍沃斯《导读》第 3 页。

我是从永恒的艺术性和个人天才角度来做出评判的。从这个角度看，陀思妥耶夫斯基一点儿也不伟大，反而相当平庸——他的作品闪动着奇异的幽默，但是也有成片的陈词滥调。"① 具体来说，他主要在以下几个方面展开了具体批判。

（一）陀思妥耶夫斯基作品中过分感伤的陈词滥调

"我们必须搞清楚'感伤'（sentimental）与'敏感'（sensitive）之间的区别。一个感伤主义者在私生活中可能是个地道的畜生，而一个敏感的人永远不会做残忍的事。好感伤的卢梭为进步理念而哭泣，但是却把自己的亲生孩子丢弃到救济院置之不理。一个好感伤的老女仆可能会纵容一只鹦鹉，却毒杀自己的侄女。一个好感伤的政客也许记得住母亲节，但可能会冷酷地毁掉他的对手。""当我们说理查逊、卢梭、陀思妥耶夫斯基等人是感伤主义者的时候，我们的意思是，他们随意夸大日常情感，这样做完全不具有艺术性，而只是为了激起读者自动的、惯例性的共情。"具体到陀思妥耶夫斯基，纳博科夫指责说："他喜欢将善良的人置于可悲的境地，从中榨取最后一盎司的同情。""沉迷于人类尊严的悲剧性灾难中难以自拔。"② 纳博科夫所说的敏感，主要是一种外向的心理活动，即对他人悲苦状况迅速与细腻地察觉，所以这样的人永远不会残忍；而感伤，是一种内向的心理活动，凡事都可作为触动自我感情的线索，引起泛滥的自怜自艾。对纳博科夫来说，作家应致力于让读者敏感，而不是感伤。

纳博科夫本人的作品在情感表达上相当克制。这本源于父亲的教导所形成的为人处世原则，在艺术创作上则演变为纳博科夫主动的艺术追求。纳博科夫23岁时父亲遇刺身亡，自幼非常崇敬父亲的纳博科夫所感受到的痛苦激烈而绵长，这在他的日记及与母亲的通信中可见一斑。但在《说吧，记忆》中，这种深沉的痛苦与怀念却以非常克制的手法展现出来。纳博科夫的父亲

---

① Vladimir Nabokov, *Lectures on Russian Literature*, Fredson Bowers ed. (New York: Hareourt Brace Jovanovich/Bruccoli Clark, 1981), p.98.

② Vladimir Nabokov, *Lectures on Russian Literature*, Fredson Bowers ed. (New York: Hareourt Brace Jovanovich/Bruccoli Clark, 1981), pp.103—104.

常被村民以抛到空中三次的方式表示爱戴。纳博科夫描写了幼时的自己从餐厅里常看到的场景：

> 从我坐的地方，我会突然透过西面的一扇窗子，看见升空的壮观实例，在那儿，有一小会儿，父亲身穿被风吹得飘起的白色夏季西服的身影会出现，在半空中壮观地伸展着身体，四肢呈奇怪的随意姿态，沉着英俊的面孔向着天空。随着看不见的人将他有力地向上抛，他会像这个样子三次飞向空中，第二次会比第一次高，在最后最高的一次飞行的时候，他会仿佛是永远斜倚着，背衬夏季正午钴蓝色的苍穹，就像那些自在地高飞在教堂穹形天花板上的、衣服上有那么多的褶子的天堂中的角色，而在它们下面，凡人手中的蜡烛一根根点燃，在烟雾蒙蒙中微小的火焰密集成一片，神父吟诵着永恒的安息，葬礼用的百合花在游弋的烛光下遮挡住躺在打开的灵柩中的不论什么人的脸。①

这段文字常被喜爱纳博科夫的读者所吟诵。纳博科夫从描写父亲被抛上天空的庆祝性仪式开始，却转向了教堂中庄严的葬礼，灵柩中永远安息了的父亲，这种意象与情绪上的悄然转变、时空上的穿越叠加是纳博科夫艺术中一个动人的秘密。他对父亲深切的思念之情丝毫没有展现在文字表面，却同样打动人心。《荣耀》中的马丁是纳博科夫所喜爱的一位主人公，他身上秉承了来自母亲索尼娅的克制精神："一个人的痛苦即使再深重，也会在人群中消散、退却，化作无形，与对话者的类似情感体验几无二致，因此，在众人面前公开讨论深刻的个人情感不仅庸俗，也是对感情的亵渎。"② 真正深刻的个人情感，不应与他人分享，因为即使在艺术世界里尽心竭力地表达，也容易在人群中毫无价值地消散，或者仅是唤起读者自己的相关记忆，引起越来越微弱的回音。克制，反而更深邃。博伊德对此高度评价："文面的讲究与距离

---

① ［美］纳博科夫：《说吧，记忆》，王家湘译，上海译文出版社 2013 年版，第 17 页。
② ［美］纳博科夫：《荣耀》，石国雄译，浙江文艺出版社 2012 年版，第 15 页。

绝不会削弱感情的分量，他完全懂得，哪怕是一生之痛的失去，也必须勇敢面对，自我克制。"① 所以在纳博科夫的作品中，他所珍重的情感尽量避免涉及，即使涉及也总是半遮半掩。但在《罪与罚》的拉斯科尔尼科夫身上，犯罪之前他沉浸在个人世界拒不与人交流被认为该受到指责，赎罪则开始于他向索尼娅承认自己的罪，渴望她能与自己共同分担。索尼娅也确实勇于分担，热烈地拥抱他，给予的建议是："立刻就去，现在就走，站在十字街头，双膝跪下，先吻被你玷污的大地，然后向全世界，向四方磕头，对所有的人高声叫喊：'我杀了人！'那么上帝又会使你获得新生。"② 将私人情感（包括罪恶）与人分享，时刻准备在别人甚至敌人面前自贬自贱，是陀思妥耶夫斯基笔下主人公结成亲密关系的最主要方式，对此纳博科夫有清晰认识，嘲讽道："（在陀思妥耶夫斯基的作品中）因为某些原因，精神上的独自受苦将不能得到救赎。公开忏悔、认罪，在同胞面前放低姿态保持谦卑才是获得救赎的办法——这绝对可以使受难者获得救赎，走向新生。"③

纳博科夫反对作者在作品中倾注过于激烈的情感，同样，他也反对读者对文学作品中的人物产生情感认同。在《优秀读者与优秀作家》一文中他批评那类只从书里寻找个人情感寄托的读者，提出"要有不掺杂个人感情的想象力和艺术审美趣味"，并认为读者的最佳气质在于"既富艺术味，又重科学性"④。他在读者那里追求的是"比痛苦的号叫或哈哈大笑更深刻的东西——这就是达到极致的呵呵声，它是因给感官带来快感的想象的影响而产生的愉悦——给感官带来快感的想象——这是真正的艺术的另一个说法"⑤。但正如布斯所说，虽然福楼拜早就宣称艺术的最高目标"不是引起笑声或泪水"，而

---

① [新西兰]博伊德：《纳博科夫传》（俄罗斯时期），刘佳林译，广西师范大学出版社2009年版，第7页。

② [俄]陀思妥耶夫斯基：《罪与罚》，岳麟译，上海译文出版社1979年版，第488页。

③ Vladimir Nabokov, *Lectures on Russian Literature*, Fredson Bowers ed. (New York: Hareourt Brace Jovanovich/Bruccoli Clark, 1981), p.114.

④ [美]纳博科夫：《文学讲稿》，申慧辉等译，上海三联书店1991年版，第24页。

⑤ [美]纳博科夫：《〈堂吉诃德〉讲稿》，金绍禹译，上海三联书店2007年版，第18页。

是"使读者梦想"，但在他之后近一百年的时间里，情感上的"感染力"仍是判断作品好坏的一个重要尺度。因此，这个世界并未为纳博科夫准备好"既富艺术味，又重科学性"的理想读者，为此他曾略带矫情地说，他只为早晨刮脸时镜子里的那个人写作。事实上他也在不断地培养和创造自己的读者：一是"冷静且审慎"地为作品设计防止情感共鸣的"防水"装置，在这一方面纳博科夫最常使用的方式就是戏拟与反讽。戏拟是通过模仿达到消解，而关于反讽的功用，D. C. 米克的概括恰如其分："观察者在反讽情境面前所产生的典型的感觉，可用三个语词来概括：居高临下感、超脱感和愉悦感。歌德说，反讽可以使人'凌驾于幸运或不幸，善与恶以及生或死之上'。"[1] 纳博科夫喜爱惊世骇俗的题材，喜爱执迷甚至疯狂的主人公，但是辅以反讽和戏拟的处理方式，就实现了对题材和人物的约束与静观。二是在前言与后记中指点阅读方法，访谈中示范性地说明作品细节、结构，以帮助读者稳步进入他独特的文学世界。如针对《洛丽塔》出版后引起的轩然大波及错误解读，纳博科夫专门撰写了《谈〈洛丽塔〉》一文附在小说后面，说明本书的创作缘起，与一般色情小说之间的区别，并指导读者注意作品中那些容易被忽视的细节；《透明》在某些方面颇为艰深晦涩，即使是经验丰富的纳博科夫读者都觉得困惑不安，对此在 1972 年一次访谈中纳博科夫直接点明该书的叙述者是 R 先生的鬼魂，小说中的很多谜题就此迎刃而解。"不掺杂个人感情的想象力和艺术审美趣味"也是很多人认为纳博科夫冷漠的一个原因，但他在这里实际上向读者发出了更高层次阅读体验邀请，因为即使是粗制滥造的艺术，只要懂得在合适的地方煽动情感，都可以令读者产生瞬间的情绪共鸣。纳博科夫要在艺术上实现更多的野心，包括仿照现实世界那隐秘的百般花样，再造一个同样迷人而神秘的艺术世界，其间，读者利用自己的想象力与思考力发现并激赏，并因其精心锤炼的艺术形式与风格而锻造自己的艺术审美趣味，进而将这种阅读感受带到对外在世界的观察与理解之中。比起来去如风的情绪共鸣，显然纳博科

---

[1] ［英］D.C. 米克：《论反讽》，周发祥译，昆仑出版社 1992 年版，第 53 页。

夫追求更高远。

在艺术上，纳博科夫也拒绝为激起读者的恐惧与厌恶而大肆描写残酷场景，在他看来，"艺术毕竟是个再造的世界，那舞台上的人并不是真正被谋杀了，用另一句话说，只有当我们恐惧或厌恶的感觉没有搅混我们的认知时，它才仍是艺术"。一旦这二者的平衡被破坏了，"我们就不能从中提取到愉悦和满足的感觉，以及精神上的震动，而这些感受的结合是我们对真正的艺术品的回应"。① 由此可见，在纳博科夫的艺术世界中，愉悦与满足才是他要在读者心灵中召唤出来的情感。因此，陀思妥耶夫斯基作品对人类悲惨处境直击其面、过分感伤的描绘也令纳博科夫不满。在这一点上中国的朱光潜持相同观点，他批评了《罪与罚》"把痛苦和恐怖描写得细致入微，却没有用辉煌壮丽的诗的语言去'形成距离'"②。但并不是说纳博科夫刻意回避残酷与苦难，只是他对此持一种迥然不同的艺术态度。纳博科夫的《庶出的标志》《洛丽塔》《斩首之邀》《普宁》中都有"反残酷"母题，如《普宁》中普宁与米拉的恋情非常美好，但米拉却惨死在集中营中，纳博科夫自己也有亲人死在那里。德国哲学家阿多诺曾说，奥斯威辛之后写诗是野蛮的。那是人人想而可知的残酷，超出语言与艺术所能展现的范围。普宁克制自己永远不再怀念她，"因为在一个连米拉之死这种事都可能发生的世界里，一个人要是对自己还真诚的话，就不可能指望还有什么良心，更谈不上什么感觉，会继续存在"③。米拉从未在作品中出现过，即使是在普宁和叙述人的回忆中她也是欲现欲隐，但是纳博科夫却从未遗忘她，也示意读者不可遗忘她的故事，以及那些具有同样悲惨命运的人的故事。如果说陀思妥耶夫斯基对残酷、痛苦和感伤进行体验式淋漓尽致的描写，以此打动甚至裹挟了读者，纳博科夫采取的则是希腊式的肃穆静观态度，带着悲悯情怀将艺术置于残酷之上。

---

① Vladimir Nabokov, *Lectures on Russian Literature* Fredson Bowers ed.(New York: Hareourt Brace Jovanovich/Bruccoli Clark, 1981), p.106.

② 朱光潜：《朱光潜全集》（第二卷），安徽教育出版社 1987 年版，第 295 页。

③ [美] 纳博科夫：《普宁》，梅绍武译，上海译文出版社 2013 年版，第 164 页。

（二）陀思妥耶夫斯基在作品中为宣扬一般性理念而忽视了作品自身的可信性

众所周知，纳博科夫对"泛化"（generality，或译为普遍性、概括化、一般性）的反感，这种反感从20世纪20年代他迈上艺术之路开始一直持续到艺术生涯的最后。1926年他写了一篇《论泛化》的文章，其中说："有一个很具诱惑性但非常有害的魔鬼，就是泛化。他给一切现象贴上标签，彻底包装起来编上号码并排放到架子上，以此来迷惑人们。……这个魔鬼最喜欢使用的词语是'思想''运动''影响''时期'和'新纪元'。……他还给历史学家带来了令人畏惧的痛苦——意识到尽管充满了游戏和斗争，但人类的道路已经设定不可更改。……但问题是，我们真的需要为我们这个年代起一个名字吗？当保存在厚厚书籍中的泛化精神激怒了未来天才的幻想时，难道我们就不想愤而反击吗？"[1] 短时期内重大的历史事件或思想变革放到历史长河中看，也不过是转眼一瞬，这其中最鲜活最值得艺术家探索的，仍是个体的人的心灵。泛化会模糊个体心灵的独特性与鲜活性，当一个大时代背景下所有的心灵都可以用一两个共通的词汇来概括，艺术也就失去它自己的阵地，那也是纳博科夫唯一看重的战场。对于那些依靠"伟大思想"去俘获读者的作家，他怀有先天的警惕性；对于那些依靠"思想性"来判断书籍价值的读者，他也给予尖锐抨击："品位一般或对艺术一窍不通的人难以摆脱这种神秘的感觉；一部作品要成就伟大，必得涉及伟大的思想。哦，我知道那类人，枯燥乏味的人！他喜欢添加了社会评论的故事情节；他喜欢在作者的思想中辨认他自己的思想和痛苦；他希望书中至少有一个人物是作者的傀儡……"[2]

纳博科夫一贯反对将艺术品变为一般理念的演练场，强调文学是语言的

---

[1] 此文未公开发表，现在保存在纽约公共图书馆，关于此文的介绍见于 Alexander Dolinin, "Clio laughs last: Nabokov's answer to historicism", in *Nabokov and His Fiction*, ed. Julian W. Connolly (Cambridge: Cambridge University Press, 1999), p.203.

[2] ［美］纳博科夫：《独抒己见》，唐建清译，浙江文艺出版社2012年版，第42页。

艺术，将影响艺术性的思想称为"毒素"。在他那份引起争议的成绩单上，托尔斯泰是 A 加，但即使如此，纳博科夫也反复强调作为一个读者必须同时接受艺术家托尔斯泰与说教家托尔斯泰所带来的遗憾，甚至恨不得"踢倒他朴素鞋子所踩的临时讲台，将他锁在孤岛上的石屋里，塞给他大量的墨水与稿纸，以让他远离分散注意力的道德与教诲问题，重新回到安娜白皙脖子旁优美卷曲的黑发上"①。他之所以将高尔斯华绥、德莱塞、泰戈尔、马克西姆·高尔基、罗曼·罗兰、托马斯·曼等人称为二流作家、庸才，也概因如此——思想性限制艺术性，甚至取代艺术性的做法与他的艺术理念完全抵触。这也是他引起争议的一个主要原因：在坚持自己理念方面执着甚至狭隘，批评其他作家时言辞不留情面，妥协从不是他解决艺术问题的方法。因此对于陀思妥耶夫斯基纳博科夫明确说明："我不喜欢他的角色'通过罪孽走向上帝'这类把戏"，"跟我的耳朵无法欣赏音乐一样，很遗憾它们也无法倾听陀思妥耶夫斯基先知传达的神谕"。②在纳博科夫看来，陀思妥耶夫斯基专注于所欲传达的思想而忽视了文学世界的其他要素。首先是善于营造出真实性的细节。众所周知，纳博科夫是坚持细节优于一般的典范作家，十分强调细节的真实性，认为真实的细节方能准确唤起读者的记忆及想象，而陀思妥耶夫斯基的世界中"跟知觉相关的一切自然背景和事物都几乎不存在，那里只有思想、道德"③。其次是作品情节上的可信性，如拉斯科尔尼科夫杀人的理由就不够充分可信——在纳博科夫看来，陀思妥耶夫斯基让拉斯科尔尼科夫为了所谓的"凡人与非凡的人"的理念而杀人，其实质是为了宣扬自己的一种观念："唯物主义思想的传播一定会在年轻一代中造成道德水准的破坏，也会使一个原本很好的年轻人变成一个杀人犯，一系列悲惨事件的发生将他很轻易地推向了犯

---

① Vladimir Nabokov, *Lectures on Russian Literature*, Fredson Bowers ed. (New York: Hareourt Brace Jovanovich/Bruccoli Clark, 1981), p.140.

② Vladimir Nabokov, *Lectures on Russian Literature* (New York: Hareourt Brace Jovanovich/Bruccoli Clark, 1981), p.104.

③ Vladimir Nabokov, *Lectures on Russian Literature* (New York: Hareourt Brace Jovanovich/Bruccoli Clark, 1981), p.104.

罪。"① 而反映在作品情节上却不尽可信，因为如果拉斯科尔尼科夫是个思想正常的青年，因信服错误的思想而杀人就更有震撼力了，但是让一个思想健全、本性善良的人犯下杀人重罪，这期间人物心理发展过程的可信性对作家来说几乎是无法实现的挑战，所以作者只好让人物一出场就患上了热病，时常处在过分激动的状态中，因精神错乱而真的实施了犯罪。最后是人物的可信性。纳博科夫认为索尼娅并非是 19 世纪俄国的典型形象，而是"那类浪漫的女英雄的典型后代，她们自身没有缺陷，但却过着一种违反社会禁律的生活，并因此不得不承受这种生活方式带来的所有羞耻和苦难"②。纳博科夫追溯了这类"伟大的妓女"的浪漫主义形象在《曼侬·莱斯科》（1731）中的缘起，由此质疑索尼娅作为拉斯科尔尼科夫的精神救助者所具有的说服性、现实性及艺术性。

在这一方面巴赫金在《陀思妥耶夫斯基诗学问题》中的观点与纳博科夫形成了对话关系。巴赫金提出："思想在他的作品中成为艺术描绘的对象，陀思妥耶夫斯基本人也便成了一个伟大的思想艺术家。"③ 巴赫金为陀思妥耶夫斯基辩护道："陀思妥耶夫斯基善于在同时共存和相互作用之中观察一切事物的这一不同凡响的艺术才能，是他伟大的力量之所在，又是他巨大的弱点之所在。这一擅长导致他对许许多多至为重要的东西视而不见，听而不闻；现实生活的众多方面，没能进入他的艺术视野。但是另一方面，这种才能使他对此刻的世界有着异常敏锐的感受。"④ 陀思妥耶夫斯基关注的是同一时空中的不同思想及这些思想的碰撞，作者欲让持有不同思想的主人公尽快全面充分地展现自我意识，就不得不制造极端处境，让主人公承受特殊的精神折磨，这个过程中就难免出现情节上的不尽合理，人物塑造上的不尽可信，但在巴

---

① Vladimir Nabokov, *Lectures on Russian Literature* (New York: Hareourt Brace Jovanovich/ Bruccoli Clark, 1981), p.113.

② Vladimir Nabokov, *Lectures on Russian Literature* Fredson Bowers ed. (New York: Hareourt Brace Jovanovich/Bruccoli Clark, 1981), p.115.

③ ［苏联］巴赫金：《陀思妥耶夫斯基诗学问题》，白春仁、顾亚玲译，生活·读书·新知三联书店 1988 年版，第 128 页。

④ ［苏联］巴赫金：《陀思妥耶夫斯基诗学问题》，白春仁、顾亚玲译，生活·读书·新知三联书店 1988 年版，第 62 页。

赫金看来，与作者展现思想过程中的强大力量相比，这些不应是关注的重点。也即，巴赫金也承认陀思妥耶夫斯基由于偏重思想性而导致情节与人物有缺陷，但思想内涵重要还是艺术可信性重要，他与纳博科夫各取了一端，便有了两种截然不同的评价。

（三）其他艺术上的缺陷

如陀思妥耶夫斯基对病态人物的畸形兴趣——纳博科夫将陀思妥耶夫斯基笔下的病态人物分为四类：癫痫病、阿尔茨海默病、歇斯底里、精神病患者。他指责说："虽然人类和人类反应的变幻是无穷无尽的，但是我们还是很难将那些疯子，那些刚从疯人院出来或即将要回到那里的人物，作为人类和人类会有的反应去看待。""如果一位作家的人物展厅中除了疯子就是神经病，那么他真的能在'现实主义'和'人类体验'等问题上有所献言吗？"[①]——休·麦克林对此提出了看似颇有道理的抗议："这对写了诸如《黑暗中的笑声》和《洛丽塔》这样反映性反常作品的作者来说，确实有些古怪。"[②] 纳博科夫的文学中确实存在相当的疯狂与变态，但值得注意的是，与陀氏对自己人物的肯定性态度不同，纳博科夫呈现的是否定性人物，呈现的方式是智性的周密盘算（也即纳博科夫所说的"科学性"），有距离地观察与反讽，因此休·麦克林并不能仅凭此点就指责纳博科夫的判断有失公允。

纳博科夫还指出陀思妥耶夫斯基的人物不能随着重大情节的发展而发展："在故事的一开始我们就完全了然其个性了，虽然他们所处的环境会调整，最不可思议的事情发生在了他们身上，但是他们一直岿然不动。"[③] 巴赫金提出的颇有影响的"复调手法"恰能解释此点："找到自己的声音，并在许多别人声音中找到自己的位置，使自己的声音同一些声音结合起来，与另一些声音

---

① Vladimir Nabokov, *Lectures on Russian Literature*, Fredson Bowers ed.(New York: Hareourt Brace Jovanovich/Bruccoli Clark, 1981), p.109.

② Hugh Mclean, "Lectures on Russian Literature", in *The Garland Companion to Vladimir Nabokov,* ed. Vladimir E. Alexandrov (New York & London: Garland Publishing, INC., 1995), p.266.

③ Vladimir Nabokov, *Lectures on Russian Literature*,3 Vladimir Nabokov, *Lectures on Russian Literature*, Fredson Bowers ed.(New York: Hareourt Brace Jovanovich/Bruccoli Clark, 1981), p.109.

相对立，或者把自己的声音同自己密切交融的另一个声音分离开来——这就是主人公们在整个小说中要完成的任务。"① 陀思妥耶夫斯基要展现的是数个已相对稳定的思想在一个极端的处境中的碰撞与对话，这些不同思想之间如果轻易就能改变，甚至互相转换，只会增加读者理解这些思想的困惑，而无益于对话与碰撞本身。拉斯科尔尼科夫也许最终会转变到索尼娅的立场上去，但两种声音一旦合并为一种声音，则其中一个角色就不再具有存在下去的必要性。探讨这些思想本身、思想彼此之间对话的过程才是陀思妥耶夫斯基真正要表现的内容。只是"思想作为写作对象"本身就不是纳博科夫所能接受的，想必巴赫金的解读也无法促使纳博科夫收回自己的指责。

还有，纳博科夫认为陀思妥耶夫斯基过分依赖侦探小说等技巧吸引读者，这种效果在重读中会自动失效："在营造复杂情节方面，陀思妥耶夫斯基成功抓住了读者的注意力，他打造自己的高潮部分，不断增强的悬念也处在他的完美控制之下。但是如果你重读他的书，之前阅读时已对书中的惊奇之处和整个情节都熟悉了，你会立刻认识到，第一次阅读体会到的悬念完全消失了。"② 他本人对《罪与罚》的评价就在一次次重读中不断降低："我第一次读《罪与罚》是 12 岁时候的事，当时我认为这是一本非常有力、令人激动的杰作；19 岁重读此作，我认为它冗长、过分感伤、写得很糟糕。28 岁时第三次阅读，在美国大学准备讲讲陀思妥耶夫斯基的时候读了第四次。一直到最近我才搞清楚这本书到底坏在哪里。"③ 与之相反，纳博科夫非常注重自己作品的耐读性，他的理想读者是反复阅读型的。为让读者每次都有收获，他一是保证作品高度的艺术性，特别是场景描绘准确、迅捷而又诗意，即使反复重读也不会褪色；二是在作品中设置了无数可细细对应的细节，需要反复阅读

---

① ［苏联］巴赫金：《陀思妥耶夫斯基诗学问题》，白春仁、顾亚玲译，生活·读书·新知三联书店 1988 年版，第 327 页。

② Vladimir Nabokov, *Lectures on Russian Literature*, Fredson Bowers ed. (New York: Hareourt Brace Jovanovich/Bruccoli Clark, 1981), p.109.

③ Vladimir Nabokov, *Lectures on Russian Literature*, Fredson Bowers ed.(New York: Hareourt Brace Jovanovich/Bruccoli Clark, 1981), pp.109—110.

或在同一次阅读中不断返回才能发现。

总之，成熟时期的纳博科夫追求精致的艺术效果：片段上意象的视觉性、音韵上富有节奏的美感，前后细节的细细对应，故事背后的故事，对读者好奇心的考验，对彼岸世界的隐隐展现……在《俄国文学讲稿》中可以看出，精致、温情、克制、智性的纳博科夫，与致力于以热力熔化读者心灵，以激情席卷读者意志的陀思妥耶夫斯基水火难容。

三、与《陀思妥耶夫斯基诗学问题》的对话

前文已在个别方面涉及了纳博科夫与巴赫金在陀思妥耶夫斯基问题上的潜在对话。目前尚难以找到确定的资料，以判断纳博科夫是否读过或听说过巴赫金对陀思妥耶夫斯基的解读，但对比阅读之下会发现二者有非常一致的认识，如都意识到了陀思妥耶夫斯基作品中缺少外在环境的描绘，受惊险小说影响很大，人物个性没有发展过程等，只不过纳博科夫更多是从否定性立场进行评判，而巴赫金则是给予肯定性辩护和创造性解读。

这一点特别体现在二人对拉斯科尔尼科夫与索尼娅共读《圣经》的著名场景的解读中。纳博科夫主要是为索尼娅抱不平："这两类人根本不在一个层面上。拉斯科尔尼科夫这个毫无人性的白痴杀人犯，他的情况不能和那个被迫卖身而损害了人类尊严的女孩相提并论。一个杀人犯和一个妓女一起读一本不朽的书——根本是胡说八道。这二者之间压根没有任何修辞上的联系，只有在哥特小说和感伤小说中才常被放在一起。这是拙劣的文学技巧，而不是悲情和虔诚的杰作。"[①] 纳博科夫认为全书对索尼娅都有失公平：她被视为一类女性（伟大的妓女）而不是独特的"这个"女性，这类女性被迫卖身，但仍然有一颗纯洁、火热、富有强大力量的心灵。小说中她被认为是深陷于"罪"之中的拉斯科尔尼科夫获得拯救的希望，但作者出于对这类女性人物的理所

---

① Vladimir Nabokov, *Lectures on Russian Literature*, Fredson Bowers ed. (New York: Hareourt Brace Jovanovich/Bruccoli Clark, 1981), p.110.

当然地认识而拒绝展示她的真实心灵。"注意一下该作艺术上的失衡。我们被动地将拉斯科尔尼科夫的犯罪一点不落地观摩了个遍，还被塞给了半打的解释，但是我们却对索尼娅的卖身交易情况一无所知，这是一种粉饰性的陈词滥调，妓女之罪被看作理所应当。我的结论是，真正的艺术家是那些从不把任何事情看作理所应当的人。"① 纳博科夫无法对她同样冷漠，当陀思妥耶夫斯基深陷于拉斯科尔尼科夫的罪恶时，纳博科夫却试图关注、抚慰索尼娅那乏人问津的苦难，如同他在《洛丽塔》中引导读者倾听洛丽塔深夜里的哭泣。

巴赫金将陀思妥耶夫斯基文体上的许多特征追溯到了与狂欢节民间文艺有着深刻联系的梅尼普体。这种渊源上的关联对理解陀思妥耶夫斯基的艺术具有重大意义："哲理的对话，崇高的象征，惊险的幻象，贫民窟的自然主义——它们的有机结合，是梅尼普体难能可贵的特点。"② 巴赫金从此角度对二人共读《圣经》的场景解读如下："拉斯科尔尼科夫初访索尼娅和诵读福音书那个著名场面，就是一个几乎完美无缺的基督教文学化了的梅尼普体：如有对话体的强烈对照（信仰与无信仰、驯顺和傲气），敏锐的引发法，矛盾的结合（思想家—罪犯、妓女—正派女人），又如坦率地提出最后的问题，在贫民窟的环境里诵读福音书。"③ 在巴赫金看来，梅尼普体与狂欢节民间文艺有深刻的联系，对日常理性与等级观念的颠覆、不相称的人和物的奇妙组合等是

① Vladimir Nabokov, *Lectures on Russian Literature*, Fredson Bowers ed. (New York: Harcourt Brace Jovanovich/Bruccoli Clark, 1981), pp.110–113.
② ［苏联］巴赫金：《陀思妥耶夫斯基诗学问题》，白春仁、顾亚玲译，生活·读书·新知三联书店 1988 年版，第 167 页。巴赫金将陀思妥耶夫斯基的艺术与梅尼普体相联系，令读者在一个历史的深度上体会其特色，是陀思妥耶夫斯基批评史上的一个巨大贡献。纳博科夫的艺术实际上也与一种古老的精神相接近，即古希腊文学中的日神精神。这种精神最早由温克尔曼概括，即众所周知的"高贵的单纯，静穆的伟大"，后由尼采修正并周密论述，与之相对还提出了酒神艺术概念。在尼采笔下我们看到，日神艺术是一种造型感强、立意追求美丽外观的艺术，形式上"没有什么不重要的、多余的东西"，风格上则具有"适度的克制，免受强烈的刺激，造型之神的大智大慧的静穆"，这些都是纳博科夫艺术中的鲜明特征。除此以外，日神艺术的梦幻性、个体性及静穆中的悲悯等特点在纳博科夫艺术中也都有非常明确的体现。梅尼普体与日神艺术代表了两种截然不同的艺术精神，纳博科夫对陀思妥耶夫斯基艺术的不满可视为这两种古老艺术精神固有分歧的现代表现。
③ ［苏联］巴赫金：《陀思妥耶夫斯基诗学问题》，白春仁、顾亚玲译，生活·读书·新知三联书店 1988 年版，第 218 页。

狂欢节民间文艺的典型表现，所以出现了纳博科夫所说的"杀人犯、妓女、不朽之书"组合在一起的"胡说八道"。同一个场景、两种截然不同的解读，反映出两个截然不同的艺术世界：纳博科夫的作品虽然有许多梦幻性情节成分，但仍保持着理性、遵循着秩序（纳博科夫宣称自己从来没有醉过酒），对哪怕是次要人物的个体心灵也充满好奇与怜悯，对任何说教意图都心怀反感；陀思妥耶夫斯基则进入醉酒和狂欢的状态，人物关系、思想世界都摒弃了隔阂、秩序与界限，在激烈的碰撞中捕捉火花与光明，试图为人物，也为俄罗斯发现一条道路。

另外，以巴赫金对陀思妥耶夫斯基的解读来观照纳博科夫的文学，也能令我们在辨析二者差异方面别有收获。如果使用巴赫金提出的"复调"概念，说陀思妥耶夫斯基是典型的复调艺术，那么纳博科夫就是典型的独白艺术，只是巴赫金论述的重点是复调艺术的特殊贡献，对独白艺术就有许多不公正的类型化的概述。巴赫金称赞陀思妥耶夫斯基："创造出来的不是无声的奴隶，而是自由的人。这自由的人能够同自己的创造者并肩而立，能够不同意创造者的意见，甚至能反抗他的意见。"[1] 他还由此认为作者本人克服了唯我主义。但推导起来，一个作家毕竟是在意识控制之下创作，作品中的所有人物，无论作者赋予其多么独立的主体性，终归是要受控于作者，所以陀思妥耶夫斯基只是相对地克服了作者本人的唯我主义。托尔斯泰则直接认为，陀思妥耶夫斯基的人物其实是他本人思想不同方面的分身体现，他们所说的语言都是陀思妥耶夫斯基本人的语言。纳博科夫则不无自豪地将作者与上帝相提并论："因为人类在他的能力范围内通过艺术变成了一个真正的创造者，类似于上帝"；宣称自己所创造的人物从来都是"划桨船上的奴隶"[2]；强调对自己艺术世界的绝对主权："在那个私有世界，我完全是个独裁者，迄今为止，唯有我为这个世界的稳定和真实负责。"[3] "唯我主义"恰巧也是纳博科夫作品中的一

---

① [苏联] 巴赫金：《陀思妥耶夫斯基诗学问题》，白春仁、顾亚玲译，生活·读书·新知三联书店 1988 年版，第 28 页。

② [美] 纳博科夫：《独抒己见》，唐建清译，浙江文艺出版社 2012 年版，第 98 页。

③ [美] 纳博科夫：《独抒己见》，唐建清译，浙江文艺出版社 2012 年版，第 70 页。

个母题，只不过沉陷或克服唯我主义的是纳博科夫笔下虚构的主人公，纳博科夫则坚持要做自己虚构世界的上帝，在文本内出入，或在主人公危急关头终结虚构行为，让作品像梦醒一般结束。

陀思妥耶夫斯基的复调式小说表现在文体上的最大特征是大篇幅的人物对话或独白，以便于人物直接吐露思想，所以"听"是阅读陀思妥耶夫斯基最重要的感官方式，巴赫金强调说："陀思妥耶夫斯基的主人公，不是一个客体形象，而是一种价值十足的议论，是纯粹的声音；我们不是看见这个主人公，而是听见他；在语言之外我们所看到和了解的一切，都无足轻重。"[①] 但纳博科夫却反感大篇幅的对话，宣称绝对禁止"主要由对话和社会评论组成的小说"成为床头书[②]。纳博科夫承认自己"没有听音乐的耳朵"，他虽然意识到在艺术形式上音乐与文学有相似之处，但是却无法领略陀思妥耶夫斯基这种"复调"式小说的妙处。与之形成对比的是，纳博科夫艺术中最重要的不是听觉，而是视觉。即使是参加音乐会，"视觉印象、手在上了漆的乐器上照出的影子、一个在小提琴上不断晃动的秃脑袋"也很快会取代音乐家的演奏，成为纳博科夫关注的对象[③]。在纳博科夫那些令人百读不厌的场景描写中，最突出的也是其中的视觉描写。因此，号称"用形象思维"的纳博科夫，在主要由大段对话与复调旋律构成的"听觉小说"中，却一心一意收集"花园中被灯光照亮的雪球荚蒾"这类视觉细节的做法也就能理解了。

纳博科夫对陀思妥耶夫斯基艺术的反对，与他本人艺术上的"非俄罗斯性"实质是一件事的两面反映。我们在解决纳博科夫反对陀思妥耶夫斯基艺术的具体问题中，清楚看到了纳博科夫推崇艺术性，反对在作品中强调思想性和道德说教的基本立场，以及纳博科夫艺术中一些个体性的特征，如克制情感、讲究细节、擅长视觉描写、对苦难持静观肃穆态度、精心安排场面与情

---

① ［苏联］巴赫金：《陀思妥耶夫斯基诗学问题》，白春仁、顾亚玲译，生活·读书·新知三联书店1988年版，第90页。

② ［美］纳博科夫：《独抒己见》，唐建清译，浙江文艺出版社2012年版，第59页。

③ ［美］纳博科夫：《独抒己见》，唐建清译，浙江文艺出版社2012年版，第36页。

节等。这些特征与陀思妥耶夫斯基艺术所代表的"俄罗斯性"可谓格格不入，而纳博科夫如此持之以恒地反对陀思妥耶夫斯基的艺术，就是为了更鲜明地表达自己的艺术理念，划清自己艺术王国的疆域。

第三节　纳博科夫对弗洛伊德主义的排斥

　　除了陀思妥耶夫斯基，另有一位拥有众多追随者的"大人物"也颇不受纳博科夫待见，那就是弗洛伊德。无论作为作家还是批评家，纳博科夫都强烈反对弗洛伊德及其追随者，抓住各种机会对以弗洛伊德为代表的精神分析学进行挪揄和嘲讽：作品序言中几成必然的"问候"；作品内部随处可见的戏拟和捉弄；课堂上肆无忌惮地抨击；访谈中毫不留情地冷嘲热讽。1966 年的一次访谈中纳博科夫说："我认为他很粗鲁、原始，我不想让一个老迈的带伞的维也纳绅士将他的梦强加到我头上。我没有做过他书中讨论过的那些梦。我从没梦见过雨伞，或者气球。""我认为创造性艺术家被他从他的研究、他的卧室、他的光晕中放逐了，他在那里十分孤单，是一只孤独的狼。只要跟什么人在一块儿，他就要与之分享他的隐私、他的神秘、他的上帝。"[①] 这段话是纳博科夫在弗洛伊德问题上的典型表述。

　　纳博科夫为什么如此反对弗洛伊德？遍查史料可知，二人并无私人过节，一切龃龉源于观点冲突。20 世纪初，精神分析学进入文学批评领域发展出精神分析批评，二三十年代一度形成一个高峰。纳博科夫 1926 年首次接触弗洛伊德学说时就没有好感，1931 年 4 月他发表了《众所必知》一文对"弗洛伊德主义普及读物"冷嘲热讽。1939 年弗洛伊德去世，其时的纳博科夫已在文学界崭露头角，但除了他们夫妻之外，对他的文学天才抱有坚定信心的人还局

---

① Alfred Appel, Jr. and Vladimir Nabokov, *The Annotated Lolita* (London: Weidenfeld & Nicolson, 1993), p.325.

限在欧洲流亡文学圈内。弗洛伊德在世时受到的批评不在少数，来自纳博科夫的批评并未得到他的回应。1940 年纳博科夫从欧洲流亡到美国，20 世纪 40 年代至 50 年代早期恰是弗洛伊德学说在美国传播的"黄金时代"[①]，而后很长时间保持着这种强劲势头，身处其中的纳博科夫越来越感到这些影响对自己文学理念的侵害何其恶劣，于是采取高调对抗的姿态主动防御和出击：从第二部英语小说《庶出的标志》开始，弗洛伊德分子成为他作品中的常客，如 60 年代（这个时期也是他的作品受到精神分析批评"染指"的起始阶段）出版的英译本《王，后，杰克》的前言中，纳博科夫警告说："维也纳代表不在邀请之列，然而，如果一个顽强的弗洛伊德分子想方设法偷偷溜了进来，那我将给他或她奉上一则提醒：小说中到处都有大量残忍的陷阱，小心！"[②] 之后纳博科夫逐渐声名显赫，他对弗洛伊德的强烈敌意也越来越受关注。

纳博科夫并不反对心理学研究本身，曾高度评价心理学家威廉·詹姆斯的成就；也不反对小说家借鉴心理学研究成果，认为"一切有价值的小说家都是心理学意义上的小说家"[③]。但独对弗洛伊德毫无好感，常以"维也纳巫医"呼之，将其学说贬为"占星术和颅相学"。他是基于何种立场予以反对与批判？他反对的是弗洛伊德本身，还是弗洛伊德的追随者们传播乃至误解了的弗洛伊德？这将是理解纳博科夫的一个有利角度，在这反对中能看清纳博科夫另外一些重要的艺术理念与伦理观念。

一、纳博科夫的圣地，弗洛伊德的亵渎

艾布拉姆斯在 20 世纪七八十年代曾著文阐释 18 世纪以来的一种文学观念——"艺术本身"（art-as-such）观念（也有理论家称其为"艺术自足论"）。

---

① Nathan G. Hale, Jr., *The Rise and Crisis of Psychoanalysis in the United States: Freud and the Americans, 1917—1985* (Oxford: Oxford University Press, 1995), p.276.

② Vladimir Nabokov, *King , Queen, Knave,* Translated from the Russian by Dmitri Nabokov in collaboration with the author (New York, Random House,Inc.,1989), Foreword Ⅱ.

③ [美]纳博科夫：《独抒己见》，唐建清译，浙江文艺出版社 2012 年版，第 180 页。

艾布拉姆斯指出，虽然关于艺术的讨论始自柏拉图和亚里士多德，至今也有
2000多年，但在很长一段时间里"艺术"都未能获得足够独立的身份地位，其
实用目的才是考察艺术的真正出发点。这些艺术实用论我们也已耳熟能详：
或是主张艺术可以净化读者或观众的情绪；或是主张寓教于艺术形式；或
是主张艺术应服务于宗教教义的传播；或是认为艺术可促进社会的变革与发
展；或是将艺术视为表达某种哲学观念或政治诉求的媒介；或是在"模仿外
在现实"中赋予艺术存在的合法性等。这些层出不穷的艺术实用论长期独占
艺术史，直至"艺术本身"理论的产生。艾布拉姆斯高度评价"艺术本身"理
论的产生，称为艺术理论中的"哥白尼革命"。据艾布拉姆斯考察，"艺术本
身"理论出现和发展至今也才两三百年的历史。该观念将艺术视为"自足、自
治、独立的对象"，认为"艺术作品所描绘的不必与我们这个世界的真实相符
合，也不必服膺于一个切实的目的，或是产生道德的引导作用"，强调的是作
品的艺术性与审美性。① "艺术本身"理论之所以能在这个时期产生，艾布拉
姆斯认为很难用艺术观念的自然革新来解释。他从外在社会环境的变化给出
回答，认为这主要得益于当时一小部分上流社会特权人士的生活方式，即渐
渐涌起的对艺术作品的追捧热潮及不断成熟的"鉴赏"品位。艾布拉姆斯引用
了英国画家乔纳森·理查森1719年的言论，该人宣称"这个世界产生了一种
新的科学"，他愿意称其为"鉴赏力的科学"。② 该理论的正式产生可以1790
年康德的《判断力批判》为标志。我们看到康德相关论述引起了诸多哲学家与
批评家的持续言说，如叔本华、尼采、俄国形式主义诸批评家、哈罗德·布
鲁姆等；作家群中的福楼拜、波德莱尔、王尔德、普鲁斯特、乔伊斯、纳博
科夫等亦是此中同道，他们共同强调艺术的独立自主及意义自足，对艺术本
身持有相当的敬畏与尊重，在一定程度上都认可"艺术至上"，不懈追求神秘
且变化无穷的艺术性。发端于19世纪中期、兴盛于19世纪末的"唯美主义"

---

① [美] M.H.艾布拉姆斯：《以文行事：艾布拉姆斯精选集》，赵毅衡等译，译林出版社2010
年版，第119页。

② [美] M.H.艾布拉姆斯：《以文行事：艾布拉姆斯精选集》，赵毅衡等译，译林出版社2010年版，
第125页。

（Aestheticism）运动可看作"艺术本身"理论在艺术史上的一次突出表现。

"艺术本身"理论将艺术从哲学、形而上学、伦理学中解放出来，是艺术发展史上意义重大的突破：艺术可以与真、善同行，但不以真与善为目的，艺术美有独立存在的价值与必要。虽然纳博科夫反对将自己划归到某阵营，但他在文学艺术的道路上并不孤独，其基本立场属于"艺术本身"理论传统。他特别坚持"艺术自主"与"艺术至上"，宣称"我的写作没有什么社会目的，也不传递道德信息；我没有一般概念需要阐述，我就是喜欢编造带有优雅谜底的谜语"。① 那么艺术的价值体现在哪里呢？纳博科夫回答："对本人来说，小说作为作品存在仅仅因为它能给人带来被我鲁莽地称为审美快感的东西。"② 此快感首先是强烈的精神感受，但同时有生理反应——脊髓间传递出来的震颤，汗毛的突然竖起。若要获得审美快感，作家和读者都需付出艰苦劳动，这主要是智性上的，而非情感上的。纳博科夫说过："缺乏知识的想象走不出原始艺术的后院，也不会比栅栏上儿童的涂鸦和市场上商贩的买卖走得更远。"③ 尤其是作家，不仅需要天分，更需要对"常识"与"庸俗"保持警惕，避免一不留神眼笔之下趋于流俗。对此纳博科夫深有体会："对我来说，写作永远是沮丧和兴奋、折磨与娱乐的混合。"④ "我写得很辛苦，长时间地遣词造句，直到我完全拥有这些词语并享受写作的快乐。如果读者的阅读也是一种劳作，那么读得越辛苦，效果就越好。艺术是困难的。"⑤

但就在关于"艺术"的根本认识上，弗洛伊德无意中亵渎了纳博科夫全力维护的圣地。称其"无意"，是因为在弗洛伊德关于艺术的几篇有广泛影响的文章中，如《作家与白日梦》《米开朗琪罗的摩西》《陀思妥耶夫斯基与弑父者》及获歌德文学奖的讲话，弗洛伊德基本都是"本分地"从精神分析的角度对艺

① ［美］纳博科夫：《独抒己见》，唐建清译，浙江文艺出版社2012年版，第16页。
② ［美］纳博科夫：《谈〈洛丽塔〉》，载《洛丽塔》（附录），黄建人译，漓江出版社1989年版，第323页。
③ ［美］纳博科夫：《独抒己见》，唐建清译，浙江文艺出版社2012年版，第33页。
④ ［美］纳博科夫：《独抒己见》，唐建清译，浙江文艺出版社2012年版，第47页。
⑤ ［美］纳博科夫：《独抒己见》，唐建清译，浙江文艺出版社2012年版，第119页。

术进行阐释，论及"纯美学快感"时则自谦为"外行"，言语之中多有余地："需要马上说明的是，我不是什么艺术鉴赏家，只不过是个门外汉。我总觉得艺术作品的主题比其形式和技术水平更能吸引我，尽管艺术家们会认为艺术的价值首先在于后者。因此，我无法真正领悟到其中蕴含的众多艺术手法和艺术效果。"① 但与弗洛伊德的"本分"相比，其追随者却频频"越界"：随着精神分析学的影响力越来越大，很多人追随弗洛伊德从精神分析学进入艺术领域，如英国的欧内斯特·琼斯（以俄狄浦斯情结解读《哈姆雷特》）、法国的玛丽·波拿巴（以精神分析学研究爱伦·坡），使精神分析批评在争议声中风头日盛。其中大量研究都有将作家作品当作精神分析学诸种理论的实例明证之嫌疑。这些研究中惊世骇俗的东西太夺人耳目，被贴上"弗洛伊德"标签的内容一再扩展，弗洛伊德与其追随者俨然成为一体。纳博科夫虽然承认自己对弗洛伊德学说很熟悉，但细细考察可知，他的"弗洛伊德"印象不乏主观涂描与既有成见，将弗洛伊德本人与不断发展中的精神分析批评等同视之。

弗洛伊德被传播最广的艺术观点有三种：（1）艺术创造是"白日梦"的一种，来源于无意识欲望，作用是充当被压抑的本能的安全阀。虽然他特别提到真正伟大的艺术具有"纯美学的快感"，但仍将此"美学快感"视为包裹令人不悦甚至羞耻的白日梦欲望的糖衣。对此艾布拉姆斯论道："20 世纪中，反对关于诗本身的诸理论的，是弗洛伊德派批评家，他们，无论如何润饰，一直把诗歌首先当作诗人巧妙遮掩之下的无意识欲望的产物。"② 马克·爱德蒙森则强调："众多当代批评靠无意识理论树立其权威，然而，无意识理论在被运用到文学文本之前，应该接受严厉的审查。"③ （2）将作家主动、艰苦的艺术想象与神经症患者的自由联想联系在一起，认为二者虽程度不同，但都

---

① ［奥德利］弗洛伊德：《米开朗琪罗的摩西》，载《论文学与艺术》，常宏等译，国际文化出版公司 2001 年版，第 197 页。

② ［美］M.H. 艾布拉姆斯：《以文行事：艾布拉姆斯精选集》，赵毅衡等译，译林出版社 2010 年版，第 21 页。

③ ［美］马克·爱德蒙森：《文学对抗哲学——从柏拉图到德里达》，王柏华、马晓冬译，中央编译出版社 2000 年版，第 23 页。

是人格失衡的表现。弗洛伊德是坚定的理性主义者，认为一切无意识、非理性都应该受到意识与理性的控制，也即，他将艺术视为需要克服的病态。但对纳博科夫来说，艺术是艰苦卓绝的创造，绝不是精神疾病的赠品，他曾明确区分"幻想的病态夸张"与"具有创造力的作家冷静且审慎地创作"[①]，对于弗洛伊德混淆二者愤愤不平。(3) 将艺术与"性冲动"过分紧密地联结在一起。艺术创造是非常复杂的精神活动，将"力必多"作为解释这一过程的唯一动力，着实难以服众，后果也很明确——造成了艺术理解的庸俗化与简单化。

弗洛伊德是以精神科学家的身份阐释艺术的，他对自己有清楚定位——科学家而非艺术家。但对生理欲望与心理机制的强调就会导致对精神创造的轻视，秉持"艺术本身"理论，强调文学自身的"文学性""审美性"的艺术家们深感自己的圣地遭到了粗暴亵渎，新批评理论的"意图谬见"说很大程度是针对精神分析批评的，认为"弗洛伊德学说把艺术快感降为作家个人欲望的变相满足替代品"，是"令人失望的简单化"[②]。在反弗洛伊德阵营中，纳博科夫可算是最高调、执着的一位。他作为作家与批评家的双重身份更使这种反对深有意味：作为作家的纳博科夫想确保作品不致成为精神分析批评的注脚（作家与批评家争夺作品阐释权正是《微暗的火》的一个主题），作为批评家的纳博科夫更想夺回文学被精神分析学抢占去的领地。詹妮弗·舒特（Jenefer Shute）对此曾评论道："纳博科夫追逐弗洛伊德不是认为他无足轻重，而是将之视为出没于他的文本的邪恶幽灵，他的作品必须与之不停战斗才能幸存下来。""纳博科夫已敏锐意识到，这个特别的王国——想象力、记忆和渴望的王国——恰恰也是精神分析学话语的领地"，"它以出版廉价的对个体灵魂进行粗劣指导的常用语手册，挤走了这块领地里的诗歌。"[③] 纳博科夫发起的驱

---

① [美]纳博科夫：《文学讲稿》，申慧辉等译，上海三联书店 2005 年版，第 333 页。

② 赵毅衡：《重访新批评》，百花文艺出版社 2009 年版，第 74 页。

③ Jenefer Shute, "Nabokov and Freud", in *The Garland Companion to Vladimir Nabokov*, ed. Vladimir E. Alexandrov (New York & London: Garland Publishing, INC., 1995), pp.414–415.

逐之战便可理解为文学与精神分析学间的领地之争，他试图以此捍卫文学艺术及自己的艺术理想。

二、具体观点的交锋

纳博科夫特别强调"艺术至上"，作品充满令人目眩的技巧，致使很多人认为他是没有深度的后现代主义作家，或一位摒弃真与善的唯美主义作家，认为他胜在文体而失于思想。这种误解源于对纳博科夫流于表面的阅读。纳博科夫已经警醒过，唯"艺术流派"论会泯灭个体艺术家的差异，因此，虽然上文我们提出在对艺术的高度推崇方面纳博科夫可归属到"艺术本身"理论，但在具体观点上我们还应分别考察——他在突出"艺术自主"与"艺术至上"的同时，还特别珍视几样与生活、艺术相关的东西。在这几点上弗洛伊德学说均有不同见解，二者形成明显对抗。

（一）纳博科夫珍爱世界的丰富性

他认为，大量具有艺术性和欺骗性的丰富花样需要人类用智慧与艺术之眼去发现，任何花样本身都有独特的意义和美，不需要另有所指，就是在这个意义上他称自己是不可分割的一元论者。

这也是纳博科夫反对象征主义的主要原因。1935年他将《斩首之邀》寄给母亲，母亲认为"可以从象征的角度去理解"，纳博科夫直截了当地反对说："不要从中寻找任何象征或寓言。它非常真实，符合逻辑，那是最简单的日常现实，不需要任何特别的解释。"[①] 他在作品中为读者精心准备了各种花样，进行着有意味的反复和组合，但他的文体追求清晰准确，如阿佩尔所说，所有事情"就在那里，就是你看到的那些（没有象征隐藏在黑暗深处）"。[②] 因此布赖恩·博伊德建议"把纳博科夫全部创作生涯的发展看作对象征主义的反

---

① [新西兰]博伊德：《纳博科夫传》（俄罗斯时期），刘佳林译，广西师范大学出版社2009年版，第540页。

② Alfred Appel, Jr. and Vladimir Nabokov, *The Annotated Lolita*, p.XX.

动"，因为纳博科夫致力于"让事物成为事物本身，不代表任何东西"[①]。因为正如查尔斯·尼科尔（Charles Nicol）在分析《普宁》时所说："如果一个东西能导向另外的东西，那么第一件东西没有独立的价值；如果一件东西代表另外一件东西，那么系统本身没有存在的必要。"[②]

但"性象征"（sexual symbols）的挖掘恰是弗洛伊德学说对文学批评很有冲击力的一点。在精神分析批评家们看来，文学作品中的很多意象都可与性器官、性交、生育、恋父（母）情结、性嫉妒、性冲动等产生关联。大量类似文章存在理念先行的问题，对"性象征"甘之如饴，而将丰富的细节、无限的花样组合、艺术的纯粹美感等要素弃之如敝屣。其言之凿凿的专横，真理在握的狂妄，令纳博科夫反感地将其视为学术界的"极权"分子——极权的一个突出表现就在于不承认个体差异。这种批评所凭借的理念与纳博科夫的文学观念完全相悖：一味在艺术中寻找象征已十恶不赦，将一切意象粗暴简化为性含义更是无法原谅。为此他时时毫不留情地加以刻薄，如《洛丽塔》中写亨伯特摩梭手枪："我们必须记住，根据弗洛伊德学说，手枪是男性生殖器的象征。"[③]《文学讲稿》中提到包法利第一次见爱玛时找马鞭的场景："弗洛伊德，那个古板守旧的江湖骗子，一定能从这一场面中分析出许多名堂来。"[④]

"性象征"又指向了"力必多"万金油式的动机说，使得精神分析批评带有不容置疑的决定论论调。这也与纳博科夫奥秘无穷、花样翻新、讲求细节的世界格格不入。二者一个以艺术之手引导读者注意世界的绚烂多姿，另一个则将一切归结到性的生理机制，不由得纳博科夫不厌恶。

（二）纳博科夫推崇意识对外在世界的独特感受能力

外在世界花样翻新，神秘美妙，但若意识主体处于蒙昧或盲从状态，也

---

① [新西兰]博伊德：《纳博科夫传》（俄罗斯时期），刘佳林译，广西师范大学出版社2009年版，第119页。

② Charles Nicol, "Pnin's history", in *Critical Essays on Vladimir Nabokov*, ed. Phyllis A. Roth (Boston: G.K. Hall & Co., 1984), p.97.

③ [美]纳博科夫：《洛丽塔》，黄建人译，漓江出版社1989年版，第220页。

④ [美]纳博科夫：《文学讲稿》，申慧辉等译，上海三联书店2005年版，第153页。

就无法领受其中的奥秘。因此他反对用"理所当然"的惯性眼光看待外在世界,推崇个体意识对外在世界的独特感知。

纳博科夫反对弗洛伊德学说可疑的科学性,更反对大众不加质疑地将其接受为"常识",特别反对人文学科衍生出的大量二手研究。纳博科夫常将弗洛伊德学说与中世纪巫术相提并论,称其为"自欺欺人的骗局",现今随着心理学的持续发展,弗洛伊德的很多观点被质疑甚或推翻,但在 20 世纪五六十年代的美国,该学说一分钟比一分钟时髦,几乎人人能讲一点弗洛伊德、力比多,精神分析批评更是以科学权威的霸气姿态指手画脚。但从大众言论到批评家著作,很大部分是人云亦云,对所谓的"常识"举手投降,成为纳博科夫所说的"腓力斯人"(philistine,可译为俗人):"那类趣味只限在可见事物和老生常谈上,精神由他所从属的群体与时代中的常见理念和常见思想所塑造"的人①,也就是"庸俗"的庞大主体。弗洛伊德对自己以科学家身份闯入艺术领域之举可能遭受的批判早有预料,承认精神分析"在创造力作家这个问题上""无能为力"②,为此警告同行不要把一切都庸俗化。但后来的发展趋势就不在他的掌控之内了,好发惊人之语的论文论著铺天盖地,学院式急功近利的输出机制更使得贩卖二手观点的论文肆意蔓延。这也是造成纳博科夫对"弗洛伊德"刻板印象的重要原因:他极其反对学术跟风,将之视为赤裸裸的学术媚俗。

纳博科夫对以类取代个体的做法一贯不满,多次表明自己的特立独行:"我不属于任何一个俱乐部或团体""我只对个体的艺术家感兴趣。"③ 前文已有提到,在弗洛伊德问题上他却未注意区分"弗洛伊德"与弗洛伊德追随者之间的区别。纳博科夫在《俄国文学讲稿》的陀思妥耶夫斯基部分说:"弗洛伊德主

---

① Vladimir Nabokov, *Lectures on Russian Literature*, Fredson Bowers ed. (New York: Hareourt Brace Jovanovich/Bruccoli Clark, 1981), p.309.

② [奥德利] 弗洛伊德:《陀思妥耶夫斯基与弑父者》,载《论文学与艺术》,常宏等译,国际文化出版公司 2001 年版,第 340 页。弗洛伊德在文中把陀思妥耶夫斯基丰富的人格分为了四个方面:富有创造力的艺术家、神经病患者、道德家和罪人,并表示对第一种人格无能为力,全文主要在后三个方面对陀氏展开分析。

③ [美] 纳博科夫:《独抒己见》,唐建清译,浙江文艺出版社 2012 年版,第 3—4 页。

义者们倾向于认为，伊凡在父亲被谋杀这件事上的态度，其实带有作者的自传特征。"[1] 但事实是弗洛伊德本人在颇有影响的《陀思妥耶夫斯基与弑父者》一文中提出了此论。也许弗洛伊德一定程度上是他众多追随者的替罪羊——弗洛伊德若有所知，会不会幡然领悟，被简单归类的滋味确实不妙？

（三）纳博科夫珍爱人性之"善"与人伦之"爱"

他认为不存在关于"真"的共识："真实是一种非常主观的东西。我只能将它定义为：信息的一种逐步积累和特殊化……一枝百合在博物学家那儿要比在普通人那儿真实。"[2] 却坚信"善"与"爱"是最可珍贵的财富："我并非一只轻浮的火鸟，而是一位固执的道德家，抨击罪恶，谴责愚蠢，嘲笑庸俗和残忍——崇尚温柔、才华和自尊。"[3] 这段话太有代表性，我们不得不再引用一次。在作品中，纳博科夫对艺术性的独特追求往往遮蔽了他的真实态度，导致很多人将他与他笔下众多缺陷人物，如亨伯特、梵、金波特、阿克塞尔·雷克斯等而视之。事实上纳博科夫恰是从"善""爱"标准出发，对这类人物形象进行了否定性评判。

纳博科夫曾指出："弗洛伊德信条会导致危险的伦理后果，如一个恶劣的凶手，脑子有毛病，但可能被轻判，因为他小时候被妈妈打屁股打得太多或太少——两者都成立。"[4] 在弗洛伊德学说影响下，20世纪的犯罪心理学逐渐发展成熟，罪犯及其辩护人越来越娴熟地利用弗洛伊德学说争取宽大处理。《洛丽塔》这部亨伯特的狱中自辩书一定程度上可视为对该状况的戏拟：他归根结底是杀人凶手，诱奸少女的罪犯，但这个颇有艺术才能且精通读者心理的主人公，巧妙地为自己的重大罪过寻找一系列借口：童年缺少母爱；少年时期热恋的女孩早逝使他的爱情永远停留在了14岁；作为一名艺术家难见容于世俗社会；且最终作幡然悔悟状，并枪杀了奎尔第这个"真正"的性变态以

---

[1] Vladimir Nabokov, *Lectures on Russian Literature*, Fredson Bowers ed.(New York: Hareourt Brace Jovanovich/Bruccoli Clark, 1981), p.98.

[2] [美]纳博科夫：《独抒己见》，唐建清译，浙江文艺出版社2012年版，第10页。

[3] [美]纳博科夫：《独抒己见》，唐建清译，浙江文艺出版社2012年版，第199页。

[4] [美]纳博科夫：《独抒己见》，唐建清译，浙江文艺出版社2012年版，第120页。

示自己的不同……导致很多读者丧失了原有立场，转而同情起他来。美国著名批评家莱昂内尔·特里林（Lionel Trilling）就是被"俘虏"的一位："亨伯特很愿意承认他是个魔鬼，无疑他是的，但我们越来越不急于这样去说……我认为我们会很自然地原谅这个强奸犯——从法律上，也发自内心的。"[①] 残酷、罪恶如果可以如此轻易地被原谅，那么受到伤害的儿童、弱者，又该如何获得弥补？

纳博科夫还十分重视家庭之爱。他童年生活幸福，与妻子薇拉的爱情历久弥深，对唯一的儿子更是倾注了无限父爱。纳博科夫与父亲间的感情尤为深厚，希望自己像他一样勇于为自由和理想而战，有高贵的识见和深沉的情感。家庭之爱、两性之爱对纳博科夫来说，都是生命中最美妙的奥秘，大庭广众之下谈论不仅不合礼仪，甚至是一种情感犯罪，但弗洛伊德学说对这些私密情感大肆谈论，且以"俄狄浦斯情结""厄拉克特拉情结""性欲说"予以亵渎，令他异常憎恶。如忏悔中的亨伯特说："20世纪中期，关于孩子与双亲关系的概念已经被学者们的胡说八道和心理分析骗局的标准化信条大大玷污了，不过，我希望自己是在对不持偏见的读者讲话。"[②] 有一次，他回忆起洛丽塔的一个女同学与其慈爱的父亲在一起的场景，在场的洛丽塔一副"强忍着眼泪的怪表情"；另一次洛丽塔假装不在意地询问妈妈到底埋哪儿了，其时她正读到一个失去母亲的孩子的故事，心中涌起对妈妈的想念，这是一个孩子心底最渴望安慰的痛苦，但她无法从亨伯特这个假父亲这里得到安慰。亨伯特终于意识到了自己对洛丽塔做了什么——父爱和母爱对她何等重要，但他间接害死了她的母亲，又为了自己的变态情欲而糟蹋了"父亲"这个伟大的称呼。

人性之善与人伦之爱是纳博科夫特别珍贵和维护的，从纳博科夫的角度看去，弗洛伊德精神分析学说以（伪）科学的旗号践踏了这块圣地，着实难以容忍。

---

① Norman Page ed., *Nabokov: The Critical Heritage,* (Routledge & Kegan Paul Ltd, 1982), p.94. 原文未提供文章题目。

② [美]纳博科夫：《洛丽塔》，黄建人译，漓江出版社1989年版，第293页。

三、蔓延的战火

纳博科夫与弗洛伊德的影响力都很大，各自拥有无数追随者，战火自然蔓延，纳博科夫对弗洛伊德的强烈反感转变为两个阵营的激战。也有研究者试图客观地予以分析，在二者激烈的战火中寻找最本源的敌意来自何处。

弗洛伊德的追随者们常采用的方法是对纳博科夫的作品进行精神分析批评。其中最富有声望的应该是哈罗德·布鲁姆了。他认为弗洛伊德是现代最伟大的认知者，想要拒绝他的影响是不可能的。他评论道："《洛丽塔》整个第二部分无意识地重复了'超越快乐原则'，通过奎尔第（亨伯特的黑暗投影代理和掠夺者），消极力必多推动下的死亡驱动——弗洛伊德有次玩笑地称之为'自毁'——完全占领了可怜的亨伯特。弗洛伊德具有最伟大、传播最广泛的想象力，拒绝与他妥协的纳博科夫注定只能重复弗洛伊德式的双驱动神话，即亨伯特的爱欲驱动，奎尔第的死亡驱动。整个第二部变成了一个弗洛伊德式的寓言，而不是戏拟，比欢快的第一部要逊色许多。"[1] 考虑到布鲁姆自身的矛盾性，他对《洛丽塔》的这种论调也难免令人生疑——布鲁姆的"影响焦虑"说颇多受惠于弗洛伊德，但当弗洛伊德的批评威胁到了他最为看重的莎士比亚时，他在二者之间毫不犹豫地选择了后者："弗洛伊德关于莎士比亚的文学批评是一个弥天笑话。"[2] 另外，纳博科夫的作品不乏在性方面惊世骇俗的题材，如中年男子与小仙女的性爱、亲兄妹之间的乱伦、外甥与舅妈的偷情等。这对精神分析批评家是赤裸裸的诱惑，虽然纳博科夫一再警告其中准备了大量陷阱，还是有胆大之辈无畏闯入。威廉·伍丁·罗威（William Woodin Rowe）1971 年出版的《纳博科夫的欺骗性世界》（*Nabokov's Deceptive World*）中"性的操纵"一章即专门解读纳博科夫作品中的"性象征"，后被纳博科夫选中作为此类批评的代表进行了火力十足的反批评："我所反对的是，罗威先生操纵我那些最无辜的用词，以便将色情'象征'引入其中。""舔铅笔总是涉及

---

[1] Harold Bloom ed., *Vladimir Nabokov's Lolita* (New York: Chelsea House Publishers,1987), p.3.

[2] [美]哈罗德·布鲁姆：《西方正典》，江宁康译，译林出版社 2005 年版，第 295 页。

你所知道的东西""足球门框暗示外阴口""将我对韵律的讨论扭曲为一股弗洛伊德式废话的洪流，从而将'韵律长度'理解为勃起，将'押韵'理解为性高潮。更为荒唐的是他检查洛丽塔的阴蒂，声称网球代表睾丸（无疑是一个患白化病巨人的）。"纳博科夫认为："罗威先生犯下的致命错误在于，他在论及'花园''水'等常用词汇时，将它们视为抽象概念，而没有意识到，就像《黑暗中的笑声》给浴缸注水的声音不同于《说吧，记忆》雨中酸橙树的沙沙声一样，《爱达》中的'快乐花园'也不同于《洛丽塔》中的草地。"①——这正是粗暴简化与珍爱丰富、一般概念与独特个体之间最直接的火力冲突。这篇短文集中反映了纳博科夫与弗洛伊德分子之间矛盾之所在。

使用该方法的还有纳博科夫一度的传记家、最后与之彻底决裂的安德鲁·菲尔德（Andrew Field）。1966年他将撰写中的《纳博科夫：艺术中的生平》（*Nabokov: His Life in Art*）部分手稿寄给纳博科夫审查，纳博科夫深感失望，回信如是说："我说过，我强烈反对不假思索地运用弗洛伊德的现成观念，但我怀疑你是否很在乎我的这个说法。比如，你在处理'阉割象征'时就似乎把它当作无可辩驳的真理，事实上它跟我们的祖先认为獾狐的肝包治麻风、一个歇斯底里症女子的伤痕与天国的符号处于同一个水平。我觉得，像你这样独立、有创造性的人应该避免那些诊察台上的陈词滥调。"②但菲尔德仍专注于以弗洛伊德之眼从纳博科夫的生平中捕风捉影来阐释其作品，在纳博科夫去世后的1986年，他出版了《符·纳博科夫的生活与艺术》（*The Life and Art of Vladimir Nabokov*），大肆渲染地宣称纳博科夫称自己的母亲为洛丽塔！事实证明这完全出自于他的无知揣测和恶意报复，但套路却何其弗洛伊德化。此举遭到了纳博科夫坚定的追随者、出色的传记家和研究者博伊德的揭露与批判。

L.R.西亚特（L.R.Hiatt）甚至进一步认为，纳博科夫是个潜在的弗洛伊德分子，在《纳博科夫的〈洛丽塔〉，一个弗洛伊德分子的神秘字谜》

---

① ［美］纳博科夫：《独抒己见》，唐建清译，浙江文艺出版社2012年版，第311—314页。

② ［新西兰］博伊德：《纳博科夫传》（美国时期），刘佳林译，广西师范大学出版社2011年版，第560—561页。

("Nabokov's *Lolita*: A 'Freudian' Cryptic Crossword", 1967) 一文中他指出，纳博科夫一方面公开反对弗洛伊德，另一方面又"偷偷地使亨伯特具有俄狄浦斯情结的典型症状"，奎尔第是亨伯特的代理父亲，洛丽塔是他的代理母亲，亨伯特枪杀奎尔第那一幕展现的是亨伯特"缓慢、梦幻、快乐的杀父之罪"。[①]不得不说，纳博科夫在作品中对精神分析学冷嘲热讽，在结构、情节、人物上进行戏拟，确实造成了"维也纳庸医"的时刻在场，但本文不能认同纳博科夫是"潜在的弗洛伊德分子"这种说法。上文已分析了二人关于文学的根本看法的不同，及在对待细节、个体、独立见识、人伦之爱等各方面的鸿沟，纳博科夫的真正用意是通过标明弗洛伊德而剖白自己——"我"不是弗洛伊德，"我"恰恰是他的反面。难免有人会提出，纳博科夫作品中的诸多变态情爱不是赤裸裸的证据吗？本书认为，艺术自诞生之日起就将爱情、性爱、情爱作为重要题材，20世纪随着性观念前所未有的开放（其中弗洛伊德有不朽之功，但不是唯一影响源），文学形式的高度成熟，众多艺术家都尝试用新的艺术手法继续展现性和情爱，而非纳博科夫独有。正如斯蒂芬·扬·帕克所指出的："纳博科夫的作品中表现了各种各样的爱和性，但这不是来源于弗洛伊德思想体系的简单概念，而是因为它们作为普遍经验，为个体状态和有意识的生命的工作机制提供了巨大刺激。"[②]持此偏见者的错误在于，将一切关于性的艺术与言说都隶属精神分析批评，却忘记了在弗洛伊德之前人们对性已有众多艺术表现与理性认知——海塞认为，艺术家是做梦者，而精神分析批评充其量是详梦者；米兰·昆德拉认为，小说在弗洛伊德之前就发现了无意识。也恰是此点令纳博科夫不愤：艺术世界中触动心弦独一无二的情感体验，却成为精神分析学冷冰冰的案例。

　　也有人对纳博科夫的"纠缠不休"之举进行了分析。纳博科夫对弗洛伊德

---

① See Techyoung Kwon, "Nabokov's memory war against Freud", *American Imago*, Vol. 68(2011), pp.67–91.

② Stephen Jan Parker, *Understanding Vladimir Nabokov* (Columbia: University of South Carolina Press, 1987), p.10.

的反对贯穿一生，从未犹疑，这确实需要不一般的动机予以解释。杰弗瑞·伯曼（Jeffrey Berman）的《谈话疗法：精神分析在文学中的再现》（*The Talking Cure: Literary Representations of Psychoanalysis*，1984）一书试图从纳博科夫的个人经历中寻找原因，认为纳博科夫正因为法西斯和苏维埃极权而失落家园一再流亡，自此格外痛恨一切极权主义，而弗洛伊德学说有"简化"个体独特性与丰富性，一切从性与童年经历予以解释的"极权"表现，也便成为他痛恨的对象。理查德·罗蒂（*Richard* Rorty）则认为这是影响的焦虑，源于"后人憎恶前人说尽了自己所要说的微言大义"①。

还有人试图客观地对这段文坛恩怨进行分析，相对超然的立场令他们能看清纳博科夫反弗洛伊德过程中的失误与破绽。如杰弗里·格林（Geoffrey Green）的《弗洛伊德与纳博科夫》（*Freud and Nabokov*，1988）一书指出，纳博科夫的弗洛伊德只是个"一般概念"，他刻画的弗洛伊德更多的是一个虚构形象，也即上文提出的，纳博科夫并未区分弗洛伊德与其追随者间的区别，也未对弗洛伊德的艺术观念进行具体分析和鉴别，针对弗洛伊德学说的攻击都是笼统的言论，缺乏细节，犯了自己终身反对的错误：将一般概念与独特个体混为一谈。这一点杜兰塔耶在 2005 年的一篇文章《弗拉基米尔·纳博科夫与西格蒙德·弗洛伊德，或者一个特殊问题》中表达得更尖锐，认为"在纳博科夫将弗洛伊德作为一个'一般化'的提倡者和传播者进行攻击的时候"形成了"一个终极讽刺"，因为"贬低弗洛伊德时，纳博科夫只是沿袭着最一般化的路线进行攻击"，"他的责难从不是特殊的，而总是一般的"。② 这确实是纳博科夫的明显失误，也使得弗洛伊德分子有机会大做文章。但反过来看，这正说明纳博科夫并不如那些坚称他是"潜在弗洛伊德分子"的学者所说的那样熟悉弗洛伊德。纳博科夫为了将普希金按照自己的理想引入英语世界，耗费十几年之功筚路蓝缕地翻译、注解《叶甫盖尼·奥涅金》，但他却没有在弗

---

① [美]理查德·罗蒂：《偶然、反讽与团结》，徐文瑞译，商务印书馆 2003 年版，第 216 页。

② Leland de la Durantaye, "Vladimir Nabokov and Sigmund Freud, or a particular problem", *American Imago*, Vol. 62(2005), p.69.

洛伊德身上付诸这许多努力，恰恰说明了弗洛伊德在他心目中地位之轻微。

综上所述，无论是对文学艺术的根本认识，还是在诸多具体观点上，纳博科夫与弗洛伊德都水火不容，再加上精神分析学说在纳博科夫时代的迅速膨胀，导致纳博科夫只能以主动出击的方法与弗洛伊德及其追随者划清界限，以捍卫自己的艺术理想，避免自己的作品被精神分析批评野蛮切割。纳博科夫在弗洛伊德问题上的高调姿态也招致了很多反向批评，但深入理解纳博科夫的艺术世界就会明白，虽然纳博科夫对弗洛伊德的认识有个人成见成分，二者之间本质上还是鸿沟深深，无法弥合。纳博科夫"刻画"出了他所理解的弗洛伊德，其根本用意却是要向读者表白自己——一个坚定的"反弗洛伊德分子"。本节在解决"纳博科夫为什么反对弗洛伊德"这个具体问题的过程中，进一步明确了纳博科夫对"艺术性"的高度推崇与不懈追求，同时还发现纳博科夫对伦理问题有稳定的观点——珍爱亲情、爱情与善意，反对性欲说的染指，在这方面，弗洛伊德学说真理在握的高谈阔论姿态恰与纳博科夫沉默但珍爱的态度形成鲜明对比。

第四节 纳博科夫对《堂吉诃德》的批评

1966 年纳博科夫在接受《巴黎评论》访谈时描述了他与《堂吉诃德》之间的一次高调对抗："我很高兴地记得，在纪念大厅我当着六百个学生的面撕毁了《堂吉诃德》，那本残酷又粗糙的老书，让我几个比较保守的同事颇为震惊、尴尬。"[①] 在《〈堂吉诃德〉讲稿》中（来源于 1952 年春纳博科夫在哈佛授课的讲稿），纳博科夫确实主要围绕"残酷"（cruel）与"粗糙"（crude）两方面对该书进行了批判："粗糙"主要针对的是该书的艺术性，"残酷"主要针对的是

---

① Vladimir Nabokov, *Lectures on Don Quixote* (New York:Harcort Brace Jovanovich, Inc,1983), p. Ⅶ.

情节、作者的态度及读者对该书的反应。

一、艺术方面的批评

我们在纳博科夫对《堂吉诃德》的艺术批评中，能更清晰地看到他本人所看重和追求的艺术要素。除了语言上的重复及单调这类小瑕疵，纳博科夫对《堂吉诃德》的不满具体来说有以下三点。

（一）全文即兴式的、缺乏周密构思部署的结构。纳博科夫认为，因为塞万提斯一开始并未充分构思全书，而是即兴地不断扩充才形成了现在的篇幅，就导致了结构上的松散、混乱与情节上的前后矛盾。这对于一贯精心结构全书、设计细节、仔细潜藏无数暗中对应的纳博科夫来说，是太过明显的缺陷。纳博科夫从《天资》（20 世纪 30 年代中期）开始找到了一种最适合自己的写作方法，并持之终身，即用一支带橡皮的铅笔在索引卡片上写作，边写边修改。因为他要达到的理想效果是像一幅绘画作品一样，各个场景之间都存在千丝万缕的对应，这就需要在构思的时候依然能看到整体，从哪里写起也就不重要了："既然这一在脑海中依稀闪现的整体结构可以比作一幅画，既然你不必呆板地从左到右去感知它，那我就可以在写作中将我的闪光灯引向这幅画面的任何一部分。"[1] 关于纳博科夫作品由此实现的空间性特征，国内外都已有众多学者予以探讨，此处不再展开。但由此可见纳博科夫对自己作品的精心安排与周密掌控，"即兴"式创作在纳博科夫的艺术词典中不存在。

（二）认为桑丘这个人物形象是一般化的产物，"是由文学中无数个无赖点点滴滴集中起来构成的"[2]，而不是一个能充分抓住读者想象力的独立个体。与之对比，纳博科夫成熟阶段在人物塑造上匠心独运，薄薄一本《普宁》有几百个人物出场，其中绝大多数一次出场便不再现身，但是纳博科夫尽量在非常短的篇幅内给人物足够的个性描述，哪怕只有一两个词汇，也足以令读者

---

[1] ［美］纳博科夫：《独抒己见》，唐建清译，浙江文艺出版社 2012 年版，第 32 页。

[2] ［美］纳博科夫：《〈堂吉诃德〉讲稿》，金绍禹译，上海三联书店 2007 年版，第 27 页。

的想象力在上面落脚。如对一所教会学校校长的描述："校长阿奇博尔德·霍佩尔牧师每逢暖和天总穿着雅致的灰僧袍执行他的任务，而对一场正要把他轰走的阴谋却毫不知晓。"①那场"阴谋"是纳博科夫给读者开的一个口子，作者就此止步，读者却可以靠自己的想象力瞥见另一个故事，阿奇博尔德的命运在其中跌宕起伏。

（三）矫揉造作、陈腐老套的自然场景描写。纳博科夫对书中的自然场景描写很不满，评价道："落入俗套的小溪流、永远不变的葱绿的草地，以及令人心旷神怡的树林构成了一个毫无生气的世界。"②纳博科夫本人对场景的再现能力异乎寻常，这既是他艺术家的天赋异禀，更是长时间艺术锤炼的结果。我们看到，在纳博科夫笔下，自然环境描写不仅已进化为叙事的一部分，且还具有特别的准确、诗意、迅捷，成为纳博科夫艺术中特别吸引读者的一种魅力。博伊德、莱恩娜·托克尔（Leona Toker）、扬·帕克等评论家都注意到了这一点。当然，从无所用意的自然环境描写，到环境是"人物所意识到的环境"，再发展成"人物心理活动有意义的外在投射"的场景描写，经历了漫长的发展过程，这不是纳博科夫的个人之功，而是他继承和发展了近4个世纪以来叙事文学的发展成果。我们在此试以《荣耀》中一个场景为例做一个简短的赏析。书中主人公马丁在15岁时失去了父亲，他独自来到沃龙佐夫公园，看到以下情景：

　　虽然不久前下过暴雨，但天气还是很热。绿头苍蝇在像上了漆一样发亮的欧楂树上方嗡嗡作响。一只凶狠的黑天鹅在池塘里漂游，不时摇晃着那仿佛染过色般的深红色鸟喙。花瓣从杏树上飘落，躺在湿漉漉的小径那黑乎乎的泥土上，白花花的，让人想起姜饼中的杏仁。离巨大的黎巴嫩雪松不远，孤零零地长着一棵白桦，它的枝叶特别倾斜（像姑娘梳头时一样，让头发从一侧垂下，就这么停住不动了），只有白桦才有这

① ［美］纳博科夫：《普宁》，梅绍武译，上海译文出版社2013年版，第112页。
② ［美］纳博科夫：《〈堂吉诃德〉讲稿》，金绍禹译，上海三联书店2007年版，第40页。

种样子。一只带着斑马状条纹的凤蝶飞过，将尾部伸展开，然后又收起来。天空闪闪发亮，柏树投下道道阴影（这些树很老，树皮呈红褐色，小小的球果在枝叶间半隐半现），池塘宛如一片黑色的镜面，那只天鹅的周围漾起一圈圈波纹。在明艳的蓝天下，边缘起伏不平的佩特里山高高耸立，山腰上密布着形如卡拉库尔绵羊的茂密松林——这一切充满了一种怡然舒畅却又令人痛苦的情怀。不知为什么，马丁觉得父亲就活跃在这些阴影和闪光之中。[①]

莱恩娜·托克尔曾提出，纳博科夫的诗学准则可以用三个词来概括："生命力"（vitality）、"雅致"（refinement）和"饱满"（saturation）。其中的"生命力""既指难忘的个体形象所具有的力量，也指富有活力的静态描绘向感知意识的转化流动，以及意识状态在同一个句子、同一段话中的悄然流转"。[②] 本段场景描写中就鲜明地体现出了托克尔所说的"生命力"。首先，颜色的运用给单个形象带来强烈的视觉感：漆亮的欧楂树，黑乎乎的泥土上白花花的杏花，黑色镜面般的池塘，长着深红色鸟喙的黑天鹅，明艳的蓝天。而后"闪闪发亮"的天空带来的光与影，又使得单个形象聚拢在了一起，形成完整的、饱满的诗意画面。最后，这些具有生命活力的静态描绘在结尾转化为人物的感知意识流动，处在绝对的孤寂与静谧中的马丁觉得，"父亲就活跃在这些阴影和闪光之中"，读者才恍然意识到整幅画面其实是马丁有意地搜寻，因此有必要重读这段描绘，试着与马丁一起去寻找逝去的亲人仍然存在的蛛丝马迹。难怪扬·帕克对纳博科夫的场景描写给予如此高度的评价："（纳博科夫的场景描写）具有如此强烈的视觉性，尖锐的准确性，情感上的召唤性，具体、真实、完整……除了它自身之外不再需要其他的外在目的。"[③]

---

① ［美］纳博科夫：《荣耀》，石国雄译，浙江文艺出版社 2012 年版，第 11—12 页。

② Leona Toker, "Nabokov's worldview", in *The Cambridge Companion to Nabokov*, ed. Julian W. Connolly (Cambridge: Cambridge University Press, 2005), pp.232–233.

③ Stephen Jan Parker, *Understanding Vladimir Nabokov* (Columbia: University of South Carolina Press, 1987), p.22.

《堂吉诃德》中有一个场景令纳博科夫甚为满意：公爵和公爵夫人为了取乐想尽各种办法折磨这对主仆，桑丘被派到一个海岛上，准备入睡的堂吉诃德忽然感到十分忧伤，他慢慢脱下自己的绿色长袜，看到袜子破败的地方，长叹了一声，心情更为沉重。这时外面传来一阵阵弦乐，是公爵夫人的女仆奉命表演对堂吉诃德的疯狂爱恋，在此弹拨乐器。这与此时深感孤独凄寂的堂吉诃德的心境颇为吻合。纳博科夫评价道："这是一个写得非常好的场景——是迎合想象、传达的比实际包含的要多的那些场景之一。"① 此处外在环境描写（虽然动人的弹唱与深情的爱慕都出自伪造）与人物内在心灵的契合，特别是塞万提斯少见地触及堂吉诃德内心深处的软弱——部分因抽线的绿袜子象征的贫穷窘迫，部分因桑丘离开而倍感孤独，部分因本能地觉察到公爵夫妻表演性的尊崇中含有的戏弄，部分因为欺骗性的乐声触动了脆弱的情感——满足了纳博科夫艺术上的想象。虽然塞万提斯并未在堂吉诃德少有的伤感上多作停留，但这艺术性饱满的一瞬仍令纳博科夫印象深刻，此处的外在环境描写不再是呆板乏味、千篇一律的，而是进化为场景中不可或缺的有机体。

二、关于"残酷"的批评

相比较起艺术上的挑剔品咂，纳博科夫对该书内容与主题上的"残酷性"的批评更为引人注意。纳博科夫在讲稿中谈到的残酷性，大概可以分为肉体残酷和精神残酷。肉体残酷主要是堂吉诃德三次出游过程中遭受的无数次痛打，这些场景曾被视为作品笑料的主要来源，令纳博科夫遗憾的是，现在幽默电影与连环画中主人公的类似遭遇仍然是逗得观众捧腹大笑的妙招。精神残酷则主要是指堂吉诃德遭受的蒙骗与嘲笑，特别体现在公爵与公爵夫人对主仆二人无休止地捉弄——如果说堂吉诃德是真心实意地相信自己幻想出的

---

① ［美］纳博科夫：《〈堂吉诃德〉讲稿》，金绍禹译，上海三联书店 2007 年版，第 84 页。

世界并在其中认真扮演骑士角色，公爵等人则纯粹出于为自己换取廉价笑料的目的，创造出一个他们完全不信的幻想世界。作品里还有一些所谓的"善良的"人——教士、堂区神甫、理发师等，也乐于抓住机会从堂吉诃德的痛苦中提炼欢乐。纳博科夫举例第一部的结尾：理发师帮助牧羊人把堂吉诃德摁倒在地，牧羊人把堂吉诃德打得鲜血直流，教士和堂区神甫都哈哈笑个不停，为打斗的双方呐喊助威，跟人看到狗在打架而怂恿助威一样。纳博科夫对这几个人的"善良"大大看不起，同时也没忘了广大读者的代表——那个看《堂吉诃德》拍腿大笑的青年学生，认为他读到这里必然会满意地躺在地上狂笑不止。堂吉诃德死亡的场景，也令纳博科夫如鲠在喉：外甥女继续用餐，管家照样喝酒，而桑丘·潘沙因为继承财产减轻了悲伤，心情十分地好。对此纳博科夫评论道："这最后的残酷的一刺，与这部书中的不负责任、简单幼稚、暗藏讥刺和没有人性的世界，完全是一致的。"[1]

　　更令纳博科夫不满的是作者在作品中持有的态度：他对自己的主人公肆意折磨和取笑，这其实等于赋予了读者同样的权利。纳博科夫说："作者似乎是这样构思的：随我来吧，没有教养的读者，因为你爱看一只充了气的活狗像踢足球一样被人踢过来又踢过去；没有教养的读者，因为你在礼拜天的上午，在去教堂的路上或者做完礼拜之后回家的路上，喜欢用手杖去捅戴上枷锁的无赖，或者朝着他吐唾沫；随我来吧，没有教养的读者，想一想我会把我的滑稽可笑、脆弱易受伤害的主人公，交到多么聪敏又残忍的人的手中。"[2]在纳博科夫看来，与受到陀思妥耶夫斯基忽视的索尼娅相比，《堂吉诃德》体现了作者对人物更明显和残忍的不公，纳博科夫对此强烈不满——这难免让人联想到他本人的文学从俄罗斯时期到现在一直遭受到的类似攻击：如安塔莉亚·皮泽（Andrea Pitzer,2014）就表示十分反感纳博科夫对他的角色使用的刻薄言辞，希望能够感受到他对自己创造出的角色的喜爱。如果纳博科夫不能容忍塞万提斯如此对待堂吉诃德，他又为何对自己的人物（洛丽塔、卢仁、

①　[美]纳博科夫：《〈堂吉诃德〉讲稿》，金绍禹译，上海三联书店2007年版，第104页。
②　[美]纳博科夫：《〈堂吉诃德〉讲稿》，金绍禹译，上海三联书店2007年版，第62页。

普宁等）也一副超然甚至漠然的态度呢？

我们不妨先从这个问题入手：作者纳博科夫本人对待残酷与暴行的态度是怎样的？《〈堂吉诃德〉讲稿》中纳博科夫由堂吉诃德的遭遇联想到当下仍然存在的种种残酷，义愤填膺地说："在我们的学校里，偶尔发生模样怪异的孩子被虐待的事例，而虐待他们的人就是他们的同伴，就像乡绅子弟堂吉诃德被他的魔法师们恣意虐待一样；流浪汉，不管是黑人还是白人，偶尔会在胫骨上挨壮实的警察的一脚，那就像身穿盔甲的流浪汉和他的扈从在西班牙的大陆上的遭遇一样。"[①] 在《独抒己见》中纳博科夫反复表明自己是一名自由主义者，彻底反对各种各样的残酷与暴行："我憎恨所有残暴者的暴行，无论是白人或黑人、棕色或红色皮肤。"[②] 而关于"自由主义者"，朱迪斯·史克拉尔（Judith Shklar）给出了一个恰切的定义，即那些相信"残酷是我们所作所为最糟糕的事"的人[③]。纳博科夫的人生经历中多次遭遇人性的黑暗面，"残酷与暴行"也成为他作品中最常见的主题，《斩首之邀》《庶出的标志》两部作品是最有代表性的，以谴责政治上的极权、暴力为主要主题。纳博科夫成熟时期的作品中再也不见理想型、完美型的主人公，是因为他总是对"残酷"绷着一根神经，这不仅指有意地伤害他人，还包括一个人在追求自己的热望时对身边其他人看似可以理解的利用与忽视，如加宁抛弃同胞独自走上崭新的道路，马丁为追求荣耀将母亲置于失去独子的痛苦中。他甚至不能忍受虚构世界中对那些次要人物、过场人物的不公正，试图纠正小说界"主要人物""次要人物"区分，哪怕篇幅再短小，也要为撬动读者的想象力而给予次要人物足够的支点。尤其值得注意的是，无论在现实中还是虚构中，纳博科夫都无法忍受未成年人遭受痛苦，除了《庶出的标志》直接描写了儿童戴维的悲惨遭遇，其他情况下他总是一笔带过，但儿童无辜的鲜血与无言的痛苦还是赫然存在于文本中。这种情况下若还将纳博科夫对残酷的反对只看作一般水准、普遍意

---

① ［美］纳博科夫：《〈堂吉诃德〉讲稿》，金绍禹译，上海三联书店2007年版，第68页。

② ［美］纳博科夫：《独抒己见》，唐建清译，浙江文艺出版社2012年版，第138页。

③ ［美］理查德·罗蒂：《偶然、反讽与团结》，徐文瑞译，商务印书馆2003年版，第4页。

义上的，就十分不恰当了。事实上，我们面对的是一位对残酷、不公、粗俗，特别敏感的作家。那么他在艺术中的漠然就具有了另外的可能性：或是为了某种艺术效果而伪装的外表——如前文提到的司徒卢威的见解；或者竟是为了某种艺术理想付出的代价——为"美感"支付特殊税款。薇拉曾公开指责读者没有听到洛丽塔每夜的哭泣，也许她最明白，纳博科夫对洛丽塔倾注了多少的同情，又多么渴望读者的好奇足以能够注意到这个夜夜哭泣的小女孩。

三、为《堂吉诃德》辩护

纳博科夫指出的这几点，想必《堂吉诃德》的大多数读者都会有所察觉，也定会有众多读者为塞万提斯鸣不平。辩护可能涉及以下三点：首先，塞万提斯所处的时代尚未有产生自由独立的小说家的社会条件，他窘迫的生存状况不允许他对一部作品精雕细刻；其次，作为第一部真正意义上的现代小说，《堂吉诃德》形式上的粗糙皆可原宥；最后，不同时代有不同的道德观，虽说20世纪自身也劣迹斑斑，但相比起十六七世纪毕竟已经有很大进步。总体来说，20世纪的小说家生存状况有了较大改善，小说这种文类也已非常完善，人道主义观念也有了极大进步，从20世纪回头批评十六七世纪，纳博科夫求全责备的苛刻难免令人不满。

但是有几点需要进一步辨明。首先，纳博科夫并非不具有文学发展史意识，事实恰恰相反。在《〈堂吉诃德〉讲稿》中他特别说明了欧洲小说是17世纪初由史诗演变形成的新文类，也反复提及这一点在《堂吉诃德》中的体现，如作品人物尚不具有能贯穿在整部作品中的有意识的记忆，这是造成情节上前后参差的重要原因。也就是说，纳博科夫很清楚，类似缺陷并不是塞万提斯的责任，任何一种文类都需要时间不断成熟，但针对《堂吉诃德》中客观存在的这些缺陷，正如哈里·列文所说，不要由此指望纳博科夫"会放松他严苛的美学标准"[1]。

---

[1] Harry Levin, *Lectures on Don Quixote*, in *The Garland Companion to Vladimir Nabokov*, ed. Vladimir E. Alexandrov (New York & London: Garland Publishing, INC., 1995), p.234.

其次，纳博科夫未止步于对该书的批评，反而话锋一转，越发认定塞万提斯的天才属性及神奇的艺术直觉。纳博科夫以堂吉诃德的战绩有力证明了此点——通过逐一检查堂吉诃德的冒险，证明那些认为堂吉诃德的挑战皆以失败告终的解读是错误的：在四十个片段中，二十胜对二十负，且小说第一部与第二部都是平局。纳博科夫被这种未经精心构思即达到的协调性与一致性所触动："在似乎是一本如此不相连贯、如此杂乱的书中，这种胜利与失败的绝对均衡，是让人感到非常惊讶的。之所以会有这种情况，是因为作者有人们难以理解的写作能力，即艺术家取得和谐效果的直觉。"[1] 纳博科夫甚至面对其他评论者的尖锐言论转而为塞万提斯辩护："塞万提斯的天赋才能，他作为一个艺术家的直觉，成功地将这些不连贯的组成部分组合在一起，并且用来给他这部关于一个高尚的疯人与他的粗俗的扈从的书提供了动力与统一性。"[2]

就残酷问题来说，纳博科夫也很清楚塞万提斯只不过是反映了整个时代在道德上的粗糙。十六七世纪的西班牙是一个从中世纪挣脱不久的世界，"人道主义"尚未成为解决人与人之间关系的主要思想指导，疯子、侏儒、刑徒等所受到的对待从现在来看都是非常不人道的、残酷的。纳博科夫指出了塞万提斯的"残酷"的时代特征："作为一个思想家，塞万提斯漫不经心地沾染了他那个时代的大多数的错误与偏见——他容忍宗教法庭，庄严地赞同他的国家对于摩尔人和其他异教徒的残酷态度，认为所有的贵族都是上帝创造的，所有的修道士都是受上帝启示的。"[3] 纳博科夫认为人性中的怜悯、同情与温情其实是随着时代的发展而不断进步的，他曾在《文学讲稿》中简单对比了荷马、塞万提斯与狄更斯三位不同时代的文学家在"人道"方面的差异："荷马的英雄曾经感受过怜悯的神圣激动吗？……在史诗的时代里，有强烈的怜悯意识吗？""塞万提斯轻轻巧巧地打发了残酷的世界，同情怜悯一露头立刻被令

[1] ［美］纳博科夫：《〈堂吉诃德〉讲稿》，金绍禹译，上海三联书店2007年版，第127页。
[2] ［美］纳博科夫：《〈堂吉诃德〉讲稿》，金绍禹译，上海三联书店2007年版，第128页。
[3] ［美］纳博科夫：《〈堂吉诃德〉讲稿》，金绍禹译，上海三联书店2007年版，第128页。

人捧腹的好笑事冲得无影无踪。"比较之后的结论是："不管我们如何向往回归到蛮荒的状态，总的来说现代人比荷马时代的人或中世纪的人更为完善，这点大家不必再心存疑虑了。"① 纳博科夫没有指出但我们可以认识到的是，艺术在自身发展史中既表现了这一进步的过程，同时也在致力于促进人道主义发展、蜕变掉人性的残酷性方面发挥了不可替代的作用。回顾文学史我们可以看到，相对于史诗对英雄伟业豪情纵天的记录与演绎，小说越来越善于对人心灵最脆弱、最细致之处进行吟唱，现代主义文学中一系列"反英雄"与"非英雄"人物的出现并非偶然。小说发展的一个重要表现就在于对人心——各种处境、各种关系中的人心——不断细致化地理解与呈现，教人善于想象弱者的痛苦。

纳博科夫之所以挑剔塞万提斯对堂吉诃德的态度，是因为堂吉诃德是他本人十分喜爱的人物——纳博科夫拒不接受塞万提斯的伦理态度，但却被他塑造出的艺术形象征服，正说明了一定程度上伦理道德与艺术判断是可以分而治之的，这是纳博科夫一贯的观点。纳博科夫高声赞美堂吉诃德："他的文章是怜悯，他的口号是美。他代表了一切的温和、可怜、纯净、无私，以及豪侠。"② 纳博科夫欣赏他勇于在粗糙且残酷的世界中追求正义与温情的豪侠之气，以及他对自己的想象世界一腔热情的诗人气质与赤子心态。他越是爱他，越是不能接受堂吉诃德死前的忏悔："当他临死之前放弃让他变得像现在这样出名的狂人冒险故事带来的荣誉的时候，这个决定是一个仓促的投降行为，一个可悲的变节行为。"③

总体来说，或许纳博科夫反对的也不是《堂吉诃德》本身（毕竟他认为塞万提斯具有毋庸置疑的天才属性），而是学术界对该书一味地美化与拔高。如果说《堂吉诃德》有一些不该被纳博科夫苛责的缺陷，那么也有一些不该被一

---

① [美]纳博科夫：《文学讲稿》，申慧辉等译，上海三联书店 1991 年版，第 75—76 页。
② [美]纳博科夫：《〈堂吉诃德〉讲稿》，金绍禹译，上海三联书店 2007 年版，第 130 页。
③ [美]纳博科夫：《〈堂吉诃德〉讲稿》，金绍禹译，上海三联书店 2007 年版，第 23 页。

味拔高的美德。对那些蓄意美化《堂吉诃德》的观点[①]，纳博科夫用他一贯嘲讽性的口吻评论道："那些杰出的评论家们，戴着博士帽、戴着法冠，大谈这部书幽默、仁慈地烘托出成熟的基督教气氛，大谈'一切都因充满爱和友好感情的仁慈举动而变得美好'的幸福世界，尤其是那些大谈第二部某一个'和蔼可亲的公爵夫人''热情款待堂吉诃德'的评论家们——这些滔滔不绝地大谈特谈仁慈的专家们可能读的是别的书，或者他们是透过一层又一层的玫瑰色的薄纱来观察塞万提斯的缺乏人性的世界的。"[②]——如果说塞万提斯在体察他的主人公内心世界方面难免带有 16 世纪西班牙的粗糙甚至野蛮，20 世纪的批评家却也对其中的残酷性视而不见一味美化就不可原谅了，这种情况下纳博科夫的指责就不再显得多余。而我们在纳博科夫对《堂吉诃德》的批评中主要关注的是从中反映出的纳博科夫本人的文学特征、艺术理念、道德观念等。

　　纳博科夫主要从艺术与伦理两个方面对《堂吉诃德》一作进行了详细的解读与批评，从中可见出"艺术性"与"伦理性"都是纳博科夫非常重视的，但相比较而言他更为看重的是艺术性，认为当一部作品不能兼具二者时，只要艺术上足够出色，也就无须背负伦理道德重任。他在讲稿中为《堂吉诃德》的艺术性辩护时，就艺术与伦理的关系有过明确论述："一部书的艺术不一定会受到书的道德伦理标准的影响"，认为塞万提斯具有"一个艺术家的眼力和韧性……作为一个创作者，他享有天才人物的自由"。[③] 这里的"天才人物的自由"指的就是艺术家有资格甩掉道德伦理的沉重包袱。但问题是，塞万提斯在这两种维度上表现出的不协调可归结为时代的原因，纳博科夫既然已经对二者都十分看重，势必应该在自己的艺术中设法回避前人的缺陷，兼顾二者，同时又不损害作品的艺术性与自由——这就成为他个人艺术创作上的一个重

---

　　① 纳博科夫在讲稿中屡次提及奥伯雷·F.G. 贝尔，他于 1947 年出版了《塞万提斯》，纳博科夫不能认同他的观点。

　　② [美] 纳博科夫：《〈堂吉诃德〉讲稿》，金绍禹译，上海三联书店 2007 年版，第 63—64 页。

　　③ [美] 纳博科夫：《〈堂吉诃德〉讲稿》，金绍禹译，上海三联书店 2007 年版，第 128 页。

大难题，从这个角度理解他的作品，很多纳博科夫之谜都可迎刃而解。

本章小结

以上四节试图从"质疑""反对"中辨析纳博科夫的艺术理念与伦理观念，理解纳博科夫艺术世界的独特肌理。通过辨析我们可以看到，对于艺术性与伦理性，纳博科夫的主要态度分为以下三个层次。

第一，艺术至上。纳博科夫关于"艺术至上"的言论流传得非常广泛，纳博科夫研究中的"艺术批评"主要针对这方面充分展开。

第二，认为思想性、伦理道德方面的说教性势必影响到作品的艺术性。

第三，纳博科夫还很重视伦理道德，主要体现在他对残酷行为（现实生活中及虚构作品中）的反感、对他人（现实生活中的人们及艺术作品中的虚构角色）的伦理关怀。纳博科夫研究中的伦理批评主要在这方面展开。

这三个层次之间看起来存在着逻辑上的矛盾：其一，一个号称艺术至上，对作品中的思想性、伦理道德说教极其敏感和反感的作家，自己又如何兼顾艺术与伦理二者？其二，正如理查德·罗蒂、杜兰塔耶、米歇尔·伍德、莱恩娜·托克尔等人都提出过的，为什么纳博科夫不明确承认艺术性与伦理性对他的艺术来说都很重要？杜兰塔耶给出的答案是：因为纳博科夫喜爱遮掩隐藏。但"遮掩隐藏"似在与读者游戏，此说法遮蔽了纳博科夫在"艺术性与伦理性"问题上的长久盘旋与良苦用心。米歇尔·伍德则认为："内部道德标准谈论多了，会在无形中演变为作品的外部道德标准，最终转变为纳博科夫一直反对的道德化。在这个问题上想完全四平八稳很艰难，那也相当于拒绝了任何的刺激与冒险，除非在特殊情况下纳博科夫是不会这么做的。"[1] 伍

---

[1] Michael Wood, "The Kindness of Cruelty", in *Transitional Nabokov*, eds. Will Norman and Duncan White (New York: Peter Lang AG, International Academic Publishers), P.232.

德指出了所有试图兼顾艺术性与伦理性的做法所具有的平庸特质，这确实是纳博科夫的一重顾虑，他宁愿以较为个性、偏颇的观点示人，也不愿居中调和，但纳博科夫又是如何在艺术性中兼顾到伦理道德的，伍德并未细究。托克尔则认为，为了对抗 20 世纪文化界几乎是国际性的麻木（或出于无意识或出于蓄意），纳博科夫才不直接指示给读者应对哪些人采取道德同情态度，甚至一度允许读者认同施害人的立场，以让读者在最终醒悟时产生精神上的震动。但托克尔忽略了另一层考虑：纳博科夫不直接指示读者该同情谁反对谁，并非仅为追求最后的精神震动，而是平衡艺术性与伦理性的最终结果。总体来说这几位批评家对此问题都是在其他研究中简单提及，并未有针对性地深入展开，而这两个方面的逻辑矛盾正是本文第二章和第三章要着力解决的问题。

第二章　纳博科夫对艺术自由的追寻之路

艺术性与伦理性两个不同维度在作品中孰重孰轻？此问题在文学批评史上的争论可谓持久，如托尔斯泰坚持艺术应是艺术家与人民大众真诚沟通的载体，是否具有感染力、是否服务于民众是评价作品的重要标准，而王尔德则认为艺术只是为了反映自身，无关乎道德，更不应该以道德标准予以衡量。纳博科夫一贯强调艺术性，"艺术至上主义者"也是艺术批评阶段对纳博科夫的公共解读。但伦理批评的充分展开，又令读者意识到纳博科夫并不同于他笔下的主人公，纳博科夫本人是严格区分现实与艺术的，亨伯特之流是他批判的对象。然而纳博科夫引起的争论仍不止歇，那么，当下纳博科夫艺术中最值得争论的问题到底是什么？我们试以《洛丽塔》为例予以探究。

第一节　艺术自由与艺术体验
——从《洛丽塔》备受争议的叙事策略谈起

纳博科夫 20 世纪 50 年代以《洛丽塔》一书在英美一举成名，该作品一面世即引来激烈争论，随着时间的推移，《洛丽塔》中的艺术性与伦理性都受到了读者与批评家们的深度考察，多种值得注意的观点涌现出来，争议的焦点也几次发生变化。通过梳理《洛丽塔》的争议史，其中最富有争议性的问题变得清晰，从中投射出的纳博科夫独特且关键的核心艺术理念也变得清晰，即他对说教性文学的强烈反对，对艺术自由的不懈追求。

一、《洛丽塔》的争议史

第一篇有影响的评论来自英国的格雷厄姆·格林（Graham Greene，1955），他也是第一个将《洛丽塔》从一堆低级色情书籍中发掘出来的人①，他认为该书写的是爱而不是性，并将之列为 1955 年三部最佳英语小说之一。约翰·贺兰德（John Hollander，1956）同样认为该书是他"读过的最好的书"，但前提是他将该书的主题理解为"记录了纳博科夫对浪漫小说的钟爱"。查尔斯·罗洛（Charles Rolo）、格兰维尔·希克斯（Granville Hicks）及萝西·帕克尔（Dorothy Parker）等都高度认可该书的艺术成就，不惜以最高等级的词汇来形容。② 对此约翰·戈登（John Gordon，1956）表示不能接受，因为在他看来《洛丽塔》是一本"绝对放纵的色情之作"——就此拉开了该作题材上是否道德、是否符合伦理的激烈争论。奥维拉·普里斯戈特（Orville Prescott）在艺术性与伦理性两个方面都对该书做出了强烈的否定："它不值得任何成年读者关注，有两个同等严肃的理由。第一，它乏味、乏味、乏味，是一种做作、浮华主要是愚蠢的风格。第二，它令人厌恶……高级的色情。"③ 菲利普·托因比（Philip Toynbee,1959）的观点也很有趣，他认为恰是艺术性拯救了其题材上的不道德："如果缺少了诗性，它就只是一出媚俗的可怕表演。"④ 当然，也有人对《洛丽塔》的认知经历了一个过程，如伊丽莎白·詹韦（Elizabeth

① 当时纳博科夫生活在美国，因顾虑出版后的影响，选择了法国奥林匹亚出版社出版《洛丽塔》，该出版社虽出版过颇有影响的严肃文学，但仍以出版一系列色情读物而著称。
② 对《洛丽塔》批评史的介绍参考：Julian W. Connolly, *A Reader's Guide to Nabokov's "Lolita"* (Brighton, MA : Academic Studies Press, 2009), pp.141—143.
③ ［新西兰］博伊德：《纳博科夫传》（美国时期），刘佳林译，广西师范大学出版社 2011 年版，第 401 页。
④ Phyllis A. Roth, "Introduction", in *Nabokov: The Critical Heritage*, ed. Norman Page (Routledge & Kegan Paul Ltd, 1982), p.18.

Janeway，1958）说：“第一次读《洛丽塔》时，我觉得它是我读过的最有趣的作品……，第二次读到未删节本时，我觉得它是最悲伤的作品……亨伯特是凡夫俗子，受着欲望的驱使，迫切要得到洛丽塔，他压根儿就没有想过，洛丽塔是一个人，而不是梦幻的形象……至于色情描写，我很难想到有哪几部作品比它对后果的描写更准确、更直截了当，从而可以熄灭情欲之火的。”①——她对该书“熄灭情欲之火”的判断与《洛丽塔》序言中小约翰·雷博士一本正经、却乏人信任的判断相一致：“这整个悲剧千真万确是朝向一个道德净化的目标发展的。”②詹韦的阅读经历可谓有代表性：很多人第一次阅读《洛丽塔》时感受到的直接冲击都是艺术性上、写作手法上、技巧上的巨大魅力，以及题材与写作策略上道德方面的隐隐不安。但重读的时候，伦理维度的发现会越来越多：纳博科夫并未忽略洛丽塔处境的悲惨及亨伯特“唯我主义欲望”的糟糕。

　　总体来说，初期的争议主要聚焦于道德方面，纳博科夫有意在道德立场上的隐而不宣造就了这种各执一词的激烈争执。《洛丽塔》一作首先在题材上冒大不韪，写了一个中年男子对一个 12 岁少女的畸恋；而后在写作立场上也颇受指责：全文是亨伯特的第一人称叙事，虽然采取了忏悔录的形式，但更像一份自辩书。不少读者和批评家被亨伯特的叙事策略（当然是作者纳博科夫所慷慨赋予的）征服，沦陷为他的同情者，如莱昂内尔·特里林与马丁·格林（Martin Green）。后者甚至对亨伯特有认同感，在 1966 年的文章中曾说：“亨伯特·亨伯特是我们的主人公，我们难以从他的自我叙述中跳脱出来，因为他代表了我们感到骄傲的部分自我……那部分不加抑制、勇于将欲望付诸实际的自我。”③诺米·塔米—厄盖兹（Nomi Tamir-Ghez）写于 20 世纪 80 年代的文章《纳博科夫的〈洛丽塔〉中的说服艺术》（*The Art of Persuasion in Nabokov's Lolita*）客观分析了亨伯特施展的种种说服技巧，包括：从叙述人情感世界内

---

　　①　［新西兰］博伊德：《纳博科夫传》（美国时期），刘佳林译，广西师范大学出版社 2011 年版，第 401 页。

　　②　［美］纳博科夫：《洛丽塔》，黄建人译，漓江出版社 1989 年版，第 2 页。

　　③　See Julian W. Connolly, *A Reader's Guide to Nabokov's "Lolita"* (Boston: Academic Studies Press 2009), p.31.

部进行叙述以更轻易地俘获读者的认可；充分展现亨伯特的艺术才华，并吁请读者对易被世俗世界排斥的艺术家的同情；但最重要的手段是确保洛丽塔的不发声。①

但纳博科夫另一些忠实的支持者，他们也似乎是更合格的读者。艾伦·皮弗通过对《黑暗中的笑声》《洛丽塔》《爱达或爱欲：一部家族纪事》等代表作品的解读指出，要区分对待作者和他笔下的人物，二者有本质不同："纳博科夫笔下那些最有才华也最骄傲的艺术家，阿克塞尔·雷克斯、亨伯特·亨伯特，还有凡·韦恩等，试图将自己的权力扩张到艺术界限以外，作者对这种残忍做法进行了揭示与暴露。他们不能像其创造者一样，分清楚人类自由与艺术特权之间的界限。"② 曾是纳博科夫学生的阿尔弗雷德·阿佩尔也在《注释版洛丽塔》③ 中试图为纳博科夫辩护：通过对全书细致的阅读与注解，阿佩尔主张全书的主题正是对"唯我主义"（Solipsism）的超越。阿佩尔认为唯我主义作为一种认识论，指的是"自我只考虑自身的状况，认为自我是唯一的存在""牺牲一切社会关系而只考虑自我"。④ 他认为："对唯我主义的超越是纳博科夫的一个核心思考……他对这个主题的处理有明显的道德上的考虑。"⑤ 在阿佩尔的注解中读者可以注意到，亨伯特经历了从最初绝对的唯我主义，到后来反省忏悔突破唯我主义的心理发展过程。起初的亨伯特自诩为艺术家，将自己对未成年女童的畸形迷恋与文学史上浪漫的文人雅事相提并论，还自欺欺人地认为这种奇怪欲望并不会损害他人：他多次偷偷摸摸地接近他所谓的"小仙女"，以意淫的方式占有她。有一次他终于以这种方式占有了洛丽塔，

① See Nomi Tamir-Ghez, "The Art of Persuasion in Nabokov's *Lolita*", in *Critical Essays on Vladimir Nabokov*, ed. Phyllis A. Roth, (Boston: G.K. Hall & Co., 1984), pp.157–176.

② Ellen Pifer, *Nabokov and the Novel* (Cambridge, Massachusetts: Harvard University Press, 1980), p.171.

③ 本书有 900 多条笔记，是纳博科夫研究中第一本作者还在世就出版的注释版本：1970 年出版了第 1 版，1991 年的修订版中每个新确定的典故也都在纳博科夫有生之年与他进行了确认。

④ Alfred Appel, Jr. and Vladimir Nabokov, *The Annotated Lolita* (London: Weidenfeld & Nicolson, 1993), p.336.

⑤ Alfred Appel, Jr. and Vladimir Nabokov, *The Annotated Lolita* (London: Weidenfeld & Nicolson, 1993), p. XXII.

并扬扬得意地想："偷吃了蜜糖却无损孩子的一根毫毛。绝对无害。魔术师往年轻女士的新钱包里倾倒牛奶、糖浆、冒泡的香槟，而洛——钱包，完美无损。就这样精心地织成了高尚、热烈、有罪的梦，而洛安然无恙——我也安然无恙。"[1] 但这种最初看起来无所伤害的意识犯罪，却是他后来侵犯洛丽塔的罪恶之源，可悲的亨伯特并未认识到这一点。从第一个妻子瓦莱莉亚到洛丽塔的替代品丽塔，亨伯特都只关注自己的渴欲与满足，从未考虑过对方也是独立的个体，在他的掌控下畏惧而痛苦。后来洛丽塔摆脱他的魔掌，亨伯特三年追寻无结果，已结婚怀孕的洛丽塔因经济原因写信求助，亨伯特见到已褪去小仙女光环的洛丽塔后才渐渐认识到，洛丽塔是一个有自己人生（而今已被他破坏殆尽）的鲜活的人，而不仅仅是他变态性欲的发泄对象，甚至她的妈妈夏洛特·黑兹也不像他所认为的那么假模假样，她内心因夭折的小儿子而无法遗忘的痛苦，及她与洛丽塔之间的母女亲情，都被情欲之火炙烤下的亨伯特从主观上蓄意忽视了。枪杀奎尔第之后亨伯特站在一处悬崖边，听着下面透明小镇上孩子们嬉笑玩耍的喧闹，痛彻地感悟到："刺痛人心的不是洛丽塔不在身边，而是那片和谐之中独独缺少了她的声音。"[2] 阿佩尔关于"唯我主义"主题的分析得到了其他不少批评家的共鸣，如斯蒂芬·扬·帕克 (Stephen Jan Parker) 也认为纳博科夫的人物很多是唯我主义者（Solipsist），他们"错误地相信现实只出自于自己的创造"[3]。

W.C. 布斯在《小说修辞学》中区分了隐含作者（implied author）与真正作者，这对叙事学的发展意义颇大。真正作者就是现实生活中的作者本人，隐含作者是真正作者在一部具体作品中呈现出来的"一个理想的、文学的、创造性的替身"，[4] 也是读者在阅读具体作品时构建起来的那个作者的

---

① ［美］纳博科夫：《洛丽塔》，黄建人译，漓江出版社 1989 年版，第 59—60 页。

② ［美］纳博科夫：《洛丽塔》，黄建人译，漓江出版社 1989 年版，第 317 页。

③ Stephen Jan Parker, *Understanding Vladimir Nabokov* (*Columbia: University of South Carolina Press, 1987*), p.8.

④ Wayne C.Booth, *The Rhetoric of Fiction(second edition)* (Chicago: The University of Chicago Press 1983), pp.71–75.

形象。经过半个多世纪以来批评家们的深度考察，目前来看，真正作者纳博科夫在《洛丽塔》中的道德立场已没有很大争议：他同情洛丽塔，反对亨伯特，序言中小约翰·雷板着的面孔最不像纳博科夫本人，但是在道德立场上他距纳博科夫并不甚远。在小说之外纳博科夫也曾明确说："亨伯特是个自负、冷酷的坏蛋，他想方设法显示他的'感人'。"① 《洛丽塔》的隐含作者则深入亨伯特的灵魂内部展现他对一个 12 岁女孩的畸形欲念，直接、正面地呈现他的欲望，且允许他在忏悔录的形式之下想方设法为自己辩护，就难免令读者怀疑这意味着隐含作者一定程度的宽容。因此旧账暂销新账又起，该书目前最有争议性的在于：这种叙事策略是否符合伦理道德？布斯说过，"读者们需要知道，在价值领域中他应该站在哪里——即，作者要他站在哪里"。② 因此作者有责任尽可能清晰地呈现他的道德立场。如果隐含作者的道德立场过于含糊，读者不知道自己该站在何处，阅读时就会产生伦理困惑。事实上已有不少批评家对纳博科夫导致读者伦理判断困惑的叙事策略激烈讨伐，如特雷菲尔·麦克尼利（Trevor McNeely）认为小说中的语言狂欢背后缺乏对孩子困境严肃而同情的表现与思考。③ 布斯的要求原没有错，但是当清晰呈现道德立场与作者本人的艺术追求之间出现了矛盾时该如何处理，布斯却没有提出解决办法。这种情况并非罕见，许多艺术家都遭遇到这个问题的限制，布斯也曾举例哈代在这个问题上的强烈感触："当角色的行为不堪为鉴，赏罚也不合事实上的功过，即使这种忠实的表现对脆弱的心灵产生影响，我们也没有责任去过多考虑。一部小说就算对十几个低能儿造成道德危害，但只要能对精神正常的知识分子产生激励作用，它的存在就是正当的；也许思想最纯的作者也写不出这样一部小

---

① ［美］纳博科夫：《独抒己见》，唐建清译，浙江文艺出版社 2012 年版，第 97 页。

② Wayne C.Booth, *The Rhetoric of Fiction(second edition)* (Chicago: The University of Chicago Press 1983), p.73.

③ See Ellen Pifer, "Her monster, his nymphet: Nabokov and Mary Shelley", in *Nabokov and His Fiction,* ed. Julian W. Connolly (Cambridge: Cambridge University Press, 1999), pp.158–159.

说：既没有道德缺陷，也不会对人造成伤害。"① 这也正是纳博科夫所面临的主要问题：在纳博科夫看来，任何道德说教气息都将影响到艺术创造和艺术体验的自由。

二、反对说教，追求艺术自由

首先在法国出版的《洛丽塔》引起了巨大争议，为了让《洛丽塔》可以在美国合法出版，纳博科夫写了一篇题为《谈〈洛丽塔〉》的论文，回应欧美文坛对该书的激烈争议，其中有很多言论值得我们细细辨明。纳博科夫在其中说："某些有教养人士会认为《洛丽塔》没意义，因为它不能教给他们什么。本人不会读更不会写说教小说，尽管约翰·雷说了那些个断言，但《洛丽塔》的确不具有道德说教。"② 文中他把诸如巴尔扎克、高尔基、托马斯·曼那类追求思想性和说教性的文学称为"话题垃圾"（topic trash）或"观念文学"（literature of idea），形容他们的声誉跟石膏像一样，看起来巨大，但很容易粉碎。纳博科夫在其他场合明确反对说教文学的言论也屡见不鲜："没有比政治小说和具有社会意图的文学更让我讨厌的了。"③ "所谓'观念'，我当然是指一般的观念，这类宏大、严肃的观念渗透在一部所谓的伟大小说中，而且从长远来看，不可避免地膨胀为一堆时事性话题，犹如一条搁浅的死鲸鱼。"④

纳博科夫对说教性的反对，归根结底是因为这影响了他极为看重的艺术自由。对纳博科夫来说，"自由"是生存、思想、写作极端重要的基础，大概可分为人身自由、思想自由、意识自由几个层面，而这几点都可以在"艺术自由"上得到充分体现，也即，艺术自由实质上反映了一个社会、国家、个人在人身、思想、意识等方面自由的程度。了解纳博科夫生平可知，他的家族

---

① Wayne C.Booth, *The Rhetoric of Fiction* (second edition) (Chicago: The University of Chicago Press 1983), p.386.

② Nabokov, *Lolita* (New York: A Division of Pandom House, Inc, 1997), p.314.

③ [美]纳博科夫：《独抒己见》，唐建清译，浙江文艺出版社 2012 年版，第 3 页。

④ [美]纳博科夫：《独抒己见》，唐建清译，浙江文艺出版社 2012 年版，第 125 页。

素有追求自由的传统。他自身 19 岁即随家庭被迫流亡，父亲、弟弟和数名亲人好友死于极权与暴力，法西斯力量一日日迫近，对有犹太血统的妻儿的担心让他日夜惊扰，这些经历都致使他对人身自由的体会与渴望超过一般意义。20 世纪 40 年代他和妻儿终于来到美国，人身自由有了充分保障，相比较起恐怖氛围日益浓厚的欧洲，美国不可思议的宽松自由使得纳博科夫很快产生了深深的认同感："美国是唯一让我在精神和情感上有归属感的国家。"① 所以即使美国文化明显有低俗的缺陷，作为一个艺术品位上的贵族，纳博科夫也屡屡表达对这个国家的感恩，并为自己拥有美国读者而自豪。在《谈〈洛丽塔〉》中他特意申明，说《洛丽塔》反美比说它不道德更令作者伤心："写美国的汽车旅馆而不写瑞士或英格兰的旅店，只不过因为本人想成为一位美国作家，要求享有与其他美国作家同样的权利。"② 除了人身自由，思想自由对作家的重要性也不言而喻，极权、暴力、政治、媚俗、商业大潮、一般化与简化的思维方法等都可构成对思想自由的威胁，这些都是纳博科夫极力攻击的对象。虽然纳博科夫认为"在一个温和政权的氛围中出现伟大艺术家的机会跟在一个卑劣的独裁政权的不幸年代里产生伟大艺术家的机会同样稀少"③——毋庸置疑，艺术的规律自有其难以捉摸的一面——但仍然认为，"强权政治——任何政治——的愚昧和平庸的心态只能产生愚昧和平庸的艺术"。④ 纳博科夫在俄国流亡文学界获得文名时就将"成为一名自由的个体作家"作为准则，并从此原则出发批评当时的一些作家："对于他们来说，首先是拯救灵魂，其次是相互吹捧，最后才是艺术。……这些在国外的自由的纯文学作家们在模仿国内的被束缚的思想，他们认定，作为一个团体或时代的代表要比做一个个体的作家更为重要。"⑤ 为了获得更充分的思想自由，纳博科夫拒绝加入任何团体，不对批评家过多示好，自愿处于精神上的"流亡"状态。斯蒂芬·扬·帕克对

① ［美］纳博科夫：《独抒己见》，唐建清译，浙江文艺出版社 2012 年版，第 136 页。
② ［美］纳博科夫：《洛丽塔》，黄建人译，漓江出版社 1989 年版，第 317 页。
③ ［美］纳博科夫：《独抒己见》，唐建清译，浙江文艺出版社 2012 年版，第 51 页。
④ ［美］纳博科夫：《独抒己见》，唐建清译，浙江文艺出版社 2012 年版，第 60 页。
⑤ ［美］纳博科夫：《说吧，记忆》，王家湘译，上海译文出版社 2013 年版，第 340 页。

此评价道："如果说流亡在他的虚构作品中很常见，那不仅是因为纳博科夫自己处在流亡中，还因为这种处于取代与错位的尖锐状态，让个体不得不面对过去、现在、未来、自我与环境做出思考提供了理想环境。"①

人身自由与思想自由是作家能自由创作的外在条件，也是其作品能够被传播、价值被公正确认所必需的社会条件，但与艺术自由关系最为紧密的还是意识自由，纳博科夫将意识自由视为一个人可能进行艺术创造、获得艺术体验的必备条件。具体来说就是是否具有充分的自觉，能否独立自主地运用记忆、想象、感觉、意象来观察外在世界和自我，来创造或鉴赏艺术作品并获得脊椎的震颤——正确的艺术体验。这样一来，"常识"②与"说教"就成为意识自由的敌人：对常识的无意识服从等于放弃意识自由；任何可察觉的说教意图都有入侵他人意识自由的嫌疑。在纳博科夫看来，想要获得正确的艺术体验，首先要将艺术从以下两种观念中解放出来：一种是把文学视为社会文献，认为其存在只为反映现实；另一种把文学视为思想的记录，任"主题"与"意图"之类的研究喧宾夺主。关于文学与真实的关系纳博科夫说："说某一篇小说是真人真事，这简直侮辱了艺术，也侮辱了真实。"③"我们应当时刻记住，没有一件艺术品不是独创一个新天地的。"④他认为外在现实只是粗糙的原材料，艺术才是通过发现、组合的魔法实现的更高级存在。"我们这个世

---

① Stephen Jan Parker, *Understanding Vladimir Nabokov.* (Columbia: University of South Carolina Press, 1987), pp.9–10.

② 纳博科夫在《文学讲稿》的最末篇《文学艺术与常识》中对常识一通批判："常识毁灭了众多温文尔雅的、为过早出现的一些真理之一线月光而欣喜异常的天才；常识对罕见的美妙画面吹毛求疵，因为在意味深长的马蹄上长出一棵蓝色大树简直是疯了；常识还愚蠢地蛊惑强国去征服与之平等而柔弱的邻居，历史的断沟提供了这样的机会，如果不去奴役便是可笑。常识根本是不道德的，因为人类的自然品性就像魔术仪式一样毫无理智可言，这种仪式早在远古的时间朦始就存在着。从最坏处说，常识是被公共化的意念，任何事情被它触及便舒舒服服地贬值。常识是一个正方形，但是生活里所有最重要的幻想和价值全都是美丽的圆形，圆得像宇宙，或像孩子第一次看到马戏表演时睁大的眼睛。"——很明显，这种批评都是为了能获得艺术体验的自由意识而发的，教人摆脱固化了的观念认识，自由地、新鲜地体验世界的美妙之处。见纳博科夫：《文学讲稿》，申慧辉等译，上海三联书店1991年版，第328—329页。

③ ［美］纳博科夫：《文学讲稿》，申慧辉等译，上海三联书店1991年版，第4页。

④ ［美］纳博科夫：《文学讲稿》，申慧辉等译，上海三联书店1991年版，第1页。

界上的材料当然是很真实的（只要现实还存在），但却根本不是一般所公认的整体，而是一摊杂乱无章的东西。作家对这摊杂乱无章的东西大喝一声：'开始！'霎时只见整个世界在开始发光、熔化，又重新组合，不仅是外表，就连每一粒原子都经过了重新组合。"① 正是在这个意义上，纳博科夫多次将艺术家与上帝相提并论，这将艺术从对外在现实的依附中解脱出来，使其获得了相当的自由与独立。纳博科夫对入侵文学艺术的思想性的反对，在他对陀思妥耶夫斯基艺术的反对中已经清晰呈现出来，在此我们不妨换个角度思考下这个问题：表达思想是文学艺术的擅长吗？博厄斯说："诗歌中的思想往往是陈腐的、虚假的，没有一个十六岁以上的人会仅仅是为了诗歌所讲的意思去读诗。"艾略特认为："莎士比亚和但丁都没有进行过真正的思考。"洛夫乔伊认为文学所表达的不过是"稀释了的哲学思想"。② 韦勒克在《文学理论》中专门讨论了"文学与社会"及"文学与思想"之间的关系，结论是："文学并不能代替社会学或政治学。文学有它自己的存在理由和目的。"③ "诗不是哲学的替代品；它有它自己的评判标准与宗旨。"④ 当然，纳博科夫并非想完全抹杀文学在反映社会现实、呈现思想方面的附加价值，他只是极力将我们从这种特定的限制中解放出来，还归艺术以自由，也还归我们的意识以自由。

在艺术创造和体验的自由中，纳博科夫寻求的实际上要更多。他寻求对命运主题花样的主动掌握，寻求对时间的超越，寻求空间上的无限延展。在理想的艺术世界，无数可能性的存在抵消了现实生活的唯一性，正是在这一点上亚里士多德认为艺术比历史更为真实。但我们的文学在发展过程中渐渐

---

① ［美］纳博科夫：《文学讲稿》，申慧辉等译，上海三联书店1991年版，第2页。

② ［美］韦勒克、沃伦：《文学理论》，刘象愚等译，生活·读书·新知三联书店1984年版，第113—115页。

③ ［美］韦勒克、沃伦：《文学理论》，刘象愚等译，生活·读书·新知三联书店1984年版，第112页。

④ ［美］韦勒克、沃伦：《文学理论》，刘象愚等译，生活·读书·新知三联书店1984年版，第130页。

放弃了这种自由，正如纳博科夫戏谑地指出，如果戏剧开场墙上挂着一把猎枪，那么在最后一幕一定会开火。纳博科夫试图寻回这种艺术独有的自由：思乡心切的游子没有就此忧郁萎靡（加宁），计划谋杀丈夫的妻子自己却死于莫名其妙的肺炎（玛莎），没有血缘关系的二人却形同父子惺惺相惜（普宁与维克多）。他的作品中还有大量一闪而过的次要人物，纵然他们对主角的世界不会有任何影响，纳博科夫还是慷慨地施予舞台和灯光，让他们带着观众的好奇从容地入场、离场——墙上的猎枪可以整剧都保持沉默。时间，或者更准确地说"对抗时间"，是贯穿纳博科夫作品始终的一个主题，他力图摆脱无情的线性发展的时间，以实现时间之外的自由。在纳博科夫看来，"发现"与"记忆"（记住了才能发现，发现引发真实的回忆）是克服时间的两大利器，个体对贯穿在时间中的潜藏花样的发现，以及在当下预先储存并展望"将来对当下的回忆"，可以像魔法师折叠魔毯那样神奇地折叠时间，让特殊的花样得以展现出来。如在康奈尔时期，有次纳博科夫看向外面的街道，冻雨使得街道很滑，一个三四岁的孩子在上面兴味盎然地滑行："大概这是他人生的第一次，不时地摔倒，又一跃而起，就像一个短腿的矮子，无须用手帮忙。他将终生难忘。"纳博科夫感慨道："我是多么经常地从偷窥别人的未来回忆之中获得快乐啊。"[①] 对时间的终极突破，当然体现在他细心勾画、但从未明确说明的彼岸世界（other world）——一个死后灵魂永存、相爱的人仍可团聚的世界。纳博科夫如此处理"时间"主题的同时也不懈赋予作品充分的空间性：当时间被记忆和发现的抽绳随意压缩折叠，原本在时间线上相隔久远的场景近距离地产生了对应，崭新的空间感便被营造出来。纳博科夫擅长在小说的不同时间点上对同一场景反复涉及，希冀读者最终能将其拼成完整的画面。时间被不断打断、重新拼接，甚至最终被压缩为一个点，相反，空间却开始无限地延展，纳博科夫将之诗意地描述成一幅拼接画面："维维安·布拉德马克，我的一个研究哲学的朋友，在晚年常常说，科学家看到空间中一点上发生的一

_____

① [新西兰] 博伊德：《纳博科夫传》（美国时期），刘佳林译，广西师范大学出版社 2011 年版，第 204 页。

切，而诗人则感受到时间中的一点上发生的一切。他陷入沉思之中，用魔杖般的铅笔轻轻叩击膝盖，而在这同一瞬间，一辆汽车（纽约州的牌照）在路上开过，一个小孩砰地关上邻家房子门廊的纱门，一个老人在土耳其斯坦一片雾蒙蒙的果园里打哈欠，一颗熔渣灰颜色的沙粒在金星上被风吹得翻滚着，格勒诺布尔的一位叫雅克·希尔斯的博士戴上了阅读用的眼镜，无数这类琐事在发生着——所有这一切都在形成事件的瞬间的和透明的有机体结构，而诗人（坐在纽约州伊撒卡的一把草坪椅上）则是这一切的中心。"[①] 诗人在一个不受惊扰的中心点上，同时感知到时间、空间中一切有意义的存在，并通过这种感知与发现主动掌握生命的花样与旋律，艺术自由就在于此。

三、艺术的价值在于艺术体验

那么，文学获得自由后，其存在的价值和目的又是什么呢？也即韦勒克与沃伦所说的文学"自己的存在理由和目的""自己的评判标准与宗旨"具体指什么呢？纳博科夫将之归结为人的一种特殊体验：艺术体验。比起可用各种术语切磋讨论的社会意识、思想观念来说，"艺术体验"是颇为玄妙的，重在意会难以言传，任何专业术语都类似于解剖学上零碎器官的名称，作为一个人的风韵在解剖学上是难以体现出来的。纳博科夫多次试图以文学的方法描绘这种感受，狂喜、战栗、脊椎的震颤等是他最常用的词汇："他（泛指读者）喜欢小说是因为他可以吸收理解故事中的每个细节，他可以欣赏作者希望被欣赏的一切，他在心底微笑，他整个人都在会心地笑，他为那些出自那位编造大师笔下的魔幻意象而激动战栗——那位幻想编织者、魔术师、艺术家。"[②] 而那些研究文学的社会效应与政治影响的人，则因为性情和教养的关系，"对货真价实的文学之美麻木不仁，感受不到任何震动，从未

---

① ［美］纳博科夫：《说吧，记忆》，王家湘译，上海译文出版社 2013 年版，第 256—257 页。维维安·布拉德马克是纳博科夫自己名字的变体。

② ［美］纳博科夫：《俄罗斯文学讲稿》，丁骏、王建开译，上海三联书店 2015 年版，第 12 页。

尝到过肩胛骨之间宣泄心曲的酥麻滋味。"① 人生在世，世俗生活占去绝大多数精力，多数时间人们不注意观察自己、体验内心、好奇别人，时间匆匆流逝，对生命的感觉也模糊在远去的时间之流中，唯有艺术，让人在世俗之外暂时悬置，观察、体验、回味、体悟。这种难得的存在体验，正是纳博科夫认定的艺术的立身之本。艾丽斯·默多克在这一方面与纳博科夫持相同看法："好的艺术提供了对事物的最纯粹的体验，我们应该将这种经验理解为是独立、珍贵和有益的，并在关注中保持静谧和无私。"② 瑞恰慈也明确说："艺术家关心的是，把那些他认为最值得拥有的经验记载下来，并且使之永存不朽。"③

作者欲要创造出能给读者带来类似体验的艺术、读者欲要在阅读和鉴赏中获得这种体验，都不是简单容易的事，需要摆脱对常识的依赖、对说教的偏爱。当有人问纳博科夫宣称自己是"不可分割的一元论者"究竟何意时，他回答道："当一个混乱的一元论者或三心二意的物质主义者进行思考，'心'便悄然离开'物'，这样，一元论就是可分割的了。"④ 这句话充分说明了艺术体验的纯粹性：一旦作者意图说教，读者意图抓住作者的所谓意图与主张，心便离开了它们感知的对象本身，艺术体验就悄然终结了，取而代之的是关于作品内容、思想、主题的一系列抽象讨论。对此瑞恰慈说："我们如果始终根据善与恶这类大的抽象概念去思维，那就永远无法理解什么是价值和哪些经验是最有价值的。"⑤ 马克·爱德蒙森也指出过，哲学在驯化文学力量、将想象力转变为知识时最常使用的手段就是恳求读者"停下来想一想"，原本沉浸在艺术作品带来的忘我体验中的读者一旦上当，艺术体验就倏然而去了。由此可见道德说教与艺术体验一定程度上来说难以并存，试图同时兼顾二者的

---

① [美] 纳博科夫：《文学讲稿》，申慧辉等译，上海三联书店 1991 年版，第 54 页。
② [美] M.H. 艾布拉姆斯：《以文行事：艾布拉姆斯精选集》，赵毅衡、周劲松等译，译林出版社 2010 年版，第 120 页。
③ [英] 瑞恰慈：《文学批评原理》，杨自伍译，百花洲文艺出版社 1992 年版，第 51 页。
④ [美] 纳博科夫：《独抒己见》，唐建清译，浙江文艺出版社 2012 年版，第 128 页。
⑤ [英] 瑞恰慈：《文学批评原理》，杨自伍译，百花洲文艺出版社 1992 年版，第 52 页。

人往往两手空空。如此一来，就能理解纳博科夫为什么不能像布斯所要求的那样，在作品中清楚地摆明道德立场了：艺术体验殊为难得，需要作家的辛苦劳动，需要读者与艺术品的热情相拥，任何一丝说教的痕迹都能倏然让读者停下来去"思考"，去提炼思想，推测作者意图。

　　那么究竟艺术体验包含哪些感觉和品质？纳博科夫最明确的言论见于《谈〈洛丽塔〉》一文中："对我来说，文学作品的存在只因为能提供可称为美学狂喜（aesthetic bliss）的感觉，这种感觉在某些方面、以某种方法与其他以艺术（好奇、温情、善良、狂喜）为标准的存在状态相联系。"[1] 这句话虽然简短，却是理解纳博科夫美学的关键性句子，不少评论家试图解读。前半句没有争议，纳博科夫一贯强调美学狂喜这种艺术体验对于艺术的重要性，关键是后半句，杜兰塔耶与理查德•罗蒂都认为后半句括号中的"好奇、温情、善良、狂喜"定义了纳博科夫理想中的艺术体验应具有的四重品质，杜兰塔耶还分别做了细致解读："好奇（curiosity）是唤起艺术的首要信号。……如纳博科夫所说，真正的艺术诞生于对他人立场的真正好奇，而且艺术本身的独特与新奇也造就了艺术的令人好奇。"善良（kindness）最好理解："艺术反映向善及与世界同在的善。"狂喜（ecstasy）"指向的则是艺术创造和艺术成就的愉快与激动"。温情（tenderness）"是某物或某人的一种奉献，一种温柔的关注与关怀。以温情为特征的艺术也就具有了温暖、慷慨的品质"。[2] 但在此有必要介绍一下米歇尔•伍德的观点，他提出，括号中的好奇、温情、善良、狂喜在语法逻辑上应该放在"生存状态"之后，但纳博科夫却将其放到"艺术"之后，这源于纳博科夫追求括号在句法中悬置的美学效果。放到"艺术"之后就可以像杜兰塔耶和罗蒂所理解的那样，以括号中的内容作为艺术体验的示例性定义；但如果我们将其复归语法逻辑上的原位，以之来修饰"生存状态"，便可有第二种解释：纳博科夫强调艺术狂喜与其他存在状态相联系，那么在这四

---

① Nabokov, *Lolita* (New York: A Division of Pandom House, Inc,1997), pp.314–315.

② Leland de la Durantaye, *Style is Matter: The Moral art of Vladimir Nabokov* (Ithace &London: Cornell University Press, 2007), pp.77–78.

种存在状态中便可体验到与"艺术狂喜"类似的感觉。[①] 相比之下，伍德的解释为我们提出多种可能性，使我们能更清晰理解纳博科夫所说的"狂喜"的艺术体验：真正的艺术体验并非只存在于文字本身带来的美感当中，它跟人们日常的真实情感是紧密相连的，也就是说，纳博科夫反对艺术模仿外在现实、反对在作品中追求思想性，转而致力于唤起人类的特殊感觉，诸如好奇、温情、善良、狂喜。值得注意的是除了"狂喜"之外，其他三种感觉都与人的伦理反应密切相关：好奇包括对生命本身、艺术本身的好奇，也包括对他人的好奇（以克服人际关系的冷漠）；温情与善良既是正确的处世之道，也是人们对良好的人际关系做出的肯定性评价。实际上纳博科夫在追求艺术狂喜的同时，从来也没有忘记"好奇""温情"与"善良"，他的艺术发展一定程度上就是在协调这两个层次方面不断做出尝试与完善，协调的结果是后三者并不直接呈现在台前（获得台上表演特权的永远是艺术性本身），它们在纳博科夫艺术世界中的地位及作用总需要读者运用理性去推测、去判断。也即，这两者在纳博科夫的艺术中虽然同时存在，但是在到达读者意识这个终点站的时间点上有先后，伊丽莎白·詹韦的阅读体验就是证明；且读者获得二者的方式也不同，一个是纯粹的、心无旁骛的艺术体验，另一个是需要理性的推测、寻找与判断（这也是纳博科夫为什么强调自己追求可以反复阅读的文学艺术），这就为纳博科夫赢得时间差提供了保证——同一文本兼具艺术与伦理，但却在到达时有先后，这是纳博科夫能成功兼顾二者最主要的秘密措施。

四、回到《洛丽塔》

纳博科夫反对道德说教还有一个重要原因：说教在美学上的陈词滥调性。所谓"说教性文学"，一般有两个方面的属性：一是表达方式上的简单粗暴。纵使训诫本身再正确再正义，艺术性的匮乏也是说教性文学的一大痛

---

① Michael Wood, "The kindness of cruelty", in *Transitional Nabokov*, ed. Will Norman and Duncan White (New York: Peter Lang AG, International Academic Publishers. 2008), pp.238–239.

处。二是说教内容上的外来与强加。这些大道理必然是人人认可的常识，正确的为人处世，正确的善恶是非观念，也必然千篇一律。常识、重复、强加，这些特性本身就与文学艺术之间格格不入。当这种简单粗暴的说教一代代传承，其陈词滥调性就导致了美学上的溃败，也造成了越来越敏感的读者的强烈逆反。那么是否只要在形式上下足功夫，让其变得复杂缠绕足以隐藏起说教的核心就可以？但正如纳博科夫所说，艺术是作者与读者之间的游戏："棋题里的比赛并不真正在于白方和黑方之间，而是在编制者和假想的解题者之间（正如在第一流的小说作品中，真正的冲突不是在人物之间，而是在作者和世人之间）。"[1] 读者经过无数此种陈词滥调的训诫，日益变得敏感，这核心一旦被读者捕捉到，之前艺术形式上用心良苦的伪装也必瞬间脱落。而如果一个说教核心藏得过好以至于人人都找不到，那也就起不到说教的目的了。也即，说教内容的外来与强加属性是任何精心设计的艺术形式都不能遮掩的。纳博科夫自身作为读者，对说教气息极为敏感和排斥，这种阅读体验促使他在"作者"身份中越来越鲜明地回避一切说教气息。这是促成他艺术上发展和转变的一个重要原因。对此托马斯·喀山有明确的认识："纳博科夫的职业生涯充满了困难、硕果与转变，部分是外部事件的逼迫，部分是他艺术发展的内在逻辑。"这里说的外部原因，就是纳博科夫从欧洲到美国的流亡，语言上由俄语向英语的转变。内部原因喀山则认为是"他朝向更伟大的艺术自由的发展，即他稳定地从规则、道德、启示的束缚中实现的自我解放"，或更简单一点，"纳博科夫自己有时也会采用的说法：他努力清除掉他作品中最后一丝说教的痕迹"。这种转变的后果也变得清晰了："小说变得前所未有的自由，更难以阐释，作者的态度和意图变得更模糊、更难懂、更自我矛盾。"[2]

---

① ［美］纳博科夫：《说吧，记忆》，王家湘译，上海译文出版社 2013 年版，第 346 页。

② Tomas Karshan, "Nabokov's transition from game towards free play, 1934–1947", in *Transitional Nabokov*, eds. Will Norman and Duncan White (New York: Peter Lang AG, International Academic Publishers. 2008), pp.245–247.

　　《洛丽塔》假哲学博士小约翰·雷之名写的前言是对典型说教文学的戏拟。约翰·雷称整本书来自于他人委托的狱中手稿，人物名字一律化名。前言还将书中没有交代的结局以周到但置之事外的文字做了交代，如亨伯特与洛丽塔之死。核心部分则是以评论员的身份对全书进行道德评判，口吻看似通情达理，却不容置疑。首先是为书中所谓的"色情描写"进行辩护——"这些场面很容易遭到'寻求感官刺激'的指责，但它们在整个悲剧故事的发展中起着必不可少的作用，而这整个悲剧千真万确是朝向一个道德净化的目标发展的"，而后将亨伯特钉在了道德的耻辱柱上——"毋庸置疑，他可怕，他卑下，他道德败坏到极点，他是凶恶与诙谐的大杂烩，顺便说一句，这点可能暴露了他心灵深处的极端痛苦，但他绝不吸引人……他忏悔中的极度诚实并不能丝毫赦免他的令人发指的罪行。"最后点明该书的教育意义："这本书对严肃读者来说将在伦理道德方面产生巨大的影响。因为在深刻剖析一个人灵魂的过程中潜藏着普遍的教训：任性的孩子，自私的母亲，为欲望所苦的疯子——这些不仅仅是一个不寻常故事中的生动的人物，他们提醒我们警惕那些危险的倾向，它们针砭那些仍然存在并十分强大的邪恶。《洛丽塔》应当使我们大家——家长们，社会工作者们，教育工作者们提高警惕，致力于建设一个更为安全的社会，使新一代人健康成长。"[①] 这个前言在反映纳博科夫本人的真实初衷方面亦真亦假，"真"的方面体现在：力证本书的"非色情性"，对亨伯特持有道德反感——这两点是直截了当表达的；对"爱刨根问底，非要知道'真人真事'的老派读者"的戏弄，对精神病医生的嘲讽——这两点则是以反讽的形式实现的；"假"的地方在于，纳博科夫坚决反对将一件文艺作品视为道德训诫的典型案例，更不会认为在艺术作品中"深刻剖析一个人灵魂"的目的是"致力于建设一个更为安全的社会"，也就是说，纳博科夫最为反对的就是雷博士的说教性态度与文体。雷博士一本正经地说教口吻和不容置疑的权威态度，在美学上完美体现了说教小说的陈词滥调性。读罢此序言，进入正文后

---

　　① [美]纳博科夫：《洛丽塔》，黄建人译，漓江出版社1989年版，第1—3页。

马上看到的是那极为魅惑人的开篇诗句："洛丽塔，照亮我生命的光，点燃我情欲的火。我的罪恶，我的灵魂。洛—丽—塔：舌尖顶到上腭做一次三段旅行。洛—丽—塔。"[1] 这个开篇句子久久被人传诵，其中传达出的诗意、音韵之美令人惊叹，"亨伯特作为一名艺术家、诗人、深陷的情人的自我形象的投射，及被他美学化了的洛丽塔形象"[2] 都迅即建立了起来。若不是有相当的自信，纳博科夫不会为自己设置这种难题：从序言一本正经的、置之事外的指指点点，一下子进入主人公炽热的欲望与诗句之中，两种文体风格激烈搏斗，伦理道德与艺术美感兵戎相见。这种安排引发了评论界的激烈争论，如我国研究者王卓把序言的文体风格视为对亨伯特那轻浮、夸张的文体风格的讽刺，其实恰好颠倒了序言文体与正文文体在纳博科夫艺术中的真正地位。[3] 张鹤则从对话性角度辨析了二者，认为序言作者乏味、自以为是，纳博科夫真心所向的应是亨伯特的罪与悔，这又简单化地从道德方面对二者做了取舍，却未对二者的文体风格进行辨析。[4] 总体来说，纳博科夫在序言中戏拟了他最为反感的说教文体，却在其中编织进了自己真实的道德观点；在正文中充分施展艺术那魅惑人的魔性魅力，却又从道德上持冷冷的嘲讽态度，一定意义上说纳博科夫安排了修辞艺术与伦理观念之间的一场对决，实验道德说教与艺术体验在读者身上截然不同的反应——对艺术体验有鉴别的读者不会置这种对比带来的阅读体验于不顾。

我国的纳博科夫研究者李小均试图以刘小枫的叙事伦理理解《洛丽塔》一书道德上的含糊性。刘小枫在《沉重的肉身》中区分了两种伦理形态：理性的伦理和叙事的伦理，其中理性伦理"探究生命感觉的个体法则和人的生活应遵循的基本道德观念，进而制造出一些理则"，叙事伦理则"讲述个人经历的生

---

① [美]纳博科夫：《洛丽塔》，黄建人译，漓江出版社 1989 年版，第 4 页。

② Brian Boyd, "Literature, pattern, Lolita: or art, literature, science", in *Transitional Nabokov*, eds. Will Norman and Duncan White (New York: Peter Lang AG, International Academic Publishers.2008), p.42.

③ 王卓：《不伦之恋的伦理维度——从〈洛丽塔〉的悖论式误读说起》，载《山东外语教学》2015 年第 4 期，第 69—79 页。

④ 张鹤：《试论〈洛丽塔〉的对话性》，载《外国文学》2007 年第 6 期，第 50—55 页。

命故事，通过个人经历的叙事提出关于生命感觉的问题，营构具体的道德意识和伦理诉求"。[①] 李小均认为："纳博科夫要求我们摆脱的正是'理性的伦理学'，从而进入其叙事的伦理空间，尤其是限定的'自由伦理的个体叙事'空间，在《洛丽塔》中，听取韩伯特的叙事'呢喃'。纳博科夫没有'说教'的打算，他只是希望我们能够去'陪伴'韩伯特的叙事，经历'例外情况'的伦理事件，深入其'独特个人的生命奇想和深度情感'，最后积聚伦理的道德的实践力量。"[②] 我们上文分析的雷博士的序言与亨伯特的正文，正是这两种伦理力量的一个直接对抗。但如前文所说，这个序言真真假假迂回往复，简单化理解不符合实情。李小均在论述中认为，读者从亨伯特的"叙事伦理"中"积聚伦理的道德的实践力量"的根由在于：亨伯特最终忏悔了自己对洛丽塔的伤害，"假如读者读完之后，也能明白，自己对所欲之物的迷恋最终将会导致对他者的漠然，从而丧失善良与温柔，那么，他已经体验到了自由叙事潜藏的伦理实践力量"。[③] 但文末的忏悔与前文情节上的惊世骇俗来说，总显得有些薄弱，甚至不真实，以至于有评论家认为亨伯特并非真正忏悔，而是意图以此作为终极手段来说服读者，还有评论家认为洛丽塔逃离之后的情节都是亨伯特的想象和杜撰。其实除了亨伯特最终的忏悔，纳博科夫还安排了其他一些手段与方法提醒读者在道德伦理上应处的位置：雷博士的序言就在这其中也发挥了一定作用——直陈、戏拟、反讽夹杂之下，雷博士替纳博科夫说出了他不方便说明的立场；贯穿全篇无处不在的反讽手法的使用，也是为了帮助读者看清作者的道德立足点；当《洛丽塔》引起巨大争议，纳博科夫还写作了《谈〈洛丽塔〉》一文，再次为读者重新进入文本发现种种隐秘的节点做出努力，如纳博科夫所号召的，做一个反复的读者对于理解《洛丽塔》才是有益的。这些隐秘的安排一方面不干扰读者阅读体验过程中的纯一性，另一方面又确保了伦理批评的后来入场，为终结"《洛丽塔》是否道德"的争论增添了新

[①] 刘小枫：《沉重的肉身》，"引子：叙事与伦理"，上海人民出版社1999年版，第3—4页。
[②] 李小均：《自由与反讽——纳博科夫的思想与创作》，百花洲文艺出版社2007年版，第223页。
[③] 李小均：《自由与反讽——纳博科夫的思想与创作》，百花洲文艺出版社2007年版，第230页。

的砝码。

　　纳博科夫的美学观念中，说教性与艺术自由之间是无法化解的宿敌，但对于文学的艺术性与伦理性纳博科夫并不厚此薄彼，这是他在《洛丽塔》中采取了独特的叙述策略的根本出发点：赋予亨伯特看似毫无伦理顾忌的艺术表达的自由，实际又潜藏了多种安排以备读者实现伦理发现，倚靠二者到达读者意识时的时间差来兼顾二者，《洛丽塔》的批评史验证了他这种策略的成功。但纳博科夫能发明这种巧妙的策略并非一日之功，而是他从艺术道路伊始就追求艺术自由，后经过几十年反复的实验锤炼，最终方得以在《洛丽塔》中实现。纳博科夫在批评"陀思妥耶夫斯基"的讲稿中提出过不少艺术创作的具体操作问题，因为同为作家，纳博科夫自己也面对过类似问题，越是早期的作品，越容易发现纳博科夫艺术努力的方向与痕迹，因此下文我们以他最早的三部长篇小说为例，分析其艺术上的不断典型化、风格化，以及最终走上《洛丽塔》的曲折征程。

第二节　艺术自由之起始征程：
《玛丽》《王，后，杰克》与《防守》

　　在谈到"纳博科夫的创作从俄语转变为英语"的论题时，多里宁认为，纳博科夫为了证明流亡和创作语言转变都只是更好地砥砺了自己的艺术，并未中断艺术创作上的连续性，而对前期作品多有贬低。多里宁不能认可纳博科夫这种从"俄国文学继承人"向"世界性作家"的自我形象的转变，认为他某种程度上已沦为"造神运动"的表演者和牺牲品，多里宁更为看重纳博科夫在俄国文学背景上取得的光辉成就，试图证明其俄语作品成就相比起后期的英语作品毫不逊色。但多里宁预设立场过于急切，在否定纳博科夫经历了"艺术上的发展"方面的倾向性结论未免武断。他甚至认为，纳博科夫之所以屡屡指出自己俄语作品中那些"只有他自己才看得出"的缺陷，也是因为纳博科夫的这种自我定位的转变。对此本文无法认可，因为按照创作时间阅读纳博科夫的作品，明显可见一个发展的过程，包括主题和花样的渐渐清晰、艺术手法的渐渐老到、个人风格的日趋鲜明。布鲁姆曾提出有些人属于自然天成的诗人，比如马洛、布莱克、兰波和克莱恩，他们的诗艺非常人所及，无须锤炼发展已属上流。如果以此为标准，那么小说家纳博科夫不属此类——或许就不存在天才类的小说家。

纳博科夫前期俄语作品的英语译本多由他本人亲自操刀，或与儿子及他人合作完成，再次检阅自己以前的作品，对于在艺术追求上精益求精的纳博科夫来说，很难对其中的不足视而不见："我以前的一些作品暴露出令人沮丧的模糊和脱节。"[①] 纳博科夫严苛的自我评价是我们梳理其艺术发展轨迹的较好切入口。只是与多里宁的质疑不同，我们选择信任纳博科夫的这些自我评价，因为这些评价符合纳博科夫自我艺术成长的内在逻辑，正如纳博科夫的儿子德米特里所说，理解纳博科夫最好的手段是具体的艺术经历。下面我们截取他最早的三部长篇小说，对其艺术上的发展转变做一个梳理与探索。

一、《玛丽》之瑕疵

1925 年纳博科夫以笔名西林出版了《玛丽》，在 1970 年的英译本前言中他对自己第一部长篇小说做出了评价：一方面认为其中充满了"任何一个评论家都能够很容易地开着玩笑就列出表来"的瑕疵，认为它们"是无知和缺乏经验的产物"；另一方面仍对这个头生子充满爱意："对我来说，里面的几个场景抵消了所有的瑕疵。"[②]

对比后期的《洛丽塔》《普宁》《微暗的火》等最受读者和批评家推崇的作品，纳博科夫所说的瑕疵在《玛丽》中可看出有以下几点。第一，《玛丽》中存

---

① [美]纳博科夫：《独抒己见》，唐建清译，浙江文艺出版社 2012 年版，第 70 页。
② [美]纳博科夫：《玛丽》，王家湘译，上海译文出版社 2013 年版，前言 I—II。

在不少后来作品中日渐罕见的各式对话。如作品开篇是加宁与阿尔费奥洛夫在电梯中偶遇的长篇对话，构成了第一章的主要内容；第二章的核心是女房东与全体房客一起吃午餐的群体场景，其中有大量对话。在传统小说中，以对话的方式引进并介绍人物个性、进行群体场景的描画是十分常见的，客观地说，纳博科夫的写法没有明显缺陷，但也缺乏足够的吸引力。成熟时期的纳博科夫之所以不信任"对话"，与对话本身的即时性、缺乏深思熟虑特性有关，这不符合他作品反复盘桓、精雕细刻、互相嵌合的风格。这种职业性的对语言的斟酌与挑剔也体现在了他的个人生活中，虽然亲友同事证明他是一个幽默风趣、思维迅捷、令人愉悦的人，但纳博科夫对自己的口语表达仍然十分怀疑，在《独抒己见》序言中他说："我思考时像一个天才，书写时像一个优秀作家，说起话来却像一个不善言辞的孩子。"[①] 甚至直言，作为教授授课时从来离不开讲稿，接电话语无伦次，讲笑话必定结结巴巴，所以后期他拒绝接受当面访谈，而是让采访者书面提交问题，他本人再进行书面回答。第二，《玛丽》中的人物肖像、环境描写等以平铺直叙为主，缺乏后期作品中那种长期打磨、一击即中的细节。就环境描写来说，不少地方与人物、情节基本呈分裂状态，缺乏前文我们分析的《荣耀》中场景描写的生命力与流转性，特别是加宁在回忆与玛丽的美好恋情时，俄罗斯美丽的乡村景色是重要的衬托与背景，但也仅此而已。第三，细节上的自我重复。纳博科夫曾批判《堂吉诃德》中有修饰性词汇的重复，《玛丽》也明显存在这种情况（据纳博科夫前言介绍，该英文版本是他与格伦尼合作完成，以忠实为第一原则），这是后期的纳博科夫极力避免的。如第二章介绍房客时，对克拉拉这个人物给出了两个细节：眼睛蓝棕色，胸部丰满（full-busted），同一部分克拉拉再次出场时，"胸部丰满"的细节又一次出现；形容以前的加宁精力充沛，喜欢倒立用手走路（walk on his hands）的细节在相隔一页的篇幅后出现了第二次；回忆恋情部分，与玛丽首次正面交谈时，加宁生气地发现自己袜子脚踝处有个破洞，

---

① ［美］纳博科夫：《独抒己见》，唐建清译，浙江文艺出版社2012年版，序言，第001页。

隔了几行玛丽突然指着这个破洞说露出来的图案像太阳，而在不远处的该章的结尾部分，该细节再次被提及。这些状况放到一般的作家作品中原也无可厚非，但放到典型的纳博科夫作品中就颇为显眼，因为这不符合纳博科夫成熟时期的风格：慎重使用每个细节，绝少修辞上的重复。《普宁》《洛丽塔》《微暗的火》中也存在细节甚至整个场景的跨篇幅多次涂描，但那已是纳博科夫精心谋划后的结果，每次都能准确恰当地添加新的信息，以促使整个场面的完整或更新，《玛丽》中的情况显然并非如此。第四，作者直接坦率地呈现用意，不具备后期作品中半真半假的嘲讽与含混，风格上显稚嫩，美学上显单薄，用意上显急切。这里又可与《洛丽塔》作一比较。《洛丽塔》引起强烈争议，主要因为作者蓄意将自己的真实态度置之一边不予呈现，贯穿全篇的反讽语调更令人真假难辨，相比之下，《玛丽》中对流亡德国的俄国人进行的群体肖像描写堪称准确、清晰，但也泯然众人，时代与群体的标签太过鲜明，纳博科夫后来自我批评道："（《玛丽》中）我的展示盒里收集的那些流亡者角色对于时代之眼来说如此显而易见，人们可以轻易地搞清楚他们背后的标签。"[1] 总体说这是一群无家可归的浪子，有的恋恋不舍故国，有的试图说服自己家园已逝必须在新环境中顽强生存，有的则注定要终老在失去家国的痛苦中，唯独加宁重新体验了一次与故国有关的初恋记忆之后，决定抛下过往轻装踏上新的征程，与他的创作者在精神取向上高度相似，作者在这个人物身上寄予的期待也分明可见。第五，人物塑造上还有欠缺之处。《玛丽》塑造了七位流亡者，其中最为成功的是加宁及老诗人波特亚金（一定程度上可视为普宁的前身），女职员克拉拉及玛丽的丈夫阿尔费奥洛夫显得平平淡淡，两位同性恋男舞蹈演员则尚处于含糊阶段，鬼鬼祟祟，莫名其妙地快乐，原型更像是卡夫卡作品中常常出现在主人公身边的一对半白痴。

就主人公加宁来说，他的身上显而易见带有作者本人的痕迹。作品中他生活在回忆与现实的穿插之中，回忆主要是与玛丽的美好初恋，现实则是与

---

[1] Vladimir Nabokov, *King , Queen, Knave*, Translated from the Russian by Dmitri Nabokov in collaboration with the author (New York, Random House,Inc.,1989), Foreword I.

一群原本不相识的同胞共同栖息在德国一个破烂的小旅馆里。据传记家考察及纳博科夫本人承认，回忆部分取材于作者本人的真实生活，纳博科夫在后来的回忆录《说吧，记忆》中再次写到了自己的初恋，纳博科夫对比二者说："他的玛丽和我的塔玛拉是孪生姐妹，都有祖传的林荫道，奥列杰日河流淌在两本书中……"但令纳博科夫惊奇的是："在浪漫化了的作品中，比在自传作者的一丝不苟的忠实叙述中，包含着更为浓烈的个人现实的精华。"[①] 加宁流亡在外，对故国美好生活、美丽姑娘的强烈思念，使得《玛丽》中的回忆部分在当时的流亡圈里引起了强烈的共鸣。"玛丽"已经被诗意化、象征化，她成为流亡者心中有关俄国的一切美好事物的象征，因为遍寻不着，反而越发的美好。加宁的现实生活部分则在精神状态上与当时的纳博科夫极为相近，主要表现在健康的活力、逆境中的自信与走向未来的勇气。在发现阿尔费奥洛夫的妻子就是玛丽之前，加宁曾处于短暂的消沉与迷茫中，维持着一段无滋无味的爱情，不知道何去何从。见到了玛丽的照片并唤起了往日的回忆后，他一扫这种精神状态，果断与情人分手，帮助波特亚金办理签证事宜，谋划着从阿尔费奥洛夫手里抢回玛丽，重新开始新生活。但这种转变尚是一种外来力量干涉下的被动转变，对往日美好恋情的回忆使他一时之间失去了现实感——如果波特亚金注定只能客死在柏林，如果克拉拉只能每日重复打字员的生活直至孤独死去，如果阿尔费奥洛夫对妻子的热情等待最后证明只是一场空，如果这些人都无法改变现实与命运，为什么唯独他可以重新续接最美好的过往？背负着同样的思念与孤苦的加宁与玛丽即使远走高飞，又如何就能幸福？一切只不过是回忆力量生出的梦幻。真正的转变发生在小说最后一页，加宁在车站等着玛丽的车次，看着一群建筑工人在干活："当加宁抬头看着幽静天空中的房顶架时，他清晰而又无情地意识到他和玛丽的恋情已经永远结束了。它持续了仅仅四天——也许是他生命中最快乐的四天，但是现在记忆已经枯竭，他已经感到腻烦了；现在玛丽的形象和那行将就木的老诗人

---

① ［美］纳博科夫：《玛丽》，王家湘译，上海译文出版社 2013 年版，前言Ⅱ。

的形象一起都留在了幽灵之屋里，这屋子本身也已经成了记忆。"[1] 他去了另一个车站，谋划着没有签证就跨越国境去法国。这次转变是加宁内心真正的一次转变：从美丽但已然逝去的回忆中汲取到新生的力量，去希冀新的生活，而不是将现实拒之门外只活在过去的幻影中。加宁彻底抛弃了往日回忆，抛弃了记忆中的玛丽，抛弃了小旅馆内的同胞，看起来确实无情，但实际上也是新生力量的必然特点——要自由，要新生，必然要抛弃无法召回的过往。就纳博科夫本人来说，他在俄国流亡文学圈引起争议的一个重要原因，就是他本人、他的文学中一扫流亡文学的阴郁沮丧，充满乐观前进的力量。并非不怀念，对故国的思恋在纳博科夫晚年的《爱达或爱欲：一部家族纪事》中仍清晰可见，但对纳博科夫和加宁来说，前进的力量更为强大。

加宁分享了纳博科夫最美好的初恋记忆，具有了青年纳博科夫的精神特质，针对这样一位主人公的塑造，纳博科夫在英译本前言中说："众所周知，初次进行创作的人具有把自己的经历写进作品的强烈倾向，他把自己或者一个替代者放进他的第一部小说中，这样做与其说是由于现成题材的吸引力，不如说是为了摆脱自我后可以去轻装从事更美好的事情。这是我接受的极少数的一般规则之一。"[2] "轻装从事更美好的事"，就是指摆脱掉对成为作品题材来说表面上有便捷优势实际上反倒是束缚的个人经历，走向艺术创造的更大自由。从艺术创作方面来讲，"自我"既是作家创作上的朋友，又是必须超越和克服的敌人。说是朋友，因为"自我"的真实人生对艺术创作来说是最便捷的题材；说是敌人，是因为多少作品中或光明正大或鬼鬼祟祟地布满了作者的身影。一个真正的艺术家，要进入艺术想象和创造的环境而不是执着于表达小小的自我，就必须正式向"自我"宣战，超越出个人"唯我"的小世界。莎士比亚之所以是永恒的经典，很多批评家（如布鲁姆）认为恰是因为他从不局限在自我之中，不将自己的个性渗透到作品里。艺术的本质确实是自由的，但并非每位作家都具备能力和资质追求这种自由，我们看到不少作家跌

---

[1] [美]纳博科夫：《玛丽》，王家湘译，上海译文出版社2013年版，第125页。

[2] [美]纳博科夫：《玛丽》，王家湘译，上海译文出版社2013年版，前言Ⅰ—Ⅱ。

倒在这一绊脚石上，正如弗吉尼亚·伍尔夫责备《简·爱》中有太多夏洛蒂本人的爱恨与痛苦。创作道路上的纳博科夫，与《玛丽》中最后一页中的加宁一样，毅然决然地与旧日自我保持距离，轻装上阵，为了未来的自由与更美好的事情。

但纳博科夫塑造加宁这个阶段还做不到这种自由。加宁既具有作者本人的经历，又兼具他的精神状态与人生理想，对于纳博科夫来说就难免一种意愿，想要读者像他本人一样理解加宁，接受他，爱护他，原谅他的轻浮（对待德国女友的态度）、冷漠（一直没意识到克拉拉爱着自己）甚至是自私粗暴（一心夺回玛丽而不考虑对阿尔费奥洛夫可能造成的伤害），理解他对故国、初恋的热烈怀念，赞同他抛下已然没有出路的同胞独自开始新的生活。如何让读者心甘情愿地接受作者所偏爱的主人公，夏洛蒂·勃朗特在《简·爱》中、哈代在《德伯家的苔丝》中、托尔斯泰在《安娜·卡列尼娜》中都遭遇过此难题，在这个问题面前，作者有理由视读者为征服的对象，如何巧妙地说服而不露一丝强加的痕迹。但"说服"已然带有强迫性质，作者若不得不在这个问题上各种思量，必然要对作品的艺术性形成掣肘之势。纳博科夫后来还做了几次尝试，如《荣耀》中的马丁、《天资》中的费尔奥多，但他更明显的倾向是渐渐放弃了塑造"理想"人物形象，将自己从这种有意"说服"的重轭之下脱离出来。弗洛伊德在《创作家与白日梦》中指出了一个现象：当读者辨认出作品中那永远有神力庇护的主人公其实是作者自我的变体时，读者常常感到拒斥和不满。纳博科夫在这一点上与自己的宿敌见解却颇为相同：一旦读者意识到作者是在向他们推销他自己，艺术体验也就化为乌有了。

将西林与纳博科夫相比，我们挑剔出如此多的不足，但将西林还原到20世纪20年代的俄国流亡文学中，多里宁的评价还是中肯的。一定程度上可以说西林在《玛丽》中将传统小说的各种技巧进行了一次颇为成功的综合练习：从开篇主人公的出场，到中间群体场面的展开，到高潮部分回忆与现实的交错穿插，及结尾主人公将回忆化作开始新生活的力量，各个部分都中规中矩和谐稳固。但我们仍如此直接地说明《玛丽》中存在的艺术不足，是为了还原纳博科夫作为一名作家所经历的艺术上的成长。他曾说过自己的写作是异常艰苦的劳动，除了个人天赋，从《玛丽》到《王，后，杰克》《防守》等的蜕变显现出更多的是纳博科夫艺术上有意识的艰苦锤炼。

二、《王，后，杰克》之"非自我"

因《玛丽》一作而对西林有某种期待的读者，难免会对《王，后，杰克》(King，Queen，Knave,1928) 失望，因为作者似乎刻意写作一本与《玛丽》毫无共同之处的作品。主角是三位德国人，题材甚至有些低俗：丈夫事业有成，暗中没少在外面看拈花惹草；妻子与丈夫的远房外甥有了婚外情，视丈夫为眼中钉，策划谋杀丈夫，一场意外的肺炎反而令妻子不治身亡。纳博科夫对这部作品的态度犹如君王对自己最邪魅任性的宠妃："我所有的小说中这个聪明的小蹄子是最欢快的。流亡、穷困、怀乡病都没影响到它精细、俏皮的行文。"[①] 虽然宠爱，但其地位并不稳定，不少评论家将这部作品视为纳博科夫的游戏之作，不如《洛丽塔》《普宁》等作堪登大雅之堂。但将《王，后，杰克》放到纳博科夫完整的创作历程上予以考察，会别有收获。

从创作时间上看，《王，后，杰克》距离《玛丽》约两年时间，作者在英译本前言中对该书的创作状况做了一些回忆与解释，提示读者需要在《玛丽》的基础上理解该作。作者回忆道，当时他已因《玛丽》局限在时代标签与个人经历之中而感到不满："渗透在我第一部小说《玛什卡》[②] 中的'人性的湿气'本身很好，但当时那书已无法取悦我。"[③] 纳博科夫所说的"人性的湿气"(human humidity)，艾伦·皮弗认为指的是"小说具有的擅长营造感情效果甚至将读者感动到哭的超常能力"[④]。《玛丽》中虽然没有明显触发情感高潮的场景，但

---

① Nabokov: *King ,Queen, Knave* (New York, Random House,Inc.,1989), Foreword Ⅰ.

② 《玛丽》一作最初的俄文书名。

③ Nabokov: *King , Queen, Knave* (New York, Random House,Inc.,1989), Foreword Ⅱ.《玛什卡》是《玛丽》一书最初以俄文写就出版时使用的名称，是玛丽的俄文名字。

④ Ellen Pifer, *Nabokov and the Novel* (Cambridge, Massachusetts: Harvard University Press), 1980, p.15.

是其中弥漫着浓浓的对故国家园的思恋与哀伤之情，以致当时柏林和巴黎的俄罗斯侨民们认为，《玛丽》"讲述的就是他们的生活，就是他们郁郁寡欢的现在、难以再现的过去和充满了诗意的回忆"①。但这种"在情感上动人"的做派很快就被纳博科夫抛弃，"人性的湿气"的说法反映了纳博科夫从中感受到的黏腻。1964年接受访谈时他说，不接受学生的文学评论作业中出现"很真诚"这样的字眼，事实上"情感防水"系统从《玛丽》试水之后就正式启动了，《王，后，杰克》这样以游戏的心态、轻松的笔调写作三个外国人颇有些低俗的情感纠葛，可看作是纳博科夫情感防水系统的早期配置（较之以后的作品显得较为生硬与初级）。前言中纳博科夫还说："我无意坚持法国'人类档案'那种技巧，也无意坚持忠实地描绘我所属的封闭社团——其规模略小，但类似于激情四溢、令人厌烦的人种心理学，这种东西在现代小说中常让人沮丧地出现。"②像《玛丽》那样将题材局限在俄国流亡圈内，将主题限定在思乡的哀愁中，也许一时之间在俄国流亡文学圈内能获得情感上的共鸣，但无法满足纳博科夫对艺术的真正理解：他不想为在政治和文化意义上特定的人群写作，他希冀的是更大的认可与共鸣，多里宁认为纳博科夫移民美国正式改为英语创作后才开始了自我身份的转变，实际上在第二部长篇小说中就已见出端倪。

在英译本前言中纳博科夫还详细解释了选择德国人作为主人公的原因：

当然有人会认为，一个俄国作家选择一组德国角色是给自己找了个大麻烦。我不和德国人讲话，没有德国朋友，也没有读过一部德国小说，包括译本在内。但是在艺术中，跟自然界一样，显著的缺陷也会转变为精细的保护装置……当时我正处于慢慢解开内在纠结的阶段，还没有发现、也许是还缺乏勇气去实践十年后我在《天资》中重构历史环境的那种特殊方法，因此，陌生环境中不需要涉及情感、具有内在自由的策略正

① [俄] 阿格诺索夫：《俄罗斯侨民文学史》，刘文飞、陈方译，人民文学出版社2004年版，第447页。
② Nabokov: *King, Queen, Knave* (New York, Random House,Inc.,1989), Foreword Ⅱ.

是为了回应我"纯粹虚构"的写作梦想。我同样可以在罗马尼亚或荷兰上演我的《王，后，杰克》，只是因为熟悉柏林地理和天气才敲定了这里。①

有评论家纠结于纳博科夫是否如他所说不懂德语、没读过德国小说，但这不影响一个事实：相比较《玛丽》中的人物形象，《王，后，杰克》中的人物对于作者来说具有一种可以"旁观"的陌生性，这就是纳博科夫所说的"保护装置"，目的是实现"陌生环境中不需要涉及情感、具有内在自由"的效果，这装置在读者群里一样会有作用，因为该书的俄语本最早是1928年在柏林出版的，其读者群仍因客观原因而限定在俄语流亡文学圈内。以《玛丽》为起点才能理解《王，后，杰克》，才能理解纳博科夫这种巨大题材反差的真正用意——为"纯粹虚构"的自由写作之梦努力。这指的是：无须受制于个人经历、展示过多私人情感，不用忠实于特定的现实、致力于说服读者接受自己的理想人物。

但该书毕竟只是纳博科夫的第二部小说，第一次进行"纯粹虚构"的尝试，其中还有一些不够得心应手之处，如德雷尔这个形象的塑造。博伊德对德雷尔这个人物赞赏有加，认为他富有奇思妙想，"在某种意义上代表着意识的创造性力量"②。如他在火车嘈杂的环境中津津有味地读诗歌，夜里通过一个隐秘的通道带弗朗兹进入商场，以神神道道的角色扮演方式教他如何像艺术家那样卖领带，如此等等，对任何事情都带有孩童般的兴味，作为一个商人未免显得过于富有人性了——这其实是与作者的相似之处，"纳博科夫"透过留着黄色八字须、满口德语、风流成性的面具在跟读者做鬼脸。纳博科夫原本刻意追求一种"纯粹的虚构"，但德雷尔却难免具有了纳博科夫本人的精神气质，从这一点来说，外在差异成为失败的障眼法，未能掩饰内在的雷同，是纳博科夫在虚构训练中的薄弱之处。但德雷尔远非纳博科夫的理想人物，

---

① Nabokov: *King , Queen, Knave* (New York, Random House,Inc.,1989), Foreword Ⅱ .
② [新西兰] 博伊德：《纳博科夫传》(俄罗斯时期)，刘佳林译，广西师范大学出版社2009年版，第370页。

作者无意将他推销给读者。德雷尔的主要缺陷在于，对待婚姻情感过分随心随性，自己暗中不少风流账，对妻子的感情状态从未深入了解过，妻子因婚外情而多了笑意时他还私下窃喜家庭氛围好，甚至当妻子已经在谋划杀死他，以兼有他的钱财与弗朗兹年轻的躯体时，他仍毫无所知，一心盘算着一笔异想天开的生意（当然，正是对这笔生意巨大利润的预先展示无意中救了他一命）。他很了解妻子，可以从妻子的神情状态中准确地推测出她此时的心境，及自己应当采取的最恰当的应对措施，但究竟是何引起妻子的情绪变化，他对其他人和事所具有的强烈好奇心就遁地不见了，读者见到的是一个通过揣测妻子情绪来维持家庭表面稳定的丈夫。写作该作时纳博科夫 29 岁，已与薇拉结婚，婚后和谐幸福的婚姻生活使他坚信自己找到了克服"唯我"的一种有效方法，那就是夫妻之间打破一切隔阂的爱——突破"自我"的藩篱，正式进入另一个人的心灵，也允许另一个人进驻自己的心灵。纳博科夫精神上一大源头就是家庭之爱的充分与圆满，无论是父母的家庭还是他自己组建的家庭。带着对夫妻之爱极深的认知与期许，真实的纳博科夫夫妇也进入了小说《王，后，杰克》虚构的场景中，当三位主人公各怀心思在海边度假时，他俩数次出现在三人视线之中，只是，这对夫妻之间的关系与那三人之间的关系毫无相同之处，纳博科夫带着幸灾乐祸的神情看着这三人的命运走向。

可以说，《王，后，杰克》在艺术上的成就并不突出。它的场景描写较保守笨拙，缺乏纳博科夫后来多次盘旋的主题——当然并非没有，比如妻子玛莎的庸俗劲儿在洛丽塔的母亲夏洛蒂身上复现，只是除了这一点外夏洛蒂还有吸引人的良善与坚韧。反讽性的笔调已初露痕迹，但是同时用在三个人身上，每当其中一个成为意识主体时（以最真实的面目接近读者），另外两人就成为"这个意识"观照的客体（此两人被第一个角色的意识反映，远离读者），作品多次在三人的意识之间切换，令读者的注意力无法深度聚焦其中任何一个，难免产生目不暇接的疲劳感。后来纳博科夫改进了此点，或者只集中于一个人的意识活动，如《绝望》中的赫尔曼，《荣耀》中的马丁，《天资》中的费奥多尔、《洛丽塔》中的亨伯特；或者尽量减少不同主体意识之间的互动，如《塞巴斯蒂安·奈特的真实生活》中只有弟弟去探究哥哥的灵魂、《微暗的火》中谢德也从未正面回应金波特。另外，在纳博科夫后来以之作为意识中心进行刻画的人物当中，不管其道德立场是否稍有瑕疵还是大错特错，多数都具有吸引读者的个人魅力，但是《王，后，杰克》中的三个人物都无法做到此点：除了上文分析的丈夫德雷尔，妻子玛莎表面上颇具女性魅力，实则庸俗、心狠、堕落、自私自利；弗朗兹经历了从乡下生活到城市生活的转变，一开始向往的就是以玛莎为代表的城市的灯红酒绿、寻欢作乐，自从与她有了私情，堕落的肉体享受与自私自利的精神状态就主宰了弗朗兹的全部。

综观该书，没有哪个角色堪称示范性榜样，书中也没有提供任何人生道理、道德训诫，玛莎之死纯属偶然，而非对她不守妇道、心肠狠毒的道德惩罚（相比之下包法利夫人属于"罪有应得"）；弗朗兹对玛莎之死没有兔死狐悲的伤感，也未从中体会到一丝警醒的意味；德雷尔则永远不会知道海上赛船的那个上午，他本可能遭受的厄运，及自己绝境逢生的原因所在。纳博科夫彻底干净地为自己摆脱了小说家可能背负的道德说教义务，在完全自由的情节设置中实验艺术手法，追求心仪的艺术女神。虽然《王，后，杰克》本身成就并不突出，但在纳博科夫整个长篇小说创作史中却具有特别的价值——它体现了纳博科夫艺术上努力的方向：作为一名艺术家，超越自身经历，摆脱小说的道德说教义务，追求"纯粹虚构"的艺术自由。

三、《防守》：初现的光芒

《王，后，杰克》在"自由"的道路上出溜得太远，纳博科夫为了"纯粹虚构"完全放弃了自己最熟悉的素材，其结果并不令人满意。经过《玛丽》的"明显的自我"与《王，后，杰克》蓄意的"非自我"练习，《防守》（1929）作为纳博科夫第三部长篇小说，在这一方面做得恰到好处，事实上是在各个方面都恰到好处，第一次真正展现了纳博科夫闪耀的才华、独特的艺术个性及他所钟爱的艺术女神的真实样貌。

（一）主人公卢仁

《防守》的主人公卢仁与纳博科夫一样，来自俄国贵族阶层，童年主要生活在俄罗斯广袤的农村，具有某方面的天赋。纳博科夫在英译本前言（1963年）中爽快地承认："我把我的法语女家教、我的袖珍象棋、我的好脾气和我在自家有围墙的花园里拾到的桃核统统赋予了我笔下的卢仁。"[①] 但区别于德雷尔的是，卢仁与其创造者之间在精神面貌、脾性气质、感情经验方面却截然不同。卢仁幼时苍白瘦弱，因为长时间戴牙箍习惯了龇牙咧嘴；招风耳，膝盖上各种各样的划痕与伤疤；沉默寡言但脾气暴躁，父母与他相处也不得不小心翼翼。小卢仁生活得孤独闭塞，虽然有象棋天赋，但社交能力与生活能力都十分低下，一开始他就强烈畏惧学校，事实证明他确实很不适合集体生活。就他的家庭来说，父母畏惧自己的孩子，夫妻之间日行日远，丈夫与妻子的表妹不清不楚。长大后的卢仁矮胖臃肿，反应迟钝，衣着邋遢过时，神情忧郁，生活自理能力几乎为零。但纳博科夫仍然认为他的卢仁很可爱，因为他"深藏的天赋不为人所知""有不可貌相之处"[②]。纳博科夫这里所说的"不为人知"的天赋自然不是指象棋，那么又是指什么呢？还需从他的象棋天赋入手分析。

该如何看待卢仁的象棋天赋？自从象棋的世界在他面前展开，他就在其中体验到了一种特殊的美与高强度的和谐："他把每一个棋子的移动想象成一次放电，一次冲击，一道闪电——整个盘上战场都被震得发抖，他则是这种强大力量的主宰。"[③] 操控一个复杂世界并体验其中的艰难与狂喜，也是纳博科夫本人在小说自由想象的世界中所钟爱的。但卢仁的天赋与他的个性之间渐渐呈现出不和谐，他的天赋展露得越充分，他作为一名社会人的个性就越无机会发展；在瓦伦提诺夫的压榨利用下，实际状况不再是他拥有象棋天赋，而是他被这种天赋所占有。渐渐地，在他眼里大千世界的所有现象都可联系

① ［美］纳博科夫：《防守》，逢珍译，上海译文出版社2009年版，前言，第Ⅳ页。
② ［美］纳博科夫：《防守》，逢珍译，上海译文出版社2009年版，前言，第Ⅳ页。
③ ［美］纳博科夫：《防守》，逢珍译，上海译文出版社2009年版，第66页。

到象棋活动，他的精神活动全部退缩到了象棋的格子与招法之中："他身子倚在手杖上坐着，心想如果用马步走到阳面山坡上的那棵欧椴树，就可以吃掉斜对面的电线杆。"[①] "只有在很少见的情况下他才会注意到自己的存在，比如说喘不上气的时候……再比如说犯了牙痛病的时候。"[②] 因此他几乎无意自己掌控人生，明知道瓦伦提诺夫只是利用他而已，也不想改变与他的关系，甚至当他突然消失时还觉得空虚、失去了倚靠。卢仁只在爱情与婚姻这件事上显现出主动性：他向"她"求爱，并终于获得了女方父母的认可，与"她"成婚。当婚恋（现实世界）与他试图在象棋技艺上进一步突破这两件事齐头并进的时候，纳博科夫向我们展示了卢仁是如何一点点崩溃的，仿佛这两件完全不同的事情彻底撕碎了他。他的未婚妻和医生试图帮助他从象棋世界中摆脱出来，向他灌输道："象棋是一种冰冷冷的娱乐，它使人的头脑枯竭、腐败，一个痴迷的棋手和幻想发明永动机的狂人或在空无一人的海滩上数卵石的疯子一样荒唐可笑。"[③] 但事实上，正是象棋天赋使他得以与常人眼中日复一日的现实保持了距离。因为象棋世界的运转规则与现实世界完全不同，对于精神上主要沉浸在象棋世界的卢仁来说，现实世界处处新奇，他总能用新鲜的眼光观察旁人熟视无睹的事物，体验别人很容易忽略的感受，正如他在寒冬的街头津津有味地吃橘子，喜欢文具店里那个奇怪的双面人玩偶，上百次地练习画线条以达到最高程度的清晰、精确与纯正。整部小说中只有他对这个现实世界保持了一种孩童般的好奇。"她"从他身上准确感觉到一种文化气质，即便他并没有受多少教育。他比其他人更认真地感知这个世界，更认真地对待自己仅有的回忆——现实生活中看似低能无知的卢仁所具有的这些特质是从象棋中锤炼出来的，但这是一种与象棋不同的天赋，不是每位象棋天才都具备，此即纳博科夫在前言中所说的那种"不为人知"的天赋。如此一来，卢仁具备了纳博科夫最为看重的四种特质的两种——"好奇"与"狂喜"——分

---

① [美]纳博科夫：《防守》，逄珍译，上海译文出版社 2009 年版，第 73 页。

② [美]纳博科夫：《防守》，逄珍译，上海译文出版社 2009 年版，第 67 页

③ [美]纳博科夫：《防守》，逄珍译，上海译文出版社 2009 年版，第 129 页。

别来源于他的两种天赋。但他却不具备"温情"与"善良",因为这两者指向的是人际关系,而卢仁大部分时间蜷缩在自己的世界中与世隔绝,"人际关系"一词对他来说毫无意义。也许正是因此,对于卢仁这个形象,纳博科夫在文本中传达给读者的是一种缺憾性的认可与赞美,甚至令读者颇有些困惑:为何纳博科夫要将卢仁的象棋天赋表现得与精神疾病类似?读者到底该将卢仁的心灵视为独特宝贵的,还是应该将之视为心智不全的?

不管卢仁的外在如何肥胖愚钝,他的心灵世界已经被读者所熟知和认可,因此当他在象棋世界里心智渐失时,读者就隐隐地担心,希望他不要就此走向悲剧。挽救他的希望可以分为两个方向:一是他重拾信心,充分再现天赋;二是他能从"她"那里得到幸福的婚姻,从此远离已威胁到他身心平衡的象棋。但是面对如虎后辈,想要在象棋技艺上突破自我何其艰难;"她"虽然对他深怀母爱般的怜悯,但却无法分享那个神秘的象棋世界,因此在卢仁最艰苦卓绝的斗争中,纵使"她"百般努力都无法援助一二。无疑卢仁更不具备那种资质与幸运可以兼具二者:被象棋主导和控制的卢仁无法分心于爱情、婚姻,婚姻的幸福与安宁又会摧毁他对象棋艺术的热爱与沉醉。纳博科夫从自己艺术天分与现实生活的均衡中,从自己婚姻生活的亲密无间中,推导出了一个失败的卢仁。很庆幸作者本人不需要面对这种残酷的选择与斗争,但读者还是忍不住猜测,如果两个希望中可以实现一个,纳博科夫会更倾向于哪一种?是艺术天赋的进一步发展,还是幸福的夫妻生活?纳博科夫并无定论,甚至连可以推测的倾向都没有。我们看到纳博科夫在后期继续发展了这种"悬置"的手法,比如《眼睛》中的主人公斯穆罗夫到底自杀成功了还是只是幻想?《塞巴斯蒂安·奈特的真实生活》中的叙述者"弟弟"是不是其实就是作家塞巴斯蒂安本人?亨伯特与雷博士之间纳博科夫更倾向于谁?普宁与《普宁》的叙述者到底谁说了假话?《微暗的火》中谢德与金波特又是谁创造了谁?面对作者特意设计的"悬置"的局面,读者也许一时之间难以适应,这种彷徨感即使在阅读结束后也还会持续一段时间,原因就在于小说并没有像布斯所说的那样给读者提供一个判断的立足点。但想想因此读者所获得的补偿:在两点之间有一片自由的空间允许读者游移，这片空间拒绝阐释，只供体验。

卢仁与《王，后，杰克》中的德雷尔相比，一个蓄意区别反而类似，一个共享某些经历与记忆却塑造成了独立的人物形象，这标志着纳博科夫在人物塑造方面已具备能力克服碍事的"自我主义"。

（二）艺术

艺术上，几个显著的纳博科夫特征在《防守》中初次展现出光彩，纳博科夫在处理基本素材时施展的切断、重组、转化、潜藏等功夫，已经让读者初步领略了他那双神奇的魔法师之手。

首先是细节上的准确与丰富。这一点与后期诸如《洛丽塔》《普宁》等作品相比还显逊色，但已经初露苗头——纳博科夫已经意识到，艺术虚构的自由是需要扎实基础的，那就是细节的准确、丰富、一击即中。如在求婚场景中，卢仁近乎没有征兆地突然向"她"求婚，自己反倒哭得声泪俱下，"她"走上前来安慰他，"他抓住她的胳膊肘，吻到一个又硬又凉的东西——她的手表。"① 这个手表的细节简直是神来之笔，原本卢仁的求婚足够荒诞、不真实，情节沿着这个情绪发展下去只怕越发飘忽，又硬又冷的手表倏忽间就具有了"现实"的质感。这不免令人联想到契诃夫短篇小说《带小狗的女人》中的一个细节：男主人公古罗夫与一位带小狗的年轻女人有了外遇，在他们刚成为情人之后，女子颇有负罪感，沮丧地坐着，而古罗夫给自己切了一块西瓜，慢慢吃起来。纳博科夫大力称赞这发生在浪漫时刻的现实一笔，"她"又硬又凉的手表无疑具有同样的功能。还有一种是穿插在正文中的扩充性细节，如开篇卢仁的父亲终于跟小卢仁说明了去上学的安排，松了一口气："这的确是卸了个大负担。整整一夏——短暂的乡村夏季大体上由三种气味组成：紫丁香花的气味、刚割下的青草的气味、干树叶的气味——整整一夏他们都在讨论这个问题，即在什么时候、以什么方式向他讲明。"② 在正文紧张的行文中，一个破折号就若无其事地将乡村夏季的味道大大方方地端上桌来。这些味道

---

① [美]纳博科夫：《防守》，逢珍译，上海译文出版社2009年版，第76页。
② [美]纳博科夫：《防守》，逢珍译，上海译文出版社2009年版，第1页。

来自谁的感知与记忆？卢仁，卢仁的父母，还是作者本人？读者在阅读过程中未必会停顿下来分辨，但一种丰富、立体的阅读体验已经获得。此类具有扩张性且特别自由的细节并不如后来作品中那么密集地出现，待纳博科夫在艺术设计上更为轻松和从容的时候，这类细节就随之丰富起来。

　　其次是时间线上，过去、现在与将来在短篇幅内自由截断重组；展现人物意识时也常在各色人物之间来回自由穿插，但所反映的情节却始终是一条稳定的线。有时这两点会综合在一起运用，让读者惊叹纳博科夫在材料剪裁方面的自由与从容。如在写小卢仁屈辱的学校生活时，纳博科夫共动用了三个人的视点，第一是坚信儿子具有某种未知天赋的父亲到学校里拜访老师，却失望地看到儿子被孤立、不快乐的校园生活剪影；第二是动用了作者的全知视角对他的学校生活进行正面描绘，如他课间老缩在柴堆上默默无语，对授课内容毫不理解，被同学们欺侮，因为父亲的三流作品被同学们嘲弄；第三是选择了班里一位"文静"的男生，从他对卢仁几乎为零的回忆中反映卢仁在班级里被忽略的状况。就是在这个"文静男生"的视角下，时间线从眼下一下子拉到了未来，又从未来回过头隔着数年岁月窥探现在：

　　　　正是这个文静的男孩，六年后"一战"伊始，因完成了一项极其危险的侦察任务而被授予圣乔治十字勋章，后来在内战中失去一臂。在一九二〇年，他努力回忆卢仁上学期间是个什么模样时，只能想起一个背影。在班上要么坐在他前面，长着两只招风耳；要么一直退到大厅的尽头，尽可能远离吵闹声。再就是坐着雪橇回家，双手插在衣袋里，背着一个黑白相间的书包，天在下雪……他想跑上前去看看卢仁的脸，却只见风雪迷茫，纷纷扬扬、无声无息的雪，给他的记忆盖上了一层昏暗的白雾。这个从前的文静男孩，如今不安定的流亡者，看了报上登的一张照片后说："想想看，我死活想不起他的模样……死活想不起……"①

---

① ［美］纳博科夫：《防守》，逢珍译，上海译文出版社 2009 年版，第 13—14 页。

　　纳博科夫在短短的篇幅内非常自然流畅地来回切换视点和时间线，拉得开又收得回，自然洒脱，自由无羁，且在卢仁的校园生活之外，还编织了卢仁父亲的一个生命片段——"天才儿子"幻梦的破灭；令一位次要人物有机会向读者介绍自己的人生轨迹（虽然简短）及生命片段（虽然只是关于别人的一段记忆）。但这三者之间有很明显的主次轻重，卢仁的学校生活始终是三者之中最稳定的情节线，不会像《王，后，杰克》那样有凌乱之感。这种人物意识、时间线上的自由穿插作品中还有多处精彩运用，有时还有特殊用途，比如用在时间线从"过去"向"现在"的过渡上。幼时卢仁为下象棋大病一场之后，终于顺利走上了发展象棋天赋的道路，16 年时间在一个句子中倏忽过去，卢仁已长大成人且声名远扬，为了短暂休憩而重回父亲带他来过的德国旅馆，偶遇到"她"并与"她"闲聊。纳博科夫似乎觉得时间线如此迅捷地从"过去"切换到"现在"，使得"现在"的情势还不能稳定立足，因此又安排卢仁从与"她"的谈话中引起对往事的回忆。接下来一章篇幅分别交代了母亲的死及父亲这 16 年里的生活，特别是父亲想动笔写作一部以儿子为主角的小说，终究是雷声大雨点小，尚未动笔就稀里糊涂地去世了。经过这一番自然顺畅血脉相通的切换交叉，"过去"终于比较正式地退出叙述，卢仁与"她"的对话在相隔一章后续接前文，接下来的篇幅除了偶有人物忆起往事外，"现在"稳稳地往前推进。

　　最后是纵横捭阖的场景描写。前文我们对比《堂吉诃德》分析过纳博科夫的场景描写，不仅具有细节上的高度准确、一击即中，而且还将外在事件与人物意识有机结合在一起，使得外在环境描写成为人物意识活动的有意义投射。在《防守》中我们发现纳博科夫还擅长一种自由的、纵横捭阖的场景描写方法，比如不同场景的叠加法，远距离对同一场景的反复（补充性或发展性）涂描等。如婚后再次陷入象棋世界的卢仁对外在世界越来越心不在焉，在意识中将拍护照照片和看牙医两个场景叠加在了一起："摄影师托住他的下巴，把他的脸轻轻转向一边，让他张大嘴巴，然后钻他的牙，发出一阵尖厉的嗡嗡声。嗡嗡声停了，牙医在玻璃架子上找什么东西，找到了，在卢仁的护照上用橡皮图章盖了一下，又用钢笔闪电般地写了几下。'好啦'他说，递过来一份文件，上面画着两排牙齿，其中两颗被钻了孔的牙齿上面用墨水画有小十字。"① 卢仁对这两件事无所用心，放任思想意识流动，其结果就是将不同时间上发生的两件不同的事在意识中混合重组，一定程度上说，这是前文提到的《说吧，记忆》中，从父亲被农民们庆祝性抛上天空场景转变为父亲躺在棺木中场景的首次实验，二者都是场景之间的穿插与转化。只是《防守》中还只是简单的混合重组，《说吧，记忆》中则包含了情绪与景物细腻、动人的对应，转变的过程更不易察觉，悄无声息又自然而然，具有诗意的和谐与美。

　　《防守》中对同一场景远距离反复涂描的手法也已相当娴熟。如在开篇不久出现了一个场景：矮胖的法语女家教给小卢仁动情地朗读《基督山伯爵》，但卢仁完全没有在听，而是在画法语老师肥胖的半身像。紧接下来是成年卢仁对这段童年时光的回忆，许多细节依次出场。一段回忆之后又回到了当前的场景，女家教对眼前这个戴着牙箍、不停抓挠的男孩感到害怕，"缓缓朝打开的图画本探身望去，望见了那张她不敢相信的漫画"。② 这是上下段落中（近距离）对同一场景的发展性涂描，中间穿插的部分篇幅虽短，信息量却够庞杂，还实现了时间线从当下转到未来，又回到当下这样一种截断重组。在时间线上兜了一个圈子后对当下场景增添的一笔顿时令整个场景丰富、立体了起来：除了原有的小卢仁的心不在焉，又增添了好动感情的法语老师从《基督山伯爵》回到现实的一惊——因她在这个场景中也成为行动（缓缓朝图画本探身望去）和感受（"她不敢相信"）的主体，文字便发生了一种奇异的催生力量：与卢仁的回忆相比，法语女教师将来回忆这一场景，又会忆起哪些细节？同一场景，两个不同主体，当下与未来的魔法转换，纳博科夫掌握的是一种功效非凡的秘密利器。这是近距离（上下段落中）的反复涂描，作品中还有间隔中等篇幅的案例，如卢仁与"她"相遇后不久，独行的路上偶遇一个

① ［美］纳博科夫：《防守》，逢珍译，上海译文出版社，2009，第201页。
② ［美］纳博科夫：《防守》，逢珍译，上海译文出版社，2009，第2页。

小男孩用小石子击中了卢仁的左肩胛,令卢仁气急败坏,之后就发生了突如其来的求婚事件,相隔约 12 页篇幅后,卢仁正式地请求"她"的母亲将"她"嫁给自己,动情地说:"看看这条小路。那一天我正沿着它向前走。想象一下我遇到了什么人。我遇到了谁?是一位神话中的人物。丘比特。不过没有带弓箭——带了一块小卵石。我被击中了。"[①] 如果说第一个例子属于对同一场景的发展性涂描,那么这个例子就属于补充性涂描——一开始读者不会注意到小孩用石子打他的场景与求婚场景之间的关系,卢仁在这个过程中的所思所想也不清楚,甚至他是否对求婚之事有过认真的、理性的思考都不甚明了,但经卢仁如此鲜见、动情甚至不乏诗意的剖白,"求婚"就变成了一种具有充分主动性、颇为勇敢浪漫的行动,小孩用石头击打他的场景与求婚场景之间就产生了有效的、有意义的关联。《防守》中更为大胆的补充性涂描则横跨了整部作品——《防守》开篇第一句:"令他最感震惊的是从星期一开始他就叫卢仁了。"为什么要以姓氏来正式称呼这个 10 岁的孩子? 在第 6 页读者获知是因为他要去学校上学了,以姓氏相称是父亲想出来的一种鼓励措施。从此他就以"卢仁"的姓氏出场,他本人的名字却无从知晓,直到全书最后,卢仁从五楼窗户跳下,妻子与来参加宴会的宾客把卫生间的门撞开涌了进来,急切地呼喊他的名字:"'亚历山大·伊万诺维奇,亚历山大·伊万诺维奇。'"[②] 姓氏开场,名字收尾,纳博科夫对整部小说的细心营构可见一斑。如果认为这就是极限了,还是低估了纳博科夫想象力的充沛与大胆:《防守》中,"她"的父母在柏林还维持着以流亡同胞为主要对象的社交生活,其中一对阿尔费奥洛夫夫妇几次出场,记忆力良好的读者应该会记起,这一对就是《玛丽》中的玛丽与丈夫。阿尔费奥洛夫还"爱讲一位老诗人死在他怀中的故事"——无疑,这指的是老诗人波特亚金。

类似的场景处理方式纳博科夫在后期的作品中继续推进。他之所以能如此不受束缚地处理场景描写,一方面源于他自由的时间观(按照需求折叠时

---

① [美]纳博科夫:《防守》,逄珍译,上海译文出版社 2009 年版,第 86 页。

② [美]纳博科夫:《防守》,逄珍译,上海译文出版社 2009 年版,第 213 页。

间）；另一方面也是他精心为读者设计记忆与发现训练的结果，这让读者常有意外惊喜，也使得纳博科夫离他理想的作品——一幅需要通过整体观察细节的绘画——越来越近。

综上所述，难怪《防守》出版后有人就高度评价青年艺术家西林，并将他视为艺术主义者，因为纳博科夫确实苦心经营自己的作品。他经营的方向并非在于题材的宏大、结构的庞杂之类，而是如何突破传统，在故事整体稳步推进的同时，自由地、严密地发展自己独有的技巧，即上文我们重点分析的几个方面。自由（时间线上、人物意识上、场景切换上）、严密（各种细节的细致对应、人物之间的秘密联结、远距离对同一事件的反复涂描），确实是纳博科夫艺术追求上的关键词。

（三）《防守》余论

《防守》中还有几点与论题相关，值得注意。

一是关于卢仁的父亲。他是一位庄园贵族，还是一位天赋平庸的儿童作家，将说教性作为写作的主要目的："他父亲写的书，红底金字的压花封面，第一页上是一行手书题词：我真诚地希望我的儿子永远像托尼一样善待动物和人类，后面是一个大大的感叹号。"或者，"我写这本书是为我儿你的将来着想。"[①] 书籍内容也伤感、老套，如《托尼历险记》讲的是托尼不喜爱他年轻的继母，离家出走，后来"一次发烧（这么安排对作者方便）使所有的困难得以解决——不是斑疹伤寒，也不是猩红热，仅仅是'发烧'而已"。因为继母对生病的托尼悉心照顾，托尼心生感激与爱意，以妈妈相称，"一滴热泪滚下她的脸颊，一切都美好起来"。[②] 且不论作品艺术水准如何，就其所欲实现的目的来说也南辕北辙，原因在于他的说教距离儿子的真实生活（经常受到同学的嘲笑捉弄）和内心世界（最爱的书其实是《八十天环游世界》和《福尔摩斯探案集》）十分遥远。老卢仁并非不懂得，真实生活远比他的故事书"不方便"得多。这在他教训小卢仁逃学的场景中体现得很清楚。老卢仁先是试

---

① ［美］纳博科夫：《防守》，逢珍译，上海译文出版社 2009 年版，第 15 页。
② ［美］纳博科夫：《防守》，逢珍译，上海译文出版社 2009 年版，第 130 页。

图"让我们像朋友一样谈谈"，见不奏效，便给儿子讲了一番关于责任的大道理："每个人都有他自己的责任，做公民的责任，做家庭成员的责任，做士兵的责任，也有做学生的责任。"儿子的反应只是疲倦地打哈欠。老卢仁深感绝望地令他离开。这时在隔壁旁听的妻子进屋来，痛哭流泪，数落儿子，更是为了数落有婚外情的丈夫。老卢仁此时觉得非常可悲，因为自己已然为家庭责任放弃了甜蜜的婚外恋情，但妻子仍不满意，不禁感慨："一个人要尽好自己的责任多难啊。"①——这才是真实生活中人的具体处境，远非一次发烧、一篇大道理能够轻松解决。如果他足够敏感，此时就应瞬间体味到自己的那一番长篇训诫是如何的陈词滥调、隔靴搔痒、百无一用。说教文学乃至一切说教性行为，都因为目的过于明确、手段过于功利，而具有老卢仁关于"责任"的那番话的特征：飘忽于真实生活、真实感受之上，既不切实际，又软弱无力。

　　另外，纳博科夫喜爱象棋是众所周知的，看起来象棋是一种需要在竞技中检验的技艺，功成名就还是穷途末路来得非常直接，但事实上文学艺术同样如此。文学史似一条绵延不息的长河，每个阶段都有脱颖而出的艺术家有幸融入这条文字长河中，绵延磅礴恰好遮盖住了其中的竞技性。布鲁姆以"影响的焦虑"做过分析，其实除了面对前辈，文学家们还要面对不断崛起的后辈。《防守》中纳博科夫就以象棋为喻谈及了这个问题："卢仁目前的困境有点像一位作家或作曲家的困境：崭露头角时吸收了最新的艺术成果，以手法新颖轰动一时，后来突然发现，他周围的情况已经不知不觉发生了变化，又有新人不知从哪里冒出，使他新近尚且领先的手法落到了后面。这时他觉得自己遭了抢劫，只认为异军突起、超越了自己的艺术家都是拾他牙慧，还不心怀感激，却很少认识到应该反省自己。其实正是他自己的艺术僵化了。"②纳博科夫的这段话，并非是针对那些已被自己征服的"老一辈"作家卖弄自己的异军突起，而是在写出第一部杰作之时，就已对自己将来可能面临的艺术困

---

① ［美］纳博科夫：《防守》，逢珍译，上海译文出版社 2009 年版，第 32 页。
② ［美］纳博科夫：《防守》，逢珍译，上海译文出版社 2009 年版，第 71 页。

境进行了观望与思考——对于任何具有充分的艺术自觉的作家来说，艺术上的僵化都是最为可怕的事情，所以纳博科夫持续性地在艺术形式、技巧方面进行探索，几乎每部新作品都有不同以往的新要素加入。

博伊德在解读《防守》时将读者的注意力引向了主导卢仁命运的神秘力量："一组花样坚持把卢仁的外祖父与这个孩子对象棋的发现联系在一起，另一组花样则将卢仁的父亲与那个一头闯进卢仁生活的女子联系起来。"[①] 也即，博伊德认为，卢仁外祖父的魂灵希望卢仁继续在象棋艺术上突破，而其父亲的魂灵则希望"她"和卢仁的婚姻能使卢仁摆脱掉象棋带来的巨大精神压力。如果认可这种解读，那么这部作品还是纳博科夫首次展现出形而上内涵的长篇小说。但与后期更为明确的暗示相比，这种解读的牵强之处也显而易见。死去的父亲与祖父在卢仁的生活中是否发挥了些微作用，对于卢仁的真实困境来说无关紧要——困境已然形成，无论是卢仁、父亲还是外祖父都无能为力。纳博科夫的彼岸世界之存在应该还有更为珍贵的意义，而并非仅为干涉后代人的生活。特别是卢仁的父亲，如果他真的如此关心儿子的幸福，那么在生前就应采取更多行动，而不是偏于一隅试图以儿子的经历为素材写作一部伤感且庸俗的传奇小说。如此这等阐释，将卢仁的人生视为父亲与祖父的竞技场，关于艺术与生活之间的林林总总引发的感受与体验转变成一场已死之人的竞技游戏，想必并非纳博科夫真正的用意。

从早期这三部长篇小说的发展轨迹可以看出，纳博科夫经历过艺术上的练笔，而他的艺术目标从第二部作品开始已经若隐若现，在第三部作品中已经得到了初步的实现。纳博科夫认为，要获得独特的艺术自由体验，作家必须有能力突破表面现实的制约与束缚，其中最难的部分就是"自我的牢笼"了，为此他尝试着将自我的生活经历与思想也转变为纯粹的杂乱无章，从明显的"自我"，到蓄意的"非自我"，再到将自我在艺术的魔法中融化并参与新的组合，纳博科夫的自我突破之路清晰可见。这就不难理解为什么纳博科夫

---

① [新西兰]博伊德：《纳博科夫传》（俄罗斯时期），刘佳林译，广西师范大学出版社2009年版，第432页。

在后来的创作中也反复强调虽然素材与他真实经历有关，但实际上又是自由的新组合，如《眼睛》（*The Eye*，1929）前言中说："书中的人都是我在文学青年时代情有独钟的人物：生活在柏林、巴黎或伦敦的俄国流亡者。其实，他们也可以是生活在那不勒斯的挪威人或安布里奇的安布拉基亚人：我向来对社会问题漠不关心，纯粹是利用手边的素材，就如同一个滔滔不绝的食客在桌布上画一幅街头素描或者把一粒面包屑和两只橄榄在菜单和盐瓶中间摆成一个阵图一样。"[①] 除了"自我"之外，纳博科夫认为强烈感情也会干扰那个世界，为此作为作者他试图摆脱对作品中某个人物的特殊偏爱，也寻求方法屏蔽读者的"感同身受"。为了那个"纯粹虚构"的世界的自由，他还悬置个人立场，自由地处置时间线，自由地叠合、拆分场景描写，这些在《防守》中都有显现。这些手法说到底只是外在表现，其实质乃是纳博科夫对艺术自由的衷心追求。

第三节 《天资》：一位青年艺术家的成长史

整个俄语创作时期，纳博科夫的长篇小说表现出了一种特别的创作规律：《玛丽》（1925）、《防守》（1929）、《荣耀》（1930）、《斩首之邀》（1934）、《天资》（1934—1938）可以看作同种思路上的。在这几部作品中作者都是以一种真诚的态度与读者交流，你可以信任作者本人或作品中的叙述者；主人公在这方面或那方面与其创造者相像，而且都受作者本人喜爱——充满活力的加宁，陷入困境的卢仁，不断突破自我的青年艺术家费奥多尔，如沉默的堂吉诃德般为世人不理解的荣耀舍弃生命的马丁，被整个世界的荒诞、虚假与庸俗所围困的辛辛纳特斯等，读者能感受得到作者引荐他们时的诚意，同

---

① ［美］纳博科夫：《眼睛》，蒲隆译，上海译文出版社2013年版，前言第Ⅱ页。

时也因为这两点，作者总带着那么一点儿急切的欲望，期待读者对他的叙述和人物的接受。而在这期间还同时穿插着另一种风格：《王，后，杰克》（1928）、《眼睛》（1929）、《黑暗中的笑声》（1931）、《绝望》（1932）、《魔法师》（1939）可看作另一条线上的，作者特意选择一些与他本人生活完全不同甚至截然相反的题材，使用的语气都是置之事外的嬉笑嘲讽，其主人公也不再受到作者的宠爱，作者只是提供舞台让他们充分地出丑露乖。俄语时期的纳博科夫在这二者之间不断震荡摇摆，致力于寻求理想艺术的突破口。进入英语时期后的纳博科夫渐渐掌握了保持平衡的诀窍，既摆脱了第一条线路的单调、稚嫩与急切，又不至于在第二条线路的过分放纵和纯粹虚构中流于虚空。他俄语时期的最后一部长篇作品《天资》某种意义上正是纳博科夫对自我文学发展道路的一次文学性反思与呈现，对于理解纳博科夫本人的艺术转变、发展方向具有特别的价值与意义。

一、《天资》与费奥多尔

《天资》（*The Gift*）作为纳博科夫的第九部俄语小说，是篇幅最长、在各个方面最难理解的，创作时间也较长，历经 1934—1938 年五年的时间。《天资》中有大量与俄国大作家或隐或显的对话，如普希金、果戈理、车尔尼雪夫斯基，还有不少在虚构的名字下对应了当时流亡圈真实存在的作家与评论家，如费奥多尔两次幻想与他喜爱的作家孔切耶夫进行深度交谈，孔切耶夫的形象与纳博科夫的知音霍达谢维奇有颇多对应之处。纳博科夫在序言中也明确说，该书的女主角其实是俄罗斯文学，而不是济娜，更促使围绕《天资》的考据学、注释学充分展开，一定程度上使得《天资》如乔伊斯的《尤利西斯》一样，似乎只对特定读者开放，有的评论家甚至认为"除非你沉浸在 19 世纪俄国文学的知识与爱中"[①]，除非你对那个时代的俄国流亡文学圈有详尽的认知，否则是

---

① Yuri Leving, *Keys to the Gift: A Guide to Nabokov's Novels* (Brighton: Academic Studies Press,2011), p.245.

无法读懂这部作品的。还有批评家如唐纳德·马尔科姆（Donald Malcolm）认为纳博科夫在作品中要表达得太多，如儿子对父亲的思念（费奥多尔一心期待父亲的归来），俄国文学发展的成绩与曲折（从普希金到果戈理到车尔尼雪夫斯基），俄裔流亡文学的来路与去处（普希金还是车尔尼雪夫斯基？艺术自由还是服务于社会？），爱情的挫折与馈赠（雅沙为爱而死，费奥多尔因济娜的爱而幸福），失独子的坚强与脆弱（雅沙的父母试图坚强但终究无法抑制对儿子的思念），流亡生活造成亲情离散下的孤独无依（费奥多尔与母亲、妹妹无奈地相隔遥远），所有这些都在《天资》中争相诉说，造成了作品的"不堪重负"。实际上这些看似各执其词的碎片都被融合进了一条主干线索中，那就是费奥多尔在三年多的时间内从诗人向小说家的成长历程。

费奥多尔是一位生活在柏林的俄国流亡青年诗人，第一章中刚刚出版了一本回忆童年故乡生活的诗集，但毫无反响。第二章主要围绕费奥多尔的父亲展开，他非常爱父亲，但作为博物学家的父亲在一次挺进亚洲腹地进行蝴蝶考察的活动中一去不返，费奥多尔想写作父亲的传记，一番努力后最终发现不能成文而搁置了。在看似一而再的文学败局中，第三章中的费奥多尔却迎来了命运馈赠给他的大礼（gift）——济娜的爱情。这令他的感情世界变得充盈，文学活动也迎来了转折点。他准备写作 19 世纪 60 年代雄踞俄国文坛的车尔尼雪夫斯基的传记，这本独立的传记构成了作品的第四章。第五章是传记引起的反响——除了偶有赞同之语，基本是一片批评之声，人们指责他蓄意诋毁俄国文学中的伟大人物，但费奥多尔坚持己见毫不妥协。除此之外他还迎来了与济娜的幸福二人世界。作品中费奥多尔经历了一条与纳博科夫本人非常相像的成长道路：从个人小世界走向了外面大世界，从诗歌创作转向了传记和小说（长篇散文作品），从手法直截了当、稍显稚嫩转变到有意识地模仿文学前辈并与文学传统对话，从孤单思念亲人到理解命运的复杂花样并收获爱情，经历了如此种种的费奥多尔和纳博科夫最终成为成熟的个体和艺术家。但纳博科夫在 1962 年为英译本《天资》撰写的前言中特意否认了自己与主人公的相似之处：

与书中主人公一样，我也从 1922 年起住在柏林，但是这个事实，及我和他在文学、蝴蝶等方面的兴趣的一致，都不足以让人"啊哈"一声，将我认定为费奥多尔的原型。我现在不是、过去也不是费奥多尔；我的父亲也不是中亚的探险家，我倒有可能成为；我从未向济娜求爱，从来没为诗人孔切耶夫或其他作者而烦恼。事实上，在孔切耶夫和另一个次要人物——小说家符拉基米尔身上，我倒辨别出了跟 1925 年的我零零碎碎相似的地方。①

这自然不是一本传记，纳博科夫原意是希望读者不要一味沉溺于寻找作者与主人公的相似之处，更不要在发现了这些表象的相似之后就自以为是地中止进一步的探寻。事实上，如纳博科夫的传记作家博伊德所说，纳博科夫在该作中大量使用亲身经历的状况已超过了其他作品；纳博科夫也曾如费奥多尔那样以诗歌的形式再现童年，探察命运早年的线索；纳博科夫对故乡怀有深沉爱恋，费奥多尔也拥有一个类似的家园，只是名字不同；纳博科夫崇敬自己的父亲，费奥多尔也同样如此，纳博科夫还将自己对鳞翅目昆虫的热情与知识都赋予了费奥多尔的父亲。博伊德还发现了更多："纳博科夫将他所有的基本情感——对他的祖国、他的家庭、他的家乡、他的语言、他的文学、他的鳞翅目昆虫、他的象棋、他的爱情的爱——都赋予了笔下的主人公，甚至还有相同的偶然、流亡生活、语言教学、对柏林的厌恶，在格伦瓦尔德的日光浴等。"至于费奥多尔文学才能的成长，博伊德认为这恰是纳博科夫"透过自己的过去这面镜子去描画费奥多尔的肖像"②。纳博科夫在前言中也承认："我写这本书的时候，还没有我后来的英语小说中处理特定环境的那种本领，即彻底地、不带私人情感地重造一个柏林和侨民聚居

① Vladimir Nabokov,*The Gift*, Translated from the Russian by Michael Scammell in collaboration with the author (New York: Peguin Books Ltd., 1980), p.7.
② [新西兰]博伊德：《纳博科夫传》（俄罗斯时期），刘佳林译，广西师范大学出版社 2009 年版，第 598 页。

圈。历史不时地在小说中展露出来。"① 更为清晰的是，他也无法彻底地、不带私人感情地塑造他的费奥多尔，这个青年艺术家的画像与作者本人十分相像。

二、费奥多尔与纳博科夫的文学成长之路

费奥多尔出场时正在搬家，读者跟随他的思想与感官没多久就会知道，他在捕捉日常生活中的特别场景、以艺术的眼光将最不起眼的地方变形提升到艺术领域方面不仅生性敏感，而且训练有素。这是一位诗人必备的才能。对此纳博科夫不是平铺直叙地介绍，而是直接供给读者具体实例，他从契诃夫的作品中总结出了这一点：与其由作者以一系列形容词来形容主人公，莫如让读者自己观察他的言行思想与感受，自己得出认识。当然对作者来说这又有特别的难度，因为必须有足够贴切的案例与细节才能在读者心目中塑造出作者理想中的人物形象。费奥多尔一想到自己的诗集已经付梓出版仍难掩激动，特别是亚历山大·车尔尼雪夫斯基打电话来暗示报纸上有一篇关于他的诗集的评论，欣欣中他重新迅速回顾了一番自己的诗作。诗歌的主题是"童年"，结构上精心安排——第一首诗是关于一只消失的球，在最后一首诗中那只球意外地在重新布置家具时现身于房间角落。整部诗集意象可谓丰富，情绪传达也准确到位，也没有刻意在诗歌中添加思乡念旧之类的作料，但全部诗篇都是诗人自己的童年记忆：北方的冷杉，贵族之家的百叶窗，假扮成彩绘花盆的报时钟，彼得堡的冬天，雪橇，蝴蝶，第一辆脚踏车，画画练习，打扮成骑兵与印第安人的混血儿与妹妹玩打仗游戏，彬彬有礼的老钟表匠上门校准钟表……这些都是个体经验的积蓄、酝酿与传达，在生活环境迥异的读者的记忆库和感觉经验中唤起的东西还相当有限，若论知音必定只有少数。

纳博科夫本人最早也是以诗歌走向文学之路，15 岁时他就体会到了诗

---

① Vladimir Nabokov, *The Gift* (New York: Peguin Books Ltd., 1980), p.8.

歌的迷醉力量，之后虽然主要创作小说，但并未中断诗歌的创作，从1916—1979年共出版了8部诗集，也分为俄语时期与英语时期两个阶段。劳伦特·拉百特与加利亚·迪蒙特等人提出了一个共识，即纳博科夫的小说是现代的，但诗歌却相对保守和传统，似乎特意为了保存和传承俄国传统的抒情诗歌。前者还指出，纳博科夫与乔伊斯一样被诗歌这种文体所束缚，是因为他们认为诗歌必然是出自灵魂的特殊时刻，任何狡猾的掩饰与伪装都是对诗歌真诚性的戕害。如果说诗歌在纳博科夫看来是灵魂之间剥除一切伪装、极其坦诚与私密的对话，小说则完全不同，甚至可以施放烟雾与手段，因为人的认知有其独特规律，青天白日躬身呈上的稀世珍宝容易被人疑心厌弃；反之，将之藏于深山幽洞中人们却拜求渴欲。小说家纳博科夫不仅懂得这一点，还懂得如何在合适的时机施放合适的信息与情感，引导读者一次次碰壁之后又回头。在这里就出现了诗人纳博科夫与小说家纳博科夫之间的裂缝，费奥多尔本人的成长正处在这个裂缝之间。

因为对父亲的思念之情，第二章中的费奥多尔想写作父亲的传记，这是他第一次筹划以散文的形式写作长篇作品，尚无经验的他试图通过学习普希金来完成这次创作。"他继续等待，筹划中的作品飘荡着阵阵狂喜，他唯恐匆忙和令他畏惧的复杂责任破坏了那种狂喜，他还没准备好。整个春天他都在进行有计划的训练，也就是说汲取普希金、呼吸普希金（他的肺活量都增大了）。他学习词汇的准确性以及词汇间连接时的绝对纯净；通过将散文的透明性达到素体诗的地步，他充分掌握了这种文体。"[1]这种有意训练的结果，使得"普希金进入了他的血液，同时普希金的声音与父亲的声音融合在了一起"[2]。除此之外，他还做了大量材料收集和事实考证的工作，调取自己为数不多的记忆，阅读父亲的书信和著作，这使得费奥多尔渐渐进入幻想之境，恍惚跟随父亲的车队一起深入中国西藏进行考察活动。他一度感觉那本传记已经呼之欲出，但看看自己已经完成的片段，又发觉与他理想中的文字相去

---

[1] Vladimir Nabokov, *The Gift* (New York: Peguin Books Ltd., 1980), pp.93–94.

[2] Vladimir Nabokov, *The Gift* (New York: Peguin Books Ltd., 1980), p.93.

甚远，因为他发现无论如何都无法用文字将父亲和父亲的事业再现出来而不
亵渎或者损减。阻挠他的障碍究竟是什么？当初母亲非常支持他写作父亲的
传记，并给予了建议："切记你需要的是大量准确的资料，及越少越好的家庭
温情。"[①]母亲担心他被亲情干扰丧失了传记的真实性，但还是低估了父亲在
费奥多尔心目中的分量：他对父亲极度怀念与崇拜，以至于不能容忍任何文
字上的瑕疵与可能导致的误解。他无法逾越的障碍就在于父亲对于他来说至
高至伟，一个作者带着这样强烈的感情去呈现他的人物时就完全束缚住了文
笔，原本广阔的天地如今成了一座门窗紧闭的庙宇，个人情感、思想的过分
投入使他无法真正呈现出一个相异的灵魂，而陷入个人独语的状态。费奥多
尔在接触失独子雅沙的亚历山大夫妇时，已经从"接受者"的角度体会了这种
带有强烈情感和情感期待的叙述造成的一系列强迫、尴尬甚至是拒斥。雅沙
陷入无望的三角关系，在最美好的年华开枪自杀，给父母留下了无法治愈的
伤痛，他的父亲亚历山大•车尔尼雪夫斯基为此饱受精神疾病的折磨。他的
母亲也无法从思念儿子的痛苦中超脱出来。他们对独子的思念自然令人同情，
但是当他们将这种极其强烈的情感倾泻给他人时，有时能够收获一些意料中
的眼泪与同情，但更多的时候反而损毁了儿子本身的形象，"她越起劲地谈论
雅沙，他的吸引力就变得越小"[②]。雅沙的母亲从听众那里索取的是关于雅沙
的情感共鸣，但没有人对雅沙的感情能像他们夫妇一样浓烈，这索取与回报
的不相称彻底毁了"倾诉"行为本身。所以说最珍贵的情感最好私藏，表达是
一门有其独特规律的艺术。纳博科夫本人的文学也曾出现这样的困境：一旦
当他试图向读者引荐一种他极为看重的观点，一旦他试图让读者喜爱自己心
爱的人物，他就难免急切，难免捆住了手脚，这种"面对面的""真诚的"艺
术越发展下去越与自由的精神相违背，如同取了一棵佳木放弃了大片森林。
1930 年纳博科夫写作的《荣耀》在这方面最有代表性：纳博科夫宣称这是他唯
一一部有意图的小说，"着重揭示了我那年轻的流亡者在最平凡的乐事和看似

①　Vladimir Nabokov, *The Gift* (New York: Peguin Books Ltd., 1980), p.93.

②　Vladimir Nabokov, *The Gift* (New York: Peguin Books Ltd., 1980), p.41.

无意义的孤独冒险经历中发现的激情与魅力"①。主人公马丁是作者心爱的人物，为了自己心目中的"荣耀"，他在同龄人纷纷成为社会中流砥柱之时，却拒绝从事继父口中那些"踏踏实实的行业"，孤身一人不带护照偷偷返回血与火中的苏维埃，且没有任何社会或政治目的。马丁的"荣耀"独特之处恰在于"无用"，不追求实际效果或效益，只为验证和追求个人的英勇，正如纳博科夫在《荣耀》前言中说，他试图将马丁的理想提升到"一种极度纯情和充满忧郁的艺术境地"。但为了这种于任何人都无益处的荣耀，马丁拒绝任何实业工作，置母亲的期待与思念于不顾，这荣耀纵然诗意但终归虚无。将艺术本身的纯粹也施之于现实生活，着实经不起社会伦理与家庭伦理的重重拷问，也将艺术本身置于了绝对超然于社会俗务的尴尬之位上。事实上紧接《荣耀》之后的《黑暗中的笑声》和《绝望》两部作品中，纳博科夫都放弃了《荣耀》这种孤注一掷的题材与手法，转而从反面检测和质疑"艺术"是否有超然于日常生活、他人情感的权利。这也是费奥多尔接下来做的事情，也即他写作的《车尔尼雪夫斯基的生活》（*The Life of Chernyshevski*）：不再正面直接地树立丰碑，而是在反讽、戏拟中质疑和推翻现有的权威。毕竟，比起费尽心神地向人说明自己是什么，说明自己不是什么要容易得多。

　　费奥多尔并不是从父亲的传记立刻就转向车尔尼雪夫斯基的传记的，中间一个重要的契机就是他与济娜的爱情。博伊德认为纳博科夫与薇拉的结合也同样促进了纳博科夫艺术上的转折："费奥多尔的变化发生在他爱上济娜以后，这无疑绝非偶然，要知道，纳博科夫正是在与薇拉结婚之后从正面抒情风格转向了反面的戏剧风格，他直接受到她客观、冷静又不屈不挠的批判性态度的影响。"②纳博科夫应该不会反对博伊德的这种说法，他的每部作品都是献给妻子的，这不仅是一种类似于骑士忠贞之爱的表现，很可能也表示妻子薇拉的思维特质确实存在于他的每一部作品中。但博伊德忽视了纳博

①　[美]纳博科夫：《荣耀》，石国雄译，浙江文艺出版社2012年版，美国版作者前言第2页。
②　[新西兰]博伊德：《纳博科夫传》（俄罗斯时期），刘佳林译，广西师范大学出版社2009年版，第599页。

科夫本人艺术发展的曲线与规律，这发展变化的内部动因还是纳博科夫对艺术自由的执着追求。1923 年纳博科夫与薇拉相遇，1925 年结婚。纳博科夫的第一部长篇《玛丽》创作于 1925 年，可以说确实是在婚后纳博科夫才发展了长篇小说艺术，但纳博科夫的小说很长时间内仍在"正面抒情"风格上探索，《荣耀》就是个典型的例子。如前文所说，一直到 20 世纪 30 年代末期的整个俄语时期纳博科夫的小说创作都是在两条线路上来回尝试，而并非与薇拉结婚后一蹴而就地由第一条线路转变到第二条线路，即使英语时期转变到以第二条线路为主，实际上也仍保留了第一条线路的抒情性与诗性。

《天资》中费奥多尔的转变从表面情节看是源于他对一本苏维埃棋类杂志的阅读，实际是源于他作为一名艺术家对半个世纪以来俄国艺术发展的批判性思考。费奥多尔与其创造者一样，不仅是个象棋的解题高手，还特别擅长制作棋题，认为棋题制作与艺术有相当多相通之处。在那本期刊上，一位美国大师通过巧妙的隐藏、诱骗而制敌，紧接着的苏维埃棋题却十分低级、匆忙、粗陋，刹那间费奥多尔感觉到一阵剧痛，为象棋棋题中映射出的俄罗斯文化的蠢笨、浑噩而悲叹。他开始思考这其中的原因：是什么使俄罗斯思想、文化特别是艺术变得如此灰暗鄙陋？正因为自由的精神被偷走了。普希金曾是艺术自由最辉煌的代表，但从 19 世纪 60 年代始，以车尔尼雪夫斯基为代表的功利主义却将"自由"从艺术领地中驱逐了出去。这就是费奥多尔写作车尔尼雪夫斯基传记的初衷。他开始阅读车尔尼雪夫斯基的作品，为其中表现出来的明显的阻塞、困难、摩擦和笨重而感到独特的狂喜：他找到了对手、敌人，找到了值得处理的一个反面题材，他可以使用反讽这种手法传递真正有价值的东西。但对于这种做法究竟能否有效，费奥多尔并没有完全把握，因此才称其为"射击训练"（Firing Practice）——射击指向的是一个敌人、对手，费奥多尔已经意识到，与竖立一尊个人尊崇的雕像相比，抨击一个伟人的错误（或一种普遍观念）更适合他的艺术，因为前者是一个上升到诗意、想象境界的牢笼，而后者则是穿梭在现实中的自由的马车。传记出来后，认可的评论只占极少数，但是该作确实引起了强烈的反响，既在于作者对车尔尼雪夫斯基的评价，也在于他那令人摸不到头绪的立场，人们还在猜测他究竟出于何种动机而写作该书，似乎单纯地为艺术自由而辩护这个初衷并不足信一样。这种反映已经令费奥多尔相当满意了：他终于写出了第一部长篇散文作品，出版之路虽有曲折但最终顺利，且在批评界引起了这样的反响，费奥多尔第一次真正面对了他的读者和听众，一种对话模式终于顺利建立起来。他的射击训练所射向的不仅是已经逝去的偶像，还包括当下文坛中的厚厚屏障，只要这一击下去确实留下了些光、火和裂缝，就算实现目标了。难以想象如果他关于父亲的传记也遭到此类批评，他会如何怒发冲冠，陷进口诛笔伐予以反击的泥潭。之后费奥多尔还经历了一场小闹剧，即流亡文学圈内部的一场争权夺利。费奥多尔冷眼旁观，拒绝参与。文人之间短视的争斗，相对于费奥多尔想要追求的真正的艺术的声名来说，是毫无意义的，与车尔尼雪夫斯基在社会进步方面的英勇与牺牲相比，这是一种更严重的精神匮乏，值得成为下一步射击的目标：弥漫在艺术旗帜下的庸俗气息——这是纳博科夫多部作品中攻击的对象。

但如果由此就认为费奥多尔从此化身为刚猛的斗士，将致命的子弹射向一个个对立的思想，那么就错了，那是另一种的自我束缚与限制，同样与纳博科夫所追求的艺术自由相悖逆，费奥多尔本人乐观自信的天性和追求幸福的能力化解了原本可能有的戾气。这里的费奥多尔与《玛丽》中的加宁一样，具有与周围阴郁的环境不相符的活力。他是一个乐观、自信，懂得体味幸福的家伙，认为自己有能力实现对词语的专政，也有能力把握住自己的天赋。如果命运赠给了他济娜的爱情，赠给了他天赋，也提供给了他契机把握住这一切，那么他恰巧是能领会这一切幸运的人。至此读者才发现，原来《天资》全书是费奥多尔的第二部长篇散文作品——这解释了作品缘何随意切换第一人称和第三人称。在这部自传体小说中他既感谢命运为了将他和济娜联系在一起付出的诸般努力（在分析车尔尼雪夫斯基生命花样的过程中他掌握了这项本领），也自信未来会有诸多读者赞赏自己的文学。这也是纳博科夫本人对

自身充满信心的反映，回首来路眺望去路，纳博科夫相信自己找到了发展个
人天资的正确道路。

三、书中书：《车尔尼雪夫斯基的生活》

费奥多尔的《车尔尼雪夫斯基的生活》独立构成了《天资》的第四章，这
种"书中书"的特殊形式纳博科夫后来在《微暗的火》（1960）及《爱达或爱
欲：一部家族纪事》（1966—1968）中再次使用过，但后两者是虚构中的虚
构，《车尔尼雪夫斯基的生活》却不能完全视为虚构的费奥多尔的虚构性作品，
除了前文提到的费奥多尔与作者本人的紧密联系之外，主要还因为车尔尼雪
夫斯基是俄国文学史上有重大影响力的人物，该传记是在历史事实的基础上
写作完成，虽然是作为虚构性作品的一部分出现的，但读者和评论界还是会
首先考虑纳博科夫本人的文责。

在费奥多尔（纳博科夫）看来，车尔尼雪夫斯基在反对死刑、促进社会
进步等方面确实是令人敬佩的英雄，但在艺术方面他却是俄国文学的敌人，
他将普希金引领的艺术自由关进了服务社会和革命的牢笼中，驯服它，而后
佩戴上马鞍与马辔对之发号施令。车氏的艺术观念、与当时文坛人物交锋或
联盟的情况，是该作的核心内容，作者对此集中笔力、基本以时间为序给予
了清晰有力的述评。费奥多尔笔下的车氏，醉心于规律、常识、发明，但这
些都未提供给他理解自己人生的智慧与力量；他在自己幻想的场景中过分感
伤，但糟糕的视力甚至无法使他看清楚心爱姑娘的真实样貌；贫穷的生活限
制了他的艺术感官，且使他尤为注重"实用性"，商店橱窗里的美人像就是他
所认为的"艺术品"——与这种粗率、丑陋、无用的东西相比，生命本身自然
更美好。费奥多尔认为他在橱窗前的观感奠定了其硕士论文《艺术对现实的关
系》的基调，这对车氏的美学观是釜底抽薪式的打击：车尔尼雪夫斯基并不真
正了解艺术，他只是向文艺女神最卑贱的侍女瞥了一眼，就断言艺术女神风
华不过如此。车氏的论调却成为 20 世纪 60 年代艺术的最强音，其后果是造

成了艺术自由精神的凋零。通过抨击车尔尼雪夫斯基的"艺术应首先再现自然与生活""现实高于艺术""美就是生活"等观念，费奥多尔试图重新恢复以普希金为代表和象征的艺术自由精神，而这也是纳博科夫本人多年来所珍重和坚持的。因为纳博科夫对车尔尼雪夫斯基的评价富有争议，导致《天资》最初出版时这一章被完全删除。一直到了1952年纳博科夫才在美国的契诃夫出版社出版了该书的完整本。

　　除了基本观点与态度之外，本书的写法也引起了争议。从第五章中的评论来看，不少人是以"中规中矩的传记"来期待该书的，比如应先交代传主的出生，传记主要内容应该是其一生的重大事件，且最好谨遵时间顺序来记叙。《车尔尼雪夫斯基的生活》并非没有介绍车氏的出生，只是到了全书的最后一段才交代，且特别提及了他教父的名字，因为后来车氏以之命名了他的一位主人公。这是该作风格的一个缩影：自由使用传主的人生材料而不受时间拘束，试图在散乱的事实材料中发现有意味的巧合与重复，以此统摄传主的一生。这与纳博科夫对"传记"这种文体的认识有关，他不迷信传记所谓的绝对真实性。1937年在巴黎纪念普希金逝世100周年的会议上，纳博科夫发表了《普希金，真实的与貌似可信的》一文，其中提出："对另外一个人的生活现实进行充沛的想象，完全复活他的思想并将其落于纸上是可能的吗？我不这样认为。人们无法不注意到，当思想本身将光线投诸于一个人的生活故事上时，就会发生一定程度的扭曲变形。"[①] 既然完全重现对象的生活、思想轨迹是不可能，传记家把握在手的只有外在的基本生平事实，那么还把传记打扮得俨然"真实"就自欺欺人了。任何传记都是传记家对另外一个人的再阐释，是一个灵魂对另一个灵魂的个性化解读，在事实的基础上拥有相当的自由，费奥多尔充分利用了这份自由。作品开场时车氏已到了求学年龄，很快就到了18岁，与母亲一起乘着马车行驶在旅途上，其间被一本书热烈吸引。接下来一段就抓出了"写作主题"（车氏对阅读与写作的强烈兴趣）、"近视"主题（视

---

①　See Jullian W. Connolly, "The major Russian novels", in *The Cambridge Companion to Nabokov*, ed. Julian W. Connolly (Cambridge: Cambridge University Press, 2005), pp.144—145.

力不佳影响了他的艺术鉴赏）、"天使般圣洁"主题（为人类献身）、"旅行主题"（漂泊与流放），并在这些主题下对传主未来命运进行了一番预先展示，之后又回到了当下母子二人一同乘车的场景，年轻的车尔尼雪夫斯基颠颠簸簸地在光影穿梭中读着手上的书。这种在时间线上自由开阖的手法我们在《防守》中已有领略。后文中像这样将同一主题的不同事实材料穿越时间统聚在一起的情况非常普遍，如饮食主题（贯穿他一生的糟糕的饮食）、爱情主题（他人生不同阶段对女性的爱慕之情）、葬礼主题（他参加母亲的葬礼，他的学生参加他的葬礼）等。几乎涉及了车氏人生的所有主题旋律之后，作者又回到了车氏的艺术观念，并得意地说："车尔尼雪夫斯基生命的各种母题而今都被我制服，它们顺从于我，已习惯了我的笔；我笑着放它们去：像回旋镖或鹰隼一样，它们在发展过程中描绘出了一个圆圈，结尾又回到我手中。即使有些飞远了，飞出了我的纸页的地平线，我也不惊慌，它还会飞回来的，就和这个一样。"①

还有人特别强调时代观念与历史背景，认为这些才是理解传主唯一真实的角度。对于这种观念，纳博科夫在《塞巴斯蒂安•奈特的真实生活》（1938）中，通过让叙述者"我"对古德曼的传记发起攻击而给予了激烈的批判，后者为了取得商业成功在"我"的同父异母哥哥、作家奈特刚去世不久就出版了一本传记，通篇都将奈特视为时代的产物与牺牲品予以"塑造"。对此"我"批判道："古德曼先生的方法和他的哲学一样简单。他的主要目标是说明，'可怜的奈特'是他所谓的'我们的时代'的产物和受害者——尽管我一直不明白为什么有些人那么热衷于和别人分享他们的精密计时器般的概念。对古德曼先生来说，'战后的动荡''战后一代人'是开启每一道门的神奇词汇。"② 将个体特别是作家丰富的心灵世界仅视为对时代重大事件的被动反应，以时代的标签取代个人独特的个体性，这是费奥多尔和纳博科夫都非常反对的做法。车

---

① Vladimir Nabokov, *The Gift* (New York: Peguin Books Ltd., 1980), p.217.

② [美] 纳博科夫：《塞巴斯蒂安•奈特的真实生活》，谷启楠译，上海译文出版社 2013 年版，第 62 页。

氏本人也习惯从一般概念出发思考问题，他的"艺术模仿生活""艺术应服务于社会"等观念都是这种思维方式的产物，他认为细节其实是辞藻的堆砌、故事不必要铺张，而费奥多尔这本传记的独特之处正在于从众多生活细节本身去理解车尔尼雪夫斯基这个具体的人，比如他号称唯物主义者，却分不清铁犁与木犁、啤酒与马德拉葡萄酒，认识的花草树木十分有限；贫穷的日子里他把墨水涂在鞋子上遮挡破旧的裂口；他重视物质生产，本人却拙于任何手工劳动。费奥多尔并未把车氏概念化从而大加批判，车氏本身为信念而付出，及不幸的家庭生活等都获得了作者的理解与同情。对此 L.L. 李评价说："费奥多尔（纳博科夫）令人震惊的原创性作品将车尔尼雪夫斯基从政治中拯救出来，也就是说不再是一个符号，而成为一个人，一个真实可感的、有点笨拙的人。"莫里斯·库第里耶（Maurice Couturier）则更精辟地概括说："这个人复活了，关于他的神话破灭了。"①

　　费奥多尔如此自由地使用传主生平事实以发现其中不断回旋的生命主题，以及从具体细节中再现一个真实的历史人物的手法，纳博科夫到美国不久后写作的《尼古拉·果戈理》一书中有更精致、更得心应手的使用，虽然后者是以对果戈理的文学评论为主的。《尼古拉·果戈理》同样将传主的出生放在最后一段，一起始交代的却是他去世的情形。纳博科夫动用了很多手法，将果戈理去世前遭受的医疗折磨写得既辛酸又可笑——作为同行纳博科夫尊敬果戈理，认为他是"俄国所孕育的最奇特的散文诗人"，但无意将他捧上偶像的神坛（只允许崇拜与祭奠的香火缭绕着他），这样的态度使这本评传获得了最大程度的自由，果戈理作为一个真实的人、真实的作家形象得以展现。他胆小、肮脏，同学们对他避之不及；他崇拜普希金到了狂热的地步；他用笔名写诗，眼见没引起任何关注又匆匆带着仆人将之买下付之一炬；每当他的文学事业受挫，他都急忙打点行装离开现在的城市；他不爱自己的母亲，但在书信中以感伤、浮夸的方式表达对她的孝顺；他从乌克兰来到彼得堡，在

---

① Galya Diment, "Nabokov's biographical impulse:art of writing lives", in *The Cambridge Companion to Nabokov*, ed. Julian W. Connolly (Cambridge: Cambridge University Press, 2005), p.173.

这里发现了最适合写进他小说的东西：无数的店招，走路时喜欢自言自语比
比画画的彼得堡人。正文一开始纳博科夫就从果戈理两个生理特点归纳出他
作品中的两个主题：一个是具有惊人饭量的肚子；另一个是又大又尖、又长
又灵活的鼻子，特别是鼻子主题，纳博科夫写得既准确清晰又诙谐幽默："这
个或那个主人公进入故事时都仿佛是用独轮车推着自己的鼻子……抽鼻子是
一种纵情狂欢的行为。《死魂灵》中，乞乞科夫出场时就用手帕发出了非凡的
吹喇叭的声音。鼻涕滴淌，鼻子抽动，鼻子可爱或粗鲁地摆弄着；一个醉鬼
试图跟另一个醉鬼的鼻子告别；（一个狂人发现）月亮上的居民都是鼻子。"[①]
这两个独特的主题一拈出，果戈理作为一个人、一个作家的个性立刻得以
建立。

纳博科夫说："如果你想找到什么关于俄国的事情，……如果你感兴趣的
是'观念''事实'和'信息'，请远离果戈理。"[②] 但从果戈理在世的时候起，
关于他作品的解读就基本呈现出了概念化趋势："沙皇俄国的画家果戈理""农
奴制和官僚制的坚决反对者果戈理""俄国的狄更斯果戈理"等称号都暗示他
作品的内容与主题是比文字风格重要得多的东西，而这正是后来车尔尼雪夫
斯基极力引导和号召的文学批评态度。纳博科夫费尽心力一一剥除这些令果
戈理变成一座死雕像的金片儿，还原其艺术世界本身的面目：大量次级人物
的活跃解除了文学作品中一些必然性的俗套束缚；戏剧的理性文字之下潜藏
着诗性与梦幻性；主人公的名字就已经能唤起读者与剧本气氛相吻合的记忆
与感受[③]；他的小说批判的对象与其说是特定阶级的，不如说是渗透在人性中
根深蒂固的媚俗性。果戈理本人后期也深受时代文学风向的影响，开始思考
艺术家的社会使命、作品的思想性与说教性，这将他天才般的艺术才能破坏

① [美]纳博科夫：《尼古拉·果戈理》，刘佳林译，广西师范大学出版社2010年版，第5—6页。
② [美]纳博科夫：《尼古拉·果戈理》，刘佳林译，广西师范大学出版社2010年版，第159页。
③ 纳博科夫对《钦差大臣》中赫列斯塔科夫这个名字的解读非常能显示他本人对文体风格、音
韵节奏等的重视："赫列斯塔科夫这个名字本身就是天才的手笔，对俄国读者来说，它带有轻率鲁莽
的味道，说话的叽里咕噜声、细手杖的嗖嗖声、扑克牌的唰唰声、沙子的海吹胡侃和勾引着的油头
粉面。"见[美]纳博科夫：《尼古拉·果戈理》，刘佳林译，广西师范大学出版社2010年版，第59页。

殆尽。纳博科夫细致、遗憾地揭示了这个过程，这也是他对自己艺术发展敲响的警钟。

《车尔尼雪夫斯基的生活》与《尼古拉·果戈理》两部传记都是纳博科夫对俄国文学史中产生过重大影响力的作家的评述，除了基本的事实材料，更多的是纳博科夫本人对他们的文学贡献和文学影响进行的个人化解读与评价，反映的是纳博科夫与俄国文学传统之间最直接的对话，指向的却是纳博科夫本人的文学道路。处理自己继承来的伟大而驳杂的遗产，是每位文学家的必修课。费奥多尔从父亲的传记转变到车尔尼雪夫斯基的传记，除了将个人从"塑造理想人物"的重轭下解脱出来，还发展了自由使用传主事实材料以发现其中有重大意义的主题手法，这帮助费奥多尔将这种对命运的洞察能力运用到观察自己的人生，从中发现了命运为撮合他和济娜而费尽周折，从而领略到命运温柔的馈赠，就像童年那个球的失而复得一样——这也正是纳博科夫本人在自传《说吧，记忆》中给人印象最深刻的手法。

众多评论家都高度评价《天资》的艺术成就，一定程度上我们可以将该作视为纳博科夫的文学自传小说，理解纳博科夫艺术成长的重要文本。但这部作品还是显现出了当时的纳博科夫艺术上的一些困境与局限。博伊德曾指责费奥多尔缺乏虚构的能力：他的诗集取材于童年生活，未完成的父亲的传记和出版了的《车尔尼雪夫斯基的生活》都是依据历史事实，而《天资》更是以费奥多尔本人的实际生活为素材写作完成。这其实是纳博科夫本人艺术困境的显现：他依据自己的文学成长历程塑造了费奥多尔，作品中的很多人物、情节都来源于纳博科夫的真实生活。本节开篇我们总结了纳博科夫俄语时期在两条线路上摇摆的独特规律，《天资》反映的虽然是摒弃第一条线路、转化到以第二条线路为主的过程，但《天资》本身却是属于第一条思路的：题材来源于作者的真实生活，人物是作者所喜爱的，作品中有很明显的观念权衡与取舍，整个叙述"真诚可靠"。作者要阐明的观念、要倾诉的情感、要临摹的细节都过于急切地堆积在一起，缺乏距离与玩味。因此也就能理解理查德·罗蒂缘何认为，与后期的《洛丽塔》《微暗的火》相比较，"《礼物》（即《天资》。笔者注）旨在说教，它是对若干普遍概念的一些说明"①。

第四节　艺术自由之化境:《洛丽塔》《普宁》与《微暗的火》

　　1940 年 5 月，德国坦克挺进巴黎前三周，纳博科夫一家才获得一个宝贵机会逃离日益危险的法国抵达美国纽约。从文学规划上说，早在 1938 年纳博科夫就创作了第一本英语小说《塞巴斯蒂安·奈特的真实生活》，为俄语到英语的转换早早打算。从文本实际状况来看，纳博科夫从俄语时期到英语时期在创作上确实有很多转变，对此不少人试图从语言的改变（从俄语到英语）、生活环境的改变（从恐怖压抑的欧洲到正常环境中的美国）、生活方式的转变（从经济困窘到生活稳定），及作者本人对自己身份的重新定位（从俄国作家到世界作家）等角度予以探讨，但其中唯一未充分考虑的就是作者本人内在的创作发展逻辑，也正是本章欲解决的问题。在本章第二节内容中我们通过探察纳博科夫最早的三部小说就已经发现了其中的方向，即纳博科夫试图摆脱各种限制，不断突破传统与自我以追求艺术自由。在第三节内容中通过考察费奥多尔艺术上的成长，进一步确认了纳博科夫本人追求艺术自由的意志、对具体途径的成熟思考及对自己未来艺术之路的信心。所以说，英语时期的纳博科夫所表现出来的艺术特征其实是俄语时期的纳博科夫艺术发展的结果，而并非仅仅外在环境改变、语言转变就解释得通的。下面我们沿着前文的逻辑思路，综合考察纳博科夫英语时期的代表作，具体探究纳博科夫为实现艺术自由所做出的努力，及其个人风格之关键性要素。

---

　　① ［美］理查德·罗蒂:《偶然、反讽与团结》，徐文瑞译，商务印书馆 2003 年版，第 236 页。

一、富有争议的题材

英语时期的纳博科夫对特殊题材的喜爱给他招惹来很多误解、争论与抨击[①]，如《洛丽塔》的恋童癖题材，《微暗的火》中的同性恋及幻想狂题材，《爱达或爱欲》中的兄妹乱伦题材，《透明》中的幽灵鬼魂题材等。但纳博科夫这样做并非为了哗众取宠。首先，与费奥多尔的《车尔尼雪夫斯基的生活》一样，读者和批评界的激烈反应是对话的一种形式，正是作品本身"独白"特质十分明显的纳博科夫所欠缺的、要弥补的。其次，纳博科夫试图以此种方式来摆脱掉"自我"的阴影——虚构完全不同的人生，进入完全不同的心灵。通过之前的写作经验，纳博科夫已深深意识到"困于创作者本身灵魂的独白"正是对他艺术发展的限制，因为他最看重的还是艺术家"虚构事实"的能力——纳博科夫曾说，一个大作家应同时兼具三种身份："讲故事者""教育家"与"魔术师"[②]，但又强调其中最重要的是"魔术师"，因为他最能从看似虚无、不可能中创造出崭新的现实。这就必须要求作家具有足够强大的虚构、想象及变形能力，而不是局限在个体经验中，满足于艺术模仿现实的次级身份。从这个思路去理解，那些将纳博科夫等同于亨伯特的人确实完全误解了他。还有人以"游戏说"来解释他这种神出鬼没的多变，相对于纳博科夫在其中赋予的"艺术自由"的深意来说，这种说法未免过于随意和轻浮。

若论题材的惊世骇俗，最引人注意的就是《洛丽塔》了。对纳博科夫来说这也是他最喜爱、最困难的一本书，有人问他为什么要写《洛丽塔》？纳博科夫回答："既是为了自得其乐，也是为了知难而上。"[③] 对于艺术创造来说，困

① 如陈冬秀在论文《伦理边界：自我伦理学与审美狂喜——纳博科夫小说中的后现代伦理问题》（《南昌大学学报》2012年第2期）中试图正面理解纳博科夫的乱伦题材，将之归为后现代伦理学意义上的"欲望书写"。
② 其中"讲故事者"指的是作者提供的一般精神上的"娱乐性"，"教育家"则指的是作者作为一名宣传家、道学家、预言家在作品中传播信息。"魔术师"则指的是艺术家天才之作的神秘魅力，包括他作品的风格、意象、题材。见[美]纳博科夫：《文学讲稿》，申慧辉等译，上海三联书店1991年版，第5页。
③ [美]纳博科夫：《独抒己见》，唐建清译，浙江文艺出版社2012年版，第16页。

难与快乐是一件事的两面感受："我缺乏必需的材料——那是最初的困难。我不认识任何一个十二岁的美国女孩，我也不了解美国；我不得不虚构美国和洛丽塔。"[①]"它所要处理的主题与我自己的情感生活相比是如此遥远、如此陌生，我运用我的'组合'才能使之幻想成真，这给了我一种特别的快乐。"[②] 困难在于题材、主人公是完全的陌生和虚构，快乐在于通过语言文字将这虚构幻化成一个感觉真实的艺术世界。这并不容易，纳博科夫在这个过程中有过明显的失败。中年男人痴迷于十几岁小姑娘的故事第一次在纳博科夫作品中出现，是《天资》中济娜的继父、费奥多尔的房东鲍里斯·伊万诺维奇提出的，他是一个目空一切、极其粗俗而不自知的无赖，百无聊赖中去骚扰费奥多尔，见对方案头放着一些文稿，便对费奥多尔高谈阔论起自己的小说来。鉴于他对济娜一度想入非非，这个题材未尝不是他出于无知或无耻透露了本人的醒醐心思。《天资》完成后的第二年，纳博科夫就将这个题材扩展成了一部小书，题名为《魔法师》（*The Enchanter*，1939），作品以俄语创作，故事中的男人是中欧人，女孩则是法国人，故事的地点是巴黎和普罗旺斯（当时纳博科夫生活在巴黎）。纳博科夫确认了《魔法师》与后来的《洛丽塔》之间紧密的血缘关系："大约在一九四九年，在纽约州北方的伊萨卡，一直不曾完全停息的脉动又开始让我不得安宁。关联的情节又带着新的热忱与灵感相伴，要我重新处理这个主题。这一回是用英语写作……性早熟的女孩现在带一点爱尔兰血统，但是，实际上还是同一个女孩，与她的母亲结婚这一基本思想也保留下来了。"[③]《魔法师》之所以令纳博科夫不满，在《洛丽塔》完成后一度将之作为一块废料，是因为与《洛丽塔》相比确实有明显的缺陷，显示出纳博科夫对这个题材的掌握还不充分，人物也还只是一些苍白的幻影。两相对比，方能看出纳博科夫所说的"艺术从来不是容易的"的真实分量。

《魔法师》在很多方面还只是雏形。全文总体使用第三人称，使得男主角

---

① [美]纳博科夫：《独抒己见》，唐建清译，浙江文艺出版社 2012 年版，第 26 页。
② [美]纳博科夫：《独抒己见》，唐建清译，浙江文艺出版社 2012 年版，第 15 页。
③ [美]纳博科夫：《魔法师》，金绍禹译，上海译文出版社 2007 年版，第 II 页。

的内心世界在呈现的过程中总是遮遮掩掩，而女孩的心灵世界则完全向读者封闭。人物方面，我们不知道"他"的名字、职业、家庭、往事，似乎除了对那个可怜的小女孩的情欲之外不知道他的任何事。女孩、女孩的母亲、收养女孩的朋友夫妻也都只围绕这件事存在，且全都面目模糊。为了"他"和读者尽快了解女孩及其母亲的情况，她们的朋友非常饶舌这个性格自然就变得很方便。作者还常常直接介绍人物的个性，而不是通过其言行塑造他们，导致读者总是要通过作者才能了解其人物，这种隔阂感贯穿全篇。细节的数量及准确程度都不能与《洛丽塔》相提并论，且有些细节不能服帖地顺从情节的线条，如突然抽泣的穿丧服的陌生老妇人、送客人走后匆匆往家赶鸡的女仆。原本有些场景可以趋于丰盈，比如"他"第一次以买家具为名到女孩家，收养女孩的朋友丈夫莫名其妙地吃醋，还以为妻子带回来的"他"对妻子有什么非分之想，但不知道为什么整个场景中途泄气，变得没头没脑。《魔法师》情节上有意展现命运强大的"偶然"力量造成的戏剧性转变，如"他"本想带糖送给女孩，女孩却未像往常一样来公园玩耍，他迫不及待地上门打探，顺手把糖当礼物给女孩妈妈，对方表示因为大病在身，糖果会转送给女儿，事情反而办成了；"他"已做好准备妻子在手术后还将存活很长一段时间，为此制订了具体计划接近她的女儿，事情还未推动却接到电话说"手术很成功"的她死了，最大的障碍突然就消失了。但类似的运用与《洛丽塔》相比总体来说还很笨拙，缺乏后者的浑然天成。当然《魔法师》中不乏一些片段可以让人预先一睹《洛丽塔》的神采，比如女孩第一次靠近他观察他的手表，一片枯叶黏在她的头发上抖动，"于是在后来的一个失眠的夜晚，他不住地伸手把那片鬼影似的枯叶拿掉"。[①] 初接触女孩时，他秘密地、热切地捕捉女孩的身影，她的一举一动都牵扯着他不稳定的神经："仿佛他与她血液、皮肤、密布的血管都是共有的……仿佛这个女孩是从他体内生长出来的，仿佛她每做一个随意的动作，就是拉扯、摇曳长在他体内深处的她的生命之根。"[②] 总体来说，纳博科

[①]　[美]纳博科夫：《魔法师》，金绍禹译，上海译文出版社2007年版，第13页。

[②]　[美]纳博科夫：《魔法师》，金绍禹译，上海译文出版社2007年版，第14页。

夫在 1926 年就挥洒自如地掌握了《防守》的题材，展示过他最鲜明的艺术特色和天分，但在 1939 年的《魔法师》中这一切都遁地不见。究其原因，题材本身的陌生性是最大的问题，正如纳博科夫所说，这个题材中所包含的一切都距离他本人太远。

但这也正是纳博科夫的目标：在一个完全新鲜的题材中挑战自己的魔法水准，将最珍重的一切藏得越深越好。在《洛丽塔》中他终于实现了这个题材要实现的目标。首先，真实的美国、真实的美国女孩洛丽塔。纳博科夫曾提出："在一件艺术品中，存在着两者之间的某种融合，即诗的精确与纯科学的欣喜这两者的融合。"[1] 细节的精确需要科学探索的执着精神，艺术家在积累这些精确的细节时还体验到了将之转变为虚构艺术具象的砖石泥瓦时的激情。《魔法师》虽然背景设在法国，但相当模糊，人物活动的舞台过于简陋。《洛丽塔》中对真实的美国和美国人的准确呈现则给人留下了深刻印象，以至于洛丽塔已经成为美国女孩的典型，这部小说又被视为美国旅程文学的代表作（亨伯特携带洛丽塔穿越了美国全部 48 个州），甚至不少人将其主题理解为"欧洲文化与美国文化的冲突"。他在创作这部小说时，光收集相关的印象、资料，研究相关的课题就花费了很多精力。从执教的康奈尔大学去美国西部度夏的旅途上，他收集了很多旅程印象：臭烘烘的汽车旅馆、蓝幽幽的天空、黑暗中的大卡车、一处一处的风景。他到过一个矿镇，镇上的人们生活在山谷底部，爬上周围的山峰俯视小镇，倾听孩子们在街道上戏耍，这惬意的一幕被赠送给了忏悔中的亨伯特。夜里经常失眠的他倾听着汽车旅馆里薄薄墙壁那边马桶的抽水声，旅客的呼噜与梦话，一些在深夜里特别清晰的私语，以及旅馆外不时奔驰而过的引擎声，实在无法成眠，就到汽车的后座上匆匆拿出一沓卡片记录下所有这些视觉、听觉的印象。回到康奈尔之后，纳博科夫乘坐公交车偷听女孩们的交谈并将她们特有的词汇和表达方式记在日记里；他观察儿子德米特里身边的女孩们，借用她们的一些体貌特征赋予洛丽塔；找

---

① ［美］纳博科夫：《独抒己见》，唐建清译，浙江文艺出版社 2012 年版，第 10 页。

借口与中小学校长攀谈，了解学校对女孩儿们的教育理念与常规做法；搜罗美国女生生理、心理的研究性文章，将重要内容摘录在笔记本上；抄录报纸上各种事故、犯罪的报道，琢磨或想象其中不为人知的细节；除此之外，他还"查阅科尔特左轮手枪的历史、枪支目录、关于巴比妥类药物的文章和论述意大利喜剧的著作"，"从自动唱机里抄下歌名，从少儿杂志、女性杂志、家居装饰指南、广告牌、旅馆客人须知、女童子军手册上摘录句子"[①]，所有这一切最终都在《洛丽塔》中找到了妥帖的位置，令读者放下疑虑相信这个虚构世界的真实性。纳博科夫的儿子德米特里曾精确地描述累积的印象与资料转化为纳博科夫艺术世界之砖石的过程："偶然机会的观察，报纸报道的或者想象的心理异常，经艺术家想象的发挥，随着作品的雏形逐渐脱离概念，脱离报纸的新闻，或者脱离细胞成倍分裂的沉思，便表现出它自己的和谐的成长。"[②]

　　其次，多种主题的有序安排。《魔法师》中只见得到"中年男人追逐小姑娘"这一个主题，难免单薄，但《洛丽塔》就不同，目前对《洛丽塔》主题的阐释已经花样繁多到令人啧啧称奇的地步，比如，时间主题（亨伯特在洛丽塔身上寻求的是与安娜贝尔逝去的少年恋情；"小仙女"一旦长大就失去了魅力，时间可以轻易摧毁她们的美，如同轻易摧毁一个人的青春、美貌与爱情）、欲望主题与性虐儿童主题、对美国庸俗文化的批判主题（以洛丽塔及其母亲夏洛特为代表）、欧洲与美国的文化冲突主题（亨伯特作为欧洲老牌绅士与洛丽塔所代表的美国文化之间的互相折磨）、流亡主题（亨伯特一直在精神上处于流亡状态，他从洛丽塔身上欲寻求的是旧日故土的熟悉记忆，其悲剧也证明了流亡者永远不可能在他乡找到故乡）、对精神分析批评的批判主题（健全的家庭是孩子健康成长的圣地，恋母、恋父情结是对家庭亲情的亵渎）、艺术主

---

① ［新西兰］博伊德：《纳博科夫传》（美国时期），刘佳林译，广西师范大学出版社 2011 年版，第 220—230 页。这些都是博伊德通过研读纳博科夫的《洛丽塔》手稿笔记、日记、访谈整理出来的。

② ［美］德米特里·纳博科夫：《关于一本题名为〈魔法师〉的书》，见［美］纳博科夫：《魔法师》，金绍禹译，上海译文出版社 2007 年版，第 84 页。

题（亨伯特对洛丽塔的追逐类似于艺术家对理想作品的追求，一方激情满溢，一方若即若离）、艺术与道德相冲突主题、唯我主义与发现主题（亨伯特深陷唯我主义之中，除了欲望对象洛丽塔之外，对周遭一切都采取冷漠或嘲讽态度，但最终通过自我忏悔实现了对洛丽塔、对世界本身的再发现，作品中也细细编织了大量对应的细节、潜藏的真相以供读者获得同样的发现的惊喜）等等，不一而足。这种多个主题互相穿插、此起彼伏的发言是作品对话性的一种表现，这也有助于弥补纳博科夫作品过于浓重的独白特征。

最后，《魔法师》中的"他"尚且只是个欲望的符号，亨伯特这个人物却真实、独特。此处的真实并非是说他类似于现实生活中的人，而是说他的行为、思想、感受、天赋都令读者觉得可信任、可触摸、可接受[①]。与上文所说的致力于构造"真实的美国"和"真实的洛丽塔"的众多细节一样，这种真实感是令读者放下戒备进阶到艺术虚构世界的梯石，缺一不可。为了营造出这种真实感，纳博科夫从"自我"身上析出一些特质赠予他：在游刃有余地操控语言方面具有高超能力（准确、简洁又富有韵味，费奥多尔模仿普希金的目的就在于此），观察外在事物时极其敏锐、准确，对庸俗、乏味具有强烈的警惕性。但同时纳博科夫还借用了很多外来品质来塑造他，比如对待整个世界的傲慢态度，对自我魅力的超常自信与夸大，特别是道德感在自我畸形欲望的攻击下一再衰退，一边侵犯他人一边却能扯出一堆似是而非的华丽理由。亨伯特具有掌控词汇的天赋才华，作品开篇他对"洛丽塔"这个名字激情、诗意的吟诵就已充分展露了这一点（而不需要作者在中间真诚且无效地介绍），他充分利用这种才能把自己对洛丽塔的欲望提升到一个诗意、浪漫、激情而又备受折磨的高度，但他的道德感却在欲望的攻击下一再崩溃，甚至彻底举手投降，只好把全部的希望投之于自己的艺术才能上，妄图以此为欲望辩护。我国当代著名作家苏童与池莉都正确地指出了该作在题材的不道德与艺

---

① 瑞恰慈在《文学批评原理》中区分了文学批评中"真"这个术语的三层含义：第一层就是符合外在现实；第二层是"可接受"；第三层是"真诚"。载 [英] 瑞恰慈：《文学批评原理》，杨自伍译，百花洲文艺出版社 1992 年版，第 244—247 页。

术上的成就之间巨大的反差，并将之归为纳博科夫的荣耀，就像纳博科夫称赞福楼拜的《包法利夫人》那样："内容也许粗俗低下，作者却用悦耳而又和谐的文字表现出来。这就是风格，这就是艺术。唯有这一点才是一本书真正的价值。"①

　　纳博科夫塑造最成功的人物形象都在这方面掌握住了平衡：一方面具有作者本人的某种特质；另一方面却具有完全不同的外来特质，二者有机地高度嵌合，形成一个富有对话性、戏剧性的独立个性。这相异的两种特质之间的矛盾越直接越激烈，人物塑造就越成功可信，与创作者之间的相似就越浅淡。比如亨伯特，他卓越的艺术才能与低下的道德水准形成了极大反差，亨伯特还利用前者为后者辩护，使得两种特质之间呈紧密融合之势，造就了这个经典的人物形象。另外还有《防守》中的卢仁，他的象棋天赋、独特的感知方式都来源于纳博科夫本人，但是他父母失和的家庭、失败愚笨的社交、处理天赋与生活关系时的被动与孤注一掷，又都与作者本人完全相反，特别是最后一条直接造就了他的悲剧——卢仁在这一方面与亨伯特类似，二人都享有了来自创造者本人的某种天赋，但却缺乏与之相应的其他品质，最终堕落或失败。除此之外，普宁具有其创作者那样的流亡、失亲经历，性格同样温情、诙谐、自尊，但不具备作者在流亡生活中的达观态度、异国生活中强大的适应能力及耀眼的天赋才情；《普宁》一作的叙述者、普宁的流亡同胞倒是很善于适应、成功，但又缺乏普宁那种天然的温和、质朴和天真，一个处处顺利的人居高临下地讲述一个命运磕磕绊绊的同胞故事，还不知不觉地将对方最可爱的品质（叙述者本人缺乏的）表现了出来，看似平铺直叙的情节中也富有了对话性和戏剧性。《微暗的火》中人物的异质因素则干脆区分在两个不同人物身上：谢德与作者颇为相似，金波特则几乎正好是个反面。纳博科夫直言自己对谢德的偏爱："我把自己的一些思想给了我的一些更有责任感的人物。如《微暗的火》一书中的诗人约翰·谢德。"② 关于金波特纳博科夫则说：

---

① ［美］纳博科夫：《文学讲稿》，申慧辉等译，上海三联书店1991年版，第122页。

② ［美］纳博科夫：《独抒己见》，唐建清译，浙江文艺出版社2012年版，第18页。

"当我创造金波特时，就需要扭曲缠绕我自己的经历。"[①] 谢德在社会生活中受人欢迎，与妻子感情深厚，对女儿的自杀十分伤痛，并由此开始思索死亡之后的世界。而金波特是个同性恋，极度以自我为中心，以评注的方式强行扭曲谢德的诗歌以搅拌进他关于赞巴拉的疯狂幻想。整个文本在这两个截然不同的性格之间取得了微妙的平衡。取得了这种平衡的人物或人物关系，既不会像那类出自作者灵魂深处的理想人物一样，致使作者一心专注于令读者接受和喜爱；也不会像那类与作者毫无相同的人物一样，使作者不得不放弃自己最熟悉的素材和体察最多的性格。

通过考察纳博科夫对"中年男人性迷恋小女孩"这个题材的三次处理，我们具体揭示了纳博科夫是如何最终彻底掌握住了这个原本非常困难的题材的。他在这个过程中摆脱了自我的独语，也从塑造"理想人物"并意图读者接受的重轭下解脱出来。事实证明这个挑战是非常值得的，纳博科夫在其中充分糅合了自己的各种重要主题，并塑造出了所有人物形象中最具有戏剧性张力的性格，令纳博科夫的才华、风格闪出炫目的光芒——这就是纳博科夫所说的困难与快乐，越困难，征服后就越快乐。

二、走向反讽

从《魔法师》到以《洛丽塔》为代表的英语时期，纳博科夫还发展了一种重要的风格，那就是反讽。如果说《魔法师》是一个关于幼女的畸形幻梦，《洛丽塔》则是一场处在反讽式目光嘲弄下的悲剧，这种在现在与过往之间对话的反讽是时间的馈赠——亨伯特于人生悲剧宣告结束时在狱中回忆整场演出，从亲历者的短视与盲目中脱离了出来，从而发展出了反讽能力。而纳博科夫本人艺术上的这种发展转变反映出的是作者艺术上的突破：反讽式自由的实现。

英国学者 D.C. 米克在《论反讽》一书中对"反讽"进行了一系列概念上的

---

① ［美］纳博科夫：《独抒己见》，唐建清译，浙江文艺出版社 2012 年版，第 79 页。

梳理。这是一项艰难的工作，因为不同时期、不同的评论家对"反讽"的理解也各自不同，但总体来说，反讽指的是作者蓄意造成"表面与实际相左"的状况与效果。一句话、一个场景、一个人物可以是一种反讽；作品整体的叙述风格、情节结构也可以实现反讽；一个人对世界总是持怀疑、观望、不确定的态度也可以说是反讽的（对下一步的反转持潜在的期待）。反讽是在一个叙事单位中同时包含两种完全相反的含义，就其本身来说，是一种有对话性、"不真诚"的表达手法。目前来看可以从三个层面来理解这个概念：作为一种修辞手法的反讽；作为一种思维方式的反讽；作为一种叙事方式的反讽。纳博科夫作品中的反讽修辞已引起人们的相当注意及众多研究。这种具体而细微的运用在本文不具有特别的意义，因此只在论述反讽思维与反讽叙事时捎带论及，不再单独论述。

（一）反讽式思维

作为一种思维方式，反讽最早可追溯到苏格拉底，苏格拉底与人辩论时，表面上自己一无所知虚心求教，实际上一步步引导对方自己暴露出缺陷与破绽，这被称为苏格拉底式"产婆术"。如克尔凯郭尔在《论反讽概念——以苏格拉底为主线》中所说："有的人自高自大，自以为无所不知，面对这种愚蠢行为，真正的反讽是随声附和，对这一切智慧惊叹不已，吹捧喝彩，从而鼓励此人越来越狂妄荒诞，越来越高地往上爬，尽管反讽者无时无刻不意识到这一切都是空洞的、毫无内容的。"[1] 通过使用反讽法，苏格拉底使智者们"眼看着暂时的真理在一瞬间烟消云散、化为乌有"[2]。看起来苏格拉底什么也没有教给对方，但是却教给了他一种宝贵的思维方式，即对自己所抱定信念的反思，如果这种反思贯彻在一个人的思维中，就演变出了反讽式思维习惯，一个人言行时就不再是直接的、单维度的，而总是同时伴随着另一个维度的再观察、再思考，偏见的锁链和精神的固化就被终结了。克尔凯郭尔

[1] ［丹麦］克尔凯郭尔：《论反讽概念：以苏格拉底为主线》，汤晨溪译，中国社会科学出版社2005年版，第200页。
[2] ［丹麦］克尔凯郭尔：《论反讽概念：以苏格拉底为主线》，汤晨溪译，中国社会科学出版社2005年版，第170页。

提出："反讽里最突出的是主观的自由，这种主观自由掌握着随时从头开始的可能性，不受过去的事情的牵挂。"① 当一个人从之前局限性的见识与观点中突破出来，就获得了机会更大范围地了解世界与他人，这种从头开始的可能性是一种宝贵的自由。克尔凯郭尔强调反讽的自由性，还在于真正的反讽者在反讽之后并不试图正面建立一种新的观念、原则或术语，而是面向一切可能性开放，正如克尔凯郭尔本人的做法，因此有的学者提出："与黑格尔相反，克尔凯郭尔选择了一种充满可能性的开放视域。反讽的目的不是在否定直接经验之后确立一种绝对的原则（如'理念'），它毋宁是一种面向可能性的尝试。"② 罗蒂在专著《偶然、反讽与团结》中延续了克尔凯郭尔关于"反讽"的探讨思路。罗蒂说："每个人都随身携带着一组语词，来为他们的行动、他们的信念和他们的生命提供理据。"③ 但罗蒂认为真正的反讽主义者却质疑自己掌握在手的任何一种终极语汇，时刻准备倾听别人的终极语汇，其目的并非实现替换，而是为了理解。在这之后，反讽主义者并不试图再提出什么终极词汇，因为他们不相信有什么永远正确、完全可以排他独立存在的终极词汇："'反讽主义者'认真严肃地面对他或她自己最核心信念与欲望的偶然性，他们秉持历史主义与唯名论的信仰，不再相信那些核心的信念与欲望的背后，还有一个超越时间与机缘的基础。"④

反讽主义者并不试图重建终极话语，因为世间没有经得起具体情景检验的终极话语，就如同纳博科夫之前塑造的那些理想人物换个角度看总是存在各种缺陷：加宁抛下所有同胞自寻出路，马丁为了自己"高尚且无益"的荣耀置妈妈的思念与期盼于不顾，费奥多尔对亚历山大·车尔尼雪夫斯基夫妻失子之痛相对漠然。这些缺陷在纳博科夫英语时期的作品中都遭到了批判，纳

---

① ［丹麦］克尔凯郭尔：《论反讽概念：以苏格拉底为主线》，汤晨溪译，中国社会科学出版社2005年版，第203页。

② 温权：《反讽：主体性辩证法——从克尔凯郭尔的〈论反讽概念〉谈起》，《学习与探索》2014年第6期，第11页。

③ ［美］理查德·罗蒂：《偶然、反讽与团结》，徐文瑞译，商务印书馆2003年版，第105页。

④ ［美］理查德·罗蒂：《偶然、反讽与团结》，徐文瑞译，商务印书馆2003年版，第6页。

博科夫强调对他人的痛苦要有好奇能力，强调家庭与婚姻之爱。一个人具有反讽式思维才有机会检视之前所言所行、所信仰的是不是错误，才有可能考虑他人的信仰与理念，才可能形成新的认识与理解。后期的纳博科夫深刻意识到了这一点。道德水准远低于前面几位主人公的亨伯特最终具备了这种能力，在这一方面远胜于他的前辈。《洛丽塔》中有一个问题曾引起不少研究者的猜测，即亨伯特再次见到分别三年多的洛丽塔之后忏悔了[①]："不管我能在精神上找到什么安慰，不管我能得到什么永恒，可一切都无法使洛丽塔忘掉我曾加在她身上的下流色欲。"[②]但为何他在狱中写作回忆录的前文中还是一副寡廉鲜耻的口吻呢？一个忏悔了的人写犯罪回忆录，不是应该将这种忏悔的口吻从一开始就贯彻下去吗？对此亨伯特自己给出的答复是为了保持真实，有的评论家则认为是为了让读者真实地经历亨伯特情感上的发展。但事实上，讲述者亨伯特与经验者亨伯特之间隔着相当的时间距离与经验差别，此时的亨伯特毕竟是回头记叙彼时的亨伯特，这中间并非毫无嫌隙，最主要就体现在讲述者亨伯特那时时刻刻的反讽式语气上。

关于《洛丽塔》的反讽式语气，正如布斯所说："当亨伯特·亨伯特被赋予了充分且无限的对修辞资源的控制力，我们又怎么能对读者忽略了《洛丽塔》中的反讽而感到奇怪呢？"[③]细读作品，会发现这种反讽指向的对象实际非常广泛：比如针对自己的写作行为："可不是吗，要编神话，你总可以指望一个杀人犯。"[④]针对自己的身世："我父亲……像一盘用不同人种基因做成的沙

---

①　也有人怀疑亨伯特的忏悔是假的，如博伊德、米歇尔·伍德，但是本文赞同朱利安·康奈利在《〈洛丽塔〉读者指南》中的观点："如果作品确实揭示了亨伯特的内在发展，那么与一味地进行'不可靠性叙述'练习相比，作品的丰富性就大大增加了。"[Julian W. Connolly, *A Reader's Guide to Nabokov's "Lolita"* (Brighton, MA : Academic Studies Press, 2009), p.43.] 亨伯特写作的目的也受过人们的反复查探，比如他是否想以此来获取检察官的同情，但在文章最后亨伯特表示他更希望以文学的方式为洛丽塔建造不朽的丰碑，为此决定只要洛丽塔尚在人世就不能出版这部手稿。此时他真正要取悦的对象就变成了读者。

②　[美]纳博科夫：《洛丽塔》，黄建人译，漓江出版社1989年版，第291页。

③　Wayne C.Booth, *The Rhetoric of Fiction (second edition)* (Chicago: The University of Chicago Press, 1983), p.390.

④　[美]纳博科夫：《洛丽塔》，黄建人译，漓江出版社1989年版，第4页。

拉。""我那位很上镜头的母亲死于一场天灾（野餐时被闪电击中）。"[1] 特别针对自己的畸形欲望（还常辅以第三人称）："亨伯特·亨伯特努力做一个正派人。的的确确，他竭尽全力。对普通的孩子们，他表示最大的敬意。对这些纯洁无瑕、易受伤害的孩子，在任何情况下他都绝不会损害她们的清白。可是，当他在一群天真孩子中间发现一个小妖精，一个'迷人狡猾的小东西'时，他的心跳得多么剧烈呀！"[2] 当亨伯特靠近洛丽塔实施了第一次自慰后，还大言不惭地说："尽管欲壑难填，但自己还是以最强烈的意志和英明的远见，决心保护一个12岁孩子的贞洁。"[3] 这种意志和决心的脆弱性我们不久就彻底领教了。类似的宣言还有，他一度想将夏洛特这个障碍溺死在湖里，但很快否决了这种想法，并大言不惭地宣称"诗人从不杀人"[4]，但在小说最后他杀死了拐走洛丽塔的奎尔第，还毫无悔悟之心。在他与洛丽塔第一次单独相处的旅馆之夜，亨伯特为了自己卑鄙的欲望给洛丽塔下足了安眠药，"这种药本应造成一团人马也吵不醒的状态"[5]，但没起到应有的作用，致使亨伯特未能得逞，对此亨伯特竟然说："本人坚持要证实自己过去不是，现在不是，从来也不是一个畜生般的恶棍。那块探足过的柔情如梦的区域继承了诗人的财富——不是犯罪的地方。"[6] 当他利用成年人的智力与体力控制洛丽塔，从肉体到精神蹂躏她时，他却宣称："如果说她对自己点燃的这份感情从不负责任，那么钱的问题她也从未认真加以考虑。可是我懦弱无能，愚蠢透顶，俯首帖耳甘做这个小丫头的奴隶。"[7] 这种反讽的语调一直持续到第二部的第28节，亨伯特收到逃走三年的洛丽塔的来信，他去见她并决定向奎尔第复仇，而全书到第36节就结束了。也即，从时间上来说当经验者亨伯特越来越靠近叙述者亨

---

[1] ［美］纳博科夫：《洛丽塔》，黄建人译，漓江出版社1989年版，第5页。
[2] ［美］纳博科夫：《洛丽塔》，黄建人译，漓江出版社1989年版，第17页。
[3] ［美］纳博科夫：《洛丽塔》，黄建人译，漓江出版社1989年版，第60页。
[4] ［美］纳博科夫：《洛丽塔》，黄建人译，漓江出版社1989年版，第85页。
[5] ［美］纳博科夫：《洛丽塔》，黄建人译，漓江出版社1989年版，第127页。
[6] ［美］纳博科夫：《洛丽塔》，黄建人译，漓江出版社1989年版，第130页。
[7] ［美］纳博科夫：《洛丽塔》，黄建人译，漓江出版社1989年版，第185页。

伯特，从心理状态上来说当经验者亨伯特终于进入了叙述者亨伯特的忏悔中，这种反讽语调就宣告终结了。

　　亨伯特从执迷于自己的欲望，转变到忏悔自己的欲望，再到以反讽的语气将整个故事记叙下来，他的反讽式思维在这期间不断发展和成熟，他彻底从之前的执迷中领悟到他人是切实存在的，而不是影子般投射在他的畸形欲望上。《洛丽塔》作品的反讽性来源于亨伯特具有了反讽式思维，使整个文本从一开始就带有两种不同特质：一种是切实的经验；另一种是对这经验的观察、盘点与质疑。而《魔法师》《绝望》等作品恰恰未能具有这额外的一层品质，造成了作品的单薄、单维。亨伯特的反讽式思维其实是纳博科夫本人所发展出的反讽式思维在作品中的显现，《魔法师》《绝望》时期的纳博科夫尚未发展出这种能力，其主人公便也不能具有这种能力。纳博科夫反讽式思维的发展在《天资》中已可见出端倪，费奥多尔从写作父亲传记，转向写作车尔尼雪夫斯基传记，就是从正面塑造理想人物，传达理想观念，转向对相歧的观点的批判，以曲线方式表达自己。以反观正或以正观反都是反讽思维的外在手法，其妙处正如 D.C. 米克所说："反讽手法的目的，也许在于获得全面而和谐的见解，即在于表明人们对生活的复杂性或价值观的相对性有所认识，在于传达比直接陈述更广博、更丰富的意蕴，在于避免过分的简单化、过强的说教性，在于说明人们学会了以展示其潜在破坏性的对立面的方式，而获致某种见解的正确方法。"[①]

（二）反讽式叙述

　　反讽式叙述是与直陈式叙述相对而言的。前者最主要的表现是总试图在叙述中同时具备两种不同指向的含义，很难在文本中揣测作者的真实用意。后者在用意上则是"真诚的""显而易见"的，作者唯恐读者误解了其真实意图。反讽式叙述难免体现出作者的一种优越感，即他并不希望读者一眼就看穿整个事态，他要么对事件本身遮遮掩掩，要么对自己的态度吞吞吐吐，令

---

　　① ［英］D.C. 米克：《论反讽》，周发祥译，昆仑出版社 1992 年版，第 35 页。

读者莫衷一是。这也是导致部分读者不喜欢"好捉弄人的纳博科夫先生"的一个原因。但是在这过程中作者得以与叙述行为本身保持了相当的距离，形成了作品含混甚至矛盾的风格，获得了作品自身的对话品质。正如弗莱所说："讽刺（反讽）这一术语……意思是指尽量做到言简意深，或更为常见的，是指一种避免直言不讳或当场说破的说话方式。"①

从这一点来看，《普宁》那令人困惑的结构其实就是典型的"反讽式结构"。《洛丽塔》中见不到一个理想人物的踪影，在稍后的《普宁》中纳博科夫又给读者展示了自己心爱的人物，但是将《普宁》与前期塑造理想人物的《玛丽》《荣耀》《天资》等相比，最大的变化就在于叙述方式上从直陈转变为了反讽②。

作品一开始普宁就进入读者的视野中心，与《洛丽塔》的"讲述"不同，属于布斯所说的"显示"模式。作品似乎是毫无疑义的全知叙述，在这种全知视角下，我们知道了普宁有一副挺滑稽的长相，从俄国逃出来后一直试图适应美国这个新世界；知道了他在温代尔学院不稳定的生活状况；还知道正在旅途中的普宁尚不知道自己坐错了车。但这种局面很快出现了一道容易被忽视的裂缝，在介绍普宁身上的一个皮夹子时，叙述者"我"突兀地进入了虚构文本中："其中有两张十美元的钞票，一张我在一九四五年协助他写给纽约时报社涉及雅尔塔会议的一封信的剪报……"③ 这简短的一瞥之后，"我"又隐到文本之后，紧接下来我们在这种伪全知视角下，参观了普宁的一场心脏病复发，以及他在半昏迷状态下对儿时一次生病的私人经验的记忆。在这之后"我"又以叙述者的身份出场，表示对普宁的故事走向的不满："有些人——我也算在内——不喜欢圆满的结局。我们感到上当受骗。伤害才是准则。厄运不应该给堵住。"④ 这是叙述者对待普宁的态度的一次鲜明体现：他并不在意

① [加拿大]诺斯罗普·弗莱：《批评的解剖》，陈慧等译，百花文艺出版社2006年版，第58页。
② 本文认为，博伊德评价《普宁》是纳博科夫所有小说中最"直截了当"的观点，是不准确的。见[新西兰]博伊德：《纳博科夫传》（美国时期），刘佳林译，广西师范大学出版社2011年版，第301页。
③ [美]纳博科夫：《普宁》，梅绍武译，上海译文出版社2013年版，第11页。
④ [美]纳博科夫：《普宁》，梅绍武译，上海译文出版社2013年版，第21页。

他顺利、幸福与否，始终对他持那么一种不怎么看在眼里的戏谑，很愿意他快点走向悲剧的终点。

　　该叙述人比我们预想的更深地纠结在普宁的生命故事中。普宁的前妻叫丽莎，二人相遇之时丽莎"刚从一场服毒自杀中被抢救过来，原因是跟一位文人发生了一段相当愚蠢的恋爱，那人现在是——嗯，这儿就不必提他了"①。普宁写给丽莎的情书也被这个神秘的人收藏了（正如同《叶甫盖尼·奥涅金》中的叙述者收藏了达吉亚娜写给奥涅金的信）。在普宁遭受职业生涯最大危机的时候，英语系主任不想伸手相助，因为"他确实非正式而有可能地争取一位了不起的英俄混血的作家来执教，如果需要的话，那人可以教普宁赖以生存而讲授的所有课程"②，也即普宁的这位俄国同胞将取代普宁的职位。一直到全书的最后一章我们才知道，这个神秘的叙述者，这个与丽莎有过一场风流情事的人，这个最终取代了普宁的"了不起的作家"，都是同一个人，他跟普宁一样是生活在美国学院中的俄侨，普宁所活动的俄侨圈子里也到处都有他的身影。

　　叙述人与普宁有过几次直接对话，但无一例外普宁都对叙述人的话非常不满和反对。20 世纪 20 年代时两人都流亡在巴黎，在一次朗诵会后叙述者与普宁相遇："我不仅跟普宁提起我们过去相会的情景，而且还炫耀我那不寻常的记忆力来逗他和周围其他的人乐。可他却一概否定。"③ 还有一次，在一个小型的俄国流亡知识分子聚会上，普宁突然对着正在听叙述者夸夸其谈的人大喊："喂，他说的话可千万别信，格奥吉耶·阿拉莫威奇。他捏造事实。有一次他居然编谎话，说我和他在俄国是中学同学，还在考试时共同作弊。他是个可怕的说谎家。"④

　　《普宁》的这种叙事模式引起了很多人的困惑：原本在存在层级上应高于

---

① ［美］纳博科夫：《普宁》，梅绍武译，上海译文出版社 2013 年版，第 46 页。
② ［美］纳博科夫：《普宁》，梅绍武译，上海译文出版社 2013 年版，第 171 页。
③ ［美］纳博科夫：《普宁》，梅绍武译，上海译文出版社 2013 年版，第 231 页。
④ ［美］纳博科夫：《普宁》，梅绍武译，上海译文出版社 2013 年版，第 238 页。

自己主人公的全知叙事人，却与其主人公生活在同一个世界之中，但如果叙述者与普宁一样也是一位虚构的人物形象，从逻辑上来说他又如何能全面深入地进入普宁的私人体验中？博伊德、杰纳迪·巴拉塔罗、迈克尔·伍德等人都就此问题展开过论述。博伊德认为是"纳博科夫将自己作为一个文学形象引入了一个充满熟悉的现实的世界"[①]，巴拉塔罗则通过将文本分为不同的虚构层级来解决这个问题：叙述者虚构出了普宁，而纳博科夫又虚构了叙述者，通过消解叙述者的叙述权威而给予了普宁逃脱的自由。纳博科夫在《王，后，杰克》中就曾与妻子一起进入过他虚构的小说世界，但《普宁》中的叙述者不能简单理解为作者在文本内的化身，与纳博科夫本人对比，该叙述者具有清晰的虚构性。巴拉塔罗的观点看似没有问题，但也没有解决《普宁》中存在的叙述逻辑矛盾：一方面叙述者与普宁在同一个存在层面上直接交流，另一方面叙述者又拥有特权常常进入普宁的私人记忆与体验。实际上，这种第一人称、第三人称并用的手法文学史并非没有先例，特别是纳博科夫非常崇敬的普希金，就在《叶甫盖尼·奥涅金》（纳博科夫耗尽心血翻译注释）中学习拜伦使用了这种手法。从逻辑上来说，以詹姆斯·费伦为代表的当代叙事学很难解释这种叙述模式。但反过来说，文学本身就是虚构艺术，在其中过分追逐严谨符合现实生活中的逻辑其实就等于放弃了虚构的自由。传统的全知视角叙述中，叙述人总是高高在上、无所不知，代表着整个文本中的最高权威，拜伦与普希金则将叙述者从高高在上转变为忠诚的陪伴者，但《唐璜》与《叶甫盖尼·奥涅金》中的叙述者并未失去作为读者领路人、引导者的身份与权威，纳博科夫在《普宁》中则致力于消解全知叙述人的权威性，让他的叙述行为本身成为读者关注的对象，蓄意通过引起读者的不满与质疑，来达到反讽效果。博伊德曾指出，纳博科夫在创作时间与《洛丽塔》相隔不久的《普宁》中，特意将普宁设计成了亨伯特的对立面，但本文认为普宁与其叙述者之

---

①　[新西兰]博伊德：《纳博科夫传》（美国时期），刘佳林译，广西师范大学出版社2011年版，第311页。

间的对立关系才更值得注意[①]。普宁年轻时也是一位博学多才的学者，被迫流亡到美国后，语言上无法迅速实现转变，他所擅长和喜爱的东西在美国找不到市场，才使得他似乎总是不合时宜、磕磕绊绊。相反，他的同胞、作品的叙述者，却是一位很顺利适应了这种人生转变的人，而且从中生出压抑不住的优越感。他带着这种优越感不无嘲讽地叙述普宁作为一个俄侨在美国的工作与生活：他上课，写作关于俄罗斯文化的著作，换假牙，学开车，不断搬家，一个人孤苦伶仃，常常不如意，看起来滑稽可欺，最后还被排挤出温代尔学院。但在叙述人不讨人喜欢的叙述口吻中，读者却反观到普宁的善良可爱——而这正是纳博科夫的本意。纳博科夫在给本书编辑的信中明确说："在我开始写《普宁》时，我面前就有一个确定的艺术目标：塑造一个人物，喜剧式的、身形粗鄙——古怪，如你所说的那样，但是在他与所谓的'正常的'人们相比肩时，他显得更加人道、更加重要，而且在道德层面上更加有吸引力。无论普宁是什么，他最不可能是一个小丑。"[②] 叙述者无疑属于纳博科夫所讲的"正常人"中的一个，与之相比，普宁的温厚善良令人动容，自尊自爱令人尊敬。他虽然失去了工作，但获得了少年维克多真挚的信赖与喜爱，作品最后他毅然拒绝了叙述者的施舍，带着全部家当和一只无家可归的狗离开了温代尔。试想一下，使用"真诚"的叙事模式塑造这样一个人物，作者不堪重负地给广大读者做引荐人，整个叙事会陷入何种尴尬处境，作者又多么容易费力不讨好。也即，作者消解叙述者的权威并非像巴拉塔罗所说仅为了普宁的自由，更大程度上是为了自身的自由。

A. W. 施莱格尔正确地指出，大多数小说家和剧作家均从读者对之产生共鸣的一个人物或一种观点上体现自己的主体性。纳博科夫俄国时期的《玛丽》《防守》《荣耀》《天资》中都体现出了这种主体性。《普宁》由直陈式叙述改为由一位明显在道德上有缺陷的、令人反感的叙述者以反讽的形式推出作

① 正如克尔凯郭尔所说："反讽常常通过一种对立关系出现。"见［丹麦］克尔凯郭尔：《论反讽概念：以苏格拉底为主线》，汤晨溪译，中国社会科学出版社2005年版，第170页。
② 王青松：《纳博科夫小说：追逐人生的主题》，东方出版中心2010年版，第111页。

者心爱的人物普宁，体现出一个经典作家对个体局限的主体性的有意识超越。
当叙述人本身的叙述成为读者关注与质疑的对象，整个叙述行为本身就富有
了反讽效果。正如前文所说，反讽总是在同一个语境、同一个行为、同一句
语言中包含两种相异的品质，两者互相对话、互相争执。与直接、正面、真
诚地讲述故事或塑造人物的艺术手法相比，在反讽中作者获得了一种超然立
场与自由态度。D.C. 米克在《论反讽》一书中写道："施莱格尔兄弟及其后继
者卡尔·佐尔格等人，曾借用'反讽'一词来讨论艺术家在创作中的客观立
场、'超然态度'和自由程度。"[1] 博伊德在分析《普宁》时，开篇就提出了一
个问题：在小说中，普宁是整个校园的喜剧性传奇人物，但是"我们怎么能嘲
笑另一个人的不幸呢"？[2] 博伊德未充分注意的是，嘲笑普宁之不幸的是叙述
者，作者本人的用意恰恰相反，他要我们喜爱普宁。博伊德将这个问题如此
明确地提出来，也证明作品最终实现的是作者要实现的效果。这就是反讽式
叙述的妙处：叙述者无须承担向读者推销他的人物的重担，但已然轻松完成
任务。

《微暗的火》其实也采取了反讽式结构。谢德是纳博科夫心爱的人物，他
所有关于爱情、家庭、婚姻、诗歌、死亡的见解都是纳博科夫本人所欣赏的。
但是包裹这一切的，却是金波特对他的诗歌的蓄意曲解。相比较起《普宁》中
的叙述者，金波特发展成为一个更为成熟和独立的人物形象。就全书总体结
构来看，金波特的前言、评注和索引将谢德的《微暗的火》包裹其中，读者
首先面对的是金波特的叙述行为，其次才对他的叙述与谢德诗歌实情不符产
生怀疑。就金波特来说，他越是将《微暗的火》引向完全缺乏说服力的"赞巴
拉"，读者越是对诗歌本身的真实所指有更为清晰的认识——而倾听谢德的诗
歌正是作者纳博科夫想要在读者那里实现的真实用意。

从这两个例子来看，正如克尔凯郭尔所说，反讽与伪装总有着千丝万缕

---

① [英] D.C. 米克：《论反讽》，周发祥译，昆仑出版社 1992 年版，第 28—29 页。
② [新西兰] 博伊德：《纳博科夫传》（美国时期），刘佳林译，广西师范大学出版社 2011 年版，
第 301 页。

的联系，但克尔凯郭尔进一步指出了二者的区别："当一个反讽者弄虚作假、不以自己真正的面貌出现之时，他的目的似乎的确是想让他人受骗上当；但他真正的目的是想感觉到自由，可他恰恰是通过反讽才感到自由的。"①

反讽实际是一种具有对话性的手法。这既体现在"反讽"本身的矛盾性上，也体现在反讽是需要读者察觉的。与直接、真诚的艺术手法相比，读者需要辨识、体会其中的真意，而不是被动的接受。这种情况下读者就不需要投注个人情感形成情感认同，相反需要的是理性的思考与辨别能力——所以反讽也是纳博科夫为读者设置的情感防水系统之一。D.C. 米克说："观察者在反讽情境面前所产生的典型感觉，可以用三个词语来概括：居高临下感、超脱感和愉悦感。"② 如此说来，最高层级的反讽者就是上帝。与人类的盲目、短寿相比，他无所不知无所不能，且永恒存在。纳博科夫将作家比喻为上帝的过程中，除了将二者创造一个世界、掌控一个世界的能力相比较，其实也比较了二者对自己所创造世界的反讽性观察。而在这种反讽性观察中，上帝、作家及领会了这种能力的读者，都获得了难能可贵的自由。

三、变化多端的形式

伴随着题材的开阔与叙事手法上的成熟老到，纳博科夫在作品形式设计上也越来越开放自由。20 世纪 60 年代初创作的《微暗的火》在这方面最夺人耳目，甚至压过了内容对读者的吸引力。博伊德说："纯粹就形式美而言，《微暗的火》理所当然是写得最完美的小说。"③

作品由"前言""微暗的火：一首四个篇章的长诗""评注""索引"四部分完成，看起来形式上完全是一部诗歌阐释的学术著作，但事实上全文皆属

---

①［丹麦］克尔凯郭尔：《论反讽概念——以苏格拉底为主线》，汤晨溪译，中国社会科学出版社 2005 年版，第 205 页。

②［英］D.C. 米克：《论反讽》，周发祥译，昆仑出版社 1992 年版，第 53 页。

③［新西兰］博伊德：《纳博科夫传》（美国时期），刘佳林译，广西师范大学出版社 2011 年版，第 470 页。

虚构。这样的结构形式明显受到纳博科夫十几年时间翻译注释《叶甫盖尼·奥涅金》一作的启发与影响。其中心部分是一名叫约翰·谢德的61岁学院诗人在19天时间内所作的长诗《微暗的火》，在他即将完成全诗但意外死去之后，诗稿被他的同事、相熟不过几个月的金波特想方设法占有，并予以编辑、评注、出版。金波特之所以如此热衷于这首长诗，是因为从得知谢德创作这首诗之初，他就认为诗歌题材是自己所提供的"赞巴拉"，希冀通过诗人的才华为自己的过往立传。当然，金波特一直认定的赞巴拉皆属他的幻想，他幻想自己是赞巴拉的流亡国君，幻想杀死诗人的凶手本是赞巴拉现任政权派来暗杀自己的。带着这种狂热的幻想，金波特很快发现《微暗的火》是一首完全不同的诗歌，不禁失望甚至恼火，但他没有放弃，而是抓住诗歌本身任何阐释的缝隙，拼命往里灌注"赞巴拉"这锅乱炖的汤。

如此一来，《微暗的火》成为相对可以单独理解的三个层次上的文本。

中心是谢德的自传体长诗。从外在形象上看，谢德与纳博科夫之间毫无共同之处：矮胖，腿有点瘸，身形有些畸形，粗短的手指，无神的眼睛，蓬乱的头发，还有心脏病。但《微暗的火》一诗从主题到形式都堪称典型的纳博科夫式的：形式上非常精确、精巧——共四章，999行，但据金波特所说全诗最后一行与第一行相同，即是首尾相接的1000行，且前两章与后两章篇幅相等——对此金波特的评价得到人们的认可，谢德确实具有组合才能有敏锐而和谐的平衡感，他的四篇章长诗是一个完美的水晶体。全诗主要内容是谢德对自己一生的回顾，并从现世经验中推测彼岸世界的有无与样貌："我决定探测那邪恶，/ 那不可接受的深渊，与它相抗争，/ 把我曲折坎坷的一生全部致力于 / 这唯一的任务。"[①] 这一方面是因为谢德已进入老年，不得不面对日益迫近的衰老与死亡；另一方面是身边亲人的先后过世，特别是女儿的自杀给予他很大的打击。谢德幼时就父母双亡，由姑妈一手带大，在自己11岁时的冬季，经常于午后发作昏厥，近距离接触了死亡。待结婚有了女儿之后，年

①［美］纳博科夫：《微暗的火》，梅绍武译，上海译文出版社2011年版，第32—33页。

老的姑妈耳聋、痴呆然后去世。亲眼见到亲人衰老死亡的过程，令谢德对生与死的问题有诸多感慨。他的女儿海丝尔外形颇像父亲而其貌不扬，一直无法融入群体生活，渐渐性情也变得孤僻，看起来无法寻找到父母那样的爱情，在绝望中于21岁时的寒冬午夜沉湖自杀（时年谢德58岁）。女儿的死留给了父母深沉的痛苦，也使得夫妻二人依偎得更为紧密。伴随着对衰老和死亡的恐惧，谢德更为珍惜的是与希碧尔四十年幸福的婚姻生活，纵然二人均已年老，但对青春与爱情的记忆却从不衰减。后来谢德自己又发作了一次严重的心脏病，自觉已经飞越了生死的边界，在昏厥的幻境中看见了一座喷泉。几番探察后，谢德相信彼岸世界是存在的，相信他的女儿仍然生活在某处。

这首长诗被金波特的幻想故事所包裹。金波特比谢德年轻16岁，高个子，一副稠密而锃亮的棕色络腮胡子，地道的同性恋，且毫不掩饰这一点。金波特的赞巴拉是一场幻想的狂欢，又是政变，又是流亡，又是宫廷斗争，又是杀手，等等，与谢德诗歌主题的严肃及风格上的谨严相映成趣。金波特的大多数评注都是在谢德的诗歌中强行灌注自己的故事[①]，面对诗歌本身时则要么敷衍了事要么毫无头绪，但有一点需要承认的是，谢德的诗歌中对现实生活的婚姻、家庭虽然充满珍爱，其中的动人细节却限于文体、篇幅及文风较少得到体现，而通过金波特这双别有用意的偷窥之眼，这一点得到了极大弥补。在教职员中金波特号称自己深受欢迎，但在他对一些公共场合的描绘中，更多显现的却是谢德的亲切可爱，虽然谢德本人处在完全放松自然的状态，对此毫无察觉。金波特是一个素食主义者，谢德则声称自己恰恰相反："开始吃头一道色拉在他就跟大冷天一脚踩进海水一般；为了袭击一个苹果堡垒，他总得事先打起精神才办得到。"[②] 谢德夫妻二人共同分享诗歌创

---

① 观察金波特是如何从谢德的诗行强行转到他自己的狂想的，是阅读"评注"部分的一大乐事。谢德诗歌第62行描述了自己童年居住过的房屋，屋顶上以前有个僵硬的风向标，经常有鸟儿落在上面，金波特抓住"经常"这个字眼作注，毫无征兆地强行变换车道："经常，大都是在夜间，贯穿在一九五九年整个春季，我为自己的性命提心吊胆。"——他在担心来自赞巴拉现任政权的暗杀。[美]纳博科夫：《微暗的火》，梅绍武译，上海译文出版社2011年版，第105页。

② [美]纳博科夫：《微暗的火》，梅绍武译，上海译文出版社2011年版，第11—12页。

作的激情与喜悦——"希碧尔正坐在旁边，满脸欣喜若狂的神情"①；分担思念女儿的痛苦——"希碧尔一会儿晃动蜷缩的身子，一会儿擤擤鼻子；约翰那张脸则布满斑斑泪痕"②，十分排斥外人的打扰，但靠了金波特冒昧与自以为是的窥探，类似的场景得以透露给外人。谢德作为一名诗人，他在外人眼中、在现实生活中的形象得以建立和圆满，从这个意义上说，金波特的自得并非毫无根据：

> 容许我声明一下，如果没有我的注释，谢德这首诗根本就没有一丁点儿人间烟火味儿，因为像他写的这样一首诗（作为一部自传体作品又未免太躲躲闪闪，太言不尽意了），竟让他漫不经心地删除否定了许多行精辟的诗句，其中包含的人间现实不得不完全依靠作者和他周围的环境以及人事关系等现实来反映，而这种现实也只有我的注释才能提供。对这项声明，我亲爱的诗人也许未必同意，但是不管怎么样，最后下定论的人还是注释者。③

金波特自诩掌握了最终阐释权，任意揉捏诗歌本身以及与之相关的外围信息，还强调在读谢德诗歌之前、之中、之后都要读一遍注释，大有喧宾夺主的野心与气势。但是在他颇为自负的叙述中，警惕的读者不得不自己去判断整个事态。金波特自负到忘了，诗人之后是注释者，而注释者之后却是读者，最后下定论的还是读者。

第三层次是作为一个整体的虚构小说《微暗的火》。某种程度上《微暗的火》与《天资》可以相比较，因为这两部作品都以文学创作与评论作为题材，且都使用了书中书的形式。但二者还是有鲜明的区别：《天资》中无论是费奥多尔的诗歌、为父亲传记准备的材料，还是最终成文的《车尔尼雪夫斯基的生活》，都是费奥多尔艺术成长时间轴上的坐标，一步一个脚印地验证着费奥多

---

① ［美］纳博科夫：《微暗的火》，梅绍武译，上海译文出版社 2011 年版，第 99 页。

② ［美］纳博科夫：《微暗的火》，梅绍武译，上海译文出版社 2011 年版，第 98 页。

③ ［美］纳博科夫：《微暗的火》，梅绍武译，上海译文出版社 2011 年版，第 19—20 页。

尔个性、艺术上的成熟。而《微暗的火》中，谢德的长诗与金波特的赞巴拉幻想在空间而不是时间上互相辉映，如同谢德特别羡慕的"奇迹般的双纽线"："自行车轮胎 / 在湿漉漉的沙地上，若无其事而灵巧地 / 摆动所留下的轨迹。"①一辆左右摆动的自行车，两个共同前进的轮胎，二者虽然无法相距太远，但是却可以有各自的轨迹线，两条线之间有分有合，各自独立而又相互依赖。谢德与金波特看起来毫无共同之处，但谢德还是尽量给予了金波特陪伴和友谊，特别是在周遭环境都很排斥金波特的情况之下，对此有人认为谢德是出于怜悯和同情②。但如此理解，就将全书局限在伦理批评的范围内：谢德宅心仁厚，天性善良友好；金波特自私狂妄，一心寄居在谢德的诗歌上。其实谢德对金波特的态度中，还包含着美学的、形而上的隐秘含义。在谢德的长诗中，他曾去寻找那个同样因心脏病而超越了生死界限的女性，因为她宣称自己也看到了高大的白喷泉，谢德认为这不是一般的巧合，结果却证明所谓的"喷泉"（fountain）只是"山峦"（mountain）的误印。泄气是有的，但是谢德也从中顿悟：

　　　　这才是真正的要点，对位的论题；/ 只能如此：不在于文本，而在于结构；/ 不在于梦幻，而在于颠倒混乱的巧合，/ 不在于肤浅的胡扯，而在于整套感性。/ 对！这就足以使我在生活中可以找到 / 某种联系，某种饶有兴味儿的联系，/ 某种在这场游戏中相互关联的模式，/ 丛状的艺术性，以及少许正像 / 他们玩耍这类游戏而寻获的同样乐趣。

　　　　他们是谁倒也无所谓。没有声响，/ 没有诡秘亮光来自他们回旋的住所，但是他们就在那里，冷漠而无声地 / 玩耍一种尘世游戏，使小卒升格为 / 象牙的独角兽或乌木的农牧神；/ 这儿点燃一个长寿，那儿熄灭 / 一个短命，杀死一位巴尔干国王；促使一架高空飞机从空中坠落下 / 一大块凝结的冰块 / 砸死一个农民；藏起我的钥匙，/ 眼镜或烟斗。把这些 / 事件

---

① ［美］纳博科夫：《微暗的火》，梅绍武译，上海译文出版社2011年版，第29页。
② 王青松：《纳博科夫小说：追逐人生的主题》，东方出版中心2010年版，第261页。

和物体联通远方的事件／和消失的物件协调在一起。为意外事故／为可能发生的事增添光彩。①

　　这两个诗节较难以理解，谢德如何从那处令人失望的误印，忽然顿悟的呢？他顿悟到的又是什么呢？谢德顿悟到的是，如果是纯粹的相同，事情反而失去了兴味：如果所有关于来生彼岸的猜测都有一座白喷泉，那么来生彼岸也变得单调无比。谢德转而欣赏的是，冥冥中把原本不相干的事物联系在一起的神秘纽带，就如同这一次误印，使得他与一位完全不可能相关的妇女产生了关联。这种不相干越是显得随意、跨度大，这种联系就越是令人兴味盎然，引导这种联系的神秘之手就越令人着迷。如果真有一个死后的世界，诗人也宁愿那是一个保持了现实生活种种美好记忆的世界，以及一个以双纽线代替白喷泉的世界。而生活在现实的一大兴味就在于预先寻找这种双纽线，寻找对位的论题，神秘的联系，并以此推论彼岸世界的存在与模样。当谢德充分意识到了这一点，他就成为他与金波特关系的主导人，是他容忍甚至期待金波特与他本人的世界形成这种特殊关联："把这些／事件和物体联通远方的事件／和消失的物件协调在一起。为意外事故／为可能发生的事增添光彩。"事实证明，当谢德死于意外事故，金波特确实以自己的方式，为谢德的长诗、人生增添了光彩，使之与原本完全不相干的赞巴拉幻想相联通。也许有人会问，谢德与金波特几无相同之处，又何来对位？这里我们需要理解的是，充分不同本身就是一种奇特的对位。谢德矮胖，金波特高瘦；谢德爱吃肉，金波特只吃素；谢德赞美忠实的婚姻，金波特是个感情轻浮的同性恋；谢德谦和友好，金波特自大狂妄；谢德享有众人的喜爱，金波特为人不佳常常成为众矢之的；谢德的诗歌从个人的情感思想上升到对现世与彼岸的思索，金波特沉浸在赞巴拉的幻想中无法自拔。与谢德的这种有意期待和发现相比，金波特一心想借谢德的诗歌宣扬自己的赞巴拉，却没有能力理解二人这种充分

---

① [美]纳博科夫：《微暗的火》，梅绍武译，上海译文出版社2011年版，第64—65页。

的不同本身的含义，因此在发现谢德的《微暗的火》与赞巴拉完全没关系时甚
为失望恼火。

　　谢德在金波特身上感受到的这种难得的对位，其实正是纳博科夫在作品
《微暗的火》中有意寻求的美学效果。这与《普宁》的反讽式叙述相比无疑有了
更大的进展，因为在《普宁》的反讽式叙述中，叙述者本人的故事与普宁的相
比还只是一条模糊的影子，当然，在满足纳博科夫"消解叙述者的权威"的用
意方面也已绰绰有余。在《微暗的火》中纳博科夫通过这种诗歌评注的方式，
要实现的是完全不同的两个题材的对位与结合，金波特的幻想虽然表面上强
行寄居在谢德的诗歌上，但纳博科夫实际给予了它充分的空间展示自己的特
异性。金波特越是看起来充分掌握了谢德长诗的阐释权，赞巴拉越是看起来
凌驾在《微暗的火》之上，二者形成的双纽线就越是近乎完美，因为金波特与
他的赞巴拉已具备了独立存在的身份。

　　通过书中书的形式，纳博科夫在一部作品中为读者呈现了三个层次上的
独立文本，在每个层次上都精心营造和结构，使作品从一进入读者视野就造
成了强烈震撼，且这种震撼背后还有一波又一波坚实的力量支撑。纳博科夫
其实一贯重视作品形式：《玛丽》完美结合了加宁的现在与回忆；《防守》在时
间线上的切割组合自由而稳定；《塞巴斯蒂安·奈特的真实生活》采取了侦探式
小说的外在形式；《天资》则是文学自传与"书中书"的紧密结合；《洛丽塔》戏
拟了忏悔录式文体；《普宁》是典型的反讽式叙事；而《微暗的火》则既在谢德
的长诗《微暗的火》中体现了水晶般精致的结构，更在谢德长诗与金波特的幻
想之间形成了完美的双纽线；在《爱达或爱欲》中，整体形式则设计成章节篇
幅依次减半的"箭矢"结构。形式结构上的越来越复杂及越来越驾轻就熟，既
反映了纳博科夫艺术上的不断自我发展，也反映了他对艺术至上与艺术自由
的不懈追求。

　　本节内容中，我们以纳博科夫英语时期最有代表性的三部作品——《洛
丽塔》《普宁》《微暗的火》为点，从"富有争议的题材与人物""走向反讽""变
化多端的形式"三个方面，探讨了纳博科夫在创作上进入成熟时期后鲜明的艺

术成长与特色。从这几部作品来说，纳博科夫的艺术世界既玄妙又神秘，如果不理解他前期为此所做出的种种努力和铺设，就容易偏于一隅误解他的作品。如果存在所谓的小说天才，纳博科夫也不是其中一员，这并非菲薄他的艺术成就，而是认可他这一路走来对艺术的不断追求与突破。

布鲁姆曾评价莎士比亚说："莎士比亚对于世界文学，正如哈姆莱特对于文学人物的想象领域：一种四下弥漫又不可限制的精神。一种脱离教条和简单化道德的自由就成了精神自由挥洒的必要因素。"[①] 通过本章分析，我们发现其实纳博科夫的文学也一直在追求这种"脱离教条和简单化道德的自由"，主要表现在：题材与人物塑造方面对"自我"有意识的摆脱与超越；在艺术形式与技巧上不断变化与创新；认为强烈感情会干扰艺术体验，为此尽量避免对某个人物的特殊偏爱，也寻求方法屏蔽读者的"感同身受"；另外还体现在悬置个人立场（包括伦理道德与美学价值），自由地处置时间线，自由地叠合、拆分场景描写等方面。从俄语时期到英语时期，纳博科夫渐渐摆脱了对理想人物和个人意图的执着，纵使有也使用种种手段将其反复缠绕包裹。通过一系列努力，纳博科夫终于实现了在伟大作家与伟大魔法师之间的自由沟通或二者兼具。这并不容易，起码并不比传统的所谓"真诚"的文学更容易。从这个意义上说纳博科夫是一位"艺术至上"主义者，致力于追求艺术的自由，是十分准确的。为了确保这最鲜明重要的一点，纳博科夫在表述个人文学观念时不惜牺牲掉其他考虑而只突出这一点，所谓纳博科夫艺术"非道德"的误解也就流传开来。但事实上，纳博科夫文学中又切实存在着伦理道德维度，只是他本人并不像大多数研究者一样，将艺术性与伦理性二者的关系局限在"互相冲突"这个无解的密室内，他区分了一般的道德说教与文学自身的伦理道德，并提出了一个令人深思的主张："越艺术越道德。"他本身的文学发展也证实，他对道德伦理的顾虑与权衡不仅没有削弱他的艺术，反而使之蹴事增华，本文第三章将对此展开论述。

---

① ［美］哈罗德·布鲁姆：《西方正典》，江宁康译，译林出版社 2005 年版，第 38 页。

第三章　纳博科夫"越艺术越伦理"的内涵与表现

　　前一章我们集中笔力分析了纳博科夫艺术创作上对"自由"的执着追求，但这只说出了纳博科夫的一个层面，而且还是比较外在的层面，如果只专注于这一层，最终结论很容易又引向了"文体家"与"美学家"的固有定位（第二章已结合作品充分探讨了纳博科夫在艺术自由方面的具体追求。但本文认为，单纯以文体家、美学家相称，不符合事实上的驳杂性与丰富性）。如艾布拉姆斯所说，两三百年来，主张艺术自足、推动艺术自律的诗人、评论家不在少数，纳博科夫是其中一员。但大多数推崇艺术至上的作家都难免给读者留下这样的印象：他们在作品中描绘（甚至不屑于描绘）外在世界的丑陋、庸俗，为人与行文上遗世独立曲高和寡，逃入"艺术"是他们迫于无奈而又自命清高的选择。纳博科夫也曾遭遇这样的误解，如美国 1969 年出现的第一部纳博科夫研究专著，佩奇·斯特格纳的《逃入美学》就是如此理解纳博科夫的：该论著对纳博科夫部分英语作品的文字游戏、隐喻、戏拟等技巧进行了分析，认为"因为对粗俗的肉体及物质世界的强烈反感，对纳博科夫和他的主人公来说，逃入美学这个精神替代品是唯一的出路"[1]。但事实是纳博科夫恰在这一点上姿态独特：他在纯正的艺术性中追求的，是更好的自我，更好的世界。逃避从来不是纳博科夫的主题词，自由地认知、拥抱自我与世界，通过记忆、

---

　　[1]　Page Stegner, *Escape into Aesthetics: The Art of Vladimir Nabokov* (New York: Dial Press,1966), p.41.

171

想象发现并理解世界的机密，把爱视为人生最可珍贵的财富，对他人更多一分好奇与同情才是其艺术中的真正主题——而这也是现代化社会与现代性艺术几乎同步产生后，艺术应该具有的独特的伦理功能，对此本章将着重予以分析。但当然不能因此说波德莱尔、王尔德等前辈的艺术追求是错误的或者片面的，他们的努力是艺术实现独立与自足过程中非常关键的一步：将艺术从种种外在的使命与约束中解放出来。艺术独立并强大以后，艺术性才可以以纳博科夫的方式，以其本身真正的品性与能量，独立地与伦理性进行对话。

第一节　论纳博科夫的"越艺术越道德"

绪论中我们已介绍，从 20 世纪 80 年代初（与 80 年代整体的文学伦理学转向有关）到当下，从皮弗·艾伦到米歇尔·伍德、杜兰塔耶等人，伦理性一直是纳博科夫研究中一个重要的维度。但检阅这些批评的主要观点，会发现其中存在着明显的缺陷与不足，并不能反映纳博科夫对艺术的伦理功能的真正认识。

一、传统的纳博科夫伦理批评之缺陷

到目前为止我们看到的纳博科夫伦理批评，多数遵从的是自古希腊以来认为文学应有说教功能与义务的传统思路，从伦理性角度为纳博科夫辩护。这从论题中就可见一斑，如纳博科夫作品中反复呈现的"反残酷"母题，纳博科夫对儿童身心健康的热切关爱，纳博科夫对自己笔下残酷人物的反感等。这种辩护还延伸到了作家与其人物的关系上，因为有人抱怨纳博科夫对自己的人物冷漠无情，一味实行独裁专政，皮弗从此点出发为纳博科夫辩护道，如果说他的人物都是作者的玩偶与奴隶，那也只是因为纳博科夫将作者与人物之间的这种真实关系裸露了出来，而不是像传统作家那样千方百计地予以掩饰。需要承认的是这种伦理批评确实收效甚大，纳博科夫不再被认为是缺乏伦理与道德深度的文体作家。

但这并不等于可以忽视关于纳博科夫的伦理批评中的问题：伦理批评的初衷是为纳博科夫的艺术成就辩护，但整个论述过程基本置艺术性于不顾。以《洛丽塔》为例，欲为其伦理性辩护的批评家多数首先是被该书的艺术性征服（伦理批评在艺术批评之后展开也说明了读者接受的这个次序），而展开伦理批评的思路一般有两种：一是纳博科夫本人不认同亨伯特对洛丽塔的所作所为；二是亨伯特知道自己错了，真诚忏悔了。即，或者是探讨纳博科夫本人真实的伦理立场——他不是反社会作家，结合他的生平、访谈很容易归纳出他的伦理道德观；或者是将亨伯特与洛丽塔当作真实存在的人物，将亨伯特诱奸女童看作真实的伦理事件予以伦理评判——整个分析过程中，文学的艺术性、虚构性都被置之一边。

纳博科夫伦理研究中体现出的艺术性与伦理性割裂的问题，本是传统的文学伦理学批评固有的缺陷。众所周知，在"艺术自足"理论出现之前，艺术作品常被视为等同于一般的制造品，其存在必须具有一定的现实用处，如亚里士多德认为美能引起快感是因为它是善的，贺拉斯提出艺术应追求寓教于乐，柏拉图则因为艺术的坏处多于益处而将之驱除出理想国。艺术史上长期认为真善美应统一结合在艺术作品中，其中真与善是内容、是核心，美只体现在形式，与之相伴随的是重内容轻形式的艺术批评传统长期占据艺术批评主流，造成的后果就是艺术的伦理道德内涵成为艺术批评中最为看重的东西。如罗蒂所说："大凡区分道德/美感而以道德为优先的人，往往会将'良知'（conscience）和'美感品位'（aesthetic taste）严加划分，并以良知为人类的基本机能，美感品位为附属多余的机能。"[①] 回头检验文学史，艺术确实在很长一段时间内都通过以各种伦理处境下的人物及其行为为现实中的读者设警，

---

① ［美］理查德·罗蒂：《偶然、反讽与团结》，徐文瑞译，商务印书馆2003年版，第202页。

告知其善恶是非，以此获得或强化存在的合理性。也许互为因果，大量此类文学的存在，使得传统伦理学批评片面重视伦理内涵而忽视文学艺术之"艺术性"的缺陷，暴露得并不明显。但是"伦理道德"内涵并非文学艺术的根本属性，从文学自足性成为艺术家们所追求的目标之日起，文学性与伦理性之间类似于"运输工具与所运货物"的关系就趋于终结，取而代之的是独立的艺术性如何与伦理性共处，文学艺术之伦理功能与一般的伦理说教之间有何区别的问题——这都是关系到文学艺术立根之本的关键性问题。但艺术服务于社会伦理道德的传统足够强大，即使是 20 世纪，将伦理道德内涵看作决定作品艺术水准高低的决定性因素的惯性认识仍然长期存在。这也是为什么纳博科夫研究中的伦理维度也沿袭此思路，致力于论证纳博科夫是一个具有伦理道德内涵作家的原因。但纳博科夫是一个无限追求艺术自由的作家，其作品的艺术性是最先夺人耳目的特质，且在伦理研究展开之前关于其艺术性的研究已经非常充分，特别是在艺术自足论已有较长时间发展的情况下，再沿袭传统做法脱离艺术性单独探讨伦理性，具有明显的不足。

其实在《洛丽塔》中我们真正要面对的问题是：为何伦理观完全正常的纳博科夫要以如此富有争议的方式写作一个如此富有争议的题材？他是基于对文学本身、文学伦理性的何种认识才如此写作？因为对前人的答案不满，我们在第二章中已重新对这个问题给予了分析：对艺术自由的不懈追求，使得纳博科夫在题材方面越来越超越于自己真实的生活经历与情感状态，甚至以塑造与自己完全不同的人物为目标与乐趣，再加上对道德说教、可能有的强加意味的强烈反感，共同作用下造就了这种看起来难以理解的文学现象。但这只回答了问题中的第一个方面，本章欲回答第二个方面：拂去道德说教与艺术自由表面上的冲突与无法兼容，纳博科夫作品中的艺术性与伦理性其实质又是相通的，正如纳博科夫对好友威尔逊所说："当你果真阅读《洛丽塔》时，请注意，它是非常道德的。"[①] 只是这里所说的"道德"并非传统文学伦理

[①] ［新西兰］博伊德：《纳博科夫传》（美国时期），刘佳林译，广西师范大学出版社 2011 年版，第 290 页。

学中的含义，而是另有所指，我们在纳博科夫的两段话中可以细细辨明。

1945 年他在回答乔治·诺伊斯教授（认为纳博科夫是一个唯美主义者）时说：

> 我从不否认艺术的道德力量，它当然是每一部真正艺术品的固有特性。我所要否定并准备鳘竹书之的是那种处心积虑的道德化倾向，在我看来，这种写法无论技巧多么高超，都是在抹杀每一缕艺术气息。①

在 1946 年的威尔斯利授课讲稿中纳博科夫提出：

> 艺术太经常地被当作承载观念的工具——无论是政治的或道德的——去影响、去教会、去促进、去启迪，等等。我并不是说艺术不促进读者，不启迪读者，但艺术会以自己独特的方式来做到这一点，只有当它唯一的目的是要成为优秀艺术，成为其创造者尽可能创造的完美艺术时，它才可以做到这一点。一旦艺术的这唯一真正的、有价值的目的被忘记时，一旦它被功利主义的目的替代时，不管它本身是否值得颂扬，艺术（就不再是）艺术，由于这种自我的丧失，艺术失去的不仅是意义与美，而且恰恰是它为之牺牲的那个目标。糟糕的艺术既不会教诲也不会促进或启迪，它是糟糕的艺术，因此在事物的秩序中没有合理的立足之地。②

在这两段话中我们看到，纳博科夫明确区分了"艺术的道德力量"与"处心积虑的道德化倾向"，赞同前者，否定后者。对此阿佩尔说过："当纳博科夫说《洛丽塔》中没有道德信息时，他的意思是他没有有意的说教，但他并没有

---

① [新西兰]博伊德：《纳博科夫传》（美国时期），刘佳林译，广西师范大学出版社 2011 年版，第 58 页。

② [新西兰]博伊德：《纳博科夫传》（美国时期），刘佳林译，广西师范大学出版社 2011 年版，第 112 页。

拒斥作品可能产生的道德共鸣。"[1] 关于纳博科夫对"道德化倾向"的反对，我们在前两章已做出了具体分析，本章我们重点关注的是纳博科夫所说的"艺术的道德力量"。纳博科夫认为，真正的艺术天然地具备伦理功能、道德力量，但艺术家一旦心有旁骛，则不但无法实现伦理功能，就连自身的立足之本（艺术性）也一同失去。因此优秀的艺术家只有一个目标需要考虑，就是创作出真正的艺术品。从这个层次上考虑，纳博科夫既不认为艺术性与艺术的伦理性是针锋相对的，也不认为艺术性是实现伦理性的工具，而是"越艺术越道德"，二者在真正优秀的艺术中可以并存，正如一条密码中同时携带了两条信息。

二、"越艺术越道德"之可能性

纳博科夫的"越艺术越道德"认识，使得"艺术至上"变成具有容他性而非排他性的观念，艺术家不再需要兼顾二者而顾此失彼，批评家也不再需要画地为牢互相指摘。如果真能实现这种状态，则堪称理想。那么这种假设是否真的可行？我们试作分析。

（一）"自我"的觉醒

在 19 世纪后半叶，强调伦理道德内涵的传统力量依然强势，但事态毕竟在悄悄变化，艺术自足论越来越得到作家和批评家的认可——因为这实际是在为自己热爱的领域争取更大的合法性与生存空间。进入 20 世纪后，现代主义文学大潮涌起，各种流派的现代主义作家对 19 世纪的现实主义文学进行了革命性的颠覆，"艺术手法"本身的巨大活力带来了强有力的冲击，前所未有地成为文学艺术批评的主角，人们热烈讨论"表现主义""意识流""超现实主义"等崭新的概念，与之相对应，传统的伦理道德批评则开始衰落。

在文学艺术领域发生这种变化的同时，现代人思想意识中发生的另一种

---

[1] Alfred Appel Jr., "Lolita: The springboard of parody", *Wisconsin Studies in Contemporary Literature* 8.2(1967), p.226.

变化也值得我们注意，那就是"自我"意识的不断觉醒。此处所说的"自我"，指的是人能排除外在权威，清晰独立地感受个体自我与外在世界，对人生在世应遵循的价值观念有能力进行独立意识下的排查，不断追问和寻找生命的最终价值与意义，甚至能对所有这一切有独立、完整的表达。此"自我"必然无法像古典主义者所向往的那样与外在自然一劳永逸地融为一体，但始终试图在社会、自然、历史中寻求恰当、和谐的位置。"自我"之被唤醒并不断强大，首先有宗教方面的原因。虽然从文艺复兴开始，关于"人"的意识就在复活，但这是个漫长的过程，宗教力量持续存在，直至尼采振聋发聩地提出"上帝已死"，宗教在现代化社会中能给予现代人的精神安慰与支持力量日趋衰弱。刘小枫在谈现代性的出现时这样说：

现代性的出现，根本是一个道德事件。这一事件的故事梗概一句话就可以说完：原来有一位掌管生活世界的道德秩序、能分清善恶的上帝，如今，这位上帝被放逐了，……上帝这位最高的道德法官退位后，人生就成了一个充满不可解决的道德悖论的过程。在此之前，人生过程在道德上是井然有序的，像阳光普照的大地，万事万物的样子一清二楚，所以，人们不需要小说，有上帝给出的宗法性道德法则就可以了。如今，善恶分明的道德原则不存在了，这些原则的制定者走了，生活世界中没有了可以让人分辨事物的阳光，只有潮湿的、灰蒙蒙的雾霭。[①]

一个外在的、看似坚不可摧的道德支持的解体给现代人精神上带来的效应是巨大的，其中一个就是"自我"的充分觉醒。首先，当个人必须自己负责人生的意义与价值，每一个选择都关涉到人生走向的时候，对个体自我的充分感觉与认知就成为必然而然的结果。其次，现代化社会生产方式将个体从宗族、血缘、家庭中分离出来，社会职位在决定人的收入水准与社会地位方面成为最主要要素，为了工作某人可能背井离乡辗转千里，社会关系的制约力变得微弱散漫，这既是一种前所未有的自由，也是一种前所未有的孤独，

---

① 刘小枫：《沉重的肉身：现代性伦理的叙事纬语》，华夏出版社 2004 年版，第 141—142 页。

因为看似稳固的生计与前途朝夕之间也可能倾覆无存，这种普遍的生存方式促使了个体"自我"意识的不断加强。最后，受教育水准的大幅度提高及现代心理学的发展也帮助人们更深入地了解自己的情感，了解人性的多种层次；当下现代媒介的平民化（人人都可拥有自己的网络社交平台，即时随地表达自我且获得回应）也使得原本消泯在"众人"巨大面具下的"自我"有机会展现出来。

当个体"自我"意识变得越来越强烈时，外来的说教就极容易受到质疑与否决，在文学作品中对读者进行伦理道德施压的效果就大打折扣——任何看似权威的观念都需要经过"自我"独立意识的排查，作者满怀热情地向读者传达真理，但读者的"自我"却对此并不买账。当外来的思想施压已经无法触动读者的"自我"时，"体验邀约"却成为读者进入艺术世界的恰当方式，无论是卡夫卡作品中那些被碾轧得吱吱叫的弱者，还是普鲁斯特作品中对逝去年华的无力挽留，以及乔伊斯和弗吉尼亚·伍尔夫笔下那些芜芜杂杂的意识流动，都是现代人最真实的生活体验，对时代、自我、时间、存在等发出的喁喁私语。纳博科夫充分意识到了艺术发展史上的这种变化，而且有意推动这种变化，因为这是时代赋予艺术获得独立和自由的宝贵契机，也是现代社会艺术最应承担起来的责任与义务：不再说服或传播，而是发出邀约，让彷徨的现代人充分体验人生、世界与自我。"自我"意识的觉醒与"艺术自足"论的壮大在时间线上几乎相伴而行，这就为艺术致力于这种伦理功能提供了特别的优势，因为富有"自我"意识的读者与注重艺术性的艺术正是一对契合的朋友：这类读者才可能追求艺术品位，完成艺术体验，成为讲求艺术性的作品的真正读者；这类艺术方能摆脱外在负担，单纯地致力于读者的艺术体验。

（二）个体心灵对自由的渴望

齐格蒙特·鲍曼在《后现代伦理学》中论述了外在规范形成的过程：先是由哲学家凭借独具的理性来发现哪些行为是"理智"的，而后与"权威"一起将结果传达给理性天赋不够、不能自己发现的人。其结果是导致"通过国家立法之道德和被假定的共同体自我约定的代言人所散播的道德压力在这一点上是一致的：它们都拒绝或者至少剥夺了个体之道德判断力。它们都努力用他治的伦理责任来代替自治的道德责任"。[1] 这些规则、法律、伦理规范对于大多数人来说就成为一种他律的、外来的、强制性的规章，是个体"不自由"的压力之源，而"自由"又是人心所向，是个体无止境的追求。正如邓晓芒所总结的康德的观点，"道德律应该建立在自由意志的基础之上，自由意志自己为自己立法，而不是由外来的某种权威立的法"。[2] 这就造成了个体与文明之间不可化解的矛盾：文明的强度越高，外在的律令越繁杂细腻，个体越被贬低，心灵的自由越遥不可及。弗洛伊德的"本我、自我、超我"学说也是建立在这样一种假定上的。但在这片胶着的困境中，18 世纪以来就力求自律自足的艺术给理论家们带来了一线希望，除了因为艺术与令人窒息的机械化现代化生活相间离、与理论理性和实践理性相区别的姿态给了现代人一席休憩、反思、静观之地，还因为经由"艺术美"的五彩斑斓之示映，普通大众也具有了对自我和他人更准确的发现能力，从而将原本由外力施予的理性规章转化为个体主动的情感发现，实现个体的心灵自由。正如我国青年学者李立所说："要使现代伦理学中的个体他律状态转化为自律状态，并不能仅靠个体对超感性世界的敬服，而应通过人们现实的感受与体验，将对法则的从属真正内化为人们自己情感的自主选择，而审美，正是以感性体验来丰富人们的情感世界，从而把理性的规制和压抑内化为个体意志自律的有效方式。"[3]

　　很多学者都看到了艺术（特别是心无旁骛的艺术）在致力于心灵自由、及由此而实现特定的伦理功能的可能，如席勒认为，正是因为艺术不与直接的目的相连，才能在"增强人性"方面完成其他任何方式都不能完成的任务；黑格尔断定审美带有令人解放的性质；韦伯赋予了审美抵御工具理性的"救赎"功能；马尔库塞认为审美功能可以消除理性规律的道德强制性；彼得·比格相信艺术具有将现代人从理论理性和实践理性不断增长的压力中解救出来

① ［英］齐格蒙特·鲍曼：《后现代伦理学》，张成岗译，江苏人民出版社 2003 年版，第 53 页。
② 邓晓芒：《康德〈判断力批判〉释义》，生活·读书·新知三联书店 2008 年版，第 20 页。
③ 李立：《伦理与审美：后现代语境下的追寻与反思》，中国社会科学出版社 2013 年版，第 20 页。

的功能；伊格尔顿则断言现代审美关涉到个体自由如何实现的问题。这些言论其实在源头上都可追溯到康德的《判断力批判》，在其中康德大规模地论述了艺术自律的重要性，并规划了自由的艺术导向自由的"善"的可能性。康德的《纯粹理性批判》《实践理性批判》《判断力批判》分别对应的是人的心灵能力的三个方面：认识能力、欲望能力、愉快和不愉快的情感，康德认为后者是联结前两者的桥梁，审美判断力是联结理论哲学与实践哲学的桥梁。可以说，康德的《判断力批判》较早正式地讨论了感性、情感在个人的思想、行为上可能发挥的重大作用①，强化了知、情、意一体的理念，甚至认为判断力批判是"一切哲学的入门"，这为艺术与美学地位的提高奠定了坚实基础，因为情感、感性、感觉不再被认为相对于理性、意志来说显得低级、不重要，而康德所推崇的"美的艺术"（即仅仅以表现"美"这种"无目的的合目的性形式"为目的的艺术）正是关于感性的学问。沿着康德的思路，人们越来越清晰地意识到"情感"的道德力量，如泰勒所说："情感具有了道德上的关联，对某些人来说，它成为人类善的关键。经历某些情感逐渐成为善的生活的重要部分，其中有婚恋的爱。"②情感一旦被赋予了道德力量，伦理就部分地需要通过情感来定义，那么原本认为界限清晰的"伦理"与"审美"就变得模糊了，致力于情感活动的文学艺术天然就具有了伦理力量。如泰勒所说："我们在艺术的原创性和创造性面前所感到的敬畏使艺术达到了神圣的边缘，这反映着创造和表现在我们对人类生活的理解中具有的关键位置。"③但需要辨明的在于，康德等人实际上是为了解决道德问题中的"自由"难题而求助于艺术的，这似乎影响了艺术自足论赋予"艺术"的崇高地位，但不管得出这一结论的出发点是什么，这一诉求表现出了对"感觉、心灵"的重视，且艺术确实具有助

---

① 英国的大卫·休谟在 1740 年的《人性论》中提出："人类心灵的主要动力或推动原则就是快乐或痛苦。"见 [英] 休谟：《人性论》，关文运译，商务印书馆 1997 年版，第 531 页。

② [加拿大] 查尔斯·泰勒：《自我的根源：现代认同的形成》，韩震等译，南京译林出版社 2008 年版，第 398 页。

③ [加拿大] 查尔斯·泰勒：《自我的根源：现代认同的形成》，韩震等译，南京译林出版社 2008 年版，第 514 页。

人心灵"自由"的能力，这既体现在读者的个体心灵（阅读经验总是个体的）在阅读过程中从世俗事务中的解放，也体现在体验之后感性上保留了艺术甘美的味道，获得了持久的心灵经验，进而实现外在条律与感性取向上的一致与和谐，最终实现个体心灵的自由。

但如果因此将自由艺术的目的理解为让个体更心甘情愿地"适应""接受"甚至"喜爱"现代社会，其实质是重回老路，试图在社会结构中恢复艺术服务于社会的附属角色，似乎如此就加重了艺术在社会生活中的分量，但正如阿多诺所说："试想通过恢复艺术的社会角色以减轻艺术的自我怀疑的企图是毫无意义的。"[1] 因为这既误解了艺术本身的"自律性"，还降低了个体心灵自由的高度，现代艺术和文化与作为社会范畴的现代性之间持续且深刻的冲突也说明了这种预想的不切实际。这里所说的"心灵自由"，不是以个体自动归属到社会群体中为目的，而是激发个体内心对自我与外在世界之间关系的反思，更为自由地实施自己的"道德意志"。艺术最终作用于个体心灵而不是社会，是我们在思考艺术之功用时需反复提醒自己的一个立足点。

（三）精神沟通对现代人的重要意义

现代社会物质上的发达越发使得精神问题凸显出来，在宗教、科学、理性所能给予的支持先后崩塌以后，现代人在精神上的孤独、荒芜、盲目状态令人触目惊心，但也并非完全没有办法获得慰藉，那就是个体精神之间的互相依偎、互相支持、互相援助。瑞恰慈在《文学批评原理》中描述了现代人的精神可能遭受的种种压力，特别是过时的、不合时宜的道德准则带来的巨大折磨，提出人们若想"从混乱心态转向组织较好的心态"，最典型有效的方式就是"通过他人精神的影响"，并提出"文学艺术则是这些影响得以散播的主要手段"。[2] 瑞恰慈认为"艺术记载了我们关于经验的价值所掌握的最为重要的判断"，"一件艺术作品的缘起即创造的时刻以及它成为交流载体这个方面，从这两点来看都能找到理由，让艺术在价值理论中占有一个极其重要的

---

① ［德］阿多诺：《美学理论》，王珂平译，四川人民出版社1998年版，第2页。
② ［英］瑞恰慈：《文学批评原理》，杨自伍译，百花洲文艺出版社1992年版，第48页。

地位。"① 在瑞恰慈看来，艺术作为交流载体足以使其在价值理论中立足，也即艺术本身无须再服务于其他道德伦理目的，而且艺术对人类经验表现得越深入就越有价值。他还特别强调："艺术家通常并非自觉地注重交流，注重的是使其作品——不论诗作还是剧本、雕像或是画作，不管它是什么——'恰到好处'……如果他当作一个割裂开来的问题去考虑交流方面，那么由此引起的注意力分散就会在极其严肃的作品中造成毁灭性影响。""只要艺术家精神正常，使作品'恰到好处'这一过程本身便具有巨大的交流影响。""'恰到好处'的作品比起'处理不当'的作品有着更加强大的交流力量。"② 在这一点上瑞恰慈与纳博科夫几乎可以说是"英雄所见略同"，二人都强调艺术天然地具有某些附属功能，但其前提是艺术只充分考虑自身，一旦在艺术之外的其他方面蓄意用力就会适得其反、南辕北辙。现代人有精神交流的需求，艺术恰是实现这种交流的有效载体，精神交流的本质是交流而不是说教，从这个意义上说，"越艺术越道德"有其现实性。

综上所述，现代社会中"自我"的觉醒、现代人渴望"心灵自由"和"精神沟通"等几个方面共同作用于艺术，就促使"越艺术越道德"具备了充分的可能性。这三点其实也是艺术本身的伦理功能的具体表现：艺术让"自我"的心灵自由，而不是一味被动地接受外在道德律令的约束，在内心感到痛苦与挣扎；艺术通过虚构为觉醒的"自我"提供多种多样的生命体验；艺术能促进现代人精神上的沟通以互相汲取温暖与力量。

三、纳博科夫的"越艺术越道德"之道德

以上我们分析了众多美学家、理论家对艺术本身的伦理功能的深刻理解，那么，纳博科夫所说的优秀艺术对读者的伦理功能具体又指什么？我们试加分析。

---

① ［英］瑞恰慈：《文学批评原理》，杨自伍译，百花洲文艺出版社1992年版，第26页。
② ［英］瑞恰慈：《文学批评原理》，杨自伍译，百花洲文艺出版社1992年版，第20—21页。

（一）"比平常时的我们稍稍提高一点点"

马克·爱德蒙森曾批判性地指出，当康德强调艺术的无目的性时，也就"使人类对艺术的任何使用都变得不可能了"[①]。这就必须回答"人类应如何使用艺术"的问题：是要指望读者通过"使用艺术"而在现实生活中随时随地表现得符合道德伦理（说教性文学正致力于此）？那么人作为人，内在的自我又该如何安放？艺术所擅长的领域一直是个体与内在，正如刘小枫所提出的：

小说有自己的"道德"，这种道德关注个人的生存晕眩（沉醉），与政治、宗教、道德不相干。传统的宗法伦理的道德判断基于普遍性的道德理想和典范，必然会抹杀个体生命的具体性和差异性。对于自由主义伦理来讲，生活中的个人不是善与恶的藩篱，不是天庭秩序支配下的现世秩序中的臣民，而是自主的、依自己的价值偏好生活的具体个人。中止传统的普遍性道德判断，个体生存的血肉和经脉才浮现出来，小说的道德就是这个别人的血肉和经脉。[②]

刘小枫将小说的道德视为对个体生命价值的探险与呈现，尼采则干脆强调道德本身就是着眼于个体生命力的勃发，这在他对基督教道德的强烈批判中可见一斑："基督教从一开始就彻头彻尾是生命对于生命的憎恶和厌倦，只是这种情绪乔装、隐藏、掩饰在一种对'彼岸的'或'更好的'生活的信仰之下罢了。"他批判基督教"仇恨'人世'，谴责激情，害怕美和感性，发明出一个彼岸以便诽谤此岸，归根结底，一种对于虚无、末日、灭寂、'最后安息日'的渴望"，认为这会导致"在道德（尤其是基督教道德即绝对的道德）面前，生命必不可免地永远是无权的"。[③] 尼采所推崇的生命力，也是个体对自我的一种期许与责任，即现世生活不应只是个体性格、喜恶的被动投射，人应该主动寻求更好的自我。纳博科夫则进一步提出，艺术也不应只是被动地

[①]　［美］马克·爱德蒙森：《文学对抗哲学：从柏拉图到德里达》，王柏华、马晓冬译，中央编译出版社 2000 年版，第 8 页。

[②]　刘小枫：《沉重的肉身：现代性伦理的叙事纬语》，华夏出版社 2004 年版，第 156 页。

[③]　［德］尼采：《自我批判的尝试》，载《悲剧的诞生：尼采美学文选（修订本）》，周国平编译，北岳文艺出版社 2004 年版，第 268 页。

反映个体欲望与感受，而应促进个体对更好的自我的追求，推动生命力的绽放。纳博科夫说："假如我们不去学习如何将我们自己比平常时的我们稍稍提高一点点，进而去品尝人类思想所能提供的最珍奇最成熟的艺术之果的话，我们就可能失去生活中最美好的东西。"① 我们阅读优秀的文学作品的目的，并不是促使自己马上起身去帮助贫苦的邻居与弱小的儿童，而是让心灵更敏锐丰富，更善于观察，更懂得记忆的力量，更主动地寻求生命的价值与厚度。这正是纳博科夫与众多颓废的现代主义作家和后现代主义作家的重大不同之处。纳博科夫是一个地道的乐观主义者，热爱人生，热爱生命，热爱自我前进的姿态，对个体的幸福总是抱有很大信心。与之对应，纳博科夫在作品中讲求细节，关注次要人物，跨越不同篇幅在情节之下铺设隐秘的关联，作品内部大量的互文、戏拟，最关键的是，他永远珍爱文字本身最直接的力量（美丽的音韵、恰到好处的诗意、准确迅捷的意象），让读者赫然体会到艺术美的魅力，如此等等的艺术手法都有一个统一的目的，那就是致力于他所说的"比平常时的我们稍稍提高一点点"。

（二）美学品位、美学判断之于伦理道德

历来文学研究都倾向于展现伦理道德在文学世界中的力量，却少有人敢如此发表评论：美学品位对伦理道德也具有鲜明的作用力。瑞恰慈是这少数人中的一个，他在《文学批评原理》中说："艺术家乃是'细微末节'方面的专家，而且以此自居的艺术家不大或者毫不重视一般规律，他发现在客观实践中它们过于粗略，因此无从辨别有价值者及其反面。"——这句话用来诠释纳博科夫的艺术再恰当不过。瑞恰慈接着说："出于这层缘故，道德家总是倾向于不信任或者无视艺术家。可是由于生命的良好品性只会来自对反应的良好梳理，那些反应极其微妙，不涉及任何笼统的伦理格言原则，道德家对艺术的这种忽略几乎意味着他们没有资格谈论道德。正如雪莱所强调的，道德的基础不是由说教者而是由诗人奠定的。不良的趣味和粗野的反应在某个其他

---

① [美]纳博科夫：《文学讲稿》，申慧辉等译，上海三联书店2005年版，第338页。

方面值得称赞的人的身上不仅仅是瑕疵。它们实际上是其他缺点由以产生的一个祸根。"①1987年诺贝尔文学奖得主约瑟夫·布罗斯基甚至说得更明确："个人的审美经验越丰富，其品位就越健全，其道德视点就越清晰，也就越自由，尽管不一定更幸福。""美学乃伦理之母。"② 这种观点如此鲜明地表达出来似乎颇有不妥：一个艺术品位低俗的人在伦理道德方面也堪忧？一个不断提高美学品位的人，他的伦理道德水准也会不断提高？纳博科夫本人对这个问题的态度经历过发展变化：他曾因艺术优越感而对日常生活持敌视态度，但他最终发现，美学判断总是关联着伦理判断，美学态度总会导致伦理态度，"以文会友""文人相轻"背后总是或隐或显地存在着这种逻辑。在纳博科夫看来，审美品位固然是艺术的立身之本，但比起普通人的艺术品位不够高超，艺术家凭借艺术才能而鄙视普通人和日常生活的行为更值得警惕和批判。对此后文会详加分析。

但值得注意的是，面对别人对自己发出的"品位"质疑，多数人都会反应激烈，有时甚至会超出面对"道德指责"产生的情感反应。如莫里哀所说："恶习变成人人的笑柄，对恶习就是致命打击。责备两句，人容易受下去的；可是人受不了揶揄。人宁可做恶人，也不要做滑稽的人。"③纳博科夫不认可一位真正作家将改良社会、谴责犯罪作为创作的主要目的，但是他认识到："有一种改良，是一位真正作家在非常不经意间带给周遭世界的。""把恶棍变为丑角（虽）不是一位真正作家的既定目的：（但）不管强调这点是否对社会有用，犯罪都是遗憾的闹剧。一般来说会的。"④ 从"恶人"到"滑稽的人"，把"恶棍"变为"丑角"就是从道德评判走向了美学评判。纳博科夫与莫里哀一样，都深深理解并利用了艺术的这种巨大力量。纳博科夫说过："放声大笑是

①　［英］瑞恰慈：《文学批评原理》，杨自伍译，百花洲文艺出版社1992年版，第52页。

②　［美］约瑟夫·布罗斯基：《美学乃伦理之母——布罗斯基演讲稿》，http://www.gongfa.com/meixueweilunlizhimu.htm，访问日期：2016年3月9日。

③　唐建清等：《欧美文学研究导引》，南京大学出版社2006年版，第126页。

④　Vladimir Nabokov: *Lectures on Literature* (New York: Harcourt Brace Jovanovich, Inc, 1980), p.376.

最好的杀虫剂。"[1] 在访谈中就青少年吸毒他说："没有什么比吸毒这种蠢事更平庸、更俗气、更弱智的了"，并表示"我的年轻的美国读者有着更健康更聪明的头脑，他们远离那些幼稚的时尚和追逐时尚的人"[2]。对待"残酷"纳博科夫除了在道德上抨击，更善于从美学上予以轻蔑："犯罪正是陈腐之事的胜利，而且它越成功，看上去就越是愚蠢。"[3] "当作家注意到杀人犯的下唇极蠢地低垂时，或当他看见一名暴君独自一人在他奢华的卧室里用短粗的食指挖他肥大的鼻孔，他的眼中便有一道光闪过，这种光比蹑手蹑脚的谋叛者的手枪更能惩罚你。反过来说，没有什么使发号施令者像痛恨那道不可抗拒的、永远捉摸不透的、永远煽动人心的光芒那样痛恨的了。"[4] 纳博科夫在这里所说的光芒，就是面对残酷与暴力，诗人从诗的国度发出的轻蔑的微笑。对人类社会的暴力、残酷等恶劣事件，法律上的惩戒、伦理道德上的讨伐固然重要，从美学上贬抑也具有相当冲击力，尤其是当类似行为的起因并非是蓄意挑战伦理，而是在错误的方向上追求"美"的时候。青少年对社团群体内部所推崇的"酷、帅"事物或行为的趋同就是一股不可小觑的力量，比如追星、市区飙车、文身、吸烟甚至吸毒、学校内的暴力、同学间的凌虐与侮辱等，他们并非不知道这种行为是坏的，但是当这种行为引起同伴的艳羡和钦佩时，对他们来说就具备了无限的吸引力。单纯从伦理道德上指责这种行为是坏的，通常因为"药不对症""老生常谈"而损失部分批判力度；从美学上给予"无聊、愚蠢、腻味、幼稚、粗俗、低级"的判断才是真正切断了这部分行为主体的错误欲求。

（三）艺术想象力之于人类团结

理查德·罗蒂在他的乌托邦中把"人类团结"视为人类社会共同的目标，他强调，要实现这个目标必须依靠想象力，"把陌生人想象为和我们处境类

---

[1] ［美］纳博科夫：《独抒己见》，唐建清译，浙江文艺出版社 2012 年版，第 122 页。
[2] ［美］纳博科夫：《独抒己见》，唐建清译，浙江文艺出版社 2012 年版，第 118 页。
[3] ［美］纳博科夫：《文学讲稿》，申慧辉等译，上海三联书店 1991 年版，第 332 页。
[4] ［美］纳博科夫：《文学讲稿》，申慧辉等译，上海三联书店 1991 年版，第 332—333 页。

似、休戚与共的人","如果我们对其他不熟悉的人所承受痛苦和侮辱的详细原委，能够提升感应相通的敏感度，那么，我们便可以创造出团结。一旦我们提升了这种敏感度，我们就很难把他人加以边陲化。"①纳博科夫充分意识到了艺术想象力在帮助个体之间突破隔阂的重要作用。他在作品中反复召唤我们对他人的好奇与想象力，以克服我们每个人身上都或多或少存在的"唯我主义"，以及对相对不重要人物的下意识忽略和轻视。关于这一点纳博科夫的传记家博伊德说得更为清晰明确："无论是创造一件艺术品，还是面对一件艺术品，想象力可以说都是在超越自我的边界，进入另一种生活：另一个时间、另一个地点、另一个心灵。没有那种意识能力，艺术将不复存在——道德选择也将不再可能。如果缺少了让一颗心去领悟另一颗心是那种想象性的同情，缺少了想象他人之苦痛的能力，道德就毫无意义。"②传统上认为想象力只属于艺术，但这三位都正确指出，想象力也属于伦理。

另外，在纳博科夫看来，抽象的善恶观念虽然可以为人的行为设置底线，但很难在心灵中具备形状引导人的感情与行为；相反，具备了艺术想象力的人也便具备了善的能力或者"不作恶"的能力。他曾说："罪犯通常是缺乏想象力的人，因为想象即使在常识最低限度上的发展也能阻止他们作恶，只要向他们灵魂的眼睛展示一副描绘手铐的木刻。"③艺术想象力与抽象的善恶观念之间还有个明显的区别，即一个是外来观念，另一个一旦拥有就成为内在力量。外来观念的弊处在于常受到外在权威有所意图的解释，"知善"但缺乏同情心与想象力的人，在具体环境中就有可能为了某种信念而一时作恶，如第二次世界大战时受希特勒煽动参与迫害犹太人的德国普通大众。面对被迫害的犹太人，若具有艺术想象力，就能对他们的痛苦感同身受，从自己心灵中辨别善恶，从而更具有道德自主性。

---

① ［美］理查德·罗蒂：《偶然、反讽与团结》，徐文瑞译，商务印书馆 2003 年版，第 7 页。

② ［新西兰］博伊德：《纳博科夫传》（俄罗斯时期），刘佳林译，广西师范大学出版社 2009 年版，第 497 页。

③ ［美］纳博科夫：《文学讲稿》，申慧辉等译，上海三联书店 1991 年版，第 332 页。

　　以上我们梳理了纳博科夫所认为的"越艺术越道德"之"道德"的具体所指。我们看到，纳博科夫的"越艺术越道德"避免了王尔德等前辈片面强调"艺术无关道德"造成的艺术的空虚与轻忽，及最终走向感官快感的放纵与享受，但前文在分析纳博科夫关于"艺术体验"的言论时，我们曾赞同伍德的说法，认为纳博科夫其实试图将现实生活中的好奇、善良、温情与狂喜等感受纳入艺术体验当中。纳博科夫也曾明确提出，真实世界杂乱无章，是艺术家将之整顿为有条有理，整顿的过程就是艺术产生的过程。纳博科夫是不是有类似于尼采的"审美救赎"的倾向，有意将现实审美化？是否同尼采一样，将艺术体验视为高于宗教、科学、伦理道德的存在状态，赋予艺术"救赎"的重任？尼采说："只有作为审美现象，人在世上的生存才有充足理由。事实上，全书只承认一种艺术家的意义，只承认一切现象背后有一种艺术家的隐秘意义——如果愿意，也可以说只承认一位'神'，但无疑仅是一位全然非思辨、非道德的艺术家之神。"[①] 本书认为这还是有很大区别。作为一名极端重视艺术性的艺术家，纳博科夫强调艺术创造的宝贵与不易，并正确地提出原本属于伦理范畴的生命体验与艺术体验之间密切相关，艺术体验能帮助人们意识并审视相关的生命体验，这是对自己所从事事业的正常认可，而并非如尼采那样，从艺术美学高度试图实现现实生活的审美化——尼采实际上是审美形而上主义者，以艺术取代哲学、宗教，而在纳博科夫看来，如此这般的重任必将艺术本身的自由属性碾碎。只要艺术是自由的，自然能创造出宝贵的东西来，而一旦背负上重任，便寸步难行。

　　在纳博科夫的艺术世界中，对"艺术的道德力量"与"说教性文学"的区分具有重要意义，这样才能理解缘何纳博科夫一边推崇艺术至上，一边又是一位具有伦理关怀的作家；才能理解为什么纳博科夫研究史上先是出现"艺术批评"，而后又出现了"伦理批评"。纳博科夫的艺术之所以能够很好地平衡二者，正在于秉承了"越艺术越道德"的艺术理念。事实证明"越艺术越道

---

　　① [德] 尼采：《自我批判的尝试》，载《悲剧的诞生：尼采美学文选（修订本）》，周国平编译，北岳文艺出版社 2004 年版，第 267 页。

德"虽然有理想化的成分，但无论从艺术批评史的实际发展状况还是从现代社会中人的需求来说，都有其存在和实现的合理空间，特别是 20 世纪 80 年代伦理学研究热的再次兴起更证明了此点。纵向上看，艺术与伦理在文学作品中的关系经历了合—分—合的过程，一开始基本表现为"艺术服务于伦理目的"的一边倒状况；后艺术自足论充分发展，艺术获得了自由、独立的存在维度；20 世纪 80 年代又兴起了文学伦理研究的新热潮，二者再度合体。但如果将这次伦理批评热的兴起等同于"艺术服务于伦理"的历史重现，那就错了，"要说当代文学研究的伦理转向有什么显著特点的话，那就是没有人希望复现过去那种死板教条式的解读方式"。[①] 新兴的伦理批评不再重复以往"期待小说再现人们的现实伦理境况，在其中演绎各种伦理选择，从而通过榜样说教或反面个例来达到伦理教诲的目的"的套路，不再忽视伦理维度上艺术本身的固有特性，反而强调艺术越成为其自身，在社会结构中的作用就越有力。

在《独抒己见》中纳博科夫曾说："无论如何将'怎样'置于'什么'之上，但别将'怎样'与'那又怎样'混淆起来。"[②] 莱恩娜·托克尔对此评论道："既然文学文本的每个部分都是需要读者体验的，其形式（怎样）就具有伦理意义，而且，也许，比其内容更有道德意义（什么）。'肩胛骨之间的刺痛'，以其自己的名义而不是通过作品的内容理念，对个人审美体验的塑造性影响。这是文学形式的伦理性所在。"[③] 与传统的文学伦理学相比，纳博科夫所指的艺术伦理发挥出了艺术本身的真正优势，因为传统的文学伦理学完全不在意文学这种媒介在发挥伦理功能方面的特殊性。那么，具体到纳博科夫的艺术作品中，是如何通过"越艺术"实现"越道德"的？下面我们结合纳博科夫的作品予以分析。

---

① Todd F. Davis and Kenneth Womack, *Mapping the Ethical Turn: A Reader in Ethic, Culture and Literary Theory* (Charlottesville: University of Virginia Press, 2001), p.X.

② [美] 纳博科夫：《独抒己见》，唐建清译，浙江文艺出版社 2012 年版，第 67 页。

③ Leona Toker, "Nabokov's worldview", in in *The Cambridge Companion to Nabokov*, ed. Julian W. Connolly (Cambridge: Cambridge University Press, 2005), pp.234–235.

第二节　论纳博科夫"次级人物"的伦理性

　　W.C. 布斯在《小说修辞学》中提出了一个看似无解的问题："不管作者多么想做到公平，都不能给予所有角色同样的强调。……不管我们多么愿意承认克劳狄斯的故事可能跟哈姆雷特一样有趣，但这是哈姆雷特的故事，不可能对国王公平。《奥赛罗》对凯西奥不公平，《李尔王》对康华尔公爵不公平，《包法利夫人》对爱玛以外的所有人都不公平，《一个青年艺术家的肖像》更是肆无忌惮地诋毁了每一个人，除了斯蒂芬。"对于这种情况，布斯豁达地表示："谁在乎呢？小说家无法同时讲述所有的故事，为了让读者将兴趣、同情、喜爱集中在一个人物上，只能排除对其他角色的兴趣、同情与喜爱。"[①] 这豁达其实也显无奈，尤其是考虑到布斯对伦理学批评的侧重。

　　从启蒙时代起，"平等"就成为西方文明进程中神圣不可侵犯的一个词语，但在文学作品中，由艺术规律所决定，这似乎难以实现。任何文学作品的人物角色都有主要、次要之分，主要人物的经验与意识是作品的主要世界，而次要人物的经验与意识则无法在作品中给予充分观照，经常只能被忽略。如《哈姆雷特》一剧，除了布斯为之鸣不平的克劳狄斯，奥菲利娅也是被忽略的一个：如果说哈姆雷特作为一名曾怀抱理想的青年，被权力与欲望造就下的残酷性摧残，在被动接受、消极反抗中付出了生命，奥菲利娅又何尝不是如此，只是千百年来，哈姆雷特的独白被人们一遍遍吟诵，而奥菲利娅捶着胸膛说出的疯言疯语却随风消散。《罗密欧与朱丽叶》中，罗密欧一出场时不断哀叹他爱情的失意，罗瑟琳就是他痛苦的罪魁祸首，但是遇到朱丽叶后，罗瑟琳就完全被抛之脑后，她一开始隆重的出场仿佛只是为了嘲讽转眼即来的销声匿迹。这是文学艺术的不公平，文学伦理学上无解的难题。正因如此，

[①]　Wayne C. Booth, *The Rhetoric of Fiction* (Chicago: The University of Chicago Press, 1983), pp.78–79.

才有了简·里斯（Jean Rhys）的"《简·爱》前传"《藻海无边》，厄普代克的"《哈姆雷特》前传"《葛特露和克劳狄斯》，讲述原作中次要人物的故事。纳博科夫对这个问题也耿耿于怀，但与布斯无奈下的豁达不同，作为作家他试图将现实生活的"平等"原则引入小说的虚构世界，将读者好奇的目光引向那些容易被忽视的次级人物。

一、"次级人物"之正式提出

纳博科夫对次级人物的重视明显有值得注意的伦理考量。纳博科夫最早在 20 世纪 30 年代末创作的第一部英语小说《塞巴斯蒂安·奈特的真实生活》中通过虚构小说家塞巴斯蒂安之口，明确说明了对日常生活中的小人物的伦理关怀。该作的叙述者"我"在哥哥去世后回忆起与他为数不多的几段相处，其中有一次兄弟二人从饭店往出租车车站走去，一个眼睛昏花的老人递给二人一张广告，两个人都没有接，塞巴斯蒂安与弟弟道别后却说："这不行。我伤害了一个乞丐的感情……"而后折回去从肮脏的乞丐手里接过来广告，仔细阅读后才扔掉。塞巴斯蒂安还在自传性最强的作品《丢失的财物》中写道："人们在饭店里从来不注意那些给他们端饭、存大衣、推门的活跃的神秘人物。几个星期前，我曾提醒一位刚和我一起吃过午饭的商人说，刚才那个递给我们帽子的女人耳朵里塞着棉花。他显得很困惑，并说他根本就没注意到那里有女人……在我看来，因为忙着赶路而注意不到出租车司机有兔唇的人，是个偏执狂。当我想到一群人里只有我一人关注那个卖巧克力糖的女孩的轻微的、非常轻微的跛足的时候，我常感觉自己就像坐在许多盲人和疯子中间。"[①]塞巴斯蒂安对身边次要人物的这种关怀，其实正是纳博科夫作为一名作家所强调的，这种关怀进入文学作品后就演变为对"次级人物"的塑造艺术。

但"次级人物"概念的正式提出是在纳博科夫应出版商之邀写作的《尼

---

① ［美］纳博科夫：《塞巴斯蒂安·奈特的真实生活》，谷启楠译，上海译文出版社 2013 年版，第 108—109 页。

古拉·果戈理》（1942—1944）一书中。该书是一位艺术家对他所敬慕的另一位艺术家的深度解读之作，其中纳博科夫重点剖析了果戈理文学作品的三大特点，一是反庸俗的主题；二是梦幻性风格，三是大量活动在次级世界（Secondary World）的次级人物（Secondary Character）。纳博科夫在果戈理的作品中看到，大量次级人物在意料不到的角落里出没，靠着作者的恩惠偶然在主角的舞台上露一小脸，而后便被迫隐入无限黑暗，但就算是短暂的出场，也凭借作者笔下一点光辉的照耀，给读者留下深刻印象和无数想象，甚至足以与主角的大世界争抢风头，为想象力丰富的读者开启一扇扇通往次级世界的大门。如《死魂灵》中主要人物乞乞科夫对生意心满意足倒头睡了，作品却继续描写了他隔壁房间一位与正文内容毫不相干的中尉：

> 在他们睡下之后，很快一切都归于静寂，整幢旅馆都进入了酣梦；只有在一个小窗口里还可以看到烛光，原来那儿就住着从梁赞来的中尉，一个显然是对长筒皮靴有所偏爱的人，因为他已经订做了四双靴子，此时正忙不停地试穿第五双。有好几回他已经走到床铺前面，打算脱掉靴子睡下去了，可是怎么也办不到：靴子缝制得实在出色，所以，他还是久久地跷起一只脚，前后左右细细鉴赏那只缝工熟巧、模样儿又妙不可言的鞋的后跟。①

这个中尉深受果戈理偏爱，得到这许多笔墨，更有许多其他的次级人物出现得颇为匆忙，如《钦差大臣》中两个小人物急于向政要们报告在一个小旅馆发现了所谓的钦差大臣，话语匆忙中还不忘给旅馆老板和他三周大的孩子一个出场的机会："老板名字叫弗拉斯，他老婆三个星期前给他生了个孩子，这孩子可机灵了，长大了跟他父亲一样，也要开旅馆的。"② 纳博科夫对果戈理笔下活生生的次级人物所构成的次级世界给予高度评价："正是这些人物，

---

① ［美］纳博科夫：《尼古拉·果戈理》，刘佳林译，广西师范大学出版社 2010 年版，第 88 页。
② ［美］纳博科夫：《尼古拉·果戈理》，刘佳林译，广西师范大学出版社 2010 年版，第 51 页。

他们活灵活现的行为构成了剧本的真正内容,他们不但不干扰剧院经理所说的'情节',实际上反而有助于戏剧更加戏剧化,这是十分奇妙的。"①

爱德蒙·威尔逊(Edmund Wilson)与唐纳德·范格(Donald Fanger)都正确地指出,《尼古拉·果戈理》在展现果戈理的同时也展现了纳博科夫本人。威尔逊认为纳博科夫用他常用的小说家笔法刻画果戈理时"实施了一定程度的暴力",省略了果戈理生活和作品中的大量其他领域,并在他所选择论述的领域中表现出一定程度的任性。范格认为"该书的读者得到的物超所值,因为该书介绍了两位作家,既展现了果戈理闪耀的纯净性视野,也展现了作者本身的视野"。②纳博科夫概括的果戈理作品的三个特征,其实莫不是纳博科夫在自己的艺术中所看重和追求的,我们在纳博科夫作品中发现大量的次级人物就不足为奇了。与其说这是种影响关系,不如说纳博科夫将果戈理纳博科夫化了③。纳博科夫与果戈理虽然都非常偏爱次级人物,但二者还是有明确的不同。如果说果戈理的次级人物是出于他艺术家的天分与灵感而创造,那么纳博科夫的次级人物则有充分的自觉与明确的用意在其中;果戈理的次级人物与主要故事情节之间的关系非常松弛,一次出场后往往不见,而纳博科夫的作品中除了有这种果戈理式次级人物之外,还会对一些比较重要的次级人物反复涂描,令他们的故事在主人公的故事线四周发散,组成主人公人生中的远景马赛克。

二、纳博科夫的"次级人物"的发展

纳博科夫对次级人物的塑造并非一开始就得心应手,在他的作品中可以寻见一条相对清晰的发展之路。

纳博科夫 1937 年尚在欧洲时出版了俄语作品《绝望》,主人公赫尔曼自认

---

① [美]纳博科夫:《尼古拉·果戈理》,刘佳林译,广西师范大学出版社 2010 年版,第 56 页。

② See Donald Fanger, "Nabokov and Gogol", in *The Garland Companion to Vladimir Nabokov*, ed. Vladimir E. Alexandrov (New York & London: Garland Publishing, INC., 1995), pp.422—426.

③ 纳博科夫在授课讲稿中也注意到了契诃夫、狄更斯对次级人物的注重与刻画。正因为他本人在创作中注重此点,才会有类似发现。

为很爱妻子，实际却力图在精神上碾轧她，妻子的形象在作品中只是惨白的牺牲品，无法捕捉住读者的想象力，赫尔曼对妻子长期的不公正对待只能通过一个远亲画家（也是他妻子的情夫）义愤填膺的来信直接点明："我详细叙述了你是怎么对待她的——你的嘲弄和讥讽，傲慢的轻蔑，残酷的唠叨不休，当你在场时，我们感到的那种叫人压抑、令人不寒而栗的气氛。"①1939 年的《魔法师》与《洛丽塔》一样，讲述的也是中年男子对小女孩的畸形欲望，但其中的小女孩也只是主人公的欲望对象，无法向读者传达自己的故事。十几年后的《洛丽塔》结合了《魔法师》的题材与《绝望》的叙事手法，纳博科夫一定程度上将两部作品重写为一部作品，引进了对次级人物的关注，在主人公亨伯特个人专断的叙述之下，储备了大量细节以悄然揭示那些被亨伯特奴役、丑化、嘲讽的次级人物的真实状况。

亨伯特在遇到洛丽塔之前曾与瓦莱莉亚结婚，关于这次婚姻比较正式的交代是在第一部的第 8 节。从亨伯特的视角看去，瓦莱莉亚外表愚蠢，走路姿态像鸭子，"骨骼粗大、脸庞浮肿、双腿短小、乳房硕大、呆头呆脑"。②尽管她如此"配不上"她的丈夫，但却有了情夫并决意与亨伯特离婚，亨伯特"令人赞赏"地以"超人的自制力"克制住了当街暴打她一顿的冲动。在这里读者看到，瓦莱莉亚作为一个无足轻重的过场人物，同传统大多数作品中的次要人物一样，不具备权利向读者申诉。但温情的纳博科夫在后文又两次对这场婚姻的真相点染补充。第一次是在第 20 节，亨伯特感到在如何安排洛丽塔方面无力支配夏洛特，在这一点上对比了两任妻子："在过去的那些好日子里，只要拧一拧瓦莱莉亚汗毛丛生的手腕，那只从自行车上摔下来弄伤过的手腕，她就会立刻就范，改变主意。"③第二次是在第 21 节："不高兴时一声不吭是我的老习惯。从前，这种冷漠小气的不吭声总把瓦莱莉亚吓得不知所措。她总是呜呜咽咽、不胜悲恸地说：'一定是我太蠢了，是我说了什么蠢话才使你不

---

① ［美］纳博科夫：《绝望》，朱世达译，上海译文出版社 2013 年版，第 187 页。
② ［美］纳博科夫：《洛丽塔》，黄建人译，漓江出版社 1989 年版，第 24 页。
③ ［美］纳博科夫：《洛丽塔》，黄建人译，漓江出版社 1989 年版，第 87 页。

高兴的。'但可惜这一招对美国太太夏洛特毫无用处。"① 亨伯特第一场婚姻中夫妻关系的真实状况就此透露给了读者：瓦莱莉亚遭受着亨伯特的身体暴力与精神虐待，她才是那场婚姻的受害者。

在与亨伯特的关系中，状况更加糟糕的洛丽塔所受的伤害以"不经意的细节"的方式从亨伯特的叙述中散逸出来。如在第一部第29节和第30节，亨伯特与洛丽塔第一次发生了亲密关系，亨伯特强调说："是她诱奸了我！""在这个美丽动人尚未发育成熟的小姑娘身上找不到一丝一毫稳重端庄、羞怯克制的影子。"② 俨然自己才是受伤害的那一个，令读者产生阅读困惑，在这个关键事件上对洛丽塔的同情不那么坚定了，亨伯特自我辩护的目的得以实现。压抑已久的炎炎欲火终于得到了彻底满足，处于极度狂喜状态的亨伯特想画一幅画：

> 应当画一个湖，鲜花环绕的凉亭；画上动物——一只老虎追赶一只天堂飞来的小鸟，一条差点被噎死的毒蛇正在吞食一整只黄鼬；再画一位苏丹，一脸痛苦，正帮助一个小女奴爬上一根石柱；画上闪闪发光的意大利平底船，驶进自动电唱机透明的盒子；画上各种夏令营的活动：划船，朗诵，在湖边的阳光下梳理头发；应当画一些白杨树和苹果树，郊区的星期日；画上一块火蛋白石正在碧波涟漪的池塘里溶化；最后一笔，最后一抹颜料，耀眼的火红，美丽的粉红，一声喟叹，一个因为疼痛而畏缩的孩子。③

前面列举了数个暗示亨伯特性满足的意象，中间过渡到亨伯特对"小仙女"生活场景的幻想，大量诗意的意象却遮挡不住最后一笔带给人的锐痛："一个因为疼痛而畏缩的孩子"，失去父母沦为亨伯特泄欲工具的洛丽塔，尚未发育成熟就遭到摧残的12岁的洛丽塔。后文中还有多处类似的点染："她每天夜

---

① ［美］纳博科夫：《洛丽塔》，黄建人译，漓江出版社1989年版，第87页。
② ［美］纳博科夫：《洛丽塔》，黄建人译，漓江出版社1989年版，第131—132页。
③ ［美］纳博科夫：《洛丽塔》，黄建人译，漓江出版社1989年版，第134页。

里，每天夜里的——抽泣，那时我就假装睡着了。"① "有两次她把胳膊猛地一抽，简直让人担心她的手腕会断掉。她自始至终目不转睛地怒视着我，挣扎在冰凉的愤怒与滚烫的泪水之间，那双眼睛至今令人无法忘怀。"② 更别提作品中大量提及的遭过路汽车碾轧的松鼠、被丢弃的死胎儿、乏人看管的儿童，面无血色的孩子、失去妈妈转由继父监管的四肢爬地的女婴……无不暗示着洛丽塔的真实处境。

《洛丽塔》稍后的《普宁》一作几乎是对次级人物的一次集中大展示。杰纳迪·巴拉塔罗（Gennadi Barabtarlo）做了具体统计，薄薄的一本书中出场人物共318位，其中在情节发展上不具有功能的共125位，巴拉塔罗称为"果戈理式人物"③，剩下更多的我们则可以称为纳博科夫式次级人物，与果戈理式人物相比他们获得了更多的机会进入文本，渐渐具有了独立存在的意义，只待好奇的读者去发掘。

叙述者"我"回忆青春期与普宁的一次偶遇。当时普宁和伙伴小别劳什金借用"我"姨婆家的谷仓上演一场戏，叙述者交代了普宁的角色后，就把笔力不偏不倚地分散给了其他几个角色："弗里兹由四十岁的胖乎乎的昂查洛夫扮演，搽一脸暖色的粉褐油彩，用手嗵嗵地捶自己的胸口，声音就跟拍打地毯上的尘土一样响。他不屑背熟台词，满嘴即兴词句，几乎把弗里兹的伙伴西奥多·凯赛（格里哥利耶·别劳什金扮演）搞得狼狈不堪，难以对答。""西奥多的小情人米喜·施拉格，一个小帽商，是由别劳什金的妹妹，一个瘦脖颈，眼神温和的漂亮姑娘扮演的，那天晚上她得到的喝彩声最多。"④ 这段文字从回忆普宁开始，结果还原了"我"的一段完整记忆，其中活灵活现的昂查洛夫只出现了这一次，是果戈理式次级人物在纳博科夫作品中的再现；格里哥利耶·别劳什金是普宁的少年玩伴，多次出场，令人对普宁的少年生活有了充足

---

① ［美］纳博科夫：《洛丽塔》，黄建人译，漓江出版社1989年版，第177页。

② ［美］纳博科夫：《洛丽塔》，黄建人译，漓江出版社1989年版，第209页。

③ Gennadi Barabtarlo, *Phantom of Fact: A guide to Nabokov's Pnin* (Ann Arbor: Ardis Publishers, 1989), pp.291—295.

④ ［美］纳博科夫：《普宁》，梅绍武译，上海译文出版社2013年版，第228—229页。

的印象；本场景作者用心最深的次级人物则是别劳什金的妹妹，此处未提及她的闺名，但记忆力优良的读者会记得，她就是米拉，是普宁的初恋。关于这段恋爱，小说在前文的第五章第五部分做了叙述，但米拉是在集中营被残忍杀害的，普宁宁愿忘却这段记忆，"因为你没法想着这样的事情活下去"[①]，所以并无过多场景去丰富，读者对米拉知之甚少。但是在隔了整整一章的篇幅后（全书共七章，此处间隔的第六章是篇幅最长的一章），作者轻轻一点，在水晶球中展现出两个年轻人相处的一幕：对戏剧的共同热爱与演出成功的喜悦，无疑会促进少男少女的爱情。次级人物米拉的塑造及她与普宁恋爱场景的展现是典型的纳博科夫式的：远距离对同一个事件或场景进行意义非凡的补充性点染；大量描写中隐藏一点真文，只为记忆力良好、充满好奇心、愿意一再重读的读者所准备。米拉虽然从未在作品中正面出现，即使是在普宁和叙述人的回忆中也是欲现欲隐，但纳博科夫却从未遗忘她，也示意读者不可遗忘她的故事，及那些具有同样悲惨命运的人的故事。

如果说"米拉之恋"对普宁来说是一场深沉的悲剧，他与丽莎的婚姻则是地道的闹剧：丽莎与叙述者"我"恋爱失败后勉强嫁给普宁，婚后与他人孕有一子，借普宁之力来到美国，立足后再次将之抛弃，多年后还让普宁帮助抚养她的儿子维克多。除了这两段爱情，普宁还曾有意示爱一个大龄女研究生贝蒂，与前两段相比，这是一出无波无澜的现实剧。贝蒂的名字第一次出现时混在其他四五个学生的名字中，着笔未见有任何浓重之处，很容易被疏忽掉。后文却几次点染她，她的作业啦，她和普宁对屠格涅夫一首散文诗的共鸣啦，最后终于提到，50多岁孑然一身漂泊在异国的普宁曾有意于她，希冀能互相照顾和陪伴，"他一边尽力想象自己那副沉着的龙钟老态，一边却还相当清晰地看到她给他拿来那条乘车时盖在腿上的毛毯，或者给他的自来水笔灌墨水"[②]。这段感情并未真的萌芽，贝蒂后来另有归属，但在普宁一生的爱情生活中也应占有一席之地：从悲剧到闹剧到没有开始就宣告结束的现实剧，

---

① ［美］纳博科夫：《普宁》，梅绍武译，上海译文出版社2013年版，第164页。

② ［美］纳博科夫：《普宁》，梅绍武译，上海译文出版社2013年版，第24页。

普宁的爱情可谓一次比一次惨淡，至此完全终结。

纳博科夫的次级人物不断发展完善的过程，也是他艺术上不断发展完善的过程。纳博科夫叙事上有一个特点：常聚焦于一个主人公的意识，以之为视点向前推进情节，《眼睛》《塞巴斯蒂安·奈特的真实生活》《绝望》《洛丽塔》《微暗的火》等莫不如此，这是他反对一般现实、只对"个体意识"有兴趣的结果，是其艺术上的重要特点，当然也有人认为是缺陷，因为纳博科夫笔下向来缺乏众语喧哗的群众性场面。如果说陀思妥耶夫斯基的作品如巴赫金所说的是复调小说，那么纳博科夫的作品就是典型的独白式小说。作者似乎也偏爱这些有缺陷的主人公，将舞台最明亮的灯光聚焦在他们身上，而他们身边的人，甚至包括他们的欲望对象，都不得不隐在阴影甚至黑暗中。这难免会造成他艺术上的单薄与限制，也与他要反映的世界的神秘、玄妙、花样繁多无法匹配——纳博科夫对此有清醒认知，从创作初期就开始发展各种手法从艺术上予以均衡，比如他喜爱采用回忆录式[①]，让情节在一开始都已经完成，人物与读者都不必匆忙于情节的发展，就可以将更多注意力分散到那原本可能被情节所湮没的细节及原以为无关的事物上，也正是在回忆中，某些意象、花样重复出现，主要人物纤细的命运轨道背后就有了恰到好处的花样布景；或者采用反讽式立场和修辞手法，在表面的独白之下就富有了对话性；另外一种行之有效的方法就是在主要人物的清晰故事线之中，编织进来若干次要人物的故事。它们或者只是以自己的方式径直穿过整个故事，不知来路与去往；或者也构成了一条完整但隐秘的故事线，待读者去发掘。大量次级人物的存在令主角的个人独白有了可堪鉴别对比的对象，也使得整个虚构世界变得丰富、充实、立体起来。虽然一切的你来我往还是处于纳博科夫式的隐秘状态，但是这期间已然具备了足够的对话性。从这个意义上说，纳博科夫的独白艺术得到了相当的弥补与制衡。可以说，纳博科夫在作品中关注次级人物是他在现实生活中对平凡人物具有好奇心与伦理关怀的表现，也是为了均衡

---

① 《黑暗中的笑声》虽然不是回忆录式，但一开篇就把全部情节交代完毕，为的也是避免读者过分关注情节。

他个人艺术上的缺陷。从这一点说，他的"越艺术越道德"是完美实现了的。

三、发现"次级人物"："唯我主义"克服之道

纳博科夫在"次级人物"身上赋予更多的其实是伦理内涵。他批判作品内那些唯我主义者，也号召读者对虚构世界特别是现实世界中的"次级人物"更多一些好奇和关怀。

在《谈〈洛丽塔〉》一文中，纳博科夫罗列了一些"特别令人愉快的形象"，并说它们是《洛丽塔》的神经，是秘密所在，是潜意识的组合，但也承认对于作者本人精心安排的这些花样纹路，读者却未必能够领会甚至注意到。其中有一位理发师，是亨伯特与洛丽塔漫游到洛丽塔家乡附近的卡恩比姆时偶遇到的：

> 一位老理发师给我理了一个手艺很一般的头：他喋喋不休地说着自己打垒球的儿子，唾沫星子不时溅在我的脖子上，还不时地在我的围单上擦他的眼睛，或停下发抖的剪子，拿出一些发黄的剪报。当他指着那帧挤在一些头发油瓶子中间的戴镜框的照片时，心不在焉的我才大吃一惊地明白了，那个留小胡子的年轻垒球手已死去三十多年了。①

纳博科夫自陈写这个人物耗费了一个月的时间，占不到几行篇幅且再未出现过的理发师是一个典型的次级人物，但缘何如此受作者重视呢？因为这一人物的塑造正是亨伯特"唯我主义"冷漠性之明证：亨伯特沉浸在唯我的世界中，导致对理发师的思子之痛缺乏好奇心。这位失子30年却仍旧无法摆脱思子之痛的理发师，与契诃夫的短篇小说《苦恼》中那个死了儿子却无人诉说、只得向自己的老马喃喃而语的老马车夫何其相似，契诃夫冷冷指向了世人的冷漠，而纳博科夫逼迫以艺术家自居沉浸在个人欲求中的亨伯特（一定程度上是世人的代表）反思自己的冷漠。亨伯特最终"大吃一惊地"发现了理

---

① ［美］纳博科夫：《洛丽塔》，黄建人译，漓江出版社1989年版，第217页。

发师的痛苦，也预示着他后来能"发现"洛丽塔，发现其他"次级人物"。"好奇"才能"发现他人"，才能超越唯我成为"温情、善良"的人，这正是纳博科夫为他有缺陷的主人公指出的克服之道。

《绝望》在叙述策略上与《洛丽塔》高度相像：同样是男主人公的第一人称叙事，"赫尔曼"同样自诩为艺术家①，他对整个故事的讲述也是"回忆录"式的。赫尔曼偶遇到流浪汉菲利克斯，自认为对方与自己高度相像，为了骗保诱哄菲利克斯穿戴上自己的衣服，而后将他枪杀。与亨伯特相比，赫尔曼到最后关头仍未认识到自己的残酷性："让我假设，我杀了一头猿……假设那是一种新的猿类——一种没毛的、会说话的猿。"②赫尔曼与亨伯特皆是"唯我主义"的重度患者，都以艺术之名行残酷之事，但一个最终得以发现他人克服唯我，另一个始终自欺欺人冥顽不灵，因此纳博科夫在《绝望》1965年的英语自译本前言中写道："如果说赫尔曼和亨伯特相像的话，那只是说同一个艺术家在不同时期画的两条恶龙相像而已。两人都是神经功能有问题的恶棍，但在天堂里有一条绿色通道，亨伯特得以每年一次在薄暮时分在那儿漫步；但地狱却永远不会假释赫尔曼。"③对比这两部作品，除了主题上的延展，还能看出纳博科夫在艺术上的成熟，一定程度上可以说这二者是步调一致的：因为赫尔曼自己没有"发现"的能力，作品又是第一人称叙事，除了最主要受害人菲利克斯之外，他的唯我主义对他人的伤害就难以表现出来。但在《洛丽塔》中，亨伯特在情欲煎熬中也始终保持了对残酷的一丝警惕之心，忏悔中的他对之前相处场景慢慢回溯，情欲之火淡去后，他重新理解了洛丽塔的所为所想，实现了对她的再认识，也实现了对自我的超越。奇妙的是这个过程中的读者也实现了对之前场景的再理解，对洛丽塔的再发现，读者与亨伯特共同完

---

① 杀人后的赫尔曼自陈："我希望——简直到了令人痛苦的程度——写出一部杰作来（3月9日在一片阴霾的森林中完稿并签字），让人们赞赏，或者说，可以骗骗世人——每一件艺术品都是欺骗——而获得成功；至于说保险公司之父的稿费，暂且这么说吧，在我的心目中占据次要的位置。哦，是的，我是一位纯粹的浪漫小说艺术家。"括号部分指的是他枪杀菲利克斯之事。见[美]纳博科夫：《绝望》，朱世达译，上海译文出版社2013年版，第160页。

② [美]纳博科夫：《绝望》，朱世达译，上海译文出版社2013年版，第191页。

③ [美]纳博科夫：《绝望》，朱世达译，上海译文出版社2013年版，前言第Ⅲ页。

成了"发现"的过程，艺术上实现的效果非《绝望》中的直接点明能相提并论。

理查德·罗蒂指出过纳博科夫的矛盾之处：一方面，纳博科夫怜悯能力非常强大，他最感到沮丧的就是担心自己做过残酷的事，如亨伯特那样，沉浸在自己的欲求中而对卡恩比姆的理发师失子之痛缺乏好奇与怜悯；但另一方面他又意识到，大部分没有强迫性人格的诗人往往是二流的。既要追求艺术上的精纯，又不能以艺术的名义伤害无辜的人，罗蒂认为这造成了纳博科夫自身的矛盾："他最害怕的是无法兼而有之，无法将狂喜和善良融为一体。"[1]但本文认为，如纳博科夫一贯的乐观、干脆作风，并未纠结在这看似无解的矛盾中，而是在艺术狂喜与人伦温情之间寻求到了平衡，正如纳博科夫本人在二者之间取得了平衡一样。纳博科夫从未怀疑过自身的艺术才华，对前辈与同侪的褒贬皆率真地依照自己的艺术标准，虽有过于直白的批判之语流传开来，但评论在世作家和政治处境艰难的作家时思虑周全。他并非未经历过苦痛，但总有力量将消极转化为积极。他也并非因为习惯了痛苦才具有了坚强的力量，相反他一直反对残酷，儿童的痛苦与死亡是他最不能直视的。他是一位天赋才华的艺术家，也是一位反对残酷、对他人的痛苦有强大怜悯能力的人。他要实现的是二者在作品中的完美结合，但这结合不是靠妥协或牺牲换来，而是表现在对亨伯特这类明显具有强迫性人格的人物形象的塑造上[2]：一方面赋予他与作者等同的艺术才华，充分发挥其强迫性人格；另一方面却将他的唯我主义作为批判的对象。作品中扑面而来的强烈的艺术性首先征服了读者与批评家，但其中的"唯我主义批判"主题却需要响应纳博科夫的号召一遍遍重读才能发现。因此一定程度上可以说，纳博科夫的文学伦理观并不矛盾，矛盾的是与亨伯特一样缺乏好奇心的读者。

综上所述，"次级世界"中的"次级人物"是理解纳博科夫艺术的一个重要方面，纳博科夫对不能占据作品中心的次级人物所怀有的这种艺术好奇与

---

① [美]理查德·罗蒂：《偶然、反讽与团结》，徐文瑞译，商务印书馆2003年版，第224页。
② 亨伯特执迷于小仙女，赫尔曼执迷于寻找酷似自己的替代者，金波特执迷于幻想中的赞巴拉王国，梵执迷于与爱达缠绵的乱伦情欲。

温情，反映出纳博科夫追求艺术性的同时还深具悲悯情怀。对次级人物精心勾勒，为困于唯我主义的主人公指明了解困之路，为富有好奇心的读者提供了无数可供想象的潜在空间，也为传统文学中"主要人物""次要人物"的机械性划分造成的艺术伦理困境探索了出路。成熟时期的纳博科夫在次级人物的多次点染间蓄意不标示明确的联系，真正要传达的信息经常掩藏在看似无甚深意的场景描写或细节罗列中，需要读者具有一双因好奇而善于"发现"的眼睛——好奇正是亨伯特克服唯我主义的最初动力，也是我们读者想象次级人物与次级世界的最初动力，博科夫希冀他在次级人物与次级世界上的艺术用意能够对作品内的人物和作品外的读者产生伦理冲击，因为正如罗蒂所说："如果我们对其他不熟悉的人所承受痛苦和侮辱的详细原委，能够提升感应相通的敏感度，那么，我们必然可以创造出团结。"[①] 次级人物的大量存在，也弥补了纳博科夫艺术上侧重聚焦于个体意识可能带来的单薄、独语状态，实现了艺术与道德的"双赢"，正所谓"越艺术越道德"。

第三节　论纳博科夫"艺术与日常生活"主题的发展

　　最早亚里士多德在《政治学》中区分了"生活"与"善的生活"，前者指的是一般的日常生活，后者指的是对道义、秩序、普遍的善等的思考与践行。亚里士多德认为前者只是基础生存，后者才是人类社会追求的更高目标。查尔斯·泰勒在《自我的根源》(1989)一书中则追溯了"日常生活"在历史上进入道德伦理视野的轨迹。具体来说，他所谓的日常生活是指"劳动、生活必需品的制造以及我们作为有性存在物的生活（包括婚姻和家庭）"[②]。泰勒考察发现，从 17 世纪末 18 世纪初开始，"善的生活"渐渐融入"生活"本身，"生产

---

　　① [美] 理查德·罗蒂：《偶然、反讽与团结》，徐文瑞译，商务印书馆 2003 年版，第 7 页。
　　② [加拿大] 查尔斯·泰勒：《自我的根源：现代认同的形成》，韩震等译，译林出版社 2008 年版，第 282 页。

劳动"与"婚姻家庭"也随之进入了道德伦理范畴,不再仅作为生存基础而遭受忽视,婚姻、家庭及其包含的爱和友谊得到前所未有的强调,人们开始追求基于爱的婚姻、夫妇间真正的伙伴关系,以及对孩子全身心的关怀,这些原本被视为平庸、琐碎、低级的生活内容现在"被看作有价值和有意义的生活的关键组成部分"①。爱情是文学恒久的主题,但综观文学史,众多文学作品都将"婚姻、家庭的日常生活"视为爱情的坟墓。爱情永远是激荡的、魂牵梦萦的,而日常生活常被视为寡淡的、乏味的,"王子与公主从此过上了幸福的生活"——究竟如何幸福却无人关注。从另一个角度说,多数艺术家都对日常生活颇有不满,将生活本身视为艺术粗糙的原始素材,需要艺术家各种剪裁加工才有可能成为艺术品。总之,艺术与日常生活对立似乎才是二者之间的常态,艺术家遭受日常生活的折磨也成为文学作品中的重要母题(如德国19世纪小说家霍夫曼作品所展示的那样)。从表面上看,纳博科夫似乎也未能免俗,但深入其文本进行探看,在关于艺术与日常生活的主题上纳博科夫经历了发展变化,从中体现出的是他对二者关系独特的伦理思考。

一、日常生活：常识与媚俗

一般来说,纳博科夫认为现实日常生活粗糙、一般化,艺术家有资格有义务从粗糙的现实中提炼、创造出艺术。毋庸置疑的是他将艺术视为优越于现实生活的存在:"一部虚构的作品的细节越是生动,越是新鲜,它离所谓的'现实生活'就越远,因为'现实生活'说的是带有普遍性特点的,是平平常常的感情,是众所周知的芸芸众生,是普普通通的人间世事。"②他对日常生活的不满主要针对其中充斥的两大要素:一是常识,二是媚俗。而这两点之间又存在着密切的联系:时刻屈服于常识的人通常都是一些缺乏品位、趣味的人。一方面在常识的名义下,人们习惯于在平平常常中重复,人的心灵

---

① [加拿大]查尔斯·泰勒:《自我的根源:现代认同的形成》,韩震等译,译林出版社2008年版,第395页。

② [美]纳博科夫:《〈堂吉诃德〉讲稿》,金绍禹译,上海三联书店2007年版,第3页。

也在重复之中变得粗糙麻木，因此纳博科夫对常识大加讨伐，转而推崇"惊奇"的能力："从最坏处说，常识是被公共化了的意念，任何事情被它触及便舒舒服服地贬值。常识是一个正方形，但是生活里所有最重要的幻想和价值全都是美丽的圆形，圆得像宇宙，或像孩子第一次看到马戏表演时睁大的眼睛。"① "正是在这种与常识及其逻辑大相径庭、孩子气十足的思辨状态中，我们才能预想世界的美妙。"② "常识"与"重复"是艺术的敌人，这一点几乎是艺术家们的共识，弗吉尼亚·伍尔夫也曾以是否能被感知并进入记忆而区分了"存在"与"非存在"。一般认为，艺术正致力于帮助人们去除掉"常识"的蒙蔽，使事物以新鲜的形象重新作用于人们的心灵，如纳博科夫所说："就天才作家而言，时间、空间、四季的变幻、人们的行为，思想，凡此种种，都已不是援引常识的古已有之的老概念了，而是艺术大师懂得以其独特方式表达的一连串独特的令人惊奇的物事。"③ 而且他相信人们"总会有某种感知的细胞能够接受超越日常生活可怕烦扰的事物"④，这便是艺术接受的根基。

另一方面纳博科夫反对日常生活中触目可及的媚俗。表面看起来，现代物质生活的丰富使"审美"越来越走下艺术的圣坛而走向日常生活，现代人对"美"的追求渗透在了衣食住行各个方面，似乎艺术的春天已然到来。但"美"永远不是可以批量生产、购买与消费的，艺术女神仍然高高在上，只垂青于那些注重个体真实感受、艰难进行艺术创造与体验的人。凡是成为文化产业造势、生产、消费产业链抛售的所谓"时尚"的牺牲品的行为，都是纳博科夫极力反对的"媚俗"。在纳博科夫看来"媚俗"是艺术虚假的替代品，徒有其表而内囊空空，既造成了真正的艺术精神的缺位，也因致力于一时的感官享乐而导致伦理道德的缺位。正如卡林内斯库所说："根本上说，媚俗艺术的世界是一个审美欺骗和自我欺骗的世界。"⑤ 纳博科夫在多个场合谈论过这

---

① [美]纳博科夫：《文学讲稿》，申慧辉等译，上海三联书店1991年版，第329页。
② [美]纳博科夫：《文学讲稿》，申慧辉等译，上海三联书店1991年版，第330页。
③ [美]纳博科夫：《文学讲稿》，申慧辉等译，上海三联书店1991年版，第2页。
④ [美]纳博科夫：《文学讲稿》，申慧辉等译，上海三联书店1991年版，第337页。
⑤ [美]卡林内斯库：《现代性的五副面孔》，顾爱彬、李瑞华译，商务印书馆2004年版，第282页。

个问题,用的单词主要有从俄语引进的 poshlost 以及英语的 philistinism(音译为菲利士主义),中文有的翻译成"庸俗",有的翻译成"媚俗",还有的译成"高雅欲""伪斯文"等。归结纳博科夫的言论,他反对的一是对主流观念不加辨别的屈从与接受;二是在趣味上的伪高雅——我们总是能遇到这类人,他们明明在观念与审美上拾人牙慧,却自认为引领时代潮流,甚至据此嘲弄他人。"过时的语言垃圾、庸俗的陈词滥调、各式各样的市侩习气、模仿的模仿、假深刻、粗俗、弱智与不诚实的伪科学——这些都是明显的例子。"[①] 纳博科夫还曾举例表明一般的粗俗、庸俗与他所说的 poshlost 的区别:"在人前打嗝也许很粗鲁,但打完嗝再说一声'请见谅'就是伪斯文,也因此比粗俗(vulgar)更可恶。"[②] 本文认为"媚俗"的译法更能反映这种行为的矫饰性,以及媚俗主体希望以此取悦于他人、融入主流团体的目的性。

从艺术的角度看,常识与媚俗确实是艺术之敌。但这中间总有东西似乎不太对头,纳博科夫对此颇有不安。日常生活虽然无法与精心构造的艺术相提并论,但却是艺术与智慧取之不尽、用之不竭的源泉。艺术及艺术家如何能径自判断哪些是有价值、需保留的,哪些是无价值、该摒弃的?有些日常器具并没有特别的含义,甚至就是现代工业化批量生产的产品而已,但是当人们使用时不断地将自己的温度与皮肤纹路烙印在上面,经过岁月的打磨,原本冰冷的器具就成为唤醒过往的介质,从而在艺术上具有了特别的意义。在短篇小说《柏林向导》(1925)中纳博科夫这样写道:"去描绘普通寻常的事物吧,未来岁月的镜子会善意地反映它们;去发现身边事物的芬芳与温柔吧,唯有久远的后代才能识别并欣赏它们。在那时,我们寻常生活中的一切琐碎之物都会自动变成吉光片羽。"[③] 纳博科夫本人在后来的自传中对自己童年相

---

① [美]纳博科夫:《独抒己见》,唐建清译,浙江文艺出版社 2012 年版,第 104 页。

② Nabokov, *Lectures on Russian Literature*, Fredson Bowers ed. (New York: Hareourt Brace Jovanovich/Bruccoli Clark, 1981), p.309.

③ [新西兰]博伊德:《纳博科夫传》(俄罗斯时期),刘佳林译,广西师范大学出版社 2009 年版,第 330 页。

对琐碎的大量场景与器物做了饱含深情的回忆，正验证了这样的认识。博伊德对这篇短篇小说做出了正确的评价："这个作品显然没有任何成见，它标示着纳博科夫艺术最明显的进步。"①

纳博科夫感到不安，还因为艺术对日常生活的敌视不仅是一种美学态度，这还必然影响到艺术家与真实生活打交道时所持的伦理道德态度，如果艺术家有资格决定什么是美的什么是丑的，这难免导致妄自尊大。纳博科夫认为艺术家是一群"心智和感觉会因常人甚至不注意的事物而激动"的人，但他们在因此沾沾自喜的时候，也应该想到，"那个不停地跟我唠叨房贷率上涨的讨厌的老家伙，会摇身一变成为一个跃尾虫或金龟子的大权威"。②《王，后，杰克》中的玛莎、《黑暗中的笑声》的玛戈、《普宁》中的丽莎、《洛丽塔》中的夏洛特等，都因其生活品位上的媚俗性受到作者无情嘲弄，虽然除了媚俗之外她们还各有其他缺点，如玛莎残忍自私，玛戈任性无情，丽莎不懂感恩，但她们首先是因为媚俗而被作者和读者所厌弃。也许前几位尚无问题，但是像亨伯特那样对待夏洛特——一个不完美，但是有原则、先后丧夫丧子的情况下仍坚强生活的母亲——就令人犹疑了。

纳博科夫强调媚俗是不分阶层和国家的，但在现代社会媚俗最庞大的主体就是新兴的中产阶级。对于不断庞大的中产阶级来说，生存是他们解决了的问题，美与品位则是他们人生中面临的新问题。他们没有办法像纳博科夫那样的贵族及其他文化贵族一样，因为接受了充分的艺术教育而具有正确、高雅的艺术品位，他们买得起、欣赏得了的只有那些批量生产的"艺术制品"。品位的提高无疑是一个漫长的过程。卡林内斯库在《现代性的五副面孔》中对于"媚俗"有过深入分析。他对亚伯拉罕·莫莱斯的观点很欣慰，因为后者提出"通向好趣味的最简单、最自然的途径要经过坏趣味"。莫莱斯说：

---

① [新西兰]博伊德：《纳博科夫传》（俄罗斯时期），刘佳林译，广西师范大学出版社2009年版，第330页。

② [美]纳博科夫：《独抒己见》，刘佳林译，广西师范大学出版社2009年版，第137页。

　　媚俗艺术的教育功能被普遍地忽略了，这是因为该词具有的无数坏含义……穿越媚俗艺术的通道是达到真正艺术的正常通道……媚俗艺术对于大众社会的成员来说是令人愉快的，而通过愉快，它允许他们达到有较高要求的层次，并经由多愁善感到达感觉。艺术和媚俗艺术之间的关系因而特别含混……媚俗艺术本质上是一个大众交流的美学系统。①

对此卡林内斯库应和道：

　　现今世界上没有人能幸免于媚俗艺术，在通向全然真正的审美经验这个前所未有的难以捉摸的目标的路途上，它作为必要的步骤而出现。在看过许多复制或仿造的伦勃朗作品后，一个观画者也许最终有能力接受遭遇一位荷兰大师绘画真品的经验。他也许最终会意识到，艺术，即使是被利用、误解和滥用的艺术，也不会失去其价值与美学真理。以一种意想不到的方式，媚俗艺术的这种失败令人宽慰地昭示出古老的喜剧主题：欺骗者被骗，傻瓜认识到自己的傻而变得聪明。②

　　纳博科夫同样意识到，艺术品位上的优越感其实是建立在物质财富、家族地位、受教育水准等方面的实力之上的，有些人品位低俗并非己之过，以己有笑人无实在有失道德。正是因为对这些问题的顾虑，使得他的作品中"艺术与日常生活的关系"主题经历过明显的发展变化。其间可看出他本人一方面推崇艺术至上，另一方面又对这种主张具有敏锐的反思能力，创作时间上前后相隔一年的《荣耀》与《黑暗中的笑声》在主题的发展变化上正好反映了纳博科夫本人的这种转变，我们试对比分析如下。

---

　　① ［美］卡林内斯库：《现代性的五副面孔》，顾爱彬、李瑞华译，商务印书馆2002年版，第278页。
　　② ［美］卡林内斯库：《现代性的五副面孔》，顾爱彬、李瑞华译，商务印书馆2002年版，第283页。

二、《荣耀》：完全的诗意

《荣耀》（*Glory*）是 1930 年用俄语创作完成的，纳博科夫与儿子在 20 世纪 70 年代合作将其译为英语。主人公马丁是一个心怀梦想并以生命为代价追求梦想的人，最关键的一点在于，他的梦想之高尚荣耀恰在于对任何人来说都无益无用。纳博科夫自认马丁为"我的远亲"，赋予了他"通常从事创作的人才会有的敏锐感官知觉"，但未将他塑造成一个艺术家，免得马丁抵制不了在艺术天地里建立功绩的诱惑——这样的话他就难以全心全意追求"高尚光荣但无益无用"的荣耀。从这个意义上说，纳博科夫确实把"荣耀"提纯到了完全诗意的地步，完全的脱离世俗，完全的精神追求，完全的孤独与勇敢。

马丁不喜欢在公开场合流露私人感情，强烈的自尊心和自负感使得他时刻注意不要表现得怯懦。他对身边事物具有敏锐的感官知觉：在海中游泳之后躺在炽热的石块上，他看着柏树像黑色的匕首一样刺向云霄，从中感受到惊人的愉快；与家人一起乘火车旅行时，很善于捕捉那些新鲜的细节与印象。他喜爱幻想自己的勇敢，但这勇敢是纯粹的勇敢，不沾有任何尘世俗利，比如他幻想自己在汹涌的海水中独自救起一位姑娘，接下来跟这美丽的姑娘过上了幸福的婚姻生活——不过不是嫁给她的救命恩人，而是嫁给了马丁的好伙伴。他既对美丽的东西特别敏感，也对现实中的瑕疵特别挑剔，就算真实生活中某些场景颇为动人，比如他与阿拉的恋情，他也宁愿透过透明纸将之修饰，因为"取下这张透明纸后，那幅卷首插画显得有点粗糙，色彩有点过分俗气"，"马丁重新在它上面放上了如薄雾一般的纸页，透过它，色彩重新恢复了那份神秘的魅力"。[①] 为了对付那些瑕疵，遗忘和记忆的不断加工是他最常征用的手段，有时甚至会将真实的情况与自己加工过的记忆完全混淆。一定程度上马丁是生活在双重世界之中：现实的日常生活，梦想的理想自我。他之所以喜欢沉浸在梦想中，是因为现实的寡淡缓慢令他提不起劲。梦想中

---

① ［美］纳博科夫：《荣耀》，石国雄译，浙江文艺出版社 2012 年版，第 47 页。

的他总是遭遇各种考验，且每次都表现得合乎他本人理想的英勇。一方面他在现实与梦想之间越来越倾向于后者；另一方面大学毕业后现实也一步步逼迫过来，继父希望他快点上缴这种青年时期的浪荡特权，早日在某种具有实际意义的行业中实践、打拼，正如他的大学好友达尔文那样。达尔文在大学时出过小说集，是个顶级的拳击手，曾为参加打仗而中断学业，平时各种恶作剧，纵情地享用大学才子理应浪荡的青春。但大学毕业后达尔文就放弃了这种生活，成为踏踏实实的务实派，结婚、工作，谈论的话题都是国家与经济等。纳博科夫曾经指责过堂吉诃德去世之前的"变节"，放弃梦想的冒险而进入平庸的现实，达尔文在这一点上无疑是堂吉诃德的后代子孙。但纳博科夫的马丁面对现实的种种压力却毫不妥协，将自己对不切实际的梦想的追求贯彻到底，最终甚至为了"荣耀"毫无目的地返回极度危险的苏维埃。无疑，纳博科夫欣赏的是马丁而不是达尔文。

　　后来成为他继父的亨利叔叔在各个方面都是马丁的反面。亨利非常缺少艺术品位，好动感情，好发一些伤感的陈词滥调，喜爱马丁的浪漫诗歌，甚至在看电影时也会哭。他喜欢在小事上节省，对那些让人感到体面的开支则非常大方。他人的感恩、赞赏、钦佩能给他带来巨大的满足感。因此他供马丁读昂贵的剑桥，给妻子索菲亚（即马丁的母亲）购买贵重、时髦，但品位又很低俗的礼物："索菲亚叹着气把他从日内瓦买的手镯式新手表戴上手腕，而泪汪汪的亨利则把手伸进口袋里，掏出一块大手帕，擤了一两下鼻子，然后向左右将胡须抚平整。"[①]也许他本人也没意识到他那些"慷慨大方"的善举很大程度是为了满足自己的荣耀感——这是一种截然不同于马丁的荣耀，马丁只渴望来自自我的认同，追求的是毫不伪饰的英勇。亨利理解不了马丁的无所事事，希望他能尽快开始谋生，对此他有一篇看似陈词滥调的长篇大论，其核心思想是："在这个残酷的时代，在这个非常讲求实际的功利时代，年轻人必须学会谋生，给自己打通道路。""不工作是极不理智的。欧洲正在经历

---

① ［美］纳博科夫：《荣耀》，石国雄译，浙江文艺出版社 2012 年版，第 51 页。

一场前所未有的危机，一眨眼的工夫，某人就可能倾家荡产。"①——我们该如何理解和评判亨利？从纳博科夫和马丁的视角看去，亨利是日常生活重功利、一日日一代代无意义重复的代表，正如同艺术家之对于日常生活本身的不满与挑剔。马丁的荣耀是纳博科夫希望我们一直关注的，亨利作为一个受贬抑的次级人物（其时纳博科夫尚未发展次级人物的塑造艺术），读者难以进入他的精神世界。但也并非完全无法可想，索菲亚嫁给亨利的原因就是一个突破口。母亲与亨利的结合对马丁来说是有些怪异的，他不想过多过问此事，所以对其详情读者也未获得比马丁更多的信息。但有一点可以确定，虽然亨利在马丁的父亲去世后接纳了动荡无依的马丁母子，给予他们家庭、温暖与支持，但索菲亚不会出自报恩之情而嫁给亨利，一是她们母子并未窘迫到如此地步；二是她的个性不会使她如此行事。索菲亚是一个性格独立的人：早年她发觉与丈夫的爱已悄然终结，就毅然决然地提出了离婚；她在儿子的成长中发挥了巨大的影响力，而父亲只出现在马丁的片断记忆中；在儿子的青春期，索菲亚表现出了一个母亲最大的宽容、信任与理解，一边耐心地等待着他成长，一边以母亲的深情等待着浪子归来。个性如此坚强、独立的索菲亚之所以嫁给亨利，我们有理由猜测原因就在于"爱情"。这爱情虽然未必惊心动魄，但亨利所代表和坚持的家庭生活、日常生活、实务劳作对索菲亚来说不像对马丁那样索然无味，而是另有价值和吸引力。当马丁为了纯粹诗意的荣耀蓄意以最危险的方式孤身返回苏维埃，他留给母亲的除了一沓书信和无尽的回忆之外，其他一无所有，而亨利却实实在在在她身边给予陪伴与抚慰。

连母亲也认可亨利，因此马丁的荣耀之路似乎完全的孤独。只有若即若离的索尼娅不时陪伴他一程。索尼娅厌恶陈词滥调，行事任性多变，性情起伏不稳。她允许马丁的好友达尔文走近自己，但当达尔文求婚后又坚决地拒绝了他。同样的事后来又发生了一次。马丁谴责她的做法，但还是不由自主地爱上了她。她很想念自己因难产去世的姐姐，跟马丁回忆姐姐："她总是说，

---

① ［美］纳博科夫：《荣耀》，石国雄译，浙江文艺出版社2012年版，第147—148页。

生命中最重要的事就是履行自己的职责，别的什么都不想。"[①] 但索尼娅自认为这种东西（职责）她心里一点也没有。因家庭危机，索尼娅不得不去从事辛劳的工作，穿着磨平了跟的拖鞋，但她自始至终都对日常生活没有兴趣，也就是她自己所说的，她拒绝像姐姐那样履行自己的职责，去结婚生子过日复一日的家庭生活。也正是这一点使她与马丁有了共同之处，他们二人最合拍的时候一起幻想了一个不存在的国度"佐尔兰德"，那个国度里唯一重要的就是想象力，实际事务与实用的逻辑在其中毫无立足之地。

《荣耀》正面地、真诚地显示了纳博科夫对毫无功利性的荣耀的追求，这其实也正是他理想中的艺术应有的特征——艺术不是用来征服、战胜，它在追求自身的过程中获得诗意的荣耀与永恒。但《荣耀》追求这种"在最平凡的乐事和看似无意义的孤独冒险经历中发现的激情与魅力"的同时，也贬低、打击了日常生活，在艺术的荣耀与世人的日常生活（家庭、劳动）之间建立了简单对立的关系，宣扬前者的同时也遭受着后者的质疑与拷问：婚姻、家庭、实际事务的劳作在艺术世界中果真一钱不值吗？马丁孤身犯险之时有没有考虑过母亲期待儿子归来的急切深情？艺术与伦理势必不两立吗？时隔一年后，纳博科夫写作的《黑暗中的笑声》一作，从某种意义上来说恰恰反思和修正了《荣耀》中的这种偏颇。

三、《黑暗中的笑声》：日常生活的可贵

1931 年纳博科夫用俄语创作完成了《暗箱》，1937 年纳博科夫自己将之译成英语，更名为《黑暗中的笑声》（*Laughter in the Dark*），1938 年 4 月在美国出版，是他第一部在美国出版的作品。作品开头第一段就把主要情节交代完毕："从前，在德国柏林，有一个名叫欧比纳斯的男子。他阔绰，受人尊敬，过得挺幸福。有一天，他抛弃自己的妻子，找了一个年轻的情妇。他爱那女

---

① ［美］纳博科夫：《荣耀》，石国雄译，浙江文艺出版社 2012 年版，第 105 页。

郎，女郎却不爱他。于是，他的一生就这样给毁掉了。"①

欧比纳斯原本过着幸福、平淡的日常生活，但在推动一个不切实际的想法的过程中，忽然对这一切都厌倦："我凭什么要理那个雷克斯，为什么要在这儿磨闲牙，还有什么奶油巧克力，真是无聊透顶……我都快发疯了，可谁明白我的心思？我已经管不住自己了，没办法，明天还得去，坐在黑洞洞的大厅里，活像一只呆鸟……真是莫名其妙。"② 读者稍后就会发现，欧比纳斯并非无来由地厌倦自己的日常生活，而是因为前日偶遇了一个姑娘——出身低微，有心机，渴望利用自己的容貌和青春过上体面生活的玛戈。玛戈步步为营地抓住了他，欧比纳斯一半主动一半被动地从旧的生活中撕裂了出来。当然事实最终证明，来自玛戈的诱惑极度危险。但真正的危险其实源自欧比纳斯持续、隐秘地对日常生活的贬低与不满，玛戈只不过适时出现在了他灵魂破裂的缝隙上。

欧比纳斯原本平静的日常生活由以下几部分组成：虽然作为艺术评论家颇为平庸，但他是一个成功的艺术商人，事业上发展得相当不错；他不擅长谈情说爱，但是与妻子的结合可谓顺风顺水，婚后生活一直安逸稳定；有一个 8 岁的女儿，说不上聪明伶俐，但对"凡尘的快乐"乐在其中；他还有一个崇拜他的妻弟保罗，强壮、温和。其中最核心的、与玛戈所代表的危险诱惑形成明显对比的，是妻子伊丽莎白对欧比纳斯、对家庭的爱，一定程度上说她就代表了日常生活最珍贵的那一部分。她的珍贵，既在于变故前的无忧无虑、完全幸福，也在于变故中的独自承受、自尊自爱，更在于察觉到欧比纳斯处境危险时摒弃前嫌出手相助。她并不是一个无趣的女人，但婚后彻底沉浸在了幸福的家庭生活中。她爱丈夫，爱女儿，具有从日复一日的平常生活中吸收到足够多的幸福与爱的强大能力。她在各色文学故事中也接触过婚姻不忠的案例，却相信"她和欧比纳斯是一对特殊的夫妇，他们的关系珍贵而

---

① ［美］纳博科夫：《黑暗中的笑声》，龚文庠译，上海译文出版社 2013 年版，第 1 页。
② ［美］纳博科夫：《黑暗中的笑声》，龚文庠译，上海译文出版社 2013 年版，第 5 页。

纯洁，绝不可能破裂"①，也正因此对欧比纳斯的不忠毫无防备，被伤害得极为彻底。玛戈还以为会在自己不名誉的出租屋内迎战伊丽莎白，但欧比纳斯知道伊丽莎白不是那种人。面对丈夫的背叛她选择回到自己家中，用眼泪制造忘掉欧比纳斯的良药，虽然这极其困难。她花了很多时间来适应、接受这种现实，其间的痛苦只有弟弟保罗知晓。但更大的不幸接连发生，她无比疼爱的女儿伊尔玛因为无望地期待父亲回家而在病中开窗，导致病情加重去世。伊丽莎白的痛苦在欧比纳斯那不道德的放纵之下（女儿去世两周他就陷入了与玛戈、雷克斯的混乱关系中而不自知）变成了一道留白，任读者自行想象。但是当欧比纳斯因车祸双目失明，财产被玛戈、雷克斯贪婪地侵吞时，伊丽莎白放下自己的痛苦，安排弟弟保罗去解救欧比纳斯。重逢已物是人非，短短的时间里他们生活中最美好的部分已彻底塌陷。欧比纳斯亲手毁了自己的人生，但是令读者感觉到些许安慰的是，伊丽莎白还在，她的坚韧、怜悯还在，经受了最痛苦的折磨与考验后，日常生活表面的庸庸碌碌之下，最坚韧的神经裸露了出来。

　　欧比纳斯从一开始就未能发现、珍视伊丽莎白的珍贵。"尽管他也还喜欢伊丽莎白，却无法从她身上获得一直迫不及待地渴望着的那种爱的激情"②，在婚外寻求刺激的想法时不时潜入思想中，甚至当伊丽莎白在医院危险地生产时还想去外面带一个女人回家。之后长达八九年的婚姻生活，欧比纳斯一方面挺满意于自己对婚姻的忠诚，另一方面也为生活中那些幸福的时刻而受宠若惊，比如"幽静的傍晚，他和她一道坐在高临于青灰色街道上方的阳台上，电线和烟囱像是用印度墨汁勾勒在夕阳的背景上"③。但他无法忘记他掩藏起来的热望和欲火，就如同《包法利夫人》中的爱玛忘不了她头脑中那些虚假的、浪漫的爱情传奇。这时玛戈出现，他所有被压抑的激情、梦幻都有了一个明确的目标。只可惜玛戈不是个不谙世事、任人摆布的小妞，欧比纳斯

---

① ［美］纳博科夫：《黑暗中的笑声》，龚文庠译，上海译文出版社2013年版，第48页。
② ［美］纳博科夫：《黑暗中的笑声》，龚文庠译，上海译文出版社2013年版，第8页。
③ ［美］纳博科夫：《黑暗中的笑声》，龚文庠译，上海译文出版社2013年版，第10页。

也远不够圆滑以两全其美，于是他干脆说服自己抛弃之前的生活一直堕落下去，"毫无顾忌地听任放荡的玛戈在他身上煽起炽热甚至病态的情欲"①。他任玛戈一点点清除了以前生活的一切迹象与回忆，包括女儿的，最终在这种可耻的背叛与遗忘中自己也遭受最可怕的侮辱。

当他与玛戈各取所需打得火热时，妻子被认为是文雅刻板的、年老色衰的，与她的爱情被视为清教徒式的。欧比纳斯一开始在玛戈身上追求的就是火热的情欲。这与《包法利夫人》中的爱玛不同。爱玛更渴望的是婚外情带来的精神上的满足与战栗，以实现多年来她对浪漫的爱情传奇的渴望。但二者有一个共同之处，就是对他们所处的日常生活的不满。爱玛在跟莱昂谈文学时说："我就爱一气呵成、惊心动魄的故事，我就恨人物庸俗、感情平缓，和日常见到的一样。"② 当她终于与罗道尔夫成为情人时，爱玛心花怒放、无比激动："她想不到的那种神仙欢愉、那种风月乐趣，终于就要到手了。她走进一个只有热情、销魂、酩酊的神奇世界，周围是一望无涯的碧空，感情的极峰在心头闪闪发光，而日常生活只在遥远、低洼、阴暗的山隙出现。"③ 一心寻求日常生活之外的美与激荡，却对日常生活本身中的真情视若无睹、蓄意低估，在这一点上欧比纳斯同爱玛一样的愚蠢——这也最终导致他们二人不名誉的悲剧结局。纳博科夫在《文学讲稿》中分析《包法利夫人》一著时，关于包法利提出了一个新颖的见解："包法利迷恋爱玛、欣赏爱玛的，正是爱玛本人在浪漫的幻想中百般寻求却无法获得的那些东西。"④ 但包法利对爱玛的爱情与爱玛对罗道尔夫和莱昂的爱情之不同正在于，他的感情融化于日常生活之中，若非重大事件发生甚至已无法察觉，爱玛负债而亡后包法利对爱玛的真情才最终有机会表现了出来——虽然负债累累，他仍不肯轻易变卖她生前购买的各种奢侈物件，最终在对爱玛的深切思念中死去。从这一点上说欧

---

① [美]纳博科夫：《黑暗中的笑声》，龚文庠译，上海译文出版社 2013 年版，第 66 页。
② [法]福楼拜：《包法利夫人》，李健吾译，人民文学出版社 2015 年版，第 70 页。
③ [法]福楼拜：《包法利夫人》，李健吾译，人民文学出版社 2015 年版，第 141 页。
④ [美]纳博科夫：《文学讲稿》，申慧辉等译，上海三联书店 1991 年版，第 118 页。

比纳斯的伊丽莎白也具有同样的品质，经历过生活的磨难，他们身上爱的能力之珍贵才真正展现出来。

欧比纳斯在两种相对的人生模式中做出了选择，结果是大错特错。此作创作于1931年，但似乎也预示着纳博科夫将来的某个人生选择。1937年他独自在法国为他的文学寻求出路，在一位俄裔女性的主动追求下，陷入了他一直反对的"婚姻不忠"的困境中。这令他非常痛苦。一边是延续了7个月的婚外激情，一边是14年晴空万里的幸福婚姻。但纳博科夫最终彻底结束了这段婚外恋情，在他的文学作品中都难以见到这段感情生活的踪迹，因为对他来说"欺骗终归很庸俗"（他在给情人的信中如是说）①——这是纳博科夫唯一一次对婚姻不忠。试图将《黑暗中的笑声》与纳博科夫的真实生活相对应是没有意义的，这之间唯一的相通之处就是纳博科夫对家庭、婚姻生活的热爱与维护。

作品中还塑造了一对可以对应理解的人物，即欧比纳斯那强壮、温和、近视的妻弟保罗，与玛戈的情人、艺术家雷克斯。保罗出身于富裕阶层，在艺术鉴赏上缺乏品位，"他很尊敬欧比纳斯，钦佩他学识渊博，趣味高雅，羡慕他家中优美的陈设，尤其喜爱餐厅里那幅青绿色哥白林挂毯，上面织着森林狩猎的图案"。②但实际上欧比纳斯本人连雷克斯的仿作也认不出，保罗的艺术品位自然更为逊色。但这不妨碍保罗有一颗宝贵的心灵。如果说伊丽莎白是日常生活最美好部分的象征，那么保罗就是这份美好的捍卫者。他喜爱在姐姐姐夫家里消磨闲暇时光，尊敬甚至崇拜姐夫，将姐姐家庭生活的幸福看成一桩神圣的事情。他看似温暾，却相当敏感且仔细，很早就怀疑姐夫有外遇，但天性善良的他反倒觉得自己多疑了。当这桩丑事坐实了后，他对欧比纳斯无耻的背叛怒火中烧，不惜自降身价上门羞辱了一番玛戈；他对伊丽莎白因此遭受的痛苦痛心不已，在最艰难的日子里时刻陪伴在姐姐身边。但在觉察到欧比纳斯的凄惨处境时，保罗十分不安："保罗担忧的是，欧比纳斯

①　[新西兰]博伊德：《纳博科夫传》（俄罗斯时期），刘佳林译，广西师范大学出版社2009年版，第568页。

②　[美]纳博科夫：《黑暗中的笑声》，龚文庠译，上海译文出版社2013年版，第29页。

陷入了自己造成的恶劣困境，孤单无靠，任人摆布。"① 他和姐姐一样无私地伸出了援手，在亲眼见到雷克斯戏弄瞎眼的欧比纳斯场面后，"菩萨心肠的保罗，一辈子从未伤害过任何生物，现在却猛挥手杖，重重地打在雷克斯头上"。② 在这一刻道德败坏的雷克斯终于被打回原形，"抖瑟地靠在白墙上，面带着凄婉的笑容，用一只手护着他的裸体。"③ 雷克斯的职业是一名画家，在艺术品位上远高于欧比纳斯和保罗，"这个危险人物拿起画笔的时候的确是一个优秀的艺术家。"④ 但在伦理道德方面他也正好是保罗的反面：为了逃避战争他撇下半痴呆的母亲，任由她摔死在楼梯下；为了获得快感蓄意折磨老鼠和猫等小动物；长大后坑蒙拐骗，乐于在别人生活转向悲剧时推上那么一把。雷克斯在欧比纳斯之前就认识并得到了玛戈，玩弄了她一段时间后将之抛下，后来声名狼藉、身无分文的他又在欧比纳斯家中与玛戈重逢，二人臭味相投，一方面利用玛戈的美色骗取欧比纳斯的钱财，另一方面二人在他眼皮底下寻欢作乐。无疑雷克斯是一个道德低下的人，但最值得我们注意的是，他试图利用"艺术家"身份作为自己道德低劣的遮羞布，以艺术之名摒弃自己的道德感，宣称"一个艺术家应当把他的美感当作唯一的指南"⑤，"在现实生活中，假若一个瞎眼乞丐拄着拐杖愉快地摸索到油漆未干的板凳前打算坐下，雷克斯会一动不动地袖手旁观。这件事只能为他下一幅小画提供素材"。⑥ 带着同样的心态，"他津津有味地观察欧比纳斯怎样遭受痛苦的折磨"。⑦

保罗缺乏艺术品位，但以实际行动捍卫了日常生活中的美好；雷克斯在艺术上颇有天分，但其性格冷酷无情令人着实厌恶。纳博科夫在这对比中含有对自己的反思与批判——艺术至上远不是不道德行为的护身符，假艺术之

① ［美］纳博科夫：《黑暗中的笑声》，龚文庠译，上海译文出版社 2013 年版，第 214 页。
② ［美］纳博科夫：《黑暗中的笑声》，龚文庠译，上海译文出版社 2013 年版，第 217 页。
③ ［美］纳博科夫：《黑暗中的笑声》，龚文庠译，上海译文出版社 2013 年版，第 217 页。
④ ［美］纳博科夫：《黑暗中的笑声》，龚文庠译，上海译文出版社 2013 年版，第 107 页。
⑤ ［美］纳博科夫：《黑暗中的笑声》，龚文庠译，上海译文出版社 2013 年版，第 136 页。
⑥ ［美］纳博科夫：《黑暗中的笑声》，龚文庠译，上海译文出版社 2013 年版，第 108 页。
⑦ ［美］纳博科夫：《黑暗中的笑声》，龚文庠译，上海译文出版社 2013 年版，第 137 页。

名行恶是对艺术最大的玷污与背叛，日常生活之宝贵常常显现在那些看起来平庸的人身上。这与他对次级人物的关怀其实是相一致的。从《黑暗中的笑声》开始，纳博科夫陆续塑造了不少道德上相当成问题的艺术家形象。这些人的道德欠缺都可以追溯到他们对日常生活、普通人持有的先天偏见，如《洛丽塔》中的亨伯特就是这样一个与整个世界为敌的家伙。

四、与日常生活为敌的亨伯特

布斯在《小说修辞学》中区分了"显示"与"讲述"两种不同的叙述方式。《洛丽塔》一书的正文都是亨伯特的主观叙述。亨伯特一开口说话，就毫无节制地使用嘲弄性语气，普通人的日常生活更是遭到亨伯特无情地嘲弄："棕色皮肤的利先生和肥胖的、涂脂抹粉的利太太，他们真让我腻味透了！"[1] 曾经激起洛丽塔对正常家庭生活的向往的阿维斯一家，在亨伯特的眼中是这样的：女儿阿维斯是一个又胖又笨又丑的大块头孩子，爸爸又胖又红，家里还有一个肥头大耳的弟弟，一个崭新的吃奶妹妹，两条龇牙咧嘴的狗。全书中到处可见亨伯特对日常普通人的鄙视，与之形成对比的是他虽然偶有自嘲之语，更多是流露出超然的自信——针对自己的男性魅力，以及高人一等的受教育状况与艺术品位。

当然，在亨伯特眼中，黑兹太太（夏洛特）是庸俗世人之代表。黑兹家的房子是"一座白色的怪屋，看起来又脏又破，说它是白的，还不如说是灰的。一看便知这是那种用带橡皮管的澡盆代替淋浴喷头的地方"。[2] 亨伯特初次与黑兹太太打交道就很快认定她乏味透顶："显然，她是那种善于用自己的优雅言辞装点死气沉沉的读书交流部或桥牌俱乐部的女人，但绝不善于表现自己的内心世界。这号女人没一点幽默感，对客厅谈话的一般题目毫无兴致，但对一些旧规矩、老套子倒特别挑剔。我很明白，假如有什么胡乱的机会成

① ［美］纳博科夫：《洛丽塔》，黄建人译，漓江出版社1989年版，第8页。
② ［美］纳博科夫：《洛丽塔》，黄建人译，漓江出版社1989年版，第35页。

了她家的房客，她一定会从头至尾坚决推行她对待房客的那一套，而我则可能再一次卷入早已熟知的那种乏味透顶的风流艳事。"① 他看见的夏洛特从头到脚都冒着一股中产阶级品位低劣的庸俗味道：她修饰自己的面容，拔眉毛，染睫毛；她吸烟，拍发髻，拿腔拿调地说话，词汇和腔调来源于肥皂剧、精神分析和廉价小说，热爱煲电话粥与邻居交流各种流言蜚语；在家庭装饰方面，到处是"现代实用家具"，镀铬的、闪光的、叮当作响的餐具，塑料桌面，白色冰箱，寒酸的卫浴设施。他以各种侮辱性词汇来形容她：穿黑色两截式泳衣的海豹妈妈、老姑娘、老猫、多情的大鸽子（当然，部分原因在于她是亨伯特追逐洛丽塔的最大障碍）。夏洛特常唠叨自己女儿的种种缺点，而亨伯特将这种日常的母女斗嘴上升到母亲对女儿冷漠、轻视甚至嫉妒、仇恨的高度。

不少研究者试图复原真实的洛丽塔形象，其实她的母亲夏洛特的真实形象同样被亨伯特的"眼光"过滤、模糊了。夏洛特本是一名职业女性，第一次婚姻对象是年龄偏大的黑兹先生，婚后生活较为稳定，先后有了两个孩子，但在洛丽塔4岁时，2岁的儿子不幸夭折，这是她作为一名母亲终身难忘的痛苦。在她向亨伯特表白的情书中详细叙述了这件事，但亨伯特向读者复述时一言带过。与亨伯特再婚后她把儿子的照片挂在卧室里，并希望他的灵魂重返尘世，再次投胎到她和亨伯特的婚姻中。因为丈夫早早去世，她来到婆婆的一处房产居住，迁来不久，又是孤儿寡母，在当地的社交生活不能说是一帆风顺。作为一名寡母，夏洛特的经济状况不乐观，因此才千方百计想留住亨伯特做房客。她也几次计划出去工作，但因没人照看洛丽塔才不能成行。她对房客亨伯特的追求不可谓不大胆、不热诚，但这真情流露被亨伯特当作了惯有的风流艳事。他对自己性魅力无往而不胜甚觉厌烦。亨伯特之所以回应了夏洛特的感情，是因为这可以为接近洛丽塔创造条件，他最初的规划里是要"胁迫大黑兹准许我和小黑兹睡觉"，事实证明这在原则性很强的夏洛特面前毫无用处。她不是亨伯特的前妻瓦莱莉亚。对此亨伯特气急败坏地说道：

---

① ［美］纳博科夫：《洛丽塔》，黄建人译，漓江出版社1989年版，第36页。

"真没法对付这些讲原则的女人！夏洛特就像一个音乐家，在日常生活中也许俗气得令人作呕，举止不得体，兴趣又低级。但一听到一点儿不对头的音调，判断力就准确得像魔鬼。"[①]

如果说夏洛特是日常生活最平常的代表——物质状况一般，饮食起居、衣食住行必须首先权衡经济承受能力；受教育状况一般，艺术品位平庸；在日复一日紧张的家庭生活中无法做到"诗意的生活"而常与家人拌嘴；但她们却真诚地渴望幸福完美的家庭生活，头脑中时刻竖着一道警戒标语以守护人伦与亲情——那么亨伯特就是这种生活的反面代表。他早年丧母，父亲也甚少陪伴，很早就独立生活，生计不是问题，纠缠他的始终是对幼女的畸形欲望。他总是孤身一人，总是对外在世界秉持一种嘲讽的态度，总是对普通人的长相、品位、生活方式肆意取笑。亨伯特在回忆录中通过将自己扮成遗世独立的艺术家，甚至是"俗不可耐的"夏洛特和洛丽塔的受害者而获得读者的认可与同情，但就算是最轻信的读者也应该在道德立场偏移的过程中感觉到隐隐不安：且将他对"洛丽塔"们的情欲放在一边，就亨伯特本人的其他方面来说，我们认可与追随的都是一个与整个世界为敌的家伙。他那睥睨世人的立场与资本颇为可疑，就算是一个不食人间烟火的真正诗人，也不应如此对待世俗中的普通人。

亨伯特将洛丽塔从日常生活的轨道中拖拉了出来，逼迫她和自己以一种不正当的关系过着"永远在路上"的生活。他们没有固定的住所，没有及时的一日三餐，没有稳定的社交关系，更没有亲人围在身边。他们开着车来回在美国各大洲之间穿行，住各种旅馆，吃各种快餐、甜食、冷饮，在各种名不副实的旅游景点中打发时光。洛丽塔的精神生活就是看看电影杂志、商业广告以及听听投币音乐。就算有一段时间定居下来，洛丽塔能正常入学，也受到亨伯特严密监控，难得交到好朋友、享受那个年龄正常的课外生活。他们的生活跟"平庸""媚俗"的日常生活毫无共同之处，但根本不是天堂，而

[①]　[美]纳博科夫：《洛丽塔》，黄建人译，漓江出版社1989年版，第82页。

是地狱。洛丽塔多么羡慕阿维斯有那样一个幸福的家庭：爸爸妈妈、弟弟妹妹、两条狗。也许他们在日常生活中也互相争吵抱怨，但维系着这种稳定的家庭生活的，是彼此之间深深的爱。亨伯特故意贬低这种生活模式和这种情感的分量以显示自己的特立独行，但最后仍意识到，他是在与推动整个世界运转的主要力量作对。洛丽塔从奎尔第那里逃走后，与一个穷困潦倒的年轻人生活在了一起。怀孕的洛丽塔、迪克（她那在战争中受伤耳聋的丈夫）、比尔（他们的邻居，只有一只手的残疾人），还有一只又老又笨重的狗，与前来寻找洛丽塔的亨伯特之间形成了强烈的对比。"朵莉一面大嚼着，一面捧给我一大把蜜饯和炸土豆片。两个小伙子打量着她的体虚怕冷、欧洲派头、貌似年轻但多灾多病的爸爸，看着他的天鹅绒上衣、哔叽背心，说不定是个子爵哩。"[1] 前者穷苦、寒酸，后者则是来之前特意悉心打扮的，目的是以自己特别的英俊潇洒对抗他当时假想中的敌人的低级趣味。但洛丽塔不要亨伯特，她要另一种生活：她给亨伯特看公婆的照片，期待宝宝出生、丈夫找到好工作。她渴望重新回到日常生活的轨道。

忏悔中的亨伯特忆起洛丽塔曾与同伴谈论过死亡，亨伯特骤然认识到："很可能在这些年轻人的陈词滥调后面隐藏着一座花园、一线曙光、一道宫殿之门——通向朦胧而迷人的世界。"[2] 他之前带着优越感所蔑视的一切，很可能才是这个世界上最坚硬、最宝贵的。以艺术的眼光对日常生活进行批判并非不可以，但当艺术从一开始就对之持蔑视态度时，也就不可能花费好奇心对日常生活本身、对身边看似平庸的每个个体具体地对待——不了解自然也就无权批判——艺术仇视日常生活是纳博科夫面临过的最危险的陈词滥调。

纳博科夫之所以能够实现对这个主题的反思与转变，除了他推崇艺术至上的同时一直具有伦理关怀之外，还有一个极其重要的原因就是他本人从自己的家庭、婚姻中获得了极大的情感安慰与文学力量，回忆录《说吧，记忆》中对婚姻与家庭之爱的热烈赞颂，在文学史上都是罕见的。

---

① [美]纳博科夫：《洛丽塔》，黄建人译，漓江出版社1989年版，第281页。
② [美]纳博科夫：《洛丽塔》，黄建人译，漓江出版社1989年版，第292页。

五、《说吧，记忆》：家庭之爱的诗篇

正如巴拉布塔罗正确指出的："纳博科夫的自传诞生于他内心最深处对两个家庭的强烈的爱，一个围绕维拉，一个围绕薇拉。"[①] 这里的"维拉"指的是纳博科夫度过童年的乡村别墅，而薇拉就是他的妻子。纳博科夫在父母的家庭（原生家庭）中成长，而后组建了自己的家庭（新生家庭），两个家庭的核心基调都是爱。纳博科夫在《说吧，记忆》中向我们展示了这种爱的宝贵，及他本身家庭之爱的能力的强大。

（一）母亲

最能证明他对父母和故园乡土之爱的，是《说吧，记忆》中大量饱含深情、色彩多变、细节丰富的回忆。这记忆之初的动机，仍是源于爱，特别是纳博科夫与母亲之间的亲情。"全心全意去爱，别的就交给命运。"[②] 这是纳博科夫所理解的母亲的为人准则。纳博科夫的母亲深深懂得儿子，既懂得他高烧时的谵语，也懂得他对蝴蝶的热爱，还与纳博科夫一样具有有色听觉能力。母亲不仅教他爱，还教他爱的具体方法，那就是"记忆"。

> "现在记住"，她会用密谋的口气这样说，一边要我注意在维拉的这样或那样可爱的东西——一只云雀在春天一个阴沉的日子飞向酥酪般的天空，炽热的闪电照亮黑夜中远处一排树木，枫叶在棕褐色沙地上铺成了调色板，新雪上一只小鸟楔形的脚印。仿佛是感觉到几年后她的世界中这个有形部分将会消亡，对于分散在外面乡村别墅的各种各样的时间的标记，她培养了一种非凡的意识。[③]

---

① Gennady Barabtarlo, "Nabokov's Trinity (on the movement of Nabokov's themes)", in *Nabokov and His Fiction*, ed. Julian W. Connolly (Cambridge: Cambridge University Press, 1999), p.119.

② [美] 纳博科夫：《说吧，记忆》，王家湘译，上海译文出版社 2013 年版，第 29 页。

③ [美] 纳博科夫：《说吧，记忆》，王家湘译，上海译文出版社 2013 年版，第 29 页。

　　为了帮助年幼的儿子更好地记住，她千方百计刺激他的视觉敏感：指示给他看大自然美妙的色彩搭配，一起鉴赏和创作绘画作品，拿出自己的珠宝供儿子玩耍，引导他观察彩色灯泡的光芒形成的各色图案等。纳博科夫的小说中那么多令人耳目一新、瞬间就铺展开一个画面或场景的视觉描写，很大程度应归因于母亲当初不倦的教导。母子二人对维拉的记忆也成了他们在艰难的流亡生涯中温暖而哀伤的安慰，21岁时流亡在剑桥的纳博科夫在给母亲的信中无所顾忌地表达了对故园的思念："'维拉'——多么陌生的字眼……回家后我一直沉浸在回忆中——五月金龟子在我的头脑中嗡嗡作响，我的手掌泥糊糊的，一个小孩子的药蒲公英插在我的钮孔里。多么开心！多么痛苦，多么心碎，多么讨厌，无以名状的苦痛！亲爱的妈妈，唯有你和我才懂啊。"[1]也向母亲表达了不能再回到故国家园的懊恼："难道我真的再不能回去了吗？那一切都结束了，灰飞烟灭了吗？……睡梦中，我看到柳叶菜的藤蔓上那些黑色的、长着眼状斑纹的毛毛虫，那些红里带淡黄色的木椅，椅背是透雕细工，像马的头，记得吗……"[2] 从中可看出，纳博科夫对维拉的思念都是萦绕着强烈感情的细节记忆。虽然思念，虽然再也不能回去，但因为关于维拉的记忆已经足够丰富且历久弥新，对于流亡的纳博科夫来说未尝不是最大的弥补。就算没有流亡，任何美好也都要经过时光的冲刷，在与时间的对抗赛中，人类所拥有的最强大的武器就是记忆。

　　也正是因为对母亲的爱，纳博科夫遵从并热衷于实践母亲的这些教导，若干年后的回忆录中关于母亲的片段都写得真实、动人，似乎那些记忆丝毫没被岁月蒙尘，在纳博科夫的头脑中永远清晰如画。纳博科夫记得，父亲去世后母亲将二人的结婚戒指一起戴在无名指上，"后者她戴着太大，用一条黑线和她自己的系在了一起"。[3] 一条系着两枚戒指的黑线，无言地诉说着母亲

----

　　[1] [新西兰]博伊德：《纳博科夫传》（俄罗斯时期），刘佳林译，广西师范大学出版社2009年版，第226页。

　　[2] [新西兰]博伊德：《纳博科夫传》（俄罗斯时期），刘佳林译，广西师范大学出版社2009年版，第228页。

　　[3] [美]纳博科夫：《说吧，记忆》，王家湘译，上海译文出版社2013年版，第39页。

对父亲深切的思念与爱。纳博科夫理解到，母亲将自己关于人生的最宝贵识见教给了他，她本人就是通过记忆这种形式表达自己全心全意地爱的："一切都在她的记忆之中……她拥有她的心灵曾储存起来的一切。"[1] 她还相信死后的"彼岸世界"，纳博科夫接受甚至更热切地搜寻着那个可能的"彼岸世界"，这使他们能战胜纳博科夫父亲突然被刺杀死去的巨大痛苦，母子二人都怀着秘密的虔诚瞩望着爱在死后的世界继续，正如纳博科夫在诗歌中所写的："如果所有的小溪把奇迹重唱……你会在那歌声里，你会在那波光中，你会活着。"[2] 后人对纳博科夫艺术中的"彼岸世界"的解读也多数围绕着"爱"而延展，如费奥多尔的父亲对他精神上的支持与帮助、米拉化身为松鼠对普宁的关照和安抚，夏洛特的鬼魂抓住每次机会帮助女儿洛丽塔逃离亨伯特的魔爪等。

（二）父亲

纳博科夫崇拜、爱自己的父亲。在母亲教导的家庭之爱以外，父亲还教会纳博科夫观察、体谅、关怀家庭之外的他人。在纳博科夫看来，父亲既是为自由的政治理想而无畏斗争的堂堂男子，又在体察他人的善意与苦衷方面具有特殊能力，这对贵族之家出身的人来说并不那么容易。一位小学校长曾邀请他们父子吃顿便饭，但实际是对方精心筹划、盛情准备的一顿饭，饭菜并不可口，父亲尽心尽力表现得喜悦，其间纳博科夫的奶奶因担心校长家吃食不够，派仆人送来了大量精美食品，父亲在对方感到这种行为可能带来的伤害之前，及时得体地打发掉了仆人和那一大篮子食物。父亲这种毫无贵族傲慢作风的处事方法促使纳博科夫在核心的家庭之爱以外，还发展出了对家庭之外的他人的关怀、同情。这种情感在浓烈程度上自然无法与家庭之爱相提并论，纳博科夫也从未试图将对他人的善意发展成为浓烈的"爱"，但对于在世为人来说，比起"博爱"那高远得不切实际的口号来说，这种细微

---

① ［美］纳博科夫：《说吧，记忆》，王家湘译，上海译文出版社2013年版，第39页。

② ［新西兰］博伊德：《纳博科夫传》（俄罗斯时期），刘佳林译，广西师范大学出版社2009年版，第247页。

处的体谅、尊重、关怀已经足够，甚至更为动人，因为这既不是出自宗教狂热，也不是出自抽象的伦理道德，而是出自心灵与心灵之间真实的接触意愿。

在纳博科夫的人生中，20岁之前的贵族生活培育出了他贵族的、高级的艺术品位，使他终身都对市场化催生出来的中产阶级艺术品位十分嫌厌，但来自父亲那温情的处世态度，又使他在批评他人艺术品位时总绷着一根自我反思的神经：品位低劣之人也可能具有一颗宝贵的心灵，满心关注物质的庸俗之辈也可能是某方面令人尊敬的专家。纳博科夫少年时期即已开始面对和思考这个问题，在《说吧，记忆》中他回忆了自己的一个激进的家庭教师兰斯基，他即将和可爱的未婚妻结婚，因家资薄弱，在关于婚姻生活的热切的白日梦中，新房布置只能一省再省。有次他偶然在"一家出售相当乏味的中产阶级小装饰品的特色商店"看中了一款他根本买不起的吊灯，还极端小心翼翼地带着纳博科夫兄弟去看，但在纳博科夫看来，那个青铜章鱼吊灯实在丑陋得可怕。就算在经济上相当拮据、艺术修养上相当匮乏、政治倾向上颇为激进，兰斯基却有一颗令纳博科夫珍视的心："有一天他注意到一个肮脏不整的丑老婆子在一家女帽店里贪婪地看着一顶陈列在那儿的带鲜红羽毛的帽子，就买下来给了她。"[1] 因兰斯基出身贫寒，有犹太血统，曾受到这个庞大的贵族之家其他成员的侮辱，少年纳博科夫为此故意激怒那些亲戚，还在僻静的马桶间为兰斯基失声痛哭。纳博科夫也不清楚，父亲是否在家庭男教师的选聘上特意扩大阶层，以让家中的孩子接触到俄罗斯的广阔现实，但事实是，纳博科夫在其中切实地克服了贵族阶层的傲慢自大，懂得在其他阶层，哪怕是艺术品位很可怕的阶层中同样能发现纯洁、正派的心灵，这对从未放弃艺术自由、艺术至上观点的纳博科夫来说具有重大的意义，形成了其作品中关注次级人物的心理基础，使他最终有能力对艺术与日常生活的关系进行有效反思，避免了艺术上的空洞虚泛、徒有其表——在炫目的艺术手法之下，始终是一

---

[1] ［美］纳博科夫：《独抒己见》，唐建清译，浙江文艺出版社2012年版，第185页。

颗懂得爱、珍惜爱、赞美爱的心。

（三）爱情与婚姻

纳博科夫在物质富裕、家庭之爱浓厚、教育符合孩子天性的环境中长大成人，但之后先后遭遇了流亡、丧父以及艺术发展上的试验摸索，似乎之前的美好生活就此一去不返。但纳博科夫在父母爱的家庭中健康成长的能量持续存在，他对家庭之爱仍充满信心，薇拉的出现及之后二人延续50多年直至纳博科夫去世的幸福婚姻验证了此点。纳博科夫特别喜欢螺旋结构："螺旋在实质意义上是一个圆。在螺旋的形式下，那个圆伸开、松展后就不再有恶性循环；它被解放了。"[①] 圆只能周而复始地自我循环，但是螺旋结构却形成了向前、向上的永恒动力，家庭结构正与此相似：纳博科夫明确产生自我认识是在4岁左右，与27岁的母亲、33岁的父亲一起走在维拉庭园中的一条小径上。之后这个家庭的幸福轨迹慢慢发展、扭动，遭遇意外变故后渐渐从圆的方向游离开来，新生一代遇到新的成员，组合成新的家庭，螺旋结构成型，但最初线条的方向与动力——家庭之爱——还被使用和维护着。纳博科夫幼年就意识到了自己是独立于父母的个体，难免同时发展出"自我"的孤独感及对"自我"的过分专注（每个人都是或轻或重的"唯我"主义者），但在与薇拉的爱情、婚姻、家庭生活中，通过完全敞开心扉，进驻于另一个心灵并允许另一个心灵进驻于自我的心灵，纳博科夫克服了自我的孤独与唯我——这是纳博科夫所认识到的婚姻生活的巨大伦理功能。《说吧，记忆》的最后一章（第15章）是全书唯一出现第二人称的一章，诗人以温润、温柔、温情之笔，与"你"一起回忆了从儿子出生到6岁时举家去往美国的美好时光，都是日常生活的细微场景，但当事人在其中感受到的却是永恒的家庭之幸福。通过这些回忆，纳博科夫毫无保留地赞颂了婚姻、家庭之爱的力量。这对父母还不遗余力地将其灌注到儿子的心灵中，希望这种爱的力量推动下一个螺旋的产生。

纳博科夫从自己的日常生活中汲取了强大的精神力量，这是他宝贵的感

---

① ［美］纳博科夫：《说吧，记忆》，王家湘译，上海译文出版社2013年版，第329页。

情财富，也使他最终能抛弃"艺术优越于日常生活"的偏见，以反讽的方式实现对二者的再思考与再衡量。

在本节内容中，通过分析纳博科夫在"艺术与日常生活关系"主题上的矛盾性与发展变化，我们试图揭示纳博科夫作品深处"爱"之主题的精神来源，并借此照亮其作品中的一些人物形象与主题。他个人的家庭生活幸福完满，他从中汲取了强大的精神力量，《说吧，记忆》是对家庭生活赞美的诗篇；但作为艺术家，他又对日常生活中的常识与媚俗怀有本能上的反感，在作品中屡屡予以批判嘲讽。源于父亲的教导形成的对他人的道德关怀，使纳博科夫在作品中展现了对这个问题的反思，艺术与日常生活之间的关系走出了早期《荣耀》中的简单对立，演变为后期艺术与伦理交错的复杂态势：艺术品位上优越的人未必有道德优势，艺术品位低劣的人未必没有一颗宝贵的心灵，艺术品位高低并不能代表伦理道德水准，但若凭借本身的艺术才能厌弃日常生活，就必定在伦理道德上有问题。然而有两点需要我们注意：一是纳博科夫从伦理角度出发，肯定了日常生活本身的价值与意义，但是从艺术创作角度来说，他从未否认艺术要高于现实的日常生活。二是纳博科夫在作品中并未展示过艺术与日常生活完美结合的实例，也许如同他认为非偏执无以成为艺术家（偏执总是体现在伦理道德上的不完美），他也认为在虚构作品中艺术与日常生活的结合不可能是以完美、理想的方式，也即，"越艺术越道德"在这里似乎遭遇了困境。但我们不应忽视的是，纳博科夫本人却推翻了这两种立论：他不偏执，却是一位了不起的艺术家；他既是一位艺术家，又拥有在日常生活中感受爱的能力。这其中的悖论令人玩味。

第四节　发现：既在文本内，又在文本外

前文在分析纳博科夫作品中的一系列次级人物时，我们曾提及了"发现"

在纳博科夫艺术中的重要性，但实际上他对"发现"的强调大大超出了次级人物的范围，已经成为他作品中的重要"母题"，本节内容试对此进行专门的分析。

一、纳博科夫与"发现"母题传统

"母题"一词由民间文学研究而来，现在最活跃的领域也仍然是民间文学研究。美国的汤普森在1932年曾使用这个概念为民间文学分类，在专著《世界民间故事分类学》一书中，他广泛搜罗口头流传的神话、传说、故事和叙事诗歌，从中提取母题两万余个，按二十三个部类编排。他对母题的定义被学界公认为权威："一个母题是一个故事中最小的，能够持续在传统中的成分。要如此它就必须具有某种不寻常的和动人的力量。"[①] 国内的陈建宪教授就沿用了这个观点。他说："什么是母题呢？简言之，母题就是民间叙事作品（包括神话、传说、民间故事、叙事诗歌等）中最小的情节元素。这种情节元素具有鲜明的特征，能够从一个叙事作品中游离出来，又组合到另外一个作品中去。它在民间叙事中反复出现，在历史传承中具有独立存在能力和顽强的继承性。它们本身的数量有限，但通过不同的组合，可以变换出无数的故事。"[②] 但除了运用在民间叙事文学外，有些研究者发现，所有的叙事类作品都会有类似的成分。威廉·弗林特·思罗尔、艾迪生·希巴德和C.休·霍尔曼在他们合著的《文学手册》中提出，母题是"一个起着扩展叙事的基石作用的简单成分；或者不那么严格地说，是民间故事、小说和戏剧作品中所采用的传统的情景、手法、趣味或者事件"。[③] 从民间叙事文学到一般叙事文学，"母题"有了更广阔的用武之地。综观众多关于母题的论述，虽然国际学术界也难

---

① ［美］斯蒂·汤普森：《世界民间故事分类学》，郑海等译，上海文艺出版社1991年版，第499页。

② 陈建宪：《神话解读——母题分析方法探索》，湖北教育出版社1997年版，第22页。

③ ［瑞士］弗朗西斯·约斯特：《比较文学导论》，上海外语学院外国语言文学研究所译，湖南文艺出版社1988年版，第234—235页。

以对母题的具体所指形成统一认识，但现在很多学者达成了这样的共识：母题的概念是建立在叙事研究的基础上，属于叙事学的范畴。虽然古今中外各种文体的叙事性作品各有各的情节和人物，各有各的风格和特色，但是综合起来看，一般是写人的爱恨情仇、世间的悲欢离合，也就是说：叙事文本是多得不可胜数，但构成叙事的基本元素则是相对有限的。正如一个万花筒，可以玩出无数不同的花样，而其实质不过是有限的花片而已。这些有限的基本的叙事因素便可以称为"母题"。

关于"发现"，亚里士多德最早在《诗学》中予以论述。他说："'发现'，如字义所表示，指从不知到知的转变，使那些处于顺境或逆境的人物发现他们和对方有亲属关系或仇敌关系。"[①] 亚里士多德是在戏剧的情节部分讨论这个问题的，指的是事件原本已然发生在情节链条上，但主人公或观众因为种种原因未能了解，待了解后就造成了"发现"感。最典型的戏剧就是《俄狄浦斯王》。俄狄浦斯在追寻杀死老国王的凶手过程中，先后发现了自己的身世及自己就是凶手的真相，特别是还发现自己逃避之中仍然实践了杀父娶母的神谕。这种情况下的"发现"，追求"既合情合理"又"令人震惊"。在纳博科夫的小说作品中，这种情节线上已然发生，但主人公和读者却因为各种原因延迟了解而形成的"发现"也不少见。纳博科夫善于利用此类手法造成读者不断的小惊奇，比如在《黑暗中的笑声》一作中，雷克斯与玛戈在欧比纳斯的宴会上久别重逢，但整个场景是在欧比纳斯的视线下呈现的，他只看到了二人一些比较异常的表现——玛戈故作姿态，大声快速地说话，雷克斯不停地搓着双手——却不知道这是因为两个有过一段情缘且彼此还有情分的男女意外重逢，有惊喜但又不便于外露时的神态表现（玛戈已经是欧比纳斯的情妇）。通过后文的交代，读者比欧比纳斯较早发现了个中实情，但也晚于这个场景的实际发生时间，因为前文在交代雷克斯与玛戈那段各取所需的爱情生活时，雷克斯为了便于脱身使用了"米勒"这个假名字。其实作者在"米勒"和"雷克

---

① [古希腊]亚里斯多德：《诗学》，罗念生译，人民文学出版社1962年版，第33—35页。

斯"之间提供了一个明显的共同之处，就是米勒在紧张或下重大决定时也会不停搓手。但是有几个读者能有这个记忆力与好奇心辨识出相隔较远的两个场景中的这个相同细节，从而迅速辨认出雷克斯就是当初的米勒，从而领悟整个场景里欧比纳斯所处的"被蒙骗"的可怜地位？一直到晚宴结束，玛戈出去送雷克斯的时候，通过当年的一幅铅笔素描画，读者才终于发现了雷克斯就是米勒这个事实，但可怜的欧比纳斯要一直被蒙骗到人财尽失的那一刻。与此类似，《普宁》中读者也是到最后一章才发现叙述者就是丽莎当年为情所困的对象，而普宁是否查知这个真相则始终未说明。

　　亚里士多德特别看重与"突转"关系密切的那类"发现"。所谓突转，亚里士多德指的是"行动按照我们所说的原则转向相反的方面"，提出"'发现'如与'突转'同时出现，为最好的发现"，"因为那种'发现'与'突转'同时出现的时候，能引起怜悯或恐惧之情，按照我们的定义，悲剧所模仿的正是能产生这种效果的行动"。[①]　也即，亚里士多德认为戏剧追求通过"发现"实现的"突转"，以造成情节上强烈的戏剧性，而"突转"正是纳博科夫作品所回避的：他致力于为读者营造精密的情感防水装置，他的理想作品是需要且经得起反复阅读的，情节上的跌宕起伏与戏剧性并不是纳博科夫的目标。正因如此，这类事件本身的因果关系在作品中自动呈现的"发现"在纳博科夫作品中并不是最重要的，他更为注重的是一种主动的、富有个体性的探寻与"找到"。具体来说，纳博科夫式的发现可以分为三个层次。在第一个层面上，发现生活中令人惊奇的秘密，发现人生原本充满无数隐秘主题，并从中肯定现世生命的意义。在第二个层面上，发现自己的匮乏与缺陷，发现他人的存在与美好——这两个层次可以说都是在伦理层面发挥作用，发现的主体看起来是作品中虚构的人物，但作者的用意却在于启发和训练读者掌握"发现"的能力。第三个层次则主要存在于纳博科夫的艺术层面：作为艺术家的纳博科夫在自己的艺术探索之路上，不断发现平衡和丰富自己艺术的新要素，并将之吸收

---

① ［古希腊］亚里斯多德：《诗学》，罗念生译，人民文学出版社1962年版，第33—35页。

进自己的艺术。

二、纳博科夫式"发现"母题

将自己生存多年的世界视为"理所当然"的，这是很多人获得平静生活的一个心理基础，但是这也导致人们将一个等待发现的世界完全屏蔽了。这世界值得人们进一步发现吗？在纳博科夫的艺术世界，答案是绝对的肯定。

（一）一重一重的世界

在他早期最优秀的小说《防守》中，主人公是象棋天才卢仁，但其他林林总总的各色人物着实不少，纳博科夫已具备了能力和技巧，在很短、很经济的篇幅内对这些次要角色进行充分塑造，他们的存在并非可有可无，而是构成了一个卢仁借以活动、但很少察觉的完整世界，其中有着各种各样隐秘的联系（作者自始至终都未明确揭示）供有心的读者去发现。表面上看主人公卢仁与"她"是在异国萍水相逢，但纳博科夫早就在两人之间设置了丝丝缕缕的联系，比如二人在彼得堡虽然分别读的是男校和女校，但他们的地理老师其实是同一位。在卢仁的学校部分两次提到这个地理老师，第一次是地理老师临时因病缺课，"似乎如果这时玻璃门突然打开，地理老师像平时那样跑步一般冲进教室，几十颗即将获得快乐的心就将破碎"①，第二次是卢仁为了下象棋逃学，"路上意外看见地理老师，只见他胳膊下夹着一个公文包，迈着大步朝学校方向奔去，一边走一边又擤鼻涕又吐痰……像阵乱窜的风一般从他身边刮过去……"② 后来女主人公"她"遇到了象棋天才卢仁，这个充满神秘感的男子令她印象深刻，引发了对记忆中收集的那些"怪人"的回忆，其中第一个就是她本人的地理老师："地理老师——他也在一所男子学校教书——是一个大眼睛男人，额头很白，头发蓬乱，据说有结核病。……他总是急急

---

① ［美］纳博科夫：《防守》，逢珍译，上海译文出版社2009年版，第28页。
② ［美］纳博科夫：《防守》，逢珍译，上海译文出版社2009年版，第30页。

忙忙的样子，风风火火地冲进教室。"① 卢仁与"她"结婚后，在一次家庭宴会中偶遇到特别令他讨厌的同学彼得利什契夫，对方喋喋不休地回忆学校时光，再次提起了这位地理老师："你还记得我们的地理老师吗？记得他经常飓风一般飞进教室，手里还拿着一张世界地图吗？"② 散见三处的细节，虽用词不同，却又悄悄在细节上保持一致，告诉读者这三人说的其实是同一个人物。当卢仁在医院疗养时，"她"看着他兴致勃勃地观察大丽花，想起了小时候读过的一本书，讲的是一个学童与他救下的流浪狗离家出走的故事，这其实是卢仁父亲写过的一本儿童读物，卢仁上学时因此还被同学嘲笑，卢仁自然不喜欢这本书，但它却给"她"留下了深刻印象。在卢仁的学校生活中作者还特别描绘了一个"文静"的男生同学，其实该男生后来与"她"也认识，但卢仁与"她"对此并不知情。通过如此这般细节上的隐秘关联，作者早为两位主人公的相遇铺路搭桥，只是卢仁与"她"却从未发现这些。读者是否也始终对这个情况一无所知，就要取决于他是哪一种类型的读者，是否有反复阅读的习惯，是否善于发现。纳博科夫在其他文本中也为读者准备了很多有待发现的惊喜，众多研究者致力于发掘这些预先埋好的馈赠，这是他的艺术具有重大吸引力的一个方面。《防守》中主人公之间这些隐秘的联系可以说是纳博科夫特意设计的，但在纳博科夫看来，真实的现实生活原本如此，《防守》只是通过模仿揭示了这一点而已。也即，我们每个人都可能跟卢仁与"她"一样，原本面对的是一个被精心设计过的人生（我们每个人都被这世界奇妙的运转规律所关爱），但我们却可能忽略这其中的用意与温情，从而浪费这些独特的设计。

纳博科夫关于彼岸世界的探索被很多批评家充分研讨过了，但是正如博伊德所警告的，比起那虚无缥缈、谁也不能确定的彼岸世界，纳博科夫对现实世界的重视更值得探讨。谢德在《微暗的火》中曾充满信心地表示，"我确信无疑我们会继续存在，／我的宝贝儿也会生活在某处，／正像我确信无疑我

---

① ［美］纳博科夫：《防守》，逄珍译，上海译文出版社 2009 年版，第 63—64 页。
② ［美］纳博科夫：《防守》，逄珍译，上海译文出版社 2009 年版，第 163 页。

会在 / 清晨六点，一觉醒过来"。① 但是谢德本人却于当天傍晚被误杀身亡。究竟彼岸世界是否真的存在，他的宝贝女儿海丝尔是否还在那里等待与父母团聚，都瞬间不确定了。这是否也代表了纳博科夫本人的一种困惑与疑虑？实际上，纵使有彼岸世界，纳博科夫也跟谢德一样，希望现世的宝贵经验和记忆能在那里继续保有："我宁愿摒弃永生，除非新死的人 / 在天堂里能在它那壁垒里寻觅到 / 它理念储存的诸般事物：凡人生活的忧郁和温柔；热情和痛苦；长庚星外那架 / 逐渐缩小的飞机暗紫色尾灯，香烟抽尽时你那种沮丧手势；你冲狗儿的微笑样儿……"② 这里的"你"指的是谢德的妻子希碧尔。而且纳博科夫乐于从现世无数隐秘的主题中去验证彼岸世界的存在：如果我们发现现世中有许多隐秘的花样主题在我们的生命中重复，我们就有理由猜测有一只看不见的手在安排这些组合与重现，那不是来自彼岸的力量又将会是什么？纳博科夫在自传《说吧，记忆》中就致力于寻找生命中的隐秘花样：纳博科夫记得幼时家里来过一位将军，他用十根火柴给纳博科夫玩"不同天气状况下的海洋"游戏，15 年后父亲在逃亡途中遇到一位借火的老人，正是当年那位将军。火柴主题的重复让纳博科夫很高兴："将你的一生循着这样的主题构思梳理，我想，应该是自传的真正目的。"③ "在漫长的人生中，每个人都会总结出事物间的一些相互联系。当我经历人生沧桑时，我也要再一次回想过去，寻找答案。"④ 这就像他看着年幼的儿子从海边捡拾各种陶器碎片时所带有的热情一样：

> 我并不怀疑，在我们的孩子发现的那些稍带凸圆形的意大利锡釉陶器的碎片中，有一片上面的涡卷装饰的边缘和我在一九〇三年在同一个海滩上发现的一片上面的图案完全吻合一致并且是延续下去的，这两片

---

① [美]纳博科夫：《微暗的火》，梅绍武译，上海译文出版社 2011 年版，第 74 页。
② [美]纳博科夫：《微暗的火》，梅绍武译，上海译文出版社 2011 年版，第 50—51 页。
③ [美]纳博科夫：《说吧，记忆》，王家湘译，上海译文出版社 2013 年版，第 12 页。
④ [美]纳博科夫：《独抒己见》，唐建清译，浙江文艺出版社 2012 年版，第 146 页。

又和我母亲于一八八二年在门通海滩上发现的第三片吻合，和她的母亲一百年前发现的同一件陶瓷上的第四片吻合——依次类推，直到各种碎片，如果全都被保留下来了的话，可能重新拼合成完整的、绝对完整的一只碗，那是被某个意大利小孩在天知道的什么地方和什么时候打碎，现在被这些铜铆钉补了起来。①

如此一来，人生中的一切都具有了意义，要么是自我生命旋律的不断回旋，要么是他人生命与我们的生命的有意义交叉。在纳博科夫的启示下，每个个体的现实都成为值得发现的一重一重的世界。

（二）自我外的世界

发现自己的匮乏与缺陷，发现他人的存在与美好，发现自然世界的诸多秘密及惊奇，这是纳博科夫艺术世界发出的第二重召唤。在现实生活中，人人都是或多或少的"唯我主义者"，当我们闭合在个人的感官世界时，除了欲望对象，他人、他物的存在就成为可有可无，在萨特那里甚至会演变为"地狱"。这种"唯我主义"从伦理上来说，是败坏人际关系的核心原因，也是导致现代社会人与自然疏离的核心原因。人既要生活于自然之中，也要生活在社会之中，但当这个感受的主体既忽略他人又忽略大千世界时，还想要和谐的生存关系就是痴人说梦了。

纳博科夫本人对自然科学（特别是鳞翅目昆虫）的兴趣促使他一直号召读者对自然世界保持好奇心与研究的热情。他曾举例说明："一枝百合在博物学家那儿要比在普通人那儿真实。而对一个植物学家来说，他更真实得多。要是这位植物学家是个百合花专家，那这种真实则更胜一筹。"② 实际情况是大多数人对身边事物缺乏深度探寻的意愿，虽然这些事物时时刻刻作用于我们的感官，却习惯于将之视为千篇一律。这些感性的火花对艺术来说又无比重要，纳博科夫对此非常了解："在我的教学生涯中，我努力给文学系学生提

① ［美］纳博科夫：《说吧，记忆》，王家湘译，上海译文出版社2013年版，第368—369页。
② ［美］纳博科夫：《独抒己见》，唐建清译，浙江文艺出版社2012年版，第10页。

供有关细节以及细节之间联系的确切信息，以产生感性的火花。没有感性的火花，一部作品就没有了生命。就此而言，空泛的观念毫无意义。"[①] 不提供准确细节的意象、场景与情节都如同华丽大门里的一片废墟，从这个意义上说，艺术需要与科学汇合、融流。这也是为什么纳博科夫在《文学讲稿》中那么在意《安娜·卡列尼娜》一著从莫斯科开往彼得堡的夜班火车的布置，卡夫卡《变形记》里格里高尔到底变成了哪种甲虫，以及《尤利西斯》中布鲁姆与斯蒂芬一天里相互交织的具体行踪轨迹。当有人问纳博科夫，他的作品中充满了种种的魔术、花招和诡计，这有什么目的的时候，纳博科夫回答："另一个 V.N. 运用骗局更是出神入化。"这里的 V.N. 指的是 Visible Nature，即自然界，其缩写与纳博科夫的英文名字 Vladimir Nabokov 相同。纳博科夫将自然界视为自己此类艺术手法的来源及竞争对象。如果纳博科夫的艺术世界是一个需要和值得"发现"的世界，大自然就更是如此。

比起大自然，他人的存在也需要我们的好奇与理解。纳博科夫在作品中反复涉及了"发现他人"这个主题，亨伯特就主要在忽略他人、最终发现他人方面给读者做了示范；且通过纳博科夫的精心安排，读者在亨伯特独断专制的叙述中发现了洛丽塔、夏洛特、卡恩比姆的理发师。对此前文已有充分分析，此处不再赘述。带着这种思路，读者又在《普宁》中发现了"米拉"，在《微暗的火》中发现了海丝尔。既然这些作品有意叙述这些被遮掩的人物的故事，纳博科夫为什么不直截了当地这样做？想象一下，如果《洛丽塔》是从洛丽塔角度讲述自己被亨伯特诱骗的故事，《普宁》中的米拉直接出场叙述与普宁的往事，海丝尔也被允许走到台前倾诉心中的所思所想，如果所有这些人物的故事都自动呈现在读者面前……不，我们还是渴望一层艺术的外衣，一层符合发现规律的艺术外衣，特别是这些人物的被发现，从来也不能减弱现有主人公的光彩，而只是在原有的基础上踵事增华。1962 年《微暗的火》出版时，出版方建议纳博科夫将赞巴拉主题阐述清楚且列表说明，

---

① [美] 纳博科夫：《独抒己见》，唐建清译，浙江文艺出版社 2012 年版，第 162 页。

认为那会对读者的阅读有所帮助。纳博科夫对此不能接受，通过妻子罗列了7条反对的理由，第一条就是："赞巴拉的形象必须在读者头脑中一点一点地浮现，这在评注的开头部分就开始了。直截了当地揭示将破坏这样的主题发展。"①

成熟时期的纳博科夫已经非常善于为作品安排叠床架屋的结构，表层故事是清晰可见的，隐秘世界则需要读者反复阅读、对细节敏感。通过互相之间千丝万缕的联系，纳博科夫将作品精心布置成一个完美的整体，读者的记忆力与"发现"的敏感度都得到了训练。这种训练不仅在纳博科夫虚构的艺术世界有用，更有助于人们在现实生活中产生类似的体验，正如莱恩娜·托克尔所说："人类感觉的教育包括学习去感知与实际努力不相干的东西，为了细节本身而感知它们。通过训练我们的感觉，我们学会了带着静观的善意，爱慕我们生活在其中的世界，康德认为这是美学体验的必要条件。"②

（三）艺术的自我丰富之道

无论是对自我生命中隐秘主题的发掘，还是对外在世界中的他人、自然的主动探寻，都是纳博科夫在"发现"之路上收获的果实，他将之引入了自己的艺术世界与读者共享。但是这些发现兴许都没有纳博科夫在艺术上的发现带给他更多的成就感与狂喜。在纳博科夫的艺术世界中，有一个词语非常关键，那就是"组合"（combination）。纳博科夫说："一个创造性的作家必须仔细研究他对手的作品，包括上帝的作品。他必须拥有对特定世界既能组合，也能再创造的天赋。"③"写作的快乐……由对内心中启示他进行意象组合的未知力量怀抱感激的艺术家和从这种组合中得到满足并有艺术气质的读者分享。"④我们在人生经验中积累了非常多的印象、记忆及情绪，大多数时候它们只是

① ［新西兰］博伊德：《纳博科夫传》（美国时期），刘佳林译，广西师范大学出版社2011年版，第511页。

② Leona Toker, "Nabokov's worldview", in in *The Cambridge Companion to Nabokov*, ed. Julian W. Connolly (Cambridge: Cambridge University Press, 2005), p.236.

③ ［美］纳博科夫：《独抒己见》，唐建清译，浙江文艺出版社2012年版，第33页。

④ ［美］纳博科夫：《独抒己见》，唐建清译，浙江文艺出版社2012年版，第41页。

静静存在并不互相干涉，但是艺术家被灵感击中的瞬间，这些储存便从"无联系阶段"向"有联系阶段"过渡，组合在一起对感官形成强烈冲击。纳博科夫如此描述灵感的震颤与狂喜：

> 从无联系阶段向有联系阶段过渡，总被一种灵魂的震颤标示出来，这在英语里有一个非常随便的词汇"灵感"。恰好在你注意到泥坑里映出一根树枝的时刻，一位过路人吹起了曲子，一时间，它使人联想起一座旧花园中湿漉漉的绿叶和亢奋的鸟儿，老朋友，死了许久了，突然从过去走出来，微笑着，闭上了他滴滴答答的雨伞。所有这一切只停留了璀璨的一秒钟，印象和意象的变幻是那样迅速，你来不及核对一下促成它们识别、形成以及彼此联系的确切规律——为什么是这个池塘而不是别的，为什么是这种声音而不是另一种——以及这几部分究竟是如何关联上的；这就像拼板玩具在你的大脑中突然组合起来，而大脑本身已经不能思索拼板是为何如此组合的，你体验到一次令人战栗的感觉，是狂热的魔术产生的，是某种内心的复活生发的，就仿佛一个死去的人被光彩熠熠的药物所救，药物在你面前迅速融化了。这种感觉就是被称为灵感的出发点——一种为常识所非难的境界。①

但这种时刻不会无条件地在任何一个头脑中产生类似风暴，它总是为有准备的艺术家而惊鸿一现。纳博科夫说："我承认，我保存着我这一行的工具、记忆、体验、耀眼的事物，它们始终围绕着我，罩着我，与我在一起，就像一个技师的口袋里插满了各种器具。"② 这样做的目的就是在灵光乍现的时刻形成特别有意味的组合。纳博科夫为何如此看重组合？这与他对自己的艺术缺陷的"发现"是密不可分的。在第二章中，通过对《玛丽》《王，后，杰克》《防守》这三部早期作品的分析，我们梳理了纳博科夫艺术中具有的一些缺

---

① ［美］纳博科夫：《文学讲稿》，申慧辉等译，上海三联书店 1991 年版，第 333—334 页。
② ［美］纳博科夫：《独抒己见》，唐建清译，浙江文艺出版社 2012 年版，第 160 页。

陷——任何一位作家，如果仅凭天赋与本能进行创作，都会具有这样或那样的缺陷，但对有明确自觉意识的作家来说，对这些缺陷的发现与认识却是艺术走向成熟的第一步。纳博科夫就是这样的作家，"组合"就是纳博科夫寻找到的克服自己艺术单薄、独语、唯我的关键性方法。除了这种局部的意象组合，纳博科夫拓展了更多：为了最终能书写出父亲的传记，费奥多尔先写作了车尔尼雪夫斯基的传记，让原本毫无联系的两段人生组合在了同一个文本中，这使费奥多尔从个人艺术的小世界中走了出来，站到了与外界对话的平台上，这也是其创造者纳博科夫本身立场的一个重大转变；为了让读者像自己那般喜爱普宁，纳博科夫选择了一个声誉可疑的叙述人来讲述普宁的故事，二人形成了一种既紧密相缠又离心离德的复杂组合关系，而真正的作者纳博科夫以之为掩护，获得了讲故事人难得的自由；在《微暗的火》中，谢德默许了金波特的存在，他从二人的绝对差异中看到了一种组合的价值，这正是纳博科夫精心寻求的：对位的论题，丛状的艺术性，原本无关联事物的某种饶有兴味的联系。通过金波特那完全不对题的评注，谢德的诗歌获得了一种对比性存在，正如同繁茂的、无人修剪的灌木丛环绕着一株精心培育和修剪的佳木。通过这种种组合，早期纳博科夫艺术本身的独白特性得到了有效的弥补，纳博科夫才终于成为一个熟谙"发现"之道的艺术家。

对异质因素的发现与组合丰富了纳博科夫的艺术世界，其实这也是我们丰富自己人生的有效方式，如同谢德那样，发现、包容异质于我们的存在，并从中发现它们与我们的人生的呼应之处——既可能是伦理上的，也可能是美学上的。伦理是我们认知并进入世界的一种方式，美学、艺术同样是我们认知和进入世界的一种方式。从这个意义上讲，不管是伦理层面上的还是艺术层面的"发现"，都是对"唯我主义"的克服，都是对单维的自我的补充与丰富。

三、发现之道：想象、好奇与记忆

叙事伦理学一直强调，读者通过在情感、思想等方面对虚构作品中的人物设身处地而理解其伦理处境，实现伦理沟通。"想象"在这个过程中发挥的作用已经被伦理学研究者多次强调了，如玛莎·努斯鲍姆（Martha Nussbaum）认为，《艰难时世》"通过展示某种程度上靠自己获取的人类生活和人类选择的可能性，让读者认识到，虽然具体的环境可能大不相同，但小说讲述的故事在某些方面就是他们自己的故事。……通过想象实际上不存在的事情……小说帮助它的读者认同他们的世界，并且在这个世界里更具有反思性地进行选择"。[①] 博伊德也提出："想象力试图从不同角度看问题，这就具有了伦理功能。这就是为什么莎士比亚既拥有世界上最伟大的语言想象力，同时也是最伟大的性格塑造者。其中一个重要原因就是他保持了永恒的新鲜感（能从不同人的角度看待问题）……正因为这个原因，他扩展了我们对人文的认识，令我们深刻认识到那些类似或不同于我们的人，高贵或者低微的人的缺陷与力量。"[②] 确实，通过文学伦理学，我们知道了"想象"不仅属于艺术领域，还属于伦理领域。但是，脱离了小说的虚构环境、虚构情节与虚构性正义（即诗性正义），这种设身处地的伦理想象到底能否在现实生活中发挥作用？纳博科夫在作品中就提出了这样的问题：如果作品中的主人公都不能发现他的世界中的他人，读者又如何能轻易发现自己世界中的他人？亨伯特的文学经验不可谓不丰富，他专门学过英国文学，后来兴趣转向了法国文学，他还试图撰写一部《简明英国诗歌史》及编写一本《法国文学指南》，但是在他与洛丽塔的故事中，我们看到的是他被欲望一直主宰到失去洛丽塔的那一刻。可见，大量的文学阅读积累本身并不能就带来明确的伦理效用，因为大多数人是将现实与虚构小说明确区分开来的，特别是在虚构作品（影视、文学）成为消费品的趋势越来越明显的当下，大众已经很习惯在虚构与现实之间随意切换互不干涉。

---

① ［美］玛莎·努斯鲍姆：《诗性正义——文学想象与公共生活》，丁晓东译，北京大学出版社2010年版，第53页。

② D. Barton Johnson and Brian Boyd, "Prologue: the otherworld", in Nabokov's World: The Shape of Nabokov's World, eds. Jane Grayson et al. (New York: Palgrave Macmillan, 2002), p. 23.

　　看来仅有关于文学想象的积累与训练是不够的，还需要一个动机去点燃这种想象的力量，且将之从虚构文学延续到现实中来。为此纳博科夫给出了另一个至关重要的关键词，那就是"好奇"。纳博科夫极力强调的"艺术体验"中，"好奇"正是第一个重要特质。罗蒂说，好奇而敏感的艺术家在一定条件下就变成道德典范，前提是我们如此理解"善"："注意到大部分人没有注意到的东西，对于其他人视为理所当然的东西感到好奇，留意那稍纵即逝的色彩变化，而不只注意底层的形式结构。"因为艺术家"是唯一随时留意一切事物的人"。[①] 很明显，纳博科夫希望我们每个人都成为这样的道德典范，如果我们对他人、自然和自我的生命意义缺乏探寻的好奇心，一切发现也就无从谈起。纳博科夫很善于培养读者的好奇能力，虽然有时候也难免令他们走火入魔，如《微暗的火》出版后，一些评论家写作的评论文章反被其他人认为是纳博科夫戴着面具评论自己的文章，那些真实存在的评论者的名字被认为是纳博科夫的化名。长期浸淫于纳博科夫艺术中的读者就获得了这样一种好奇，甚至多疑的品质：对那些看似无关紧要的细节多留一份心，对那些看似无关紧要的小人物多一些探询，对一些看似偶然重复的花样多一份警惕。有时带着这样一份好奇去读其他作家的作品，难免为其中那么多无所用心的细节、小人物和重复的物体与情节而感到遗憾。现实生活中，虽然绝大多数人不会做洛丽塔的亨伯特，但太多人非常容易成为卡恩比姆的理发师的亨伯特。在纳博科夫向读者展示了这种"不好奇"的残酷性后，好奇的品质就被开发出来，且很有希望在现实生活中继续发挥作用。

　　凡是需要"发现"的东西，必然是因为存在着遮蔽。纳博科夫的不少小说使用了侦探小说的形式，就因为有真相需要主动寻求。列捷尼奥夫明确指出过纳博科夫小说中常见的一种设计："能够进入主人公视野的，是那些他个人认为最重要的东西，同时还有那些他不经意地瞥过一眼的东西，但是在作者的叙述话语中，这些不经意看见的东西有可能成为主人公命运或是作品最终

---

　　① [美]理查德·罗蒂：《偶然、反讽与团结》，徐文瑞译，商务印书馆2003年版，第222—223页。

意义的决定因素。当然，即使最用心的读者也无法马上发现如此模糊的'命运标记'（或是像纳博科夫那样称为'主题图案'）。"①这似乎是纳博科夫善于耍弄诡计的又一证据，但这反映的恰是现实生活中的真实状况：那些隐秘联系或隐秘主题我们在当初经历之时并不能明确其中的含义，正如叔本华所说："我们不可能在每一经历的事件和当前这一瞬之间，逐节来追求其因果联系。"②这就需要依赖"时间"去实现发现。时间可谓"发现"的一大利器。当我们正在经历某事时，其意义通常暧昧不清，与其他事件之间的因果关系也难以觉察，只有当时间继续前行，有意寻找的主体才能在时间之河中发现答案；但"时间"同时也是"发现"的一大障碍，因为常常发生的情形是，后来答案虽然被一只看不见的手拱手相送了，而主体却遗忘了之前的线索与征象，自然也就不明了当下的答案之意义。如何去除时间在"发现"过程中可能形成的障碍，将其有利作用发挥出来？另外一重品质就变得十分重要，那就是有意的记忆。很多人简单地把"记忆"等同为缅怀过往，纳博科夫从中所强调的却是战胜时间，达到发现。他曾提出，一名优秀读者应具备四项条件：想象力，好记性，一本词典，一定的艺术感。好记性再加上反复阅读的理想阅读方式，纳博科夫追求的是将一部时间上的小说读成一幅空间上的绘画——这其实是在阅读体验上对"时间"的战胜。他在枚举了从无联系阶段到有联系阶段各种事物突然涌现的例子后分析道："在我的例子中，记忆无意中起了关键性作用，一切都依靠过往与现在的完美融合。天才的灵感还需要第三种要素：那就是，过往、现在与将来（你的书）在灵光闪现的刹那融为一体。这样时间的整个循环都被感知到了，也就是说，时间不复存在了。"③在现实生活中，"记忆"其实也致力将人生发展成一幅绘画，通过将时间从纵向碾轧为横向，使得散乱的线索中突然形成和谐的图案，最终实现发现。

---

① ［俄］弗·阿格诺索夫：《俄罗斯侨民文学史》，刘文飞、陈方译，人民文学出版社2004年版，第444—445页。

② ［德］叔本华：《作为意志和表象的世界》，石冲白译，商务印书馆1997年版，第43页。

③ Vladimir Nabokov, *Lectures on Literature* (New York: Harcourt Brace Jovanovich, Inc, 1980), p.378.

　　"发现"母题是叙事文学很早就形成的一个重要母题，纳博科夫也利用了传统"发现"母题带来的一系列叙事效果，但我们更应注意的是纳博科夫在其中赋予的个人化努力，即致力于培养读者对无关事物的好奇能力，对他人痛苦的想象能力与同情能力，及对生活中有意味的细节的记忆能力，以此来引导读者回归自身生活与生命，发现那些有意义的主题花样，发现他人和世界，从而确证人生与生活的积极意义。要做到这一点，纳博科夫的艺术并不需要心有旁骛，而是坚持自己本身的道路与方向即可，因为他一直致力于通过不断融合进新发现的异质因素来克服自身的缺陷——纳博科夫的艺术发展之路，就是一条不断发现的道路。

　　本章我们着力在纳博科夫的艺术世界中，探寻艺术与伦理的结合样态及最终效果。纳博科夫的艺术道德不是通过牺牲艺术而实现的，相反，他提倡的是"越艺术越道德"。他在丰富、均衡自己的艺术的同时，发现了次级人物、次级世界的存在，发现了日常生活、普通劳动者、家庭与婚姻的幸福和可贵。我们小心翼翼地不去直接下结论，说纳博科夫的艺术是"伦理道德的"，因为这太容易引起歧义。我们只是说，纳博科夫通过他的困难的艺术，让我们重新审视自己的内心、自己的生活、自己对他人和自然的态度。我们依然可以放纵想象，想象的世界不需要背负责任，但在我们试图使之合理的过程中，却重新确定了"规则"之必不可少。当然，我们仍然自由，当我们肯想象他人的痛苦的时候。

结语

我们为什么爱纳博科夫

马克·爱德蒙森在《文学对抗哲学》中把理论与艺术的冲突（以文学批评为战场）表达得甚为激烈："尽管理论对批评的文化至关重要，但如果我们使文学理论化，然后听之任之，就等于自伤自残。"[①] "哲学思维一旦面对艺术，就很容易滑向焦灼的单线思维方式之中。"[②] 这确实道出了"理论"大潮之下文学批评失地惨重的真实状况。在关于纳博科夫的研究中，本书试图尽量进入文本内部，真正把握纳博科夫整个创作历程中的艺术发展逻辑，在此基础上，从艺术与伦理两个角度（最后又合并为一个角度）理解纳博科夫。

爱纳博科夫的人，都是首先被其作品中纷至沓来的艺术创造快感所击中的人。

首先，他小心但慷慨展示给我们看的那些细节，令我们爱他。蜗牛留在石板上的黏糊糊的轨迹；掉到地上总会形成一个"&"形的橡皮筋；夜间孤单单轰鸣的汽车"沿着湿漉漉的光柱爬行"；一个漂亮的姑娘打着伞，无精打采地走到深红色的路灯下，"绷得很紧的一块潮湿的黑伞面变红了"；汽车车身上公司名字的某个字母恣意伸展，妄图入侵其他字母的地盘；搬运工搬动镜子时镜面上掠过了一块清晰无比的天空；自行车铃上映现出俄国乡间小道的余晖，那道余晖在每个人关于家乡的记忆中都出现过……纳博科夫在沙漠一

---

① ［美］马克·爱德蒙森：《文学对抗哲学——从柏拉图到德里达》，王柏华、马晓冬译，中央编译出版社2000年版，第4页。

② ［美］马克·爱德蒙森：《文学对抗哲学——从柏拉图到德里达》，王柏华、马晓冬译，中央编译出版社2000年版，第15页。

样的过往中，帮我们找出了这一粒粒清晰的记忆之珠。这些明亮的、瞬间在读者头脑中唤醒一个画面的细节，在纳博科夫的场景中被细致排列，从颜色、光影，到对应的细微感觉差异，以及遵从某种奇特的轨迹而流动的气氛，准确、诗意、律动而饱满。诺贝尔文学奖的获得者索尔仁尼琴在1972年力荐纳博科夫为候选人，评价其为真正的"天才"，认为"仅从一段文字你就能识别出他的才华：真正鲜明生动，不可模仿"①。这类细节与场景正是纳博科夫艺术中最鲜明生动的一部分。但纳博科夫不是以之来塑造外部典型环境，更不是在其中铺垫一些常见的上下文，正如传统文学中有人窃窃私语一定在是议论主人公，墙上挂把猎枪最后主人公总会拿来自杀或杀人。纳博科夫的这些细节诉诸的是个体的心灵和记忆，以之来触发和唤醒某种强烈感受。每个个体都有不同的生活环境与记忆，但奇怪的是，总有某些东西能对大多数人的心灵产生强有力的影响，致力于寻找这些细节正是艺术家的一大职责，只是正如纳博科夫所说，这既需要科学的激情，也需要诗意的精确。

其次，纳博科夫对艺术自由的不懈追求，令我们爱他。人们常说"文学来源于生活"，这堪称一条安全的真理，但潜台词中已然忽视了另一条真理：文学还是一门虚构的艺术。前者公然强调的是文学对现实生活的依附性，纳博科夫却强调艺术虚构的自由。阿佩尔曾说："纳博科夫一直走在自己的道路上，这不是利维斯在《伟大的传统》中所指出的那条道路。但是纳博科夫显赫的成绩标志着人们关于小说和小说家的伦理责任的看法有了一个激进的转变。"②利维斯也是文学的忠实拥护者，但他在文学上追求的显然与纳博科夫有重大不同，他把文学艺术的最终目的设定为人生、生活与社会，所以他对詹姆斯后期迷恋于艺术的做法表示不满；反对把《摩尔·弗兰德斯》看作杰作，认为弗吉尼亚与福斯特要为此负责；反对对斯特恩的高度评价，认为他的游戏玩笑"不负责任（且下流）"。但纳博科夫剥除了艺术身上这些闪闪的金片，还

---

① 陈辉：《纳博科夫早期俄文小说研究》，四川大学出版社2014年版，第1页。

② Vladimir Nabokov and Alfred Appel, Jr., *The Annotated Lolita* (London: Weidenfeld & Nicolson, 1993), "Introduction" xx.

归艺术以自由和活跃。艺术可以为人生、生活与社会，但其实现的方式必然是康德所说的"无目的的合目的性"，也即，纳博科夫首先考虑的是如何创作出真正的杰作。文学确实常以顽劣的姿态挑衅社会伦理规则，比如文学史上众多的婚外情题材、为爱情弃责任主题、扬感性抑理性调调等。但艺术对伦理道德到底应负多少责任？托尔斯泰对待安娜通奸的态度多么难以鉴定？纳博科夫是不是一位反人类作家？对这些问题的思考有时将我们拉到一个极低的位置上去看待文学：究竟得是多么道德的文学才会在社会伦理方面毫无瑕疵？但我们不妨再从高处思考一下这个问题：纳博科夫所说的"作为魔法师的艺术家"，并非仅为一时之间视觉错位造成"无中生有"的"奇迹"与"炫目"，而是通过一副奇异的艺术眼镜，在日常生活表面的庸庸碌碌之中发现命运的主旋律，一些神奇的布置与花样，使得人生成为一趟令人兴趣盎然的"发现"之旅。亚里士多德早早发出高见："诗比历史更真实。"——这既可应用在人类社会，又可应用在个人人生轨迹中。艺术是人类给自己打造的一副奇异镜片，用它去观察自然、生命、自我、他人，曾经被隐匿起来的色泽与图案都显现出来，这比理性、伦理、道德所能展现出来的世界要柔软、瑰丽、温情得多，其真实性也毫不逊色。

最后，爱纳博科夫的人，也是善于剥开纳博科夫艺术的层层伪装的人，特别是他那些为自己招致"傲慢"骂名的种种言行，如对前辈与同行毫不留情的批评，对自己钟情的艺术女神旁若无人的热烈赞美与追求，对日常生活中人们过分顺从"常识"而导致平庸与乏味的激烈批判，对媚俗——特别是涉及艺术品位上的不懂装懂——的极端轻蔑，纳博科夫利用自己的语言天赋与犀利思维，将"独特之自我"演绎得既招人爱又招人恨。但是在这层层尖利的钢刺下，纳博科夫最珍爱甚至不舍得轻易表达的，恰恰是爱，特别是家庭之爱、人伦之爱。纳博科夫为何甚少直接向读者剖白这种核心主题？一是因为他认为艺术的伟大之处就在于复杂、精致的骗局，就如同大自然中微妙、奢华的拟态现象："我在大自然中发现了自己在艺术中寻求的非实用主义的喜悦。两者都是一种形式的魅力，两者都是一场难以理解的令人陶醉和受到蒙蔽的游戏。"① 他以类似于拟态的手法在艺术中伪装自己的珍爱，以让乐于发现的理想读者自己发现这令人温暖的谜底。二是因为纳博科夫持有与语言艺术有关的奇特的、个人的迷信：他似乎相信小说艺术具有干涉现实的魔力。根纳第·巴拉布塔罗认为，纳博科夫反复涉及失去独生子的题材（《荣耀》中的马丁，《天资》中的雅沙，《洛丽塔》中的洛丽塔，《微暗的火》中的海塞尔，《庶出的标志》中的戴维），是因为他有一个隐秘的目的："通过提前的深入描写而避开各种灾难。"② 除此之外，纳博科夫认为艺术还有某种令人难以信任的狡黠，似乎越是珍贵的东西，如果直截了当、直白地表达出去了，就越有可能失去当初的珍贵，甚至无迹可寻。"我常常发现，当我将昔日自己的某个珍爱事物赋予我小说中的人物后，它就会在我把它如此唐突地放置其中的人造世界中日益憔悴。尽管它仍在我脑际逗留，但它特具的温暖、怀旧时产生的感染力都已经消失了……"因此纳博科夫经历着真实生活与小说创造之间的斗争，"内心中的我反抗着小说家的我"③，在真实生活中他力图为自己保有最珍爱的，而他的小说创造又常常将其借走不还。艺术表达真是令艺术家心力交瘁，有时候它似乎结结巴巴永远也无法达到理想的状态，而有时候它又多嘴多舌说得太多而令整个魔法失灵。

如此一来，纳博科夫所说的——"美加怜悯——这是我们可以得到的最接近艺术本身的定义"④——就好理解了。纳博科夫既心无旁骛地追求艺术之美，又从未放弃过伦理道德。但艺术与伦理有时无法同时平等地呈现在一部作品中，所以在《洛丽塔》中有一句话："The moral sense in mortals is the duty/ We have to pay on mortal sense of beauty."——刘佳林译为："凡人的道德感是一笔税款，为了致命的美感我们必须缴纳。"⑤ 黄建人译为："凡人道德观即不

---

① ［美］纳博科夫：《说吧，记忆》，王家湘译，上海译文出版社 2013 年版，第 138 页。

② Gennady Barabtarlo, "Nabokov's trinity (on the movement of Nabokov's themes)", in Nabokov and His Fiction, ed. Julian W. Connolly (Cambridge: Cambridge University Press, 1999), p.112.

③ ［美］纳博科夫：《说吧，记忆》，王家湘译，上海译文出版社 2013 年版，第 99 页。

④ ［美］纳博科夫：《文学讲稿》，申慧辉等译，上海三联书店 2005 年版，第 251 页。

⑤ 刘佳林：《纳博科夫的诗性世界》，上海人民出版社 2012 年版，第 20 页。

得不支付的美感税。"① 其时的亨伯特处于忏悔之中，懊悔自己追逐情欲给洛丽塔带来的伤害。当一个有道德感的人为了追求美感而放弃道德感，那么另外一种情感将如影相随地到来，即负罪感。亨伯特的道德感虽然低于一般水准，但并非全无，对此纳博科夫对比着《绝望》中的赫尔曼也做出了肯定。如此一来，亨伯特写作回忆录的初衷就更饱满了：全书在试图说服陪审团和读者的同时，也试图去除自己的负罪感。那么这是不是也是纳博科夫本人的一份宣言？如果沿袭象征主义派对《洛丽塔》的解读，洛丽塔被解读为不可捉摸、无法把握的艺术美本身，这句话就宣告了他在美感与道德感之间选择了美感，但尚未完全摆脱掉凡人的负罪感？不，纳博科夫明显做得更聪明，他拿二者的关系大做文章，读者也因立场的不同而有不同体味：对于将艺术感、艺术体验推崇到人类感性体验顶点的读者来说，除了文本本身直接在感官上引起的触动和战栗，洛丽塔的飘忽不定正如同艺术体验本身带给人的无穷折磨，不由得认同亨伯特的痛苦；但一旦对亨伯特的自我辩护与自负傲慢产生怀疑，道德视角随即展现出来，对他人痛苦的体察能力成为一个人道德修养的重要指标。更多人想必会在二者之间犹疑，一方面珍重艺术体验，另一方面又顾虑道德感（即使为亨伯特极力辩护的人，也无法在面对洛丽塔时不产生负罪感）。这种犹疑，比起简单地在艺术感与道德感之间二选一，是更为真实的状态。纳博科夫还在一部作品中让二者的关系变动不拘，在亨伯特对洛丽塔的性奴役中，艺术体验慢慢拉长，但并没有在获得美的顶点后让读者自己去适应艺术体验与现实体验的落差；相反，一种自然而然的负罪感取而代之，纯粹艺术体验又回到了现实中的道德感。行文至此其实可以很清楚地下结论了：美与怜悯，虽然无法在同一文本中以同样的姿态并驾齐驱，但纳博科夫以独特的方式显示了对他们二者的不偏不倚。

　　罗蒂说："不同的作家想做不同的事情。普鲁斯特想要自律和美；尼采和海德格尔想要自律和雄伟；纳博科夫想要美和自卫自保；奥威尔想要对受苦

---

① [美]纳博科夫：《洛丽塔》，黄建人译，漓江出版社1989年版，第291页。

受难的人们有用。他们都成功了，每个人都获得了杰出而同等的成功。"① 本文认同罗蒂所说的"成功"，但又认为纳博科夫的成功更在于让"艺术"与"道德"这两件事合并为一件事，能做到这一点，其根本的原因就在于纳博科夫区分了艺术的实际用途与艺术本身的道德，并全心全意地追求后者，正如他本人在《文学讲稿》的跋中所说："令我们吸收了养分的这些小说不会教给你们用来处理生活中任何显而易见的问题的方法……但是，如果你听从了我的教导，感受到了一个充满灵感的精致的艺术品所提供的纯粹的满足感，这些知识就帮到了你们。而这种满足感转过来又建立起一种更加纯真的内心舒畅感，这种舒畅一旦被感觉到，就会令人意识到，尽管生活中有各种各样的跌跌撞撞和愚笨可笑的错误，生活内在的本质大概也同样是灵感与精致。"② 从艺术本身的美与精致，反观到生活内在本质的美与精致，这就是纳博科夫所说的"越艺术越道德"的最终目标。

---

① ［美］理查德·罗蒂：《偶然、反讽与团结》，徐文瑞译，商务印书馆 2003 年版，第 242—243 页。
② ［美］纳博科夫：《文学讲稿》，申慧辉等译，上海三联书店 2005 年版，第 337 页。

参考文献

一　纳博科夫的作品（以创作时间为序，部分作品同时参考了中文译本与英文原文）

1.《玛丽》，王家湘译，上海译文出版社 2013 年版。

Mary, Translated from the Russian by Michael Glenny in collaboration with the author, London: McGraw-Hill International, Inc., 1971.

2. *King, Queen, Knave*, Translated from the Russian by Dmitri Nabokov in collaboration with the author, New York, Random House,Inc.,1989.

3.《防守》，逢珍译，上海译文出版社 2009 年版。

4.《眼睛》，蒲隆译，上海译文出版社 2013 年版。

5.《荣耀》，石国雄译，浙江文艺出版社 2012 年版。

6.《黑暗中的笑声》，龚文庠译，上海译文出版社 2013 年版。

7.《绝望》：朱世达译，上海译文出版社 2013 年版。

8.《塞巴斯蒂安·奈特的真实生活》，谷启楠译，上海译文出版社 2013 年版。

9.《魔法师》，金绍禹译，上海译文出版社 2007 年版。

10. *The Gift*, Translated from the Russian by Michael Scammell in collaboration with the author, New York: Peguin Books Ltd., 1980.

11.《尼古拉·果戈理》，刘佳林译，广西师范大学出版社 2010 年版。

12.《说吧，记忆》，王家湘译，上海译文出版社 2013 年版。

13.《洛丽塔》，黄建人译，漓江出版社 1989 年版。

Lolita, New York: A Division of Pandom House, Inc.,1997.

14.《普宁》，梅绍武译，上海译文出版社 2013 年版。

15.《微暗的火》，梅绍武译，上海译文出版社 2011 年版。

16.《透明》，陈安全译，上海译文出版社 2013 年版。

Novels 1969-1974: Ada, Transparent Things, Look at the Harlequins!, Literary Classic of the United States, Inc., New York,1996.

17.《俄罗斯文学讲稿》，丁骏、王建开译，上海三联书店 2015 年版。

Lectures on Russian Literature, Fredson Bowers ed., New York: Hareourt Brace Jovanovich/Bruccoli Clark, 1981.

18.《文学讲稿》，申慧辉等译，上海三联书店 1991 年版。

Lectures on Literature, New York: Harcourt Brace Jovanovich, Inc., 1980.

19.《〈堂吉诃德〉讲稿》，金绍禹译，上海三联书店 2007 年版。

Lectures on Don Quixote, New York: Harcort Brace Jovanovich, Inc.,1983.

20.《独抒己见》，唐建清译，浙江文艺出版社 2012 年版。

Strong Opinions, New York: McGraw-Hill Book Company, 1981.

二、英文著述类

1. Alexandrov, Vladimir E., ed., *The Garland Companion to Vladimir Nabokov*, New York and London: Garland, 1995.

2. Alexandrov, Vladimir E., *Nabokov's Otherworld*, Princeton: Princeton University Press, 1991.

3. Andrews, David, *Aestheticism, Nabokov, and Lolita*, Lampeter: the Edwin Mellen Press, Ltd., 1999.

4. Appel, Alfred, Jr., "Lolita: The Springboard of Parody", Wisconsin Studies in Contemporary Literature 8.2 (1967) : 226.

5. Bader, Julia, *Crystal Land: Artifice in Nabokov's English Novels*, Berkeley,

California: University of California Press, 1972.

6. Barabtarlo, Gennadi, *Phantom of Fact: A guide to Nabokov's Pnin*, Ann Arbor: Ardis Publishers, 1989,

7. Booth, Wayne C., *The Rhetoric of Fiction*, Chicago: The University of Chicago Press, 1983.

8. Boyd, Brain, *Stalking Nabokov: Selected Essays*, New York: Columbia University Press, 2011.

9. Connolly, Julian W., ed., *Nabokov and His Fiction: New Perspective*, Cambridge: Cambridge University Press, 1999.

10. Connolly, Julian W., ed., *The Cambridge Companion to Nabokov*, Cambridge: Cambridge University Press, 2005.

11. Connolly, Julian W., *A Reader's Guide to Nabokov's "Lolita"*, Brighton, MA: Academic Studies Press, 2009.

12. Davis, Todd F, Womack, Kenneth, *Mapping the Ethical Turn: A Reader in Ethic, Culture and Literary Theory*. Charlottersville: University of Vireginia Press, 2001.

13. de La Durantaye, Leland, *Style is Matter: The Moral art of Vladimir Nabokov*, New York: Cornell University Press, 2007.

14. de La Durantaye, Leland, "Vladimir Nabokov and Sigmund Freud, or a Particular Problem", in American Imago, Vol. 62, 2005.

15. Dembo, L. S., ed., *Nabokov: the Man and His Work*, Madison, Milwaukee, and London: the University of Wisconsin Press, 1967.

16. Dragunoiu, Dana, *Vladimir Nabokov and the Poetics of Liberalism*, Evanston, Illinois: Northwestern University Press, 2011.

17. Field, Andrew, *The Life and Art of Vladimir Nabokov*, New York: Grown Publishers, Inc., 1986.

18. Grayson, Jane; McMillin, Arnold; Meyer, Priscilla, ed., *Nabokov's World,*

Volume 1: The Shape of Nabokov's World; Studies in Russian and East European History and Society; Nabokov's World, Volume 2: Reading Nabokov, New York: Palgrave Macmillan, 2002.

19. Khrushcheva, Nina L., *Imagining Nabokov*, New Haven & London: Yale University Press, 2007.

20. Kwon, Techyoung, "Nabokov's Memory War against Freud", American Imago, Vol. 68, 2011.

21. Leving, Yuri, *Keys to the Gift: A Guide to Nabokov's Novels,* Brighton: Academic Studies Press, 2011.

22. Nabokov, Vladimir; Appel, Alfred, Jr., *The Annotated Lolita*, London: Weidenfeld & Nicolson, 1993.

23. Norman, Will and White, Duncan ed. *Transitional Nabokov*, Peter Lang AG, International Academic Publishers, 2008.

24. Page, Norman ed., *Nabokov: The Critical Heritage*, Routledge & Kegan Paul Ltd, 1982.

25. Parker, Stephen Jan, *Understanding Vladimir Nabokov*. Columbia: University of South Carolina Press, 1987.

26. Pifer, Ellen, *Nabokov and the Novel*, Cambridge, Massachusetts: Harvard University Press, 1980.

27. Roth, Phyllis A., ed., *Critical Essays on Vladimir Nabokov*, Boston: G.K. Hall & Co., 1984.

28. Rutledge, David S., *Nabokov's Permanent Mystery: the Expression of Metaphysics in His Work*, North Carolina: McFarland &Company, Inc., 2011.

29. Sacvan, Bercovitch, *The Cambridge history of American literature*, London: Cambridge University Press, 1994.

30. Shapiro, Gavriel, ed., *Nabokov at Cornell*, Cornell University Press, 2001.

31. Stark, John O., *The Literature of Exhaustion: Borges, Nabokov, and Barth,*

Durham, N.C.: Duke University Press, 1974.

32. Stegner, Page, *Escape into Aesthetics: The Art of Vladimir Nabokov*, New York: Dial Press, 1966.

33. Waysband, Edward, "Nabokov at Cornell（review）", Partial Answers: Journal of Literature and the History of Ideas, Vol. 2, No. 2, June 2004.

34. Wood, Michael, *The Magician's Doubts: Nabokov and the Risks of Fiction*, New Jersey: Princeton University Press, 1994.

三、中文著述类（含译著）

1. [德国]西奥多·阿多诺：《美学理论》，王珂平译，四川人民出版社1998年版。

2. [俄罗斯]弗·阿格诺索夫：《俄罗斯侨民文学史》，刘文飞、陈方译，人民文学出版社2004年版。

3. [美]M.H.艾布拉姆斯：《以文行事：艾布拉姆斯精选集》，赵毅衡、周劲松等译，译林出版社2010年版。

4. [美]马克·爱德蒙森：《文学对抗哲学——从柏拉图到德里达》，王柏华、马晓冬译，中央编译出版社2000年版。

5. [美]埃默里·埃利奥特：《哥伦比亚美国文学史》，朱通伯等译，四川辞书出版社1994年版。

6. [苏联]米·巴赫金：《陀思妥耶夫斯基诗学问题》，白春仁、顾亚玲译，生活·读书·新知三联书店1988年版。

7. [英]齐格蒙特·鲍曼：《后现代伦理学》，张成岗译，江苏人民出版社2003年版。.

8. [德]彼得·比格尔：《先锋派理论》，高建平译，商务印书馆2002年版。

9. [美]萨克文·伯科维奇：《剑桥美国文学史》（第七卷），孙宏主译，中央编译出版社2004年版。

10. [新西兰] 布赖恩·博伊德：《纳博科夫传》（俄罗斯时期，美国时期），刘佳林译，广西师范大学出版社 2009 年版、2011 年版。

11. [美] 哈罗德·布鲁姆：《西方正典》，江宁康译，译林出版社 2005 年版。

12. [美] 韦恩·布斯：《小说修辞学》，华明等译，北京大学出版社 1987 年版。

13. 陈辉：《纳博科夫早期俄文小说研究》，四川大学出版社 2014 年版。

14. 陈建宪：《神话解读——母题分析方法探索》，湖北教育出版社 1997 年版。

15. 邓晓芒：《康德〈判断力批判〉释义》，生活·读书·新知三联书店 2008 年版。

16. [加拿大] 诺斯罗普·弗莱：《批评的解剖》，陈慧等译，百花文艺出版社 2006 年版。

17. [美] 约瑟夫·弗兰克等：《现代小说中的空间形式》，秦林芳编译，北京大学出版社 1991 年版。

18. [奥都利] 弗洛伊德：《论文学与艺术》，常宏等译，国际文化出版公司 2001 年版。

19. 高尚：《一幢造在高处的多窗的房间：纳博科夫及其〈洛丽塔〉》，载《外国文学评论》1991 年第 3 期。

20. [美] 伊哈布·哈桑：《当代美国文学：1945—1972》，陆凡译，山东人民出版社 1980 年版。

21. [俄罗斯] 弗·费·霍达谢维奇：《摇晃的三脚架》，隋然、赵华译，东方出版社 2000 年版。

22. [德] 康德：《判断力批判》，邓晓芒译，人民出版社 2002 年版。

23. [美] 卡林内斯库：《现代性的五副面孔：现代主义、先锋派、颓废、媚俗艺术、后现代主义》，顾爱彬、李瑞华译，商务印书馆 2002 年版。

24. [英] 马库斯·坎利夫：《美国的文学》（上、下），方杰译，中国对外翻译出版公司 1985 年版。

25. [丹麦] 克尔凯郭尔：《论反讽概念：以苏格拉底为主线》，汤晨溪译，中国社会科学出版社 2005 年版。

26. 李立：《伦理与审美：后现代语境下的追寻与反思》，中国社会科学出版社 2013 年版。

27. 李小均：《自由与反讽——纳博科夫的思想与创作》，百花洲文艺出版社 2007 年版。

28. [美] 理查德·罗蒂：《偶然、反讽与团结》，徐文瑞译，商务印书馆 2003 年版。

29. 刘佳林：《纳博科夫的诗性世界》，上海人民出版社 2012 年版。

30. 刘小枫：《沉重的肉身：现代性伦理的叙事纬语》，华夏出版社 2004 年版。

31. 刘文飞：《文学魔方：二十世纪的俄罗斯文学》，中国社会科学出版社 2004 年版。

32. [英] D.C. 米克：《论反讽》，周发祥译，昆仑出版社 1992 年版。

33. [英] 艾·阿·瑞恰慈：《文学批评原理》，杨自伍译，百花洲文艺出版社 1992 年版。

34. 申丹、王丽亚：《西方叙事学：经典与后经典》，北京大学出版社 2010 年版。

35. [德] 叔本华：《作为意志和表象的世界》，石冲白译，商务印书馆 1997 年版。

36. [加拿大] 查尔斯·泰勒：《自我的根源：现代认同的形成》，韩震等译，译林出版社 2008 年版。

37. [美] 斯蒂·汤普森：《世界民间故事分类学》，郑海等译，上海文艺出版社 1991 年版。

38. [美] 莱昂内尔·特里林：《知性乃道德职责》，严志军、张沫译，译林出版社 2011 年版。

39. [英] 锡德尼：《为诗辩护》，钱学熙译；扬格：《试论独创性作品》，袁可嘉译（合本），人民文学出版社 1998 年版。

40. 王安：《空间叙事理论视域中的纳博科夫小说研究》，四川大学出版社

2013 年版。

41. 汪介之：《流亡者的乡愁——俄罗斯域外文选与本土文学关系述评》，广西师范大学出版社 2008 年版。

42. 王青松：《纳博科夫小说：追逐人生的主题》，东方出版中心 2010 年版。

43. 王守仁：《新编美国文学史·第四卷（1945—2000)》，上海外语教育出版社 2002 年版。

44. 王霞：《越界的想象——纳博科夫文学创作中的越界现象研究》，上海大学出版社 2007 年版。

45. 王卓：《不伦之恋的伦理维度——从〈洛丽塔〉的悖论式误读说起》，载《山东外语教学》2015 年第 4 期。

46. [英] 芭芭拉·威利：《纳博科夫评传》，李小均译，漓江出版社 2014 年版。

47. [美] 韦勒克：《近代文学批评史》，杨岂深、杨自伍译，上海译文出版社 1997 年版。

48. 韦勒克、沃伦：《文学理论》，刘象愚等译，生活·读书·新知三联书店 1984 年版。

49. 温权：《反讽：主体性辩证法——从克尔凯郭尔的〈论反讽概念〉谈起》，载《学习与探索》2014 年第 6 期。

50. [英] 大卫·休谟：《人性论》，关文运译，商务印书馆 1997 年版。

51. [古希腊]亚里斯多德：《诗学》，罗念生译，人民文学出版社 1962 年版。

52. 张鹤：《试论〈洛丽塔〉的对话性》，载《外国文学》2007 年第 6 期。

53. 张江：《关于"强制阐释"的概念解说——致朱立元、王宁、周宪先生》，载《文艺研究》2015 年第 1 期。

54. 赵毅衡：《重访新批评》，百花文艺出版社 2009 年版。

附录　纳博科夫重要作品创作年表

《玛丽》（*Mary*），1925 年用俄语创作完成，1926 年 1 月 23 日在一次聚会上通读了一遍，3 月在柏林出版。1970 年纽约出版了英文版，1971 年伦敦也出版了英文版。

《王，后，杰克》（*King, Queen, Knave*），1928 年用俄语创作完成且在柏林出版。1967 年纳博科夫做了较大修订，与儿子德米特里共同翻译成英文，1968 年分别在纽约和伦敦出版。

《防守》（*The Defense*）：1929 年用俄语创作完成，于当年 10 月在《当代纪事》上连载，1930 年在柏林出版。1964 年分别在纽约和伦敦出版。

《眼睛》（*The Eye*）：1929 年底到 1930 年初用俄语创作完成，1930 年在巴黎连载。20 世纪 60 年代由德米特里译为英语。1964 年纳博科夫对该作做了调整增补，美国于 1965 年出版，英国于 1966 年出版。

《荣耀》（*Glory*）：1930 年用俄语创作完成，并在巴黎连载，1933 年在巴黎出版。后由德米特里与父亲合作译为英语，美国于 1971 年出版，英国于 1972 年出版。

《黑暗中的笑声》（*Laughter in the Dark*）：1931 年用俄语创作完成，时名"暗箱"，1932—1933 年在巴黎出版，1937 年纳博科夫自己译成英语，更名为"黑暗中的笑声"，1938 年 4 月在美国出版，是他在美国出版的第一部作品，1961 年在英国出版。

《绝望》（*Despair*），1932 年用俄语创作，1934 年在《当代纪事》上连载，1936 年在柏林出版。1937 年在英国出版英语版本。1965 年纳博科夫进行了小规模修改，在美国《花花公子》上连载，1966 年分别在纽约和伦敦出版。

《天资》（*The Gift*）：1934 年用俄语开始创作，1937 年开始在《当代纪事》上分章发表，1938 年 1 月正式完成。完整版是于 1952 年在美国由契诃夫出版社出版的（俄语版），主要是因为第四章"车尔尼雪夫斯基传"部分令《当代纪事》的编辑无法接受。1963 年分别在纽约和伦敦出版了英文版。

《斩首之邀》（*Invitation to a Beheading*）：1934 年在《天资》的间隙创作完成，用俄语创作，1935—1936 年在《现代纪事》上连载，1938 年在巴黎出版全本。后由纳博科夫与儿子德米特里合作译成英文，美国于 1959 年出版，英国于 1960 年出版。

《塞巴斯蒂安·奈特的真实生活》（*The Real Life of Sebastian Knight*）：第一本用英语创作的作品，于 1938 年开始创作，1941 年在美国出版，1945 年在英国出版。

《魔法师》（*The Enchanter*）：1939 年用俄语创作。后由德米特里译成英文，于 1986 年出版。

《尼古拉·果戈理》（*Nikolai Gogol*）：1942—1943 年用英语写作完成，1944 年在美国出版。

《说吧，记忆》（*Speak, Memory*）：1935 年夏天就已写作了一个篇章，后成为该书的第四章。1936 年 1 月初完成了《O 小姐》部分。来到美国后持续写作，主要于 1946—1948 年间写作完成，其中部分篇章在《纽约客》上独立发表。1951 年以"最后的证据"之名在美国出版，1954 年前后由纳博科夫自己翻译成俄语由契诃夫出版社出版。1966 年以"说吧，记忆"之名出版。

《庶出的标志》（*Bend Sinister*）：1945—1946 年用英语创作完成，1947 年出版。

《洛丽塔》（*Lolita*）：从 1946 年酝酿，1950 年开始写作，1953 年完成。首次使用卡片式创作方法。1955 年在法国出版了英文版，1958 年美国出版了英文版（添加了后记）。1959 年在英国出版。1963 年由纳博科夫本人译成了俄语（唯一一部全部由他本人翻译的小说），该俄文版于 1967 年曾在纽约出版。

《普宁》(*Pnin*)，1953 年在写作《洛丽塔》的间歇开始创作，1955 年完成，其间部分章节在《纽约客》上单独发表，1957 年分别在纽约和伦敦出版。

《微暗的火》(*Pale Fire*)：1957 年准备材料，1960 年动笔写作，1961 年在瑞士创作完成，1962 年分别在纽约和伦敦出版。

《叶甫盖尼·奥涅金》的翻译与注释：1957 年完成，1964 年出版。

《爱达或爱欲：一部家族纪事》(*Ada, or Ardor: A Family Chronical*)：1959 年左右开始构思，1966—1968 年创作完成。1969 年分别在纽约和伦敦出版。

《透明》(*Transparent Things*)：1969—1972 年创作完成。1972 年分别在纽约和伦敦出版。

《瞧，这些小丑！》(*Look at the Harlequins!*)，1973—1974 年创作完成，1974 年分别在纽约和伦敦出版。

《劳拉的原型》：1975 年起开始创作，到去世时尚未完成。